庫

誰？

明野照葉

徳間書店

目次

プロローグ

晴美《はるみ》のすぐ目の前に、奥行きを感じさせる黒目に穏やかな光を宿した寺嶋浩人《てらじまひろと》の顔があった。そんな柔らかな眼差《まなざ》し同様、浩人は晴美に対する寛容さと、男としての包容力を窺《うかが》わせるような落ち着きのある笑みを口許《くちもと》に漂わせて、じっとこちらを見つめていた。目にも顔の表情にも、温《ぬく》みのある慈愛の情が滲《にじ》んでいる。

「晴美はちっとも悪くない。だから、心を痛める必要なんてまったくないし、心配する必要もまるでない。大丈夫。だって、晴美にはこの僕がついている」

大きな声ではない。が、浩人はその表情を崩さぬまま、深みのある声できっぱりと言って、両腕でやさしく晴美のからだを包み込んだ。浩人のからだの温もりが、晴美のからだに伝わってきて、心までをも温もらせていく。

「本当？　本当に私についていてくれる？　私を守ってくれる？　ずっと私の側《そば》にいてくれる？」

つい嬉しくなって、浩人の腕のなかで晴美は続けざまに浩人に尋ねた。胸には早くも温かな幸福感がほんわりと膨らんでいた。

「もちろんだよ」——当然のようにそんな答えを期待して、浩人の顔を見上げる。晴美を抱き締める前の愛情ある深い瞳とほどよい笑みが浩人の顔に浮かんでいるだろうことも、晴美は期待するというより確信していた。

しかし、彼の顔を見上げた晴美の目に映ったのは、氷のように冷たく尖《とが》った浩人の眼差しと、不信と嫌悪を表すように、黒く濁った剣呑《けんのん》な表情だった。「え?」と思って浩人の顔をじっと見直す。だが、やはり浩人の瞳は冷えていたし、眉間《みけん》には皺《しわ》が寄って、額の辺りに暗い翳《かげ》が落ちていた。不機嫌、不興の匂い。そして浩人は、晴美を包み込んでいた腕をすいとほどくと、その腕で晴美の両胸を押すようにして晴美を突き放して距離を取った。

「あっちに行け」——まるでそんな具合に。

「浩人?……」

「もうたくさんなんだよ」

さもうんざりとしたような口調で浩人は言った。その目は、もう晴美の顔を見るのもご免というように、脇に向けられていた。

「晴美とは、どうあれもうやっていけない。やっていけないっていうか……君にはとてもついていけない。理解もできない。限界だ」

「浩人、何を言っているの? あなたさっき、私についていてくれるって——」

予想だにしていなかった浩人の豹変《ひょうへん》ぶりに呆《あ》っ気《け》にとられたようになりながら晴美は言った。が、みなまで言わせず浩人は言った。

「それが無理だと言っているんだよ。お終《しま》いだ。君とは今日限りもう二度と会わないし連絡も取らない。晴美もケイタイから僕の連絡先を削除してくれ。この先、たとえ連絡くれたとしても、僕はでない。一切応答しない」

「浩人、どうして？」

そもそもの出逢いは合コンというやや安直なものだったが、つき合い始めてから二年の月日が経《た》つうちに、将来結婚するのはこの人と、心底思い定めた相手だった。いずれは浩人と結婚して幸せな家庭を持つ。子供がいて、いい匂いがして、互いを思い合う笑みのある家庭。それは浩人も同じではなかったか。

「もうよそう。これ以上話し合うことは何もない。無駄だ」

「そんな……何で急にそんなこと。それじゃ私、どうしてだかわかんない」

「わかんない？　べつに急なことなんかじゃないだろ？　胸の内でじわじわと、ずっと思い続けてきたことだし、君にも何度か問いかけて、確かめてきたことだ」

確かめた。何を？——晴美はそんな思いで浩人の顔を黙って眺めた。浩人を見る目は、おのずと縋《すが》りつくような情けなげな未練を孕《はら》んでいたと思う。そんな晴美の瞳や眼差しにも飽いたように、浩人が続けて言葉を吐いた。

「どうせ僕は二股三股、身勝手極まりない浮気男で、女にいたってだらしがないし、ほかの女と遊ぶために嘘を重ねて晴美に金をせびったり金をくすねたりする。それが思うようにならないと手も上げる。とんだDV男って訳だ。おまけに晴美には横暴な専制君主のくせをして、その実情けないような小心者で、会社では上司に頭が上がらず自分の考えさえもろくに口にできない。そのストレスでまた晴美に手を上げる。部屋の物を投げたり蹴倒《けたお》したりする」

「――――」

「どう？　それが僕だろ？　だから、晴美も時に助けと心の平安を求めるみたいにほかの男に縋りつきたくなる。その代償のように、男にからだを投げ出す。男と寝る。そういうことだろ？」

「――――」

何と答えることもできず、半ば茫然《ぼうぜん》としながら、晴美は黙するのみだった。

「だから、『さよなら』。よかったじゃない。そんなどうしようもない駄目男と無事別れることになって。喜ばしい結末だ。――じゃあな、晴美。君は君なりに幸せになってくれ」

そう言うと、浩人はくるりと晴美に背を向けて、向こう側の闇のなかへと足を進めた。

「浩人！」

闇に紛れて姿が見えなくなってしまう前にと、晴美は彼の名前を叫ぶように呼んだが、浩人は振り返るどころか、たちまちのうちに黒い闇に包まれて、姿がすっかり見えなくなってしまっていた。

（嘘……。どうなってるの？　あんなにやさしい顔をして、『大丈夫。だって、晴美にはこの僕がついている』って言ってくれたのに。私たち、結婚するはずだったのに。子供がいて、いい匂いのする家庭はどうなっちゃうの？）

心で呟《つぶや》きながらも、早晩こういう日がやってくることはわかっていたし、それを恐れていた気もした。その日がとうとうやってきてしまった。ひとつわかっているのは、浩人はほかの女の許に行って、二度と晴美の許には帰ってこないということだ。それだけに、晴美はがっくりと項垂《うなだ》れて、魂が掻《か》き消えそうなほどに消沈していたが、心のどこかで淡く諦観《ていかん》してもいた。どのみち私のような人間が、幸せになんかなれるはずがない――。

すると、どうしたことか、突然晴美の目のなかに、NPモバイル時代の同僚であり、親友と言っていい間柄だった倉橋恵利《くらはしえり》の顔が飛び込んできた。

持ち前の明るい笑みを浮かべた華やいだ顔だ。瞳にも笑みの光が灯《とも》ってきらきらと輝いている。晴美の心の痛みを和らげるかのように、また励ますかのように、恵利がそんな笑顔を真っ直ぐ晴美に向けている。

「参った、参った。顧客情報のデータ処理でポカやっちゃって、奥野《おくの》係長からお小言食らっちゃった」ウインクでもするように、瞬時わずかに片目を細めはしたものの、晴れたままの笑顔で恵利は言った。「此。が慎重さに欠けるんじゃないか、近頃弛んでるんじゃないかって。べつに私は漫然と仕事してるつもりはないんだけどな。だけど、ま、事実自分のミスだからしょうがない。――どう、晴美？　今日、夕飯を一緒に。軽く一杯やらない？　私、奢《おご》るからさ。新しい店を見つけたの。小さなトラットリアだけど、一遍行って、ああ、ここの店の料理は晴美向きだなって思ったんだ。なかなか上品なのよ。晴美、食が細いからちょうどいいんじゃないかな。ね、今晩行こうよ」

そんな言葉からも、恵利が別々に過ごしている時も、晴美のことを思ってくれる心やさしい女性だということが窺い知れる。恵利の口からそうした言葉が出る度に、晴美はほっこりとした嬉しい気持ちになるし胸が温かくなる。それでいて恵利はさばさばとした性分の持ち主でもあって、晴美のようにいちいちくよくよしない。些細《ささい》なことで一喜一憂しない。人を羨《うらや》むこともなければ妬《ねた》むこともない。そんな恵利が、自分とはずいぶんと性格の違う晴美を全面的に許容してくれていることが、晴美にはとても有り難い。掛けがえのない友だ。唯一と言っていい良き女友だち、親友。NPモバイル時代、恵利が笹塚《ささづか》に住んでいるからという理由で、一時期晴美は近くの代田橋《だいたばし》に部屋を借りていたこともある。風邪をひいた、転んで怪我をした、料理をしていて指を切った……そんな些細なことでもすぐに駆けつけてくれるのが恵利だった。

「さ、行きましょ」というように、恵利が晴美の腕を摑《つか》んだ。次の瞬間には、恵利はすでに後ろ姿になっていた。

「恵利、ちょっと待って」

不意に腕を引かれる恰好《かっこう》になって、少し慌てて晴美は言った。すると、その言葉を合図にしたかのように、晴美を摑んでいた恵利の手が腕からするりと離れた。が、一旦《いったん》後ろを振り返るでもなく、そのまま恵利は前に向かって歩いていく。このままでは、晴美は置いてけぼりだ。

「ねえ、恵利、ちょっと待ってってば」

呼び止めるように言うと、恵利は足を止め、一拍間を置いてからくるっと後ろを振り返った。その恵利の、曇った何とも険しい顔。その顔に、晴美は驚き、ぎょっと目を剝《む》いた。恵利のつり上がった眦《まなじり》から晴美に向けられた眼差しは鋭くも厳しく、その目で見つめられていると、自然と心が凍えてくるようだった。唇はきゅっと閉じられながらもやや窄《すぼ》められていて、顔が微妙に歪《ゆが》んでいる。唇を窄めるのは、不服や不快の念を表す時の恵利の癖で、怒った時にも恵利はそんな顔になる。先ほどまでの明るく晴れた笑顔はどこにいったのか。一転しての般若《はんにゃ》の如《ごと》き表情だった。唐突な変容に、晴美は恵利が何に腹を立てているのか、自分の何が恵利の逆鱗《げきりん》に触れたのか、さっぱり訳がわからなかった。

「恵利……どうしたの？」

恐る恐るといった調子で晴美は尋ねた。恵利はというと、顔に張りつけた般若の面を一層不快そうに曇らせてから、晴美に向かって憎々しげに言葉を吐いた。

「いい加減にしてくれないかな。小判鮫《ざめ》じゃあるまいし、これ以上私につき纏《まと》わないでよ。あなたにはうんざり。懲り懲りなのよ。私をお人好しで都合のいい女だと見くびらないでよね。晴美とはもう元同僚でも友だちでも何でもない。赤の他人。それも真っ赤な赤の他人。見知らぬ人間同士。私は金輪際あなたには関わらないし、あなたも私には今後一切関わらないで」

「――――」

突然の絶縁宣言に唖然《あぜん》となって、晴美は口にすべき言葉を見失った。けれども、何も口にせずに黙っていれば、恵利は晴美とはこの場で手を切る恰好で、ひとり遠くに去っていってしまう。

「私、恵利のこと、お人好しで都合のいい女だなんて思っていない。神に誓って、一度も思ったことなんかない」晴美は言葉を探しながら懸命に言った。「私の何かが気に障ったのだとしたら謝る。だから、怒らないで。友だちでも何でもないだなんて言わないで。正真正銘、恵利は私の唯一の女友だちで――」

「よしてよ。神に誓ってだとか正真正銘だとか大袈裟《おおげさ》なことを言うのは。晴美の神って、紙のことじゃないの？ ペーパーの紙。それぐらいに薄っぺらいもの」

「そんなことない。本当に私――」

「やめて」浩人と同じくみなまで言わせず、恵利はぴしゃりと晴美の言葉を遮った。「私を友だちから切り捨てたのは晴美の方よ。私じゃない。私は晴美のお望み通り、あなたの前から消えてあげる。それだけ」

「そんな……」

「わかっているわよ。お人好しで都合がいいだけじゃない。私は男好きのセックス好きで、専ら出会い系サイトで男を漁《あさ》ってばかりいる駄目女。男と会う時のための洋服や下着に給料の大半を費やしているばかりか、つまらない男に悪い病気を伝染《うつ》されたこともある。最低ね。笹塚の結構いいマンションに2LDKの部屋を借りて住んでいるけど、それも実家からの仕送りあってのこと。自分の稼ぎだけで賄《まかな》っている訳じゃない。しかもそれでも足りなくて、晴美に『二万貸して』『三万貸して』と無心したりする困った女」

「――――」

「まだある。大酒飲みにして酒乱。度を越して飲んで荒れだすと吠《ほ》えるわ喧嘩《けんか》を売るわ手に負えない。そんな女友だち、持ちたくないわよね。だから消えてあげる。そう言っているの。どう？　何か言い分ある？　あったとしても、私はもはや聞く耳持たないけど」

「――――」

もはや聞く耳持たないと言われてしまえば、何も口にできなくなる。晴美は恵利の怒りを穏やかに宥《なだ》め、意を翻させるような言葉をひとつも思いつくことができず、口を噤《つぐ》んだ。

黙ったまま、ただただ途方に暮れる思いで項垂れる。

「さよなら。もう連絡しないでね。もちろん私も連絡しない。言っとくけど、私はべつに怒っていないから。今は晴美のこと、何とも思っていない。だって、あなたは赤の他人。私たち、見知らぬ人間同士だもの」

「見知らぬ人間同士……さよならって、恵利……」

やっとのことで、晴美は言葉を口にした。意識した訳ではないが、憐憫《れんびん》の情を得ようとするような、か弱くて消え入りそうな声になっていた。

そんな晴美の声も耳に入らないといった体《てい》で、恵利は晴美を置き去りにして、自分は力強い足取りで、すたすたと向こうに歩いていってしまった。

浩人の時とおんなじだ。あっと言う間に恵利の姿は眼前の闇に呑《の》み込まれて、すっかり見えなくなってしまっていた。

(何で？　どうして浩人も恵利も急に変わってしまったの？　私が本当に愛していたのは浩人だけ。親友だと思ったのは恵利一人。嘘じゃない。二人とも、誰よりも大切な存在だった。それなのに……)

気がつくと、晴美もまた闇に呑み込まれていた。しかし、そこに浩人と恵利はいない。周囲は真っ暗で、何も見えない。しかもどうやら底のない闇らしく、どんどんからだが下へと落ちていく。

（嫌っ！　駄目よ、晴美！　このままじゃ、闇に落ちちゃう。何とか浮き上がらなくっちゃ）

自分に対する内なる叱咤《しった》激励が功を奏したのか、今度はからだがいきなり物凄《ものすご》い速度で浮上し始めた。闇がどんどん薄くなり、果てに晴美は光の感じられる世界にぽこりと頭を出した。

周囲を見回す。見慣れた自分の寝室の壁、カーテン、観葉植物、目覚まし時計……晴美はベッドから半分身を起こした。身を起こしてややあってから、自分が夢から目覚めて現実の世界に立ち戻ったことを認識した。夢……夢か——。

夢だとわかったからといって、ああ、夢でよかったと、安堵《あんど》の息をつくことはできなかった。なぜなら、既に過去のことではあるものの、浩人が去っていったことも、恵利が去っていったことも、どちらも事実であることに違いはなかったからだ。加えて言うなら、浩人が晴美が結婚を望んだ最愛の男であり、恵利が晴美が最高の友だち、親友だと思った唯一の女であることも、今でも変わりはなかった。

（大好きだったよ、浩人。大好きだったよ、恵利。浩人ぉ、恵利ぃ……会いたいよぉ）

項垂れながら、心の内で二人に囁《ささや》きかける。その晴美の両肩は落ちて内に窄み、ヘッドボードに凭《もた》せかけた背は病んだ老婆のように丸まっていた。

また慈愛に満ちたやさしい眼差しで、浩人に見つめられたいと思う。晴れやかでおおらかな笑顔で、恵利に頰笑《ほほえ》みかけてもらいたいと思う。どちらも晴美が愛して止《や》まなかった表情だ。だが、わかっている。それも既に昔のこと。もはや叶《かな》うものではない。

胸にこみ上げた哀切の念が、悲愴《ひそう》な喪失感と救いのない孤独感へと変わっていく。それを何とか食い止めようと試みて、晴美は意識的に視線を前に向け、心で自らに問うていた。

(私の何がいけなかったの？　間違っていたの？　私はどこで何をどんなふうにしくじったの？)

答えは頭に浮かんでこなかった。ただ、晴美は思った。

二度としくじってはならない。同じ轍《てつ》を踏んではならない。そんなのは愚か者の所業だ。今度こそ、私はうまくやって幸せになる。きっと。ううん、必ず――。

第一章　歳上《としうえ》の男

1

がっしりとした黒の広いテーブル、しっかりとして坐り心地のよい椅子《いす》。テーブルとテーブルの間も離れていて、仮に隣のテーブルに客がいようが、一人の時間が楽しめる喫茶店だ。衆人のなかにあっての孤独は寂しくはなく、案外新聞や本に集中できるし、ほっとするような安堵感が得られるのがいい。

喫茶「エデン」は、沢田隆《さわだたかし》お気に入りの喫茶店であり、少なくとも週に二度か三度は訪れる行きつけの店でもあった。

せせこましく、窓向きの席では多くの客がノートパソコンを広げているチェーンのカフェとは違って、ゆっくりとした心地で落ち着ける。テーブルが広いので、本を読むにもちょっとしたものを書くにも向いているし、何よりも若者たちで賑《にぎ》わっているカフェと変わらぬ値段でずっと美味《おい》しいコーヒーが飲めるのが嬉しい。ひとつ難を言えば、分煙ではあるものの、未《いま》だに煙草が喫《す》えるということだが、喫煙者にとっては、ここはオアシスでもあるのかもしれない。そう思うと、煙草の煙もどうということもなくなる。

今日、沢田は、本を持ってこなかった。日々の出来事を記しているノートもだ。席に腰を下ろして、今日はマンデリンを頼んだ。そのマンデリンが運ばれてくる前に店の扉が開いて、彼女が店のなかに入ってきた。沢田を見つけた彼女の顔には笑みが浮かび、彼女はその笑顔のまま真っ直ぐ沢田の坐っているテーブルへとやってくる。

身長は、恐らく百五十五センチぐらい。小柄で可愛らしい顔立ちをしている。沢田と亡くなった妻の百合子《ゆりこ》は、人からよく「似た者夫婦」と言われたもので、二人ともすらりとして面長というタイプだった。一方彼女は、どちらかというと丸顔……いや、頬は丸みを帯びているが、顎《あご》は細くて少し尖っているから丸顔とは言えない。からだつきは、胸や尻には女らしい膨らみがあるものの、首も細ければ手脚も細い。華奢《きゃしゃ》といえば華奢だが、顔にもからだにもまろみがあるから、痩《や》せぎすというのとは違う。そんなどことなくアンバランスな顔立ち、からだつきが、彼女の病弱さを表しているし、幾許《いくばく》かの危うさを孕んだ個性と魅力になっている気がする。

「おはようございます。あ、もう『こんにちは』かな」

笑顔のまま言って、彼女は斜めがけにしていた小さめのバッグを下ろすと、沢田の向かい側の椅子に腰を下ろした。沢田に向けられた目にはきらきらとした輝きがある。間近でそんな笑顔と瞳の輝きに接すると、ああ、この娘《こ》はまだ若いのだなと、改めて沢田は思う。彼女――武藤《むとう》晴美、三十八歳。昨年古希を迎え、今年の夏には七十一歳になろうとしている沢田とは、まさに親子ほど年齢が離れている。沢田と晴美との接点と縁は、同じ東《ひがし》中野《なかの》住まい――それだけだ。

「こんにちは」沢田も笑顔で晴美に言った。「今日は調子がよさそうな顔をしているね」

「お蔭《かげ》さまで」笑顔を崩さぬまま晴美は言った。「梅雨前の、初夏みたいな今の気候が私は好きで。振り返ると毎年この時期は、体調も悪くないです。気分もいいし」

「それはよかった。私も今の季節は好きだよ。通年今の気候みたいだといいのにね」

言った沢田のテーブルにマンデリンのカップが運ばれてきて、晴美はカフェ・オ・レを注文した。昔ながらの喫茶店はとても好きだが、コーヒー自体はある時期からあまり飲めなくなっていて、頼むのはホットでもアイスでも、大概ミルクで割ったようなカフェ・オ・レだと、前に晴美は言っていた。

「どうして?」その時沢田は尋ねた。「どうしてストレートっていうか、ブラックでは飲めなくなったの?」

「病気のせいです」晴美は言った。「あ、心の方というか神経の方の。カフェインがいけないみたいで、飲むとどきどきしたりわなわなしたり……。先生にも、『まあ、コーヒーは控えておいた方がいいでしょう』と言われていて」

それを耳にして、沢田の頭に「パニック障害」という言葉が浮かんだ。晴美が心身両方に病気を抱えていることは、知り合って間もなく打ち明けられたし、もしもそれがなかったら、晴美とはこうしてお茶を飲んだり食事をしたりする関係にはなっていなかった。

沢田は二年半前に妻の百合子を病気で亡くしてから、「いろは」という近所の小さな居酒屋で、一人で軽く一杯やりながら、夕食をとったりするようになった。そこもまた「エデン」同様、週に三日程度、一日置きにという感じだが。例えば山菜の天ぷらだの鮎《あゆ》の塩焼きだの秋刀魚《さんま》だの牡蠣《かき》だの……その季節のものが味わえるのが嬉しいし、ご飯や味噌汁も頼めるので食事らしい夕食がとれる。毎日「いろは」で夕食をとっている客もいるようだ。晴美も「いろは」の客だった。ああ、今日は女性のお客がいるな、と時々思ったりはしていたが、さして意識はしていなかった。沢田はいつもカウンター席で、敢《あ》えてほかの客と話をすることもなく、ちらちらテレビを見ながら肴《さかな》をつまんで一杯やって、夜の食事をするだけだった。飲んでもビールをジョッキで一杯かそこら、寒い時期には熱燗《あつかん》を二合、せいぜいそんなところだ。

たしか晴美も、常は誰とも話すことのない客だった。沢田と同じく食事をするのが目的といった感じで、少しだけ酒を飲んで、一時間か一時間半ほどで帰っていく。ある晩、そんな晴美がたまたま沢田の隣に坐った。多少混んでいて、空いている席ではそこが一番坐りやすかったのだと思う。沢田も隣の女性客を意識することなく、いつものように肴をつまみながら一人で一杯やっていた。その女性客、つまりは晴美が、突然沢田に話しかけてきた。

「すみません。お邪魔をして申し訳ありませんが、ちょっとお願いが……」

傍らの沢田に顔を向けて言った晴美は、どこか苦しげな感じのする目をして、やや歪んだ表情をして顔を曇らせていた。沢田が晴美の顔を間近でまともに見たのは、その時が初めてだった。何のことかと沢田がぽかんとしていると、続けて晴美が言った。

「飲みながら、私と少し話をしていただけないでしょうか。わけもなく急にわなわな……何だか変に落ち着かない状態になってしまって。手も震えてきて箸《はし》がうまく持てない」

「えっ」

彼女の手に視線を落としてみると、たしかに手指に漣《さざなみ》のような細かい震えが走っていた。

「具合が悪いんですか。大丈夫ですか。何ならお宅までお送りしますよ」

「大丈夫です。からだの具合が悪いというのとは違うんです。時々あるんです、私。少しお話しさせていただければ、じきに落ち着きます」

「本当に大丈夫ですか」

「はい」

晴美がしっかりと言って頷《うなず》いたので、沢田は彼女が言う通り、彼女に話しかけてみることにした。が、初対面に等しいので、これといって話すこともなく、「お住まいはお近くですか」「ここへは時々見えていますよね」……そんなどうでもいい問いを重ねたのみだった。が、十分までかからなかった。五分かそこらが経つと、彼女は言った通りみるみる落ち着きを取り戻し、震えの治まった手で猪口《ちょこ》を口に運んだりし始めた。それに安堵を得て、結局その晩は「いろは」でずっと彼女と話をしながら酒を飲んだ。それが晴美との出逢いといえば出逢いだった。

あれはたしか去年の初冬、十一月ぐらいのことだったから、それからもう半年ほどが経った計算になる。この半年は、あっと言う間の半年であり、沢田と晴美との関係が急速に縮まった半年でもあった。今では週に一度も会わないということはまずない。二日か三日は会っているだろう。「いろは」や「エデン」ばかりでなく、ファミレスの「ビーバーズ」、それに「とり政《せい》」「文福《ぶんぶく》寿司」「酒処《さけどころ》・藤吉郎《とうきちろう》」と、主に東中野の店で待ち合わせをして、一緒に食事をしたり酒を飲んだりしている。また、互いの住まいも既に承知なので、家を訪れたり招かれたり、かなり親しい間柄になっていると言っていいだろう。古希とはいえ、沢田は男性だし晴美は言うまでもなく女性だ。だから、当初沢田には、晴美のマンションの部屋を訪ねることに抵抗というか気持ちのうえでのハードルの如きものがあった。が、晴美は心身に病気を抱えているので時に調子を崩す。そういう時は、部屋を訪ねないことには助けてやれない。それで沢田は彼女の部屋を知ったたし、近頃は晴美の具合が悪くない時でも、用事があったり晴美に招かれたりすれば、当たり前のように彼女の部屋を訪ねている。晴美は東中野の駅から歩いて七、八分ほどのところにあるニアリバー東中野という五階建ての賃貸マンションに住んでいて、そこで仕事もしている。見た感じ堅牢《けんろう》そうなマンションで、借りているのは最上階である五階の2DKの部屋。そう広くはないが、一人暮らしの女性には充分だろう。ただ、晴美は常にではないが、調子のよい時や依頼があった時は、ライターの仕事をしているので、どうしても一室はパソコンとパソコン関連の機器、それに資料本の本棚などが置かれた仕事部屋になる。残り一室はベッドの置かれた寝室。だから割と広いDKのスペースにソファとテーブルのセットやテレビ等を置いて、リビングのようにして使っている。

晴美が早くに両親を亡くし、兄弟姉妹もいない孤独な身の上であることは、部屋を訪れる前に晴美から聞いて知っていた。だから、郷里の両親からの金銭的な支援はない。失礼ながら当初沢田は、時々ライターの仕事をするだけで、それだけの部屋が借りられるものなのか、食べていけるものなのか……些か疑問に思ったりした。しかし、問わず語りのような晴美の話から、その疑問も解消された。

「今の私にとって唯一の肉親と言えるのは、亡くなった父の八つ歳上《としうえ》の兄、伯父だけです。でも、父は私が三つの時に亡くなりましたから、伯父とのつき合いはほとんどといっていいほどなかったんです」晴美は静かに沢田に語った。「伯父は今年七十五になりますが、生涯独身で子供もいません。東京の大手保険会社に勤めていたんですが、定年後に伊豆高原の要塞《ようさい》のような家に移り住んで、人と交流することもなく、ひとり仙人のような暮らしをしています。私はよくは知りませんが、元々哲学好きの変わり者だったみたいです」

晴美の父親が亡くなった後に祖父が亡くなったので、妻に先立たれた祖父が所有していた土地屋敷、財産は、伯父が相続したという。

「加えて年金も充分に貰《もら》っているので、伯父は結構豊かなんです」晴美は言う。「母が亡くなった頃からだったでしょうか、伯父は唯一の肉親である私のことを気にかけるようになって」

晴美の母親が亡くなったのは、彼女が二十五歳の時で、その頃は晴美も会社勤めをしていたので、自分一人が食べていくだけの収入があるにはあった。ただ、晴美のからだが弱いことは伯父も知っていたので、それで心配だったのではないかと晴美は言う。

「私がややこしい病気になって会社勤めを辞めた頃、ちょうど定年退職して伊豆高原に移り住んだ昌志《まさし》伯父さんは、――あ、伯父は武藤昌志と言うんですが、まるで年俸か何かのように年に一回、ある程度まとまった額のお金を私に送金してくるようになりました。母が亡くなった三年後ぐらいからだったでしょうか」

長年保険会社で企業人として生きてはきたが、実は人とのつき合いが嫌いで孤独と孤高を愛する晴美の伯父は、東京に出てくることはまずないが、未だに晴美への送金は続けてくれているという。

「それがあるお蔭で、私は会社勤めやパート勤めをすることもなく、かつかつではあるものの、時々ライターの仕事をするだけで、何とか生きていくことができています」

晴美は言っていた。

その話を耳にして、その伯父にとっても晴美が唯一の肉親である訳だから、彼が亡くなった折には、伊豆高原の家も含めて、晴美に全財産が遺産として入るのではないかと思った。しかし、晴美は小さく首を横に振った。

「先細りの短命の家系だし、自分も子供を持たなかったということからか、伯父は人との交流は苦手にしているのに、『ニッポンノコドモ基金』というのを設立しているんです。自分が死んだら財産は、すべてその基金のものとするという旨の遺言書を書いてあるからと、前に聞かされました」

「ニッポンノコドモ基金」――交通遺児や先天的な障害を持って生まれてきた子供、先天的、或《あるい》いは後天的に難病を発症して今も患っている子供……そんな日本の子供たちのためのファンドらしい。敢えて晴美に財産を残さないのも、晴美の身を思ってのこと。何とか自分の力で食べていこうという努力を忘れたら、幾ら財産を残したところで、日々が怠惰《たいだ》になって人間として腐る。毎年晴美に送金されてくる金も同様で、晴美がまったく働かないでいられるほどの額ではないらしい。それもまた晴美を思ってのこと。だから晴美に蓄えはない。哲学好きな伯父らしい発想だ――沢田は思った。

「さて」

晴美との出逢いに戻っていた頭から、自分の目の前にいる晴美と今いる現実に意識を戻して沢田は言った。元気そうな晴美の顔を見て、自然と口角が上がって口許には笑みが滲んでいた。

「体調がいいなら、ここでお茶した後、今日は新宿にでも買い物にいこうか。髙島屋《たかしまや》でもいいし、三丁目の伊勢丹《いせたん》でもいい。もう夏物が出回っているだろう。晴美ちゃんに似合いそうな夏物の服を、幾つか買ってこようよ」

「えっ」

予想だにしていなかったという様子で、晴美はちょっと目を見開いて沢田を見た。

「妻がまだ生きていた頃、それも若い時分のことだな。洋服好きな妻につき合って、休日一緒にデパートに行って、妻の衣類や雑貨を買ったりしたものだった。私が似合いそうな服を見立ててあげたりしてね。妻は誕生日や結婚記念日に、自分の望まない高価な品をプレゼントされるよりも、時々二人で一緒にデパートに買い物にいくことの方を好んだ。今日は私が晴美ちゃんに似合いそうな服を見立ててあげるよ。もちろん、晴美ちゃんの好みは尊重するよ」

「でも――」

やや困惑げな面持ちをして、晴美は視線をテーブルに落とした。

「ああ、お金のことは心配しなくていいよ。私からのささやかな夏に向けてのプレゼントだ。晴美ちゃんのお蔭で、楽しい時間を過ごさせてもらっている。そのお礼」

「そんな、お礼だなんて」晴美は視線を上げ、幾らか狼狽《ろうばい》したような様子で言った。「いつも沢田さんにご馳走《ちそう》していただく一方で、本当ならこちらがお礼をしなくちゃならないところです」

「もしそう思ってくれるなら、たまには私にパトロン気分、お父さん気分を味わわせてくれないかな。それが私へのプレゼント」

ちょっと冗談めかした調子で沢田は言った。

が、晴美のお蔭で、楽しい時間を過ごさせてもらっているというのは、沢田の嘘偽りのない正直な気持ちだった。百合子を失ってからというもの、この歳になって週に何度もデートをするような、娘ほど歳下の女性の相手ができるとは、ゆめ思ってもいなかった。今では晴美と過ごす時間は沢田の楽しみであり、多少大袈裟に言うなら生き甲斐《がい》だった。

「本当に、お言葉に甘えてもいいんですか」

おずおずといった調子で晴美が言った。

「もちろん」

「だけど私、沢田さんのこと、パトロンだとか、ましてやお父さんだなんて失礼なこと、思ってなんかいませんから。沢田さんは、そういうのとはまた違った大切な存在で。今の私の縋る縁というか……私も沢田さんと過ごす時間がほんとにとっても楽しいんです」

「ありがとう。そう言ってくれるだけで嬉しいよ」

七十過ぎた爺《じい》さんに向かって——そうつけ加えたいところだったが、その言葉は口にしないで呑み込んだ。わざと自分を卑下するようで、逆にみっともない気がしたからだ。

「じゃあ、飲んだら行こうか。新宿でいいかな？」

「はい」

笑みと恥じらいのようなものを滲ませた顔で、晴美がこくりと頷いた。その顔が、沢田には何とも可愛らしく思えた。

晴美は知り合った当時と同じく、沢田を「沢田さん」と呼ぶ。一方、沢田は、いつしか彼女を「晴美ちゃん」と呼ぶようになっていた。親しくなるにつれ、相手は娘のような年齢の女性なのに、「武藤さん」と呼ぶのは何だか堅苦しい感じがしたからだ。それで自分は三十二も歳上だということを言い訳にして、そう呼ぶようになった。時として彼女を当たり前のように「晴美ちゃん」と呼んでいる自分に気づいて、気恥ずかしさを覚えることがある。何だろう、晴美ちゃんだなんて、まるで親戚《しんせき》の娘か彼女でも呼ぶようじゃないか——。

一緒にデパートに行っても、きっとショップの店員は、沢田と晴美を父娘《おやこ》と思うことだろう。でなければ、親戚のおじさんと姪《めい》。そう見えて当たり前だ。それは沢田もよくわかっている。だが今の沢田にとっての晴美は、言うまでもなく娘でも姪でもなく、かといって友だちというのともまた違い……詰まるところ「晴美ちゃん」、その一語に尽きる感じがした。そこには沢田の逃げの如きものもあるかもしれないが。晴美に男として心寄せて、とたんに厭悪《えんお》の念を抱かれて、嫌われてしまうのが怖い。

「晴美ちゃん」——心でそう呟いて、沢田はまた気恥ずかしさを覚えた。けれどもそれは、どこか甘やかな匂いを纏った気恥ずかしさだった。

2

家に帰り、リビングのソファに腰を下ろすと、沢田は「ただいま」の言葉の代わりにやや長めの息をひとつついた。

沢田の住まいは、東中野の駅から歩いて六分ほどの住宅地にある一戸建ての家だ。晴美のマンションとはちょっと方角が違うので、互いの家と家の距離は歩いて十二、三分というところか。キッチンやダイニング、リビングを除くと、二階を含めて部屋は四室ある。使っているのは、主にリビングと寝室だから七十過ぎの男の一人住まいには、少し広すぎるというか、手に余る。風呂やトイレ、リビングなどは、自分が毎日使っている場所なのでそれなりに掃除をするが、なかなか家中を掃除してきれいにすることはできない。気力、体力が続かないのだ。たいがい階段に掃除機をかけているところで根が尽きる。したがって、どうしても寝室以外の二階の部屋は手薄になり、滅多に足を踏み入れないし掃除機もかけないから、埃《ほこり》が積もっているだろうし、湿気《しけ》てもいるだろう。

掃除を含め、家事はほぼ妻の百合子任せだった。家での沢田の仕事は、小さな庭や玄関まわりの掃き掃除程度。後は暮れの大掃除の時に、キッチンの換気扇の掃除をしたり雨樋《あまどい》の落ち葉を払ったり窓拭《ふ》きをしたり……せいぜいその程度のことだった。だから、いざ一人になってみると、やっぱり戸建ての家はやや持て余す。

ソファから立ち上がり、薄手の上着をハンガーにかけてから洗面所で手を洗うと、沢田は一階の和室に赴いて、仏壇の百合子の写真に「ただいま」と言葉に出して言って線香を上げた。むろん、百合子は「お帰りなさい」と言ってはくれない。いつもの笑顔でただ沈黙。

（今日は晴美ちゃんと新宿のデパートに行ってきた。お母さんにもしてあげたみたいに、彼女に似合いそうな洋服を見立ててあげたよ）

沢田は一応百合子に報告した。

沢田夫婦の間には、男の子が一人いる。「お父さん」「お母さん」――その息子、稔《みのり》が生まれた後あたりから、互いをそう呼び合うようになった。稔が独立してこの家から出ていってしまっても、それは百合子が亡くなるまで続いた。いや、今もだ。

今日、晴美には、RDというブランドになるのだろうか、そのショップでワンピースとチュニックとカットソー、それに冷房よけの薄手のカーディガンを買ってあげた。途中、昼食はとらなかったので、その後早めの夕食を共にしてもよかったが、一日連れ回しては晴美がくたびれるだろうし、それでなくてもしょっちゅう会っているのだ、何も今日一日にまとめることもないと思って駅の出口で別れた。

（今晩は「大黒屋《だいこくや》」にでも行って、餃子《ギョーザ》をつまみにビールを飲んで、炒飯《チャーハン》か何か食べてくるか）

今度は百合子にではなく、心のなかで自分に向かって呟いて、腰を上げるとリビングに戻った。「大黒屋」は、近くにある全国チェーンのラーメン店だ。昔からそこにあるのは知っていたが、昼食時や夕食時に時々立ち寄るようになったのは、やはり百合子が亡くなってからだ。

時計を見る。午後四時十七分。これといって見たい番組もなかったが、テレビをつけた。動く絵と音でもないと、しんとした静けさが、じきに広めのリビングを隈《くま》なく浸して、何だか寄る辺ない心地になってしまうからだった。

晴美もこの家に来たことがある。まずは亡くなられた奥様にご挨拶《あいさつ》がしたいと言うので、客間だった和室を仏間にした部屋に通した。

「奥様が亡くなられたの、六十六歳の時でしたっけ？」

リビングに腰を落ち着けてから、晴美が確認するように沢田に尋ねた。

「そう。私が六十八歳になったところで、妻は六十六歳だった」

「若い……」

低く呻《うめ》くように言ってから、晴美は肩を落とすように俯《うつむ》いた。

「たしかに、今時の人間としては若いよね。でも、晴美ちゃんのお母さんも――」

「はい。五十二歳で亡くなりました」

「お父さんはもっとお若かったよね」

「父は私が三つの時に事故で亡くなりましたから、三十二歳です」

改めてそれを耳にして、思わず沢田は顔を曇らせ、陰鬱《いんうつ》な吐息をついた。両親を早くに亡くして一人で生きてきた晴美の苦労、孤独な境遇、さぞかし辛《つら》く大変であったであろう日々に思いを馳《は》せて、胸を痛めたからだった。

「亡くなられてから二年半ちょっと……お寂しいでしょう」

晴美は言った。

「寂しいね」沢田も正直に答えて言った。「定年を迎えて、これから二人で老後を楽しもうと思っていた矢先のことだったから。だから私は、もちろん失ったのは妻もだけれど、この先、自分が生きていくうえでの道標《みちしるべ》も一緒に見失ったような心地だった。それは今も続いているけれど」

　百合子は六十の時に乳癌《にゅうがん》が見つかって、その手術をした。手術は無事成功し、以降、四年近く何事もなく過ぎて、四年目の検診に行く時にも、「後一年経ったら再発の恐れなし。無罪放免だね」などと、明るく言葉を交わしたものだった。が、その四年目の検診で、精密検査を必要とする不穏な影が見つかって、検査の結果、右上腕部と大腿骨《だいたいこつ》に転移性骨《こつ》腫瘍《しゅよう》が認められると医師から告げられた。その時、沢田もつき添っていたが、医師の言葉を耳にした途端、すっと頭から血の気が引いていき、顔面が冷たくなったのを、今もよく覚えている。

「手術でしょうか。また手術をすれば、何とかなるんでしょうか」

　骨、それも大腿骨と聞いて、前回よりも深刻、手術も大変なものになるだろうと思いつつ、半ば縋るように沢田は医師に尋ねた。

「簡単なことではありませんが、骨の手術はできますし、もちろんそれでお元気になられたかたもいます。しかし、奥様、沢田さんの場合……」ちょっと言葉を途切らせてから医師は続けた。「リンパ節にも転移が認められ、これがからだのあちこちに癌を散蒔《ばらま》く可能性が高く、なかなか厄介と言えます。真っ先に大腿骨の手術をすべきかどうか……慎重に検討してからでないと軽々には」

　それだけでも沢田たち夫婦にとっては、死刑宣告に等しかった。それでも手術で何とかならないものかと、沢田は百合子がいない席で、医師にさらに突っ込んで尋ねた。医師の答えはこうだった。

「奥様はまだ六十四歳とお若いので、リンパ節からの転移で新しい癌ができれば、その進行は速いでしょう。それを注意深く見守っていく必要があります。最悪、あちこちに癌ができていったら、治療もモグラ叩きのようになりかねません。仮にそうなったら、手術を先にしてしまうと体力が……。さらに詳しく調べてみなければ明言はできませんが、個人的には、既に筋膜にも浸潤しているのではないかと疑っています。——難しいところです」

　いろいろ検査をしたし、相談も重ねた。結果、大腿骨の大手術で、当面の歩行力、それに治療に当たって大切な体力を失ってしまうのが怖い。それでまずは抗癌剤で叩く治療を行なうことになった。以降は、入退院の繰り返し。抗癌剤の副作用の苛烈《かれつ》さは、テレビなどで見聞きして知ってはいたが、現実は想像を超える壮絶なものだったし、百合子はみるみる紛《まが》うかたなき病人になっていった。血の気のない顔色、力ない眼、痩せて頬骨が浮き上がった顔、骨だけのような細い手脚……。

　闘病することおよそ一年半、ある日百合子は病院のベッドで、「おやすみなさい。じゃあ、また明日ね」とか細い声で沢田に言って目を閉じたきり、回診の看護師の問いかけにも反応しなくなり、沢田が駆けつけた時には、もはや虫の息だった。

「お母さん！　お母さん！　百合子、頑張って！　逝くんじゃない！」

懸命に沢田は声をかけ続けたが、百合子は二度と目を開くこともなければ言葉を口にすることもなく、静かに息を引き取り旅立っていった。

唯一の救いは、ちょうど沢田が定年を迎えた時の再発、転移だったので、一年半の闘病中、毎日百合子に寄り添って、世話を焼いてやることができたことだ。が、定年後に予定していた海外旅行や全国各地の温泉巡り……すべては実現せずに終わった。

亡くなってから半年余りは、役所関係、金融関係……各所の事務手続きだの何だの、いろいろとやることがあって、喪失感に浸されながらもそれなりに用事があって忙しかった。その日の用事を終えて近所の居酒屋や飯屋で夕飯をとることも、生きているからには当たり前のことで、べつにどうということもなかった。それなりに、日々充実感があったのかもしれない。が、持ち前の事務能力で割と早くにそれらを終えてしまうと、どっと疲れと孤独がきた。「いろは」で晴美に声をかけられたのは、ちょうどそんな時だった。

（不思議なものだ。そういう時だからこそ、同じように孤独を抱えた彼女との縁ができたのかもしれない）

沢田は思う。孤独が孤独を呼んだ――そんな感じ。不安神経症に強迫性障害、心の病もあるが、加えて彼女は今は寛解状態にあるものの、悪性リンパ腫という百合子の病に通じえる病を抱えている。まだ詳しくは聞いていないが、ほかにもどうやらややこしい病気を抱えているらしい。だからと言うべきか、晴美と自分は出逢うべくして出逢った——沢田はついそんなふうに考えてしまう。百合子という伴侶《はんりょ》を癌で失い、老境を迎えてひとりぼっちになった沢田に、神が運んでくれた縁、神が遣わしてくれた相手。

そんなふうに思いながらも、沢田は心で自らそれを打ち消すように首を横に振ったりする。沢田と晴美は違う。三十八歳、心身両方に病を抱えているかもしれないが、まだ晴美は若い。沢田とは異なり未来がある。

「伯父がいるので、天涯孤独とまでは言いませんが、伯父とは母の葬儀以来会っていないし、やっぱり私は孤独です」晴美は言う。「からだもメンタルも強くないので、外に出て仕事をして、いろいろな人と関わることもできませんし。そんなのは、小心なものぐさ者の言い訳かもしれませんけど……。でも、今ではそれが私の宿命みたいなものなんだと思って、孤独を受け入れています」

晴美がそう言った時、沢田は彼女に言った。

「晴美ちゃんはまだ若い。これから自分の家庭を持つことだってできる。夫もだけど、子供だって。今は四十過ぎての初産という人も結構いるみたいだよ」

「私には無理です」沢田の言葉に、晴美は一片の迷いもなくさらりと言った。「夫も子供も、どちらも無理です」

「立ち入ったことを聞くようだけれど、どうして今まで結婚しなかったの？　私にはそれが何とも不思議で。晴美ちゃんなら、晴美ちゃんの病気を理解して、受け入れてくれる人がいただろうに」

「一度だけ、〝この人〟と思い定めてつき合っていた人がいます。その人と結婚して、幸せな家庭を作るつもりでしたし、それを切に願ってもいました。そのことに、頑迷に固執するぐらいに」晴美は沢田の問いに答えて、低く静かな声で語った。「でも、駄目でした。その人とその人との未来が失われた時、ああ、私はやっぱり誰かと一緒に幸せになることなんかできないんだと悟りました。おかしいでしょ、未だにその人の夢を見るんですよ。で、目が覚める度、ああ、彼とのことは結局ただの夢だったんだと、改めて思うような有様で」

「そこまで晴美ちゃんが思い入れた相手なのに、どうして駄目になってしまったの？」

「私の彼への依存が強かったのが一番の原因だと思います。ただ、彼、いろいろとちょっと困ったところや癖のある人で……」

「困ったところや癖？」

「たとえば激すると自分の感情が抑えられなかったり、金銭関係、異性関係にルーズだったり……ほかにも細々《こまごま》あれこれと」

「ほかにもまだあれこれと？……」

「あ、でも私がいけないんです。彼は派手なことが好きな豪気な人でしたから、私の地味さ、虚弱さが、だんだん鬱陶しくなったんだと思います。そんな女に勝手に人生の伴侶と思い定められて、きっと逃げ出したくなったんでしょうね。それでも縋りつくような私に苛立《いらだ》って、激昂《げきこう》したこともありましたから」

その男は、一方的に晴美に別れを告げると、すぐにべつの女の許に行き、たちまちその女と同棲《どうせい》を始めた。相手の女性は、晴美も知っている女性で、彼女とは晴美とつき合っている時からの関係だったと後でわかった。

「ほかにも何人かつき合っている人がいました。目立つしモテる人だったので、仕方ありませんね。みんな自分が一番になりたくて、彼には貢ぐし、それが彼にとっては当たり前だったんです。だけど、私にはその金銭的な余裕がなくて……」

晴美は自分がいけなかったのだと自らを責めているが、沢田に言わせれば、女にだらしなくて金にも汚く、激昂すれば女に暴力も振るいかねない——そんな男はただの屑《くず》、男としては最低のろくでなしだった。

「どうしてそんな人を好きになっちゃったのかなあ」

嘆息するように沢田は言った。

「私とは真逆というか、私にはないきらきらとしたものを持っていた人だったからだと思います。怒らせると手に負えませんでしたけど、やさしい時は本当にやさしくて、愛情に満ち溢《あふ》れた目をして見つめてくれるんです。その目を見ると、勝手に心がときめいちゃうんですよね。もう一度この人を信じてみようなんて。馬鹿みたいでしょう」

「そうだ。馬鹿だ」と言うことはしなかったが、やはり晴美は選ぶ相手を間違えたし、愚かだったと言わなければならない。延々罵声《ばせい》を浴びせかけるし殴ったり蹴ったりする。その一方で、涙を流してそれを詫《わ》び、今度は誰よりもやさしく頰笑みかけ、女を抱き締めたり可愛がったり、肉の悦《よろこ》びで満たしたり……そんなのは、DV男の典型だ。

「でも、まだこの先、出逢いがあるよ」

「いいえ。その後、自分の病気のこともわかりましたし。沢田さんは若いと仰《おっしゃ》ってくださいますけど、あれこれ病気を抱えた無職に等しいアラフォーの女なんて、誰も本気で相手になんかしませんよ。そうわかったので、私は孤独という宿命を、甘んじて受け入れることにしたんです」

孤独を甘受する——それに関しては、沢田よりも晴美の方が腹が据わっているかもしれない。

正直に吐露するならば、沢田も百合子を失って以来孤独だし、一人で家にいる時など、ふとどうしようもない孤独感に襲われて、それを何ともできずに喘《あえ》ぎのたうちまわっているのが実状だ。二年半以上が経つというのに、まだ孤独に慣れていないし、晴美のように腹を括《くく》ってそれを受け止めきれていない。

たしかに沢田には稔という息子がいて、天涯孤独でもなければ、家族がいない訳でもない。ただ稔は、大手ゼネコンの大谷組《おおたにぐみ》に就職したはいいが、シカゴ支社勤務になってアメリカに渡って以来、日本に帰ってくることがほとんどない。十年ほど前に大谷組を辞めたが、今はニョーヨークで暮らしていて、向こうで家庭を持っている。カトリーヌという、ややフランス語訛《なま》りのある英語を話す金髪碧眼《へきがん》の妻と、マリリンという娘。マリリンは、当然英語は話すが、日本語はほんの片言だ。百合子が亡くなった時、一度だけ会ったことがあるが、いきなり祖父と孫の関係になれるはずもなく、英語で少し遣《や》り取りしたものの、向こうも沢田を自分の祖父とは思えずに、戸惑っている様子だった。まだ六つだったので無理もない。沢田にとってのカトリーヌもマリリンも、嫁や孫というよりも、突然沢田の前に舞い降りた、宇宙人みたいなものだった。

(何がスペースアーティストだか)

稔はもともと建築や造形物、美術に関心があり、そうしたこともあって大谷組に入社したのだが、シカゴでさまざまな建築物を目にしたことで、一気に美術魂が覚醒《かくせい》したらしい。それで、たとえば一室全体を、家具や照明などを含めて金属でアート作品とするようなパフォーマンスを始めた。沢田はそれがいったい何になるのかという思いだったが、どうしたことかニューヨークで認知、評価されるに至り、スペースアーティストとして活動するようになった。ニューヨークというのはそういう街なのだろう。大谷組を辞めてからこの十年、稔はそれで食べて暮らしている。日本では認知されない芸術だとわかっているからか、稔に帰国の意思はつゆもない。百合子が余命幾許もないという状態になった時や亡くなった時には帰国したが、それっきりだ。稔はニューヨークに骨を埋《うず》めるつもりらしい。したがって、息子はいてもいないも同然。稔は日夜制作に明け暮れていて、日本の老父を顧みもしない。

「企業人として勤め上げたから、老後資金は充分でしょ。余裕だよね。もしも足りなくなったら言って。その時は都合をつけるから」

百合子の葬儀を終えて帰国する時に、稔が沢田に言った言葉がそれだった。

たしかに持ち家もあれば蓄えもある。年金も満額支給されているから、金銭的な余裕は充分だ。後生きたとしてもせいぜい十年か長くて十五年。ふつうに生活していれば、経済的に困ることはない。だが、金では埋められない心の虚《うつ》ろはどうしたらいいのか。稔には、百合子を亡くした沢田の心に吹く隙間《すきま》風の薄ら寒さが、まったくわかっていない。この先、どんなふうに老いて、どういう死に方をするのかという不安もだ。沢田は心臓に持病がある。左心室のポンプの働きが悪いのだ。ポンプが止まれば血液が送れず、心臓の機能は停止する。おかしな言い方になるが、今の沢田にはそれが逆に救いだった。恐らく自分は心臓の病気で亡くなるだろう。弱った心臓が止まって、息をしなくなる。それだけだ。じわじわ病に蝕《むしば》まれ、自分でわが身を処すこともままならない状態で、長々塗炭の苦しみを味わうことはきっとない――。

「今日は本当にありがとうございました」

東中野の駅出口で、沢田が買った服の入ったショップの紙袋を手渡すと、晴美はぺこりと頭を下げて言った。そして別れの挨拶をする時に見せた含羞《がんしゅう》の滲んだ笑顔が、沢田の瞼《まぶた》に甦《よみがえ》った。甦った次の瞬間、沢田の心はささやかな幸福感に浮き立っていた。

「早くに父を亡くして、父親の記憶がないということもあってか、私、父親というものに妙な思慕があって。だから、歳上の人が好きなんです。それも沢田さんぐらい歳上の人が。心が安らぐんですよね。前の彼で若い男性には懲りたということもあるんでしょうけど」

前に晴美が言っていたことを思い出した。沢田さんぐらい歳上の人が好き――半分はリップサービスかもしれないが、沢田には嬉しい言葉だった。その時、沢田も言いたかった。

「私も晴美ちゃんが大好きだよ」――。

沢田は孤独な境遇にある晴美に憐憫の情を抱いたのでもなければ、同情したのでもない。そうではなくて、根深い孤独を抱えている彼女の魂の震えに、その実、日々孤独に苛《さいな》まれている沢田の魂が、共鳴、共振したのだ。それで磁石に引きつけられるように彼女に心魅《ひ》かれた。

晴美は、伊豆高原に伯父がいるので天涯孤独とまでは言えないだろうが、実態はやはり天涯孤独に等しい。沢田も妹が一人いるし息子もいるので、天涯孤独とは言えない。しかし、稔はああだし、妹の聡子《さとこ》は嫁ぎ先の下関にいて、長男の嫁として向こうの家と地元地域に根づいている。上京することはまずないし、今では電話で話すことも稀《まれ》だ。兄妹ながら、せいぜい年賀状の遣り取りをする程度。それだけに、晴美の孤独が痛々しくもいとおしい。

（しかし、本当に晴美ちゃんの伯父さんは、彼女に遺産を残すつもりはないんだろうか。七十五歳の老人だ。体調も万全ではないだろう。彼女に金を残す代わりに、自分の老後をみてもらうつもりもないんだろうか）

ふと思って、沢田は中腰になると、テーブルの上のノートパソコンを手元に引き寄せた。伯父の名前は、たしか武藤昌志——そう言った。沢田はパソコンを立ち上げると、ネットの検索エンジンで「ニッポンノコドモ基金　武藤昌志」を検索した。人とは交流せずに基金を運営しているとなると、寄付やファンドを募るのは、どうしたってウェブ上でということになるだろうと考えたからだ。

検索すると、ずらっと似たようなサイトがモニター画面に並んだ。が、スクロールしてみるに、ずばり「ニッポンノコドモ基金　武藤昌志」と思われるものは見当たらない。検索項目に「伊豆高原」を加えてみたが、結果は同じで、これが晴美の伯父のサイトだというものは出てこない。もしかしたらと思われる、幾つかのサイトにアクセスしてみたが、どれも違う。どうやら晴美の伯父はウェブ上でのサイトやページは持っていないらしい。

ならばどうやって寄付を募っているのか。寄付を募るのみならず、世間に認知されていなければ、金銭的な援助を求める側の子供や子供の親にしたって、請願して支援を受けることができない。存在ばかりか、所在や連絡先もわからないのではどうにもならない。

（おかしいな）

心の内で呟き、沢田は自然と小首を傾《かし》げていた。

今時ネットも使わずに、伊豆高原で孤高を保ちながら、どうやって子供のための基金を運営し得るものか。沢田にはさっぱり見当がつかなかったからだ。

（おかしいな）

もう一度同じ言葉を心の内で呟いてから、沢田は思った。今度、何かの折に、晴美ちゃんに訊《き》いてみるか――。

少々得心がいかない思いではあったが、あちこちのサイトを覗《のぞ》くことにも疲れて、パソコンをシャットダウンさせた。それからまた思った。晴美に尋ねれば、沢田の疑問はきっと解消されることだろう。けれども、晴美はどうして沢田がそんなことを尋ねてきたのかと、怪訝《けげん》に思いはしないか。パソコンで伯父のサーチまでしたと知ったら、嫌な気持ちになるのではないか。なぜなら、晴美の伯父について知ろうとすることは、この先、晴美に入ってくるかもしれない金を知ろうとすることでもあるからだ。そんなことで、晴美に嫌われることが怖い。去られることが恐ろしい。

沢田は、いつの間にか晴美が、自分の日常のコマとして欠かせないものになっていることに改めて思い至った。

（晴美ちゃんがいなくなったら、私はもっと深い孤独地獄に落ちる……）

知らず知らずのうちに、沢田は顔を曇らせて、湿気た溜息《ためいき》をついていた。そして今度は意識的に心の内で言っていた。

（そんなのは嫌だ。絶対にご免だ）

3

晴美と一緒に新宿のデパートに行ってから、一週間ほどが経ってのことだったか。「いろは」に行ってみるとテーブル席が空いていたので、沢田はそこに腰を下ろした。マスターの矢部《やべ》は何も言わないし、もの言いたげな目を向けることもない。だが、ある時期までカウンター一辺倒だった沢田が、時々店に来ていた女性客と店で待ち合わせをして、空いていればテーブル席に坐って、彼女と話をしながら飲み食いするようになったことには、もちろん気づいているだろう。話し相手がいるから、滞在時間も前よりも長くなった。

沢田が腰を下ろして間もなく、ガラガラッと引き戸の入口が開いて、晴美がなかに入ってきた。晴美の顔を見て、「やあ」とばかりに笑いかけた沢田の顔が、晴美の変化に気がついて、たちまちのうちに曇っていった。

晴美は頰笑んでいる。が、彼女の左手には、白い包帯が巻かれていた。

「晴美ちゃん、どうしたの、その手?」

「あ、一昨日骨折しちゃったんです。小指ですけど」

「骨折? それは大変じゃないか。連絡をくれればよかったのに。手に怪我をすると、何をするにも不自由だろう」

「不自由は不自由ですけど、左手なのでまだマシです」

「それにしたって……。でも、骨折ってまた何で?」

部屋の片づけをしていて、資料本を詰め込んだ重たい段ボール箱を変なふうに持ってしまい、床に落としかけた時にボキッとやってしまったのだという。

「思わず箱の下を支えていた小指に力が入っちゃったんですよね。どうも私はおっちょこちょいというか粗忽《そこつ》で」

「うわ、それは痛かったろう? おっちょこちょいとか粗忽とかいう問題じゃないよ、かわいそうに。骨折したとなると、今日は飲めないんじゃない? べつの店にした方がよかったかな」

すると晴美は明るい笑顔を沢田に向けて「大丈夫です」と言った。

「骨折したのは一昨日ですし、日本酒一合程度なら全然平気です。私、骨折には慣れていますし。今回はほんとにたいしたことがないので、二、三週間ぐらいで治ります」

　それで酒と何品かの肴を注文した。まずは冷酒に口をつけ、青菜の白和《しらあ》えや刺し身の三点盛り、鮎の塩焼きなどの肴が運ばれてくるのを待ちながら、骨折には慣れている、二、三週間で治ると言い切る晴美に、それはどういうことかと、沢田は問うた。ふつう小指であっても、骨折したとなると大騒ぎだ。

「ああ、悪性リンパ腫……限局期のホジキンリンパ腫だということしか、沢田さんにはまだお話ししていませんでしたね。私、骨形成不全症という、国指定の難病持ちなんです。なので、骨折はこれまでにも何度か」

　そんな病気があることは初めて知ったが、容易に骨が折れる病気らしく、問題は、その薬や治療法がないということのようだった。だからこその難病。

「ちょっとバランスを欠いた躓《つまず》き方や転び方をしただけで骨折してしまうので、日頃から気をつけてはいるんですけど」

　言われてみれば、晴美はちょっとぎくしゃく歩くし、手の動かし方にもそんな様子が窺える。それに、ふだん高いヒールの靴やミュールと呼ばれるようなサンダルも履いていない。

「ホジキンリンパ腫に骨形成不全症……余計なことだけど、医療費だけでも大変じゃないの？」

運ばれてきた肴に箸を伸ばすことも忘れて沢田は尋ねた。

「ホジキンリンパ腫の時は、抗癌剤治療を四週間ワンクールで何度か繰り返しましたので、まあ費用も大変でした。勤めていた時分の貯金は全部吐き出しましたし、その頃親しくしていた友人にお金を貸してもらったりもしました。でも、骨形成不全症は国指定の難病ですし、私は低所得者なので、今は国からの補助があって医療費はかかりません。その分助かっています」

「助かってるって……それにしても」

抗癌剤治療と耳にしただけで、沢田の胸は痛んでいた。言うまでもなくそれは、そのひと言だけで副作用に苦しんでいた百合子の姿が鮮明に思い起こされたからだった。晴美もそんな思いをしたのか——そう思うと、何とも気の毒でならなかった。おまけに国指定の難病まで。

「抗癌剤治療をしていた時はどうしていたの？　自分で身の回りのこともできなかっただろう？」

「行政の力も借りました。ソーシャルワーカーさんに相談して、自宅療養をしている時は、ヘルパーさんに来てもらったり」

父親は三歳の時に、母親は二十五歳の時に……そしてホジキンリンパ腫、骨形成不全症発症。何という過酷な人生だろうかと、沢田の気持ちの方が暗く落ち込むようだ。にもかかわらず、目の前の晴美は笑っている。どう見ても強い女性ではない。ならば健気《けなげ》と言うべきか。沢田は晴美の顔を見ながら思った。

「リンパ腫の治療はどこの病院でしたの？」

「愛宕《あたご》の東京中央医療センターです」

その言葉に、思わず沢田は目を見開いていた。それ専門の病院という訳ではなく、ほかの病気も診《み》ているが、悪性腫瘍にかけてはやはり東京中央医療センターが一番、その評判を耳にして、百合子もそこに連れていった。検査、手術、治療、すべてそこで受けた。死もだが。

「亡くなった妻の百合子も東京中央医療センターだった」

思わず呻くように沢田は言った。

「そうだったんですか。あそこは悪性腫瘍にかけては、先端医療技術が飛び抜けて優れていますものね」

言ってから、「さあ、いただきましょう」と、晴美は沢田に頰笑みかけた。

「沢田さん、ちっとも召し上がっていらっしゃらない。私のせいですね、ごめんなさい。私が骨折なんかするものだから病気の話になっちゃって」

「いやいや、そんなことは」沢田は首を横に振って言った。「ただ、まだ三十八歳なのに、凄い人生だなあ、なんて思って」

言いながら、沢田は内心こうも思っていた。晴美は友人から金を借りたと言った。晴美が悪性リンパ腫で治療を受けていると知りながら、伊豆高原の伯父は治療費の援助をしてくれなかったのか。たった一人の肉親、姪の支援もせずに、何が苦しんでいる子供たちのための基金だろうか。哲学好きな篤志家というよりも、自分のことにしか関心のない偏屈な変わり者としか言いようがない。

「伯父さんは、何も手助けしてくれなかったの？　伯父さんが運営している基金は何という名前だったけ？」――この機に詳しく尋ねてみたいところだったが、沢田はその言葉を呑み込んだ。小指を骨折している晴美に、今問い質《ただ》すことではない気がしたからだ。

「そういえば」沢田が言葉を口にせずにいると、逆に晴美の方が問いかけてきた。「沢田さんの息子さんって、ニューヨークでアーティスト活動をしているんでしたっけ？」

「ああ、稔ね」

言って頷いた沢田の顔は、ひとりでに曇って苦々しげなものになっていた。瞼には「我が道を行く」の典型といった稔の顔が浮かんでいた。稔は自信家で、沢田が何を言っても耳を貸さない。自分を曲げない。

「スペースアーティストと称して、訳のわからないものを作っている。あんなもののどこがいいんだか、私にはさっぱりわからないけど」

「えっ？　スペースアーティスト？」沢田の言葉に、晴美は目を瞠《みは》ってやや身を前に乗りだした。「稔さん……もしかして、沢田さんの息子さんって、S．MINORIのお名前で活躍されているあのMINORIさん？」

　晴美の言葉に、今度は沢田が目を瞠った。日本ではさほど認知されていない。にもかかわらず、晴美の口からS．MINORIの名前が出たことに驚いていた。

「もう五、六年ぐらい前になるかしら。私、大手町のNTビルの大ロビー・アートスペースで、MINORIさんのアート展見ました。MINORIさんのお姿もちらっと。お作品もMINORIさんも素敵でした」

　たしかに六年ほど前、稔は大谷組にいた時の縁で、日本鉄骨の専務に凱旋《がいせん》アート展をしてはどうかと声をかけられて、日本鉄骨本社のNTビルで、個展の如きものを開いた。百合子がぜひとも見たいというので、沢田も一緒に見にいったが、ロビーに奇天烈《きてれつ》な部屋がいくつか展開されていて、それのどこがアートなのか、沢田にはてんで理解できなかった。ただ、ニューヨークというところは、おかしな街だと思ったのみだ。

「そういえば、沢田さんと似てらっしゃる。背がすらっと高くて、整った顔立ちをなさっていて」

「いや、驚いた。凄い偶然というか何というか。よもや晴美ちゃんが稔のアート展を見ていたとは。おまけに稔の姿まで」

　以降、日本ではお呼びがかからなかったから、日本での個展はその一回きりだ。したがって、それを見た人間はごく限られている。そのごくわずかな人間が、目の前にいる。

百合子のかかった東京中央医療センターで、同じくに癌に関わる治療を受けていたというのもひとつの偶然だが、そこにもうひとつ大きな偶然が加わった。沢田は茫然とする思いだった。

「晴美ちゃんとは、縁があるのかなあ」

嘆息するように沢田が言うと、晴美が小さく頷いた。

「このお店でお話しするようになった時から、『ああ、このかたとは縁があるんだわ』って、私は勝手に思っていました。だから、やっぱりという感じです。全然意外じゃない」

晴美の明快な言いように、沢田も素直に「そうか」と思っていた。

初めてこの店で晴美と話をした晩のことが思い出される。沢田と話すことで気持ちの平静を取り戻し、微《かす》かに笑みを浮かべた顔で「私、武藤晴美です」と名乗った晴美に、沢田も「沢田と言います。沢田隆」と名乗った。それが互いの名前を知り合った最初だった。

「沢田さんは悠々自適のご身分なんですか」

そう尋ねた晴美に沢田は言った。

「ご身分というたいそうなものではないけれど、五年ほど前にジパング航空を定年退職になってから、仕事らしい仕事はもう」

「えっ、ジパング航空？　凄い」晴美は言った。「もしかして、パイロットさんだったとか？」

「いやいや。整備の仕事で入社したんだけれど、途中から管制室の仕事をするようになって。最後の五年は子会社に近い清掃会社を監督するような仕事をしていた。ま、裏方ですよ」

「でも、凄い。管制室だなんて。沢田さん、パイロットスーツとかも、とってもお似合いになりそう」

「もしも私がこの歳でパイロットスーツなんか着てたとしたら、それは詐欺師でしょう」

沢田の言葉に晴美はケラケラっと笑った。

その時、晴美とは前に会ったことがあるような気がしたことも、頭のなかに甦ってきた。笑顔ではなかった気がする。が、どこかで晴美の顔と姿を見たような気がする——。

「いろは」で何度か姿を見ている。それにもともと晴美も「エデン」の客だったし、「ビーバーズ」で食事をすることもあったから、その時無意識ながら、晴美のことをぼんやり記憶していたとしても不思議はない。けれども、どこかべつの所で会ったような。

(図書館……いや、病院かどこかで会ったような気がしたんだっけな)

明瞭《めいりょう》な記憶ではない。だが、晴美に似た雰囲気の女性が、誰かの見舞いなのかつき添いなのか、病院の待合室を少しうろうろとする感じで歩いていたような気がした。いや、逆に誰かにつき添われて病院に来ていたのか。少し顔色のくすんだ中年女性と、肩を並べて待合室の椅子に坐っていたような気もした。

「晴美ちゃんは、ふだんどこの病院に通っているんだっけ？」

沢田は尋ねた。

「薬師《やくし》病院です。中規模病院ですけど、あそこは整形外科もあって、骨折した時なんか、手術もリハビリもしてもらえるので。今回も、薬師病院で診てもらいました」

「ああ、そうか」

「後は中野のつばめメンタルクリニックという心療内科。その二軒です」

沢田が定期的に通っているのは、中野の青緑会《せいりょくかい》病院だ。ずっとそこの循環器内科にかかっている。

「青緑会病院には行ったことがある？」

「いいえ」晴美は首を横に振った。「リンパ腫の方は、一般の内科では診てもらえないので、年に二度ほど東京中央医療センターに」

予後良好——今現在、晴美はそう言われる状態にあるとかで、放射線照射も受けていないと言う。

（そうか……それじゃ私の思い違いか）

「あの、変なことを言うようですけど」沢田の沈黙にそっと切り込むように晴美が言った。

「会った時から懐かしい感じがする人って、前世からのご縁というか、ちゃんと意味があって出逢った人で。私、パニックを起こしかけて沢田さんにお声をおかけしたのは、たまたまではなくて必然だったと、改めて思っています」

「前世からのご縁……」

時々晴美はその種のことを口にする。それというのも、彼女がライターとして仕事上専門にしているのが、精神世界、スピリチュアル・ワールドだからだった。初めて彼女のマンションの部屋に招かれた時、仕事部屋も見せてもらった。パソコンが二台と、プリンターなどの関連機器、そして壁一面の本棚。

「あ、本棚を見て驚かないでくださいね」その時、晴美は言った。「並んでいるのは私の興味や関心、信仰ではなくて、仕事上での資料やライターとして携わった本ですので」

『精神世界へようこそ』『ハロー、ニューエイジ』『アセンションの時代』『スピリチュアルカウンセリングを受けてみた』『――子育てに悩む人へ――あなたの子供はワンダラーかもしれない』『前世を知って運命を拓《ひら》く』……沢田は読んだことがないし、アセンションだのワンダラーだの、言葉の意味もわからない本が、本棚にぎっしりと並んでいた。何となく聞いたことがあるのは、『四柱推命《しちゅうすいめい》で人生を知る』の四柱推命ぐらいのものだった。

沢田がぼんやり眺めていると、それらに自分は特に関心がないといった調子で晴美が言った。

「本当はこのマンション、私には分不相応なんです。この種のことのライターで、食べていけてる人なんかいませんから。でも、仕事柄、どうしてもパソコンや資料を置く部屋が必要で」

コンパクトな2DKだ。そこは見せてもらわなかったが、DK以外に寝室が一室。新宿に近い東中野という立地からするに、恐らく家賃は十万か、それをちょっと超えるぐらいだろう。仮に伯父が年に百万送金してくれているとして、それでは家賃だけで足が出る。二百万送金してくれているとしても、家賃に加えて水道・光熱費、それにケイタイ代等でほぼぎりぎり、そんなところではなかろうか。聞くだに変わり者といった感じの伯父が、年に三百万まで送金してくれているとは思い難い。やはり、病気を抱えて食べていくのは大変なことに違いない。

「今、原稿書いているんだったよね？」

沢田は現実に頭を戻して目の前の晴美に尋ねた。

「はい。時々お世話になっているスワン出版さんの仕事を」

「しかし、その手じゃ、キーボードを叩くのも大変だろう」

沢田が言うと、頷き半分といった感じで視線を下に落として苦笑しながら晴美が言った。

「そうなんです。左手の小指なんか、ふだん使っていないから大丈夫だと思ったんです。だけど、使ってなくてもバランス取って、ちゃんと役に立っているんですね。だから、もともとのろまなのに加えて、今は原稿打ち込むのもたどたどしくて、ちっとも捗《はか》がいきません」

「今回もやっぱり精神世界の話？」

「ええ。丸尾智樹《まるおともき》さんというヒプノ・セラピーをやってらっしゃるかたの語り下ろし原稿を」

沢田がぽかんとしていると、また晴美が苦笑して、それから続けた。

「ヒプノ・セラピーって言ったって、ふつう何のことかわかりませんよね。ヒプノ・セラピーというのは、いわゆる催眠・前世療法のことで。自分の前世を知ることで、現在の境遇、抱えている問題などを解決する方法です」

「ふうん」

「丸尾さんはメジャーとは言えませんから、実のところ売れ行きも全然見込めなくて。語り下ろしの原稿なのに、私も微々たる原稿料でやっています。そのうえ私は体力的に、ほかの人のように複数仕事を抱えてこなすことができないので、ほんとに食べていくだけで精一杯。とても貯金はできません。でも、いろいろな霊能者のかたにお目にかかることができて、その点はラッキーだと思っています。そのお蔭で生きていくうえでの指針を得たというか。沢田さん、偽ものも多い世界ですけど、なかには本当に凄いかた、同じ人間とは思えないかたも、実際にいらっしゃるんですよ」

この領域のことになると晴美は能弁で、沢田は聞いている一方になりがちだ。

「たとえばこれが望月《もちづき》マコさんや開《ひらき》聖徳《しょうとく》先生――ことに開先生のご本だったりすると、軽く十万部単位の売り上げ間違いなしなんですけど。開先生のご著書は大手版元が順番待ちで、スワン出版のような零細版元の出番はありません。――あ、開先生、沢田さん、ご存じありません？」

言われてもすぐにはピンとこず、沢田は小首を傾げた。

「一時期、『オーラの光』や『守護霊との対話』などといったテレビ番組で、一世を風靡《ふうび》した有名霊能者なんですが」

言われてみると、オーラの何とかという番組は、沢田も何度か見たことがある気がした。主として芸能人の出演者の性格や性癖、それに現在の生活のありようや抱えている悩みを、穏やかな口調ながらも澱《よど》みなく語ってみせ、どうやら図星を指されたとみえる出演者が、びっくり仰天して泣きだしたりしていた。沢田はといえば、半信半疑で見ていたが。

「そう、その開先生です。開先生の熱狂的なファンはヒラキーと呼ばれて、ヒラキーはヒラキーで先生のことを、聖徳という先生のお名前から、太子《たいし》と呼んだりしています。開先生は本ものです。開先生との出逢いがあったからこそ、私は自分の孤独な境遇を、自分の宿命として静かに受け入れることができるようになった気がします」

「晴美ちゃんは開先生に会ったことがあるの？」

「ええ」晴美は小さく頷いた。「以前、セミナーをやってらした頃に二度ほど。今は雲の上の人というか天上界の存在で、そう簡単にお目にかかることもままなりませんけど」

「そうなんだ」

「私が沢田さんとのご縁を、偶然ではなく必然、前世からのご縁と思うのも、開先生のお話を、直接聞く機会に恵まれたお蔭かもしれません。あ、また私おかしなこと言っているかしら」

「いや、そんなことはないよ」

「前世からのご縁というのは、前世でその人と、親友、恋人、夫婦、親子や兄弟姉妹という家族だった。そういうことです。だから、初めて会った時から懐かしい。前から知っているような気がする」

晴美の話を聞くうちに、沢田が図書館か病院かどこかで、以前晴美に会ったような気がしたのもそのせいかもしれないと思い始めていた。本来沢田にそうした発想はまるでない。が、晴美が確信を持った様子で語るので、いつの間にかそちらの領域に引き込まれていた。

ひとり密《ひそ》かに考える。

前世、もしも晴美が沢田の家族だったとしたら、この孤独であまりにつらく過酷な病を二つも抱えた女性を、何らかのかたちで助けてやらねばならないのではあるまいか。自分に何かしてやれることがあるのではないか——。

「だから言うんです。沢田さんとのご縁は偶然ではなく必然——いえ、偶然という必然だったって」

「偶然という必然……」

「ええ。魂の家族。前世の家族」

前世の家族……仮に晴美と前世で親戚か親子であったとしても、よもや夫婦だったということはあるまいが――。

思いながら、沢田は冷酒のグラスを口に運んだ。その時、沢田の脳裏にひとりでに、百合子の顔が浮かんでいた。温かい笑みを湛《たた》えたやさしい顔をした百合子。病に勝てず、ひとり先に旅立っていった恋女房。

酒を口に含みながら、沢田はやさしい笑みを浮かべた百合子に対して、何か申し訳なさのようなものを覚えている自分に気がついた。そしてそんな自分を、心で少し恥じていた。

4

梅雨の走りか、と思うような日の晩のことだった。晴美から突然電話があった。晴美とは、電話で話すこともある。が、親しくなってからはほとんどＬＩＮＥ。急な予定変更でもなければ、滅多にケイタイは鳴らさない。このところ晴美とは、原稿の締切りが迫っているとかで、一週間近く会っていなかった。

因《ちな》みにＬＩＮＥ名はカルメン。昔、「ハルミン」と呼ばれていたことがあり、それをもじってのことだという。

電話があった時、時刻は夜の十時半を回っていた。沢田は入浴も済ませ、パジャマ代わりのＴシャツに綿の五分パンツといった出で立ちで、日課となっている寝酒の焼酎《しょうちゅう》を、そろそろ飲もうかと思っていたところだった。

「すみません、夜分遅くに。沢田さん、今、話せますか。ご自宅でしょうか」

そう言った晴美の声は力なく、心なしか震えを孕んでいるようだった。

「うん、自宅。大丈夫だよ。晴美ちゃん、どうかした？　何かあったの？」

「何とか原稿を上げて、版元に送信したはいいんですが……」

縄のように自分を縛っていた仕事が、パソコンであっという間に送信されてふわっとほどけた途端、不意に行き惑うというか、途方に暮れるような思いになってしまったのだという。

「一応仕事が終わったんですから、本当なら解放感があっていいはずなのに、急に心がすかすかになってしまった感じで……。そうしたら、その心の虚ろを埋めようとするみたいに、今度は次々不安が噴出してきて。初めて『いろは』でお目にかかった時とおんなじです。わけもなくわなわなして手やからだが震えだして……ちょっとパニックです、私」

晴美は、不安神経症と強迫性障害のふたつの症状で、長年メンタルクリニックにかかっている。そうしたことからするに、それも恐らくは不安神経症の一症状なのだろう。

「薬は服《の》んだ？」

「服みました。でも、駄目です」

「………」

「処方されている眠剤を多めに服めば大丈夫だと思うんですけど、明日、お昼に吉祥寺《きちじょうじ》まで行かなくてはならない用事があって。眠剤を服んだら私、たぶん朝起きられないと思います。いつもそうですから。寝ないでこのままでいるのかと思ったら、心臓までどきどきしてきて、ますますどうにもならなくなってしまって」

「それは困ったね。そうだな。お酒を少し飲んでみてはどう？」

「無理です」

晴美は半分泣き声になっていた。

「かわいそうに。どうしてあげたらいいんだろう？」

「寂しいんです。不安で寂しくて堪《たま》らないんです」

「え？」

「私、沢田さんには、自分の孤独な境遇を静かに受け止められるようになったなんて言いましたけど、そこにはちょっとした強がりと何パーセントかの嘘があって。一旦心の平静が崩れると駄目なんです。途轍《とてつ》もない孤独感に見舞われて」

「――――」

それは沢田にもよくわかる。散歩ついでに食料品の買い物をしたり、上手《うま》くはないが料理をしたり、また、新聞を読んだり本を読んだり……そんなことでつるりと一日が過ぎて、孤独を感じずに済む日もある。が、何だかぽかんと時間ができてしまい、かといって家事もしたくないような日は一日が長い。そんな時間が空白で妙に長い一日は、決まって夕刻あたりに孤独を連れてくる。百合子はいない。稔は当てにならない。自分は一人だ。今日も明日も明後日も……ずっと一人だ。痛い、苦しいと声を上げても、誰も助けてくれない。一人で老いて、老いさらばえた果てに一人で惨めに死んでいく――孤独感に苛まれて、悶《もだ》え苦しむ思いになる。

「私に何ができる？　何かできることがあったら何でも言って」

沢田は言った。

「あの……これから、お宅にお邪魔してはいけないでしょうか。沢田さんが側にいてくださったら、私、きっと大丈夫です。沢田さんじゃなくちゃ駄目なんです」

予想していなかった晴美の言葉に、ケイタイを耳に当てたまま、沢田はぎょっと目を剝いた。

「図々しいお願いだというのはよくわかっています。でも、今晩、泊めていただけないでしょうか。沢田さんが隣にいてくださったら、私、落ち着いて眠れます。助けてください」

「助けてください」とまで言っているのだ。沢田が断れようはずもない。沢田が晴美のところへ行ってもよかったが、寝室は狭くて、ベッドとチェストなどで満杯だという。それで沢田は、晴美が家に来ることを承諾し、電話を終えると急いで寝室に使っている二階の部屋に上がり、自分の布団の横に晴美のための布団を敷いた。百合子が使っていた布団――。

シーツや枕、夏掛けをセットして階下に降りてひと息ついたところで、玄関の呼び鈴が鳴った。

ドアを開けると、何とも寄る辺ない様子で、暗い面持ちをした晴美が立っていた。夜目ながら、化粧はしていないようだった。涙に濡《ぬ》れた瞳が、玄関灯の光を細かに反射させる。

「まあ、とにかくなかに入りなさい」

晴美が玄関の内に入ったところで鍵をかけると、三和土《たたき》の上で晴美が不意に沢田に抱きついてきた。そんな晴美を、些か当惑しつつも沢田も緩く抱き締め返す。子供の頃、捨てられた子犬を拾い上げて抱き締めた時の記憶が、唐突に沢田の胸に甦った。ぶるぶると小さく震えつつも生きているものの血の温みを伝えてきた子犬。晴美には、まさにその子犬のような小さな戦《おのの》きと温みがあった。

「ああ、よかった。沢田さんのお顔を見て、たしかに私の側にいるって肌で感じただけで、私、少し落ち着いた」

沢田が晴美を抱き締めていた腕をほどくと、間近で沢田の顔を少し見上げて晴美がそう言った。事実、その顔には、ささやかな安堵の表情が見て取れた。

「焼酎しか置いてないんだけど、一杯飲む？」

リビングに通してから晴美に尋ねると、晴美は小さく、しかしきっぱりと首を横に振った。

「いえ、沢田さんさえ側にいてくれたらいい。私、横になりたいです。沢田さんの隣で眠りたいです」

「そうだね、晴美ちゃん、連日仕事だったから疲れているもんな」

念のためという思いで、見たところ新しげな夏のパジャマを百合子の箪笥《たんす》から出しておいたが、晴美はするすると服を脱ぎ、ブラジャーとショーツという下着姿で敷布団と夏掛けの間に滑り込んだ。

（えっ）

晴美のあまりの躊躇《ためら》いのなさに、内心驚きを覚えはしたものの、沢田もあえてパジャマには着替えず、Tシャツ、五分パンツ姿のままで布団に入った。布団に入る前、明かりは落として常夜灯にした。

「寒くない？　布団、しばらく干していなかったから、寝心地悪いかも。枕も変わって眠れるかな」

沢田が言うと、「大丈夫」という声が、隣の布団の晴美から返ってきた。「沢田さんと同じ屋根の下にいる。沢田さんと枕を並べて横になってる。それだけで私、安心できる。眠れます」

それから二言三言、言葉を交わしたが、やがて沈黙という静寂が訪れて、じきに晴美の微かな寝息が聞こえてきた。子供のような慎ましやかな寝息だった。

（ああ、無事眠りに就けたようだ）

そのことに安堵を得て、そのうち沢田も自然と眠りに落ちた。

目を覚ましたのは、それからどのぐらいの時間が経ってからだったろう。からだに何やら異変のようなものを感じて、沢田の意識が眠りから現実へと戻った。

異変のようなもの――自分の布団のなかに誰かいる。誰かいるとすれば、それは晴美以外にあり得ない。薄明かりのなか、目とからだで確かめてみると、晴美が半ば縋りつくように沢田の肩に腕をかけ、ぴたりと身を添わせていた。しかも晴美は、下着をつけていない。

「晴美ちゃん……」

思わず言うと、晴美はからだをぴたりと添わせたまま、囁きかけるように沢田に言った。

「もっと近くに、もっと直《じか》に、沢田さんを感じたかったの。そうすれば、私、凄く安心できると思ったから」

　こうなれば仕方がない。ひとつ布団で晴美を緩く抱き締めたまま眠るか――覚悟を決めかけた時だった。続けて晴美が言った。

「沢田さん、沢田さんも裸になって。私、沢田さんの肌を感じたい。肌と肌で感じ合いたい」

「えっ。晴美ちゃん、それはいけないよ」

「お願い。そんなこと言わないで、裸で私を抱き締めて」

「しかし――」

「沢田さん、お願い」

　ちょっと押し問答のようになったが、結果、沢田が押し切られる恰好となり、沢田は身を起こしてTシャツと五分パンツを脱いだ。ただし、トランクスは脱がなかった。そしてまた晴美の横に身を横たえる。すると今度は、晴美が右手でトランクスの上から、沢田の股間をやさしく撫《な》でるように触り始めた。

（う……）

　心で小さく喘ぐ。もうじき七十一歳、しかし、自分の男性機能がまだ失われていないことは、沢田自身も自覚していた。ただ、性欲、ことに性的な衝動は、もはや無いに等しいというか、この数年すっかり忘れ果てていた。それを晴美が思い出させようとしている。

手で撫でられている感覚のみならず、ほかでもない晴美に触られていると思うと、局部が反応し始めた。沢田はといえば、それを抑えるのに懸命だった。それでいて、脳裏に「回春」という言葉が浮かぶ。

「しよ」耳元で晴美が言った。「私、沢田さんともっと深くつながりたい。だから、しよ」

「駄目だよ。そんなことをしたら犯罪だ」

「犯罪？　そんな訳ない。沢田さんは立派な男性。私は三十八のいい大人の女。男と女だもの、そうなるのがふつう。当たり前」

「いや、駄目だってば晴美ちゃん」

股間に伸ばされた晴美の手をやさしく除《の》けながら、沢田は言った。

「どうして？」

「今日の晴美ちゃんは平常の晴美ちゃんじゃない。そんな時にそういうことになるのはよくないよ」

「じゃあ、今度する？　次はする？　私、沢田さんのことが大好き。だからからだでも、沢田さんとつながりたいの」

「晴美ちゃん――」

「人生はつらいことがいっぱい。ことに私なんか、肉体は魂の煉獄《れんごく》。苦しいことの方がずっと多い。相手が心から好きな人ならば、二人で肉体的にもつながって、一緒に気持ちよくなりたいの。たまにはからだで悦びを感じたって罰は当たらないでしょ。だから、ね？」

「わかった。でも、今夜は駄目だ。やめておこう。今日は私の言うことを聞いてくれ」

「――わかった。沢田さんがそう言うなら、今日は我慢する。私、沢田さんに嫌われたくないもの。でも、今度一緒に寝る時は、からだでもつながろうね。ちゃんとしようね」

ようやく聞き分けると、晴美はするりと沢田の布団から抜け出て、自分の布団へと戻っていった。常夜灯が映し出した全裸の晴美のシルエット。掌《てのひら》にちょうどよく収まりそうな胸、くびれたウエスト、桃を思わせるかたちよい尻……。

自分の布団に戻ると、晴美は再び眠りに落ちていったようだった。かたや沢田は、一度火のつきかけた下半身の感覚が徐々に薄らいで消えていくまで、容易に眠りに落ちることができなかった。

(晴美ちゃんが、私のことを男として見ていた)

布団のなかで、沢田は思った。

(七十過ぎた私のことを。次はしようと晴美ちゃんが言った)

心臓がどきどきとして、鼓動が早足で駆けているのがわかった。「いかん、いかん」と自分で自分に言い聞かす。沢田は心臓に持病がある。この種の興奮は禁物だった。

(それにしても、明日の朝、どんな顔をして晴美ちゃんと会ったらいいものか)

しばらく悶々《もんもん》としたのち、そんなことを考えていると、沢田も再び眠りに落ちていったようだった。次に目を覚ました時は、カーテンを引いていても外の光、明るさがわかり、既に朝が訪れていた。

枕元の時計に目を遣る。八時十八分。何だかんだと沢田も、案外よく眠ってしまったようだ。隣の晴美はまだ寝ている。沢田は晴美の眠りを妨げないようにと、静かに布団から起きだして、忍び足で階下に降りた。洗顔と着替えを済ませ、新聞に目を落としながらお茶を一服。目は新聞の活字に向けられていても、記事の内容はいっこうに頭に入ってこず、沢田の頭を占めていたのは、昨晩答えがでないままに終わってしまったことだった。晴美とどんな顔をして会ったらいいものか――。

が、結論から言うならば、案じることは何もなかった。九時ちょっと過ぎに階下に降りてきた晴美は、常と一点も変わりなく、「おはようございます」と落ち着いた笑顔を沢田に向けた。

「昨夜はお世話になりました。お蔭様で私、ぐっすり眠ることができました。だから今日はすっきり」

その顔と言葉にほっとして、沢田もいつもの自分で晴美と接することができた。聞けば、吉祥寺での打ち合わせは午前十一時半からのティー打ち合わせで、先方とランチをともにする訳ではないという。

「だから、東中野の駅を十一時に出る電車に乗れば充分です」

ならば「エデン」でモーニングでも食べようかという話になって、晴美が簡単な化粧を済ませるのを待って、彼女とともに家を出ると、連れ立つ恰好で駅近くにある「エデン」に向かった。歩きながら、沢田は思っていた。私はこの娘に何がしてやれるだろう――。

もしも晴美が口にした通り、側にいてやることが晴美の孤独の解消につながるのであれば、時間を持て余している身のこと、晴美の求めに応じて、幾らでも側にいてやろう。だが、それだけでいいのか。ほかにしてやれることがあるのではないか。

（となると、やっぱり金か）

沢田は思った。

（晴美ちゃんが、少しでも楽になれて、心に余裕が持てるようになるための金。生活資金の援助）

答えがすとんと心に落ちた時、晴美がはっとしたような空気を放ち、その足を止めた。

傍らの晴美を見る。その目は前にと据えられていた。晴美の視線を追う。沢田と晴美の前方に、短めの髪にパーマをかけた、ややぽっちゃりとした中年女性がいた。距離はだいたい七、八メートル、その女性は晴美の姿を認め、こちらに近づいてこようとしていた。

が、彼女が沢田と自分の行く手を塞《ふさ》ぐほど近くにやってくる前に、沢田をその場に残すかたちで、晴美がやや小走りで、自分からその女性に歩み寄っていった。

べてる？」

「ルミちゃん、心配してたのよ。ここのところ電話がなかったから。どう？　ちゃんと食
　晴美はごく低声《こごえ》で話していて、その声は沢田の耳に届いてこない。が、相手の女性の声は聞こえていた。

「見たところ、まあ元気そうだから少し安心したけど」

　晴美に話しかけながらも、女性は時々ちらちらと、沢田に視線を走らせてくる。好意的な眼差しとは言えない。何者だ、この男は？——そんな感じの疑わしげな眼差し。

「駄目よ、ちゃんと食べなくちゃ。ルミちゃん、食が細いから。今度また何か滋養のあるもの作って持っていくわね。——ああ、隣の部屋の騒音はどうなった？　あそこのアパート、壁が薄いからねえ。でも、前にも言ったけど、自分で注意しにいっちゃ駄目だからね。度を越していると思ったら、大家さんに相談して、誰からとはわからないように遠回しに注意してもらわないと。相手は男でしょ？　ルミちゃんはか弱い女性なんだから」

　女性は、バタバタといった調子で、自分の言いたいことを次々口にしている感じだった。が、晴美が、今日は用事があるとか連れがいるとか、何か彼女に言ったのだろう。彼女は、

「ああ、そう。わかったわ。それじゃまたね」と晴美に言うと、肩にわずかに触れる程度の晴美の髪を指でちょっと直すと、それで気が済んだかのように歩き始めた。おのずと沢田とすれ違う恰好になる。すれ違い様、またもや彼女は沢田に視線を走らせた。剣呑な表

情、暗く尖った視線だった。沢田はといえば、素知らぬ様子のポーカーフェイスを保っていたが、心では思うところがあった。

ルミちゃん……あの女は晴美をそう呼んでいなかったか。いや、たしかにそう呼んでいた。それに隣の部屋の騒音……それはいったい何の話か。あそこのアパートは壁が薄いとか何とか言っていたが、晴美の住んでいるマンションは、それほど安手の造りではない。

「今の人……」

女性を先に行かせ、ゆっくりと沢田のところへ戻ってきた晴美に、沢田は呟くように言った。

「ああ、前にリンパ腫の治療中、行政の力を借りたと言いましたよね。その関係で知り合ったかたです」

沢田が最後まで言葉をつないで問いかける前に、晴美は沢田に向かって言った。顔には落ち着きのある薄い笑みが浮かんでいた。

「行政の関係……ソーシャルワーカーさんとかヘルパーさんとか？」

「ええ、区から具体的な支援業務を委託されている事業所にいた人で。今はそのお仕事はお辞めになったみたいですけど」

「そう」

一応納得して、沢田は頷いた。歳の頃は六十前後というところか。見た目はふつうの主婦という感じだったが、ヘルパーと言われれば、そんな感じもした。家事や人の世話には長《た》けた中年女性。

「だけどあの人、晴美ちゃんのこと、ルミちゃんって呼んでなかった?」

一度頷きはしたものの、疑問はまだ残っていた。それで沢田は、肩を並べて再び歩き始めてから、晴美に訊いた。

「前からなんです。あのかたなりの愛情表現なのかな。晴美のハを勝手に取って、私のこと、『ルミちゃん、ルミちゃん』って」

「ふうん」

もうひとつ納得いかない思いだったので、沢田の相槌《あいづち》も曇り気味になった。行政の関係の人間なら、ソーシャルワーカーであれヘルパーであれ、相手の名前は本人確認の意味もあって、苗字《みょうじ》で呼ぶのが常識だろう。親しみを込めて「晴美さん」などと名前で呼ぶことはあっても、さすがに愛称では呼ばないのではないか。にもかかわらず、彼女が晴美を「ルミちゃん」と呼んでいるとすれば、それは彼女がその種の仕事をするに当たって問題ある人間だということだ。だから仕事を辞めたのか。或いは馘《くび》になったのか――。

「隣の騒音がどうのアパートの壁がどうのとか言ってたけど、あれ、何の話?」

その問いにも、苦笑混じりではあったものの、晴美は笑顔で沢田に答えた。

「あちこちのお宅にお世話に行ってた人なので、記憶が曖昧《あいまい》というか、時々混線、混乱するみたいで。誰かと勘違いしているんだと思います」

沢田が尋ねたことすべてに、晴美は言葉を探すでもなければ濁すでもなく、すぐさま明瞭に返答した。それゆえ沢田も晴美が言っていることが事実なのだろうと思うことができた。できはしたが、短めの髪にパーマをかけた小太りの中年女性の顔や姿、それに沢田に向けられた不審の眼差しは、沢田の脳裏から消えてしまうことなく残った。それも何か嫌なものとして。

「沢田さん、若い女には気をつけた方がいいよ」

不意に涌井《わくい》の言葉が耳に甦った。次いで、沢田にそう言った時の彼の意味深長な表情も瞼に浮かんだ。

「老いらくの恋は成就しないと決まっているから。あの手の若めの女は要注意。金が目当てに決まってる。くわばら、くわばら」

涌井というのは、青緑会病院で知り合った同年輩の男性だ。病院での待ち時間は退屈だ。それで声をかけてきた涌井と話をするようになったのだ、彼があまりに無遠慮に、あれこれ沢田の個人的なことを尋ねてくるので、沢田は病院に行く曜日を変えた。ただ、その前に、涌井が静かで落ち着ける喫茶店を探しているというので、うっかり「エデン」を教えてしまった。涌井は「エデン」でも沢田を見つけると席にやってきて、家族構成だの何だの、いろいろなことを沢田に尋ねた。その遠慮のなさにもだが、彼の地声が大きいことにも閉口して、やがて沢田は涌井を無視するようになった。その頃だ、晴美と「エデン」で待ち合わせをして、コーヒーを飲んだりするようになったのは。涌井はそれを見ていて、ある時通りでばったり出くわした時、訳知り顔で沢田に苦言を呈するようにそう言った。あの手の若めの女は要注意――。

「あ、空に急に雨雲がかかり始めてる。雨、降るのかしら」

傍らの晴美が天を見上げて言った。沢田も胸の内の思いを瞬時忘れ、晴美につられるように空を見上げた。たしかに、どこからともなく黒ずんだ雲が現れて、見えていたはずの陽の光も消えていたし、辺りも薄暗くなっていた。

沢田の心の内も、ちょうどそんな状態だった。うまく説明できないが、あの中年女性が沢田の心に不快な翳りを落としていった。そんな感じがした。加えて思い出された涌井の言葉――。

(嫌な感じの女だった)

沢田は心で呟いた。続けて、沢田にきいたふうな忠告をした涌井に向かって心で言った。

(何が金目当てだ。晴美ちゃんのことなんか、何も知らない癖をして。晴美ちゃんが私に金のことを言ったことなど一度もない)

ぽつぽつと、小さな雨粒が顔に当たり始めていた。やはりもう梅雨なのか――。

決して心のすべてではない。けれども、沢田の心のどこか一部が、梅雨に合わせて陰鬱に湿りかけている感じがした。沢田は自分の心の隅に生じた湿りけを、何とか無視しよう、無いものにしようと、内心懸命に試みていた。

第二章　歳上の女

1

人と人の出逢いや関係というのは不思議なものだ——ここにきて小林《こばやし》瑞枝《みずえ》は、さかんにそんなことを思うようになった。仮に誰かと出逢っても、そのまま行き過ぎてしまえばそれまでで、その後何も生まれない。が、どうやら出逢いはただの偶然ではないようだ。肩が触れるか触れないかという程度の出逢いであっても、たまたまそこで何かしらの縁が結ばれると、関係性はぐっと変わってくるし膨らんでくる。密にもなる。

（おかしなものよね。私はただ、あの娘《こ》のことが心配で、それで世話を焼いてたはずだったのに）

明らかに自分よりも弱い相手を助けているつもりが、いつの間にやら逆に相手に助けられている——瑞枝は最近そのことにも気がついた。だからこそ思う。出逢いや人との関係は、何とも不思議で面白い。

（袖振り合うも他生の縁とは、ほんとによく言ったものだわ）

瑞枝は心で得心したように呟《つぶや》いた。

脳裏には、自然と工藤留美《くどうるみ》の顔と姿が浮かんでいた。頬はふっくらしているのに、少し尖《とが》って骨ばった頤《おとがい》、割と小柄で細い手脚が特徴的な彼女。瑞枝が留美と初めて出逢ったのは、夏の入口の頃だった。したがって、出逢ってからもうじき一年になろうとしている。

（早いものだわ）

あの時のことは、今も鮮明に覚えている。西武新宿線《せいぶしんじゅくせん》の新井薬師前《あらいやくしまえ》駅に通じる商店街の通りで、瑞枝は地面に片手をついて蹲《うずくま》るようにしている女性を見つけた。店先は憚《はばか》られるので避けたのか、たしか菓子屋の端っこの方で、彼女は背中を丸めて蹲っていた。気になってちょっと見ていると、何とか立ち上がろうとしてはしゃがみ込み、また立ち上がろうと試みる――そんなことを繰り返しているようだった。その横顔に浮かんだ苦悶《くもん》の表情。

「どうしました？　大丈夫ですか」

気づいた時、瑞枝は彼女に声をかけていた。元来、瑞枝は世話焼きなのだ。

「あ、すみません。大丈夫です」彼女は言った。「ちょっとよそ事に気を取られて歩いていたら、変なふうに足を捻《ひね》って転んでしまって」

「あら、大変」

彼女の脇に屈み込むようにして顔を覗き見た。歳の頃は三十代半ばから後半といったところ、小顔でどちらかというと童顔。彼女は「大丈夫です」という言葉とは裏腹に、その顔に依然として苦しげな表情を浮かべていた。

「立てますか。手を貸しましょうか」

瑞枝が言うと、彼女は「お願いします」と頷《うなず》いて、瑞枝が伸ばした腕に縋《すが》るようにして、どうにか立ち上がった。立ち上がってから、左足を軸にして少し右足を左右前後にぐるっと動かして、「ああ、よかった」と息をついた。それから瑞枝に向かって深々と頭を下げた。

「ご親切にありがとうございました。助かりました。何かこう、少しずれかけたところがうまく嵌《は》まったみたいです。すみません。また骨折したかと、私、慌てちゃって」

そう言った彼女の顔は多少汗ばんではいたが、既に苦悶の表情は消え、含羞《がんしゅう》を含んだ笑みが、目もと、口許《くちもと》に滲《にじ》んでいた。その表情が、瑞枝には慎ましげで可愛らしいものに思えた。何となく痛々しげなのだが、それでいて、奇妙な愛嬌《あいきょう》があるのだ。

「お宅、お近くですか。私、送っていきますよ」

瑞枝は続けて彼女に申し出た。

「近くです。だから大丈夫です」

「でも、骨折したかと思うような転び方をしたんでしょう？　歩けます？」

彼女は三、四歩、試しにといった感じで歩いたが、見ていてどうもぎくしゃくとして、バランスが悪い感じがした。

「ああ、やっぱり骨折していなかった」彼女は言った。「骨折していなければ大丈夫。私、一人でのろのろゆっくり気をつけて帰りますので」

「いいえ、駄目だわ、心配」

彼女の言葉に、瑞枝は反射的に言っていた。顔も心配そうに曇っていたと思う。

「歩き方、おかしいもの。それじゃまた転びかねない。手、つなぎましょ。それでずいぶん違うから。手をつないでお宅まで、私と一緒に帰りましょう」

そんな経緯《いきさつ》で、瑞枝はその日出逢ったばかりの見ず知らずの女性と手をつないで、彼女を自宅まで送り届けることになった。

「ここです。このアパートの一階の一番奥。103号。貧乏所帯での一人暮らしで」

新井ハイム――壁のプレートにそうあった。ハイムと名前がついてはいるものの、たしかにアパートと呼ぶのが相応《ふさわ》しいような木造モルタル二階建ての、少し煤《すす》けた古い小さな建物だった。一階に三室、二階に三室の全六部屋。奥の103号が彼女の部屋だというから、通りから奥に入る分いいけれど、外ドア、外階段、洗濯機は外置き。何より一階というのが気になった。一人暮らしの女性のこと、アパートの一階暮らしは、防犯上何かと問題がある。

「本当にどうもありがとうございました。何かご用事あったんじゃありませんか。なのにうちまで送っていただいて……。お邪魔をしてしまってすみません」

言ってから、彼女は「工藤」というネームプレートのある部屋の玄関の鍵を開けた。

「ううん。商店街の八百屋と豆腐屋に、ちょっと寄ろうと思っただけだから」瑞枝は答えて言った。「私も新井薬師住まいなの。うち、商店街を挟んでここと反対の方向だけど、遠くないわ。十分までかからないんじゃないかしら」

そのまま瑞枝を帰しては申し訳ないと思ったのか、思いがけないことに彼女は瑞枝におずおずと申し出た。

「あの、狭い部屋だし散らかしてます。でも、お時間が許すようならいかがですか、麦茶でも。外、暑かったですものね。私もひと汗掻《か》いちゃいました。よろしかったら、どうぞ」

ふだんならば、当然辞退しているところだ。だが、瑞枝は、彼女がどんな暮らしをしているのかが気になった。持ち前の好奇心が働いたというのが本当かもしれない。

彼女の部屋に上がってみる。散らかってはいなかった。しかし、狭いというのは本当だった。玄関を上がったところがもうキッチン。三畳までない。その横がトイレ一体型のユニットバス。そして奥に六畳が一間。それきりだ。生活スペースは六畳一間なので、ベッドではなく布団を敷いて寝ているのだろう。六畳の部屋には、洋服箪笥《だんす》、ノートパソコンが載った小さなパソコンデスク、それにこれまた小さなローテーブルとテレビがあるだけだった。見るだにつましい暮らしぶりが窺《うかが》えた。

麦茶を一杯、五分かそこらで帰るつもりだった。しかし、彼女の暮らしぶりや「また骨折したかと……」という彼女の言葉が気になって、気づくと三十分余り話し込んでいた。そこで工藤留美という彼女の名前を知ったし、瑞枝も小林瑞枝と彼女に名乗った。帰り際には、ＬＩＮＥの互いの連絡先まで交換した。それは瑞枝が、留美は警戒心を抱くような相手ではないと判断したからだし、その時聞き知った彼女の境遇に同情したからにほかならない。でなければ、そんな軽はずみなことはしていない。因《ちな》みに留美のＬＩＮＥ名はカルメン。オペラの『カルメン』を観《み》て、自分とは正反対のカルメンに憧《あこが》れたからだという。

（ちょっと大袈裟《おおげさ》もしれないけど、何か運命的な出逢いだったわ）

瑞枝はまた心で呟いた。

以降、ＬＩＮＥでの遣《や》り取りが始まり、瑞枝はより詳細に留美が置かれている状況を知るに至った。そして、いつからか、まるで一人暮らしをしている娘のところにでも通うように、留美のアパートの部屋を訪ねるようになった。留美の具合が悪そうならば、手作りの弁当や惣菜《そうざい》を持っていったり、留美の部屋のキッチンでも作れるようなものなら、そこで料理をしたり。それに洗剤、トイレットペーパーなどをドラッグストアに買いにいったり、部屋の掃除や洗濯をしてやったり……長年専業主婦として生きてきた人間の本領発揮とばかりに、留美の世話を焼くようになった。

「凄《すご》いですね、瑞枝さん」そんな瑞枝に、いつも感心したように留美は言う。「何をやっても手早いし完璧《かんぺき》。お料理もとっても美味《おい》しいし。ご主人やお子さんたちも、こんなお母さんがいたら有り難いし、幸せでしょうね」

一度に両親二人を交通事故で亡くしたのは、留美がまだ六歳の時だったという。留美にとっては叔母に当たる母の妹に引き取られたが、その叔母も、留美が専門学校を卒業した年に病気で亡くなった。以降、身寄りもなく天涯孤独。そんな身のうえの留美だから、そう思ったし、口にした言葉だろう。「ご主人やお子さんたちも、こんなお母さんがいたら有り難いし、幸せでしょうね」――。

（ところが実態は……）

瑞枝は心で吐息をついた。

瑞枝は九月で五十九歳、来年は還暦だ。留美の言うように、夫もいれば子供もいる。三つ歳上の夫の義郎《よしろう》は、スーパーチェーンのイチマルドーに勤めているが、全国の店舗を回るのが仕事で、家にいることの方が少ない。まあ、義郎は、どうでもいいのだが。問題は、息子の駿一《しゅんいち》と娘の理緒《りお》だ。瑞枝は家事に加えて子育てが大好き、自分の産んだ子供が順調に育っていく過程を応援しながら見守り、見届ける――女に生まれて、それ以上に楽しく嬉しいことがあるだろうかと思っていたし、今も思っている。子供の頃は、毎日の弁当作りは言うまでもなく、塾の送り迎え、学校行事やPTA活動への参加、部活の応援……彼らが習いたいということがあれば何でも習わせたし、小学生の頃から主として原宿のショップに一緒に行って、ジュニアブランドの服や流行《はや》りのシューズなどを買い求め、服や持ちものでも二人の子供に惨めな思いはさせなかった。彼らのためなら、金に糸目はつけない――瑞枝はそんな母親だった。二人の世話を焼くのが楽しかったし、二人のために金を使うのが嬉しかったのだ。たとえ自分は家でボロを着ていてもだ。子供たちもある時期までは、「お母さん」「お母さん」と、瑞枝を頼りにしてくれたし、慕ってくれてもいた。ところが、ある時期から、まるで掌を返したみたいに瑞枝を鬱陶《うっとう》しがるようになった。それは、二人がそれぞれ中学校に上がった頃だったろうか。それでも瑞枝は変わらず二人の世話を焼き続けたが。

男の子だけに、兄の駿一の方が態度の変化は明確にして露骨だった。恐らくは性徴期だったのだろう。瑞枝が自分に関わることを、駿一は極端に嫌い始めた。瑞枝に向けられた目にも、明らかな嫌悪の色が見て取れた。

「俺がいない時、勝手に俺の部屋に入るなよ。掃除ぐらい自分でできる。それと、外で『駿ちゃん、駿ちゃん』って呼ぶのはやめてくれ。よそのおばさんと『うちの駿ちゃんが……』なんて話してるのを聞くと、何かぞっとしてドツボにはまる。気分が落ちて勉強も何もしたくなる。だいたい声もでかいんだよ」

「進路相談？　来なくていいよ。俺一人で先生と話す。どうしても親が来なくちゃいけないんだったら、お父さんに来てもらう。お母さんが来ると、先生に向かってべちゃべちゃべちゃべちゃ。恥だよ、ほんと。俺、もう懲りた」

…………

そんなことを言って瑞枝と距離を取るようになった。でも、性徴期が過ぎればまた元に戻ると、どこか瑞枝は楽観していた。ところが、高校、大学に進んでも、成人して大学を卒業しても……駿一の瑞枝に対する冷淡な態度や言動に変わるところはなく、「お母さん」と口にすることさえ滅多になくなった。

理緒もまた然《しか》りだ。

「お母さん、もういいよ。私のお弁当作らなくていいからさ」

理緒がまるで宣告でもするように瑞枝に言ったのは、高校二年生の時だった。瑞枝にそう告げた時、理緒は眉根が寄って、灰色の険しい表情をしていた。

「これから自分のお弁当は自分で作る」

「そんなこと言ったってあなた、毎朝だから大変よ。お弁当作りなんかより、勉強の方が大事でしょうに。大学受験まで、もうそう時間はないのよ」

「未《いま》だにキャラ弁っていうのにもうんざりだけど、何でもお母さんにやってもらっていたら、私、何もできない人間になっちゃう。お母さん、何でも私がやる前に、みんなさっさとやっちゃうんだもの」

その宣言を皮切りに、理緒は兄の駿一に倣《なら》ったように瑞枝と距離をとるようになり、以来一緒にショッピングに行くことはじめ、何もかも拒否。家でも瑞枝とはろくに口を利かなくなった。大学生になるとアルバイトを始め、服も自分で買うようになったし、勝手に耳にピアスの穴を開けてきたり、ヘアサロンで髪をカラーリングしてきたり。まあ二人ともぐれずに大学を卒業して、就職してくれただけよかったかもしれないが。

今、新井薬師の家に二人はいない。極東《きょくとう》ロードウェイという道路関連の会社に就職した駿一は、福岡支社勤務になったのをこれ幸いに、福岡市博多区に拠点を据えて、新井薬師の家には寄りつかない。駿一は今年三十二歳。五年前に結婚して翼《つばさ》という三歳の息子もいる。結婚相手が中洲《なかす》のキャバクラ嬢だと聞いた時は、当然のように瑞枝は猛反対した。しかし、駿一は聞く耳持たず、その雅美《まさみ》という娘と結婚してしまった。これがまた気の強い九州女で、瑞枝が結婚に猛反対したことを、未だに根に持っている。瑞枝に孫は抱かせないとまでは言わなかったが、自分たちの子育てには一切関わるなと瑞枝に向かって言い放った。二歳になった翼を連れて上京した時点で懲りたのだと雅美は言う。

「お義母《かあ》さん、子供の学習能力ってもの凄いんですよ。たった三日か四日、お義母さんが翼にべったりで、『ツーちゃん、ツーちゃん』って猫可愛がりしただけで、もう私が叱っても、『ツーちゃん、悪くないもん。悪いのはママ』なんて。私たち夫婦、あの子のことを『ツーちゃん』なんて呼んでないのに」

上京した時に、瑞枝がたとえば翼が勝手に走り回って何かを蹴倒《けたお》して転んでも、「あー、ツーちゃん、ごめん、ごめん。痛かったねー。ツーちゃん、悪くない。だから泣かないの。こんなところに物を置いてたばあばが悪い。ごめんねー」などと言うからそうなったという訳だ。

一方、理緒も早や二十九歳。情報通信系の大学を卒業して、ＮＩＮＪＹＡという端末アプリを開発している新興ＩＴ企業に就職した段階で、門前仲町《もんぜんなかちょう》のマンションに部屋を借りて独立してしまった。今は新製品開発部のデザイン課に所属しているとかで、とにかく仕事が忙しいの一点張り。駿一同様、新井薬師の家には寄りつかない。

「行けば『結婚しないのか』とか『子供は若いうちに産んでおいた方がいい』とか、お母さんが私に言うことは決まってるもの。私はお母さんとは違うの。家事なんかより仕事の方がずっと楽しい。結婚も子供もどうでもいいの」

理緒は言う。

いまや理緒の商売道具となっているパソコンを最初に買い与えたのも瑞枝だというのに、そんな親の恩などすっかり忘れ果てている。今ではＩＴ企業の立派なキャリアウーマン。キャリアウーマンという言葉も、時代錯誤だと理緒は鼻で笑うが。

いずれにしても、子供は二人いても、息子も娘も瑞枝に背を向けたまま、一向にこちらに歩み寄ることなく、自分勝手に暮らしている。孫ができても、瑞枝に出番は回ってこない。それでいて、兄妹は互いに連絡を取り合っていて仲がよく、理緒は雅美とも馬が合う様子なのが、なおのこと腹立たしい。

夫の義郎は、後三年で定年だが、定年後の亭主の世話など焼いても面白くないし、たぶんあちらもそれを望んではいないだろう。義郎は全国各地を飛び回る生活に慣れていて、ビジネスホテルで充分快適、家庭に求めるものは特にない。そんな男だからだ。

したがって、留美が言ったようには、誰も瑞枝の存在を有り難がってはいないし、幸せだとも思っていない。家事の能力などに価値はなく、駿一の場合、妻の雅美がやることで充分だし、理緒の場合、お腹《なか》が空けばコンビニやウーバーイーツ、掃除もいざとなれば派遣のハウスキーパーを頼めばいいだけという感じ。二人とも、「困った。お母さん、手伝いに来て」とは絶対に言わない。それだけは間違いない。

(留美ちゃんだけよ。凄い、凄いって感心して、有り難がってくれるのは)

瑞枝は心で呟いた。

(あの娘は健気で可愛い。骨形成不全症なんて難病を抱えて、ほんとに気の毒な境遇なのに、私を思い遣る心があるもの)

だから瑞枝は思うのだ。助けているつもりが、いつの間にか逆に相手に助けられている。

出逢いや人との関係は、何とも不思議で面白い、と。

「今のお前は、いわゆるエンプティ・ネスト症候群ってやつだな」

いつだったか、義郎が訳知り顔で瑞枝に言ったことがある。それは当たっていると、業腹ながら瑞枝も思った。二羽の雛《ひな》が早々に巣立ってしまって、もう戻ってくることのない空っぽの巣に残された孤独な母鳥。何をしたらいいものか、空っぽの巣で途方に暮れている。それが瑞枝だった。でも、留美との出逢いで状況が変わった。

留美は瑞枝にこうも言った。

「瑞枝さんって、稀有《けう》な人間っていうか、稀有な女性ですよね。ふつう、人の適職と天職って違うものなのに、瑞枝さんの場合は一緒。母親業が適職であり天職なんでしょうね。私、見ていてそう思います。その点でも瑞枝さんは完璧。滅多にないことだけに、ほんとに凄いと思います」

その言葉を思い出すと、自然と口許が緩みそうになる。適職と天職が一緒の稀有な存在、完璧な母親――。瑞枝にとって、それ以上の讃辞がほかにあるだろうか。

(留美ちゃんだけは、私のこと、わかってくれる。理緒みたいに、お母さんは外で働いたことがないからなんて馬鹿にしないで、私のことを認めてくれる。慕ってくれてる)

そう思うと、早く留美の顔が見たくなった。

(あの娘を助けてやれるのは……私。私の役目よ。そうね、留美ちゃんは……私の血のつ

ながらない娘）

慈しみ世話を焼いてやれる子供ができたとなれば、母親業を天職とする瑞枝は水を得た魚だ。愉快かつ自在に泳ぎ回れる。

瑞枝を煩《うるさ》がって見捨てた駿一や理緒は、いずれ何事かの苦難に直面してきっと困る。瑞枝はそう思う。なぜなら人生というのは、そうそう自分の思い通りにいくものではないからだ。

（その時泣きついてきても遅いんだからね。私は助けてやらない。二人とも、うんと困って苦しめばいいんだわ）

もう駿一や理緒に、母親として取り繕ろうなどとするものかと、瑞枝はすっぱりと腹を決めた。けれども、自分を見捨てた二人の子供に対する呪いが心に生じ、それが取りも直さず二人への執着であることには、瑞枝自身、気がついてはいなかった。

2

「こんばんは」

ドアを開けて瑞枝に言った留美の顔には笑みの色があり、瞳にも細かな光が見て取れた。そんな留美の顔を見ると、瑞枝はひとりでに心が弾む。自分が留美に歓迎されていることを、その顔から目で確認することができるからだ。ここに私の活躍の場がある。私の可愛い雛鳥がいる――。

「LINEで書いたけど、今日はアサリご飯を炊いたのよ」ごく狭い三和土で靴を脱ぎながら瑞枝は言った。「我ながら上手《うま》く炊けたと思う。それと鰆《さわら》の味噌漬け。味噌も自家製なの。あ、それは前に言ったわね」

「わあ、嬉しい。私、瑞枝さんの味噌漬け大好き」顔を綻《ほころ》ばせて留美は言った。「自分であんなに美味しいお味噌が作れるなんて、私には考えられない。瑞枝さん、糠《ぬか》漬けもだけど、梅干しも自分で漬けてらっしゃるんですよね」

「ええ」瑞枝は早速自前のエプロンを身につけながら頷いた。「梅干しなんて、やってみたら簡単よ。味噌作りも梅干し作りも、今度教えてあげましょうか」

「うわ。嬉しいけど、私にはやっぱり無理そう」

「ああ、梅干しも糠床も、うちのを分けてあげればいいだけね。その方が手間がない」

そう言ったのは、心の内で留美の住環境を思ってのことだった。梅を干したり取り込んだりするには、陽の当たる庭やベランダが必要だ。味噌や糠床にしても、樽《たる》を置くスペースが台所にあってこそだ。ここにはそれがない。

「留美ちゃんがお嫁に行ったら、行った先にも届けてあげるからね」

「それも無理です。難病持ちの四十女なんて、もらってくれる人、いませんもの」

「四十女だなんて。留美ちゃんはまだ三十八でしょ」

「三十八も四十も似たようなものです」

留美は骨形成不全症という国指定の難病持ちなうえ、今は寛解期にあるものの、過去に悪性リンパ腫まで患ったという。そうしたこともあってか、鬱病や不安神経症なども発症して、今もメンタルクリニックに通っているとか。なので、自身で生計を立てられるほどには働けず、生活保護を受けていると、前に瑞枝に打ち明けた。時々する仕事も、外に出てではなく、この狭い部屋でやっている。仕事は、出版関連の専門学校を出たので、ゲラの校正やパソコンでの打ち込み。

「打ち込み？」

初めて聞いた時、瑞枝は尋ねた。

「ああ、打ち込みっていうのは、未だに手書きという人の原稿を、データにするためパソコンで入力する作業です」

原稿用紙百枚分打ち込んでも数千円、一万円まではいかないとも言っていた。瑞枝に言わせるなら、割に合わない仕事だ。

「やっぱり結婚、それがいい。留美ちゃんは人柄がいいから、もらってくれる人がきっと見つかるわよ」ツルムラサキを湯掻《ゆが》きながら瑞枝は言った。「もしも私がいい人を見つけたら、逃さずしっかり捕まえて、きっと留美ちゃんに紹介するわね」

言いながら、心では言葉とは裏腹なことを思っていた。留美の言う通り、四十を目前にした難病持ちの女性を妻にしようという奇特な男性は、そう簡単には現れまい。たとえば留美が資産家の娘だというのであれば話はまた違ってくるが、生活保護で暮らしていると聞けば、たいがいはそれだけで腰が退《ひ》ける。金と健康、そのどちらも望めないというのでは、恋愛関係にはなっても結婚までの決心は容易につくまい。加えて瑞枝は、留美が数少ない幸運を得て、無事結婚相手に巡り逢うことを、実は望んでいなかった。留美ちゃんはずっと一人がいい。一人だったら、必ず誰よりも私を頼りにしてくれる──瑞枝のなかには、そんな悪魔の心が密かに潜んでいた。

「ツルムラサキのお浸しもできたし、お吸い物もできた」悪魔の心など、芥子粒《けしつぶ》ほどもないような笑顔で瑞枝は留美に言った。「レンジでちょっとアサリご飯を温めたら、一緒に夕飯にしましょう」

小さなローテーブルにいそいそと料理を並べて、留美と夕餉《ゆうげ》をともにする。留美の家には食器も少なかったので、前に家から自分のご飯茶碗《ちゃわん》や汁椀《しるわん》などを持ち込んだが、その時、留美の分も一緒に持ってきた。だから揃《そろ》いの食器での夕飯だ。まるで家族。

「わあ、アサリご飯、美味しい！　自分で炊くとこうはいかない。アサリの身が何だかカラカラになっちゃって。だけど、瑞枝さんのアサリご飯は身がぷりっとしてるし、ご飯もアサリのお出汁《だし》の味がしっかり！」

留美の言葉を耳にして、内心瑞枝はにんまりしていた。ここで揚げ物を作る訳にはいかないが、天ぷらだってコロッケだって、瑞枝はスーパーの惣菜売り場で売られているものよりも、はるかに美味しいものが作れる。理緒は、「お母さん、揚げ物作り過ぎ。週に一度は作るから、それで私、太っちゃうのよね」と嫌な顔を見せていたが。

「だけど、瑞枝さん」

「うん？　何？」

瑞枝に呼びかけた後、留美がなかなか次の言葉を口にできずにいる様子なので、箸《はし》を口に運びながら瑞枝は先を問うた。

「この間はティッシュやトイレットペーパー、それにラップや洗剤なんかを買ってきてくださったし、いつもいろんなお料理を作ってくださいますよね。その材料だってお金がかかってる。なのに瑞枝さん、私に全然請求なさらない。私が『払います』と言っても、いつも『いいの、いいの』と仰《おっしゃ》って」

「ああ、何だ、そんなこと？　一人食べるも二人食べるも、かかる手間もお金もおんなじ。気にしないで」

「そんな。ことにティッシュやトイレットペーパーなんかは……」

「私もトイレを借りてるし、勝手にティッシュを使ってる」

「だけど――」

「いいんだってば。私が勝手に買ってきたものだし、料理も自分が好きなものを作っているだけなんだから。私は留美ちゃんからお金を取ろうなんて思ったことは一遍もないわ」

それは嘘ではなかった。イチマルドーは、大勢のパート、アルバイトで持っている分、社員はいい給料を貰《もら》っている。塾代だの予備校代だの学費だの……もう子供たちに使う金も必要ないから、瑞枝は留美のために使う金にはまったく拘泥《こうでい》していなかった。むしろ、留美のために金を使いたい。お大尽ではないけれど、その方が、いい気分でいられるのだ。もしも留美から金を貰ったら、瑞枝は留美の母親代わりではなく、ヘルパーか何かになってしまう。そんなのは願い下げだった。

「すみません。いい歳をして、私、ほんとに瑞枝さんにおんぶに抱っこで。情けない」

「嫌ね。留美ちゃんは病気なんだから、そんなことは気にしなくていいの」

骨形成不全症のみならず、寛解期にあるとはいえ悪性リンパ腫だ。もともとからだが強くないらしく、見た目にも、首が細くて、腺病質な感じがする。

「だから駄目よ、情けないだなんて思ったりしちゃ。今後お金のことは言いっこなし」

「――本当に、いいんですか」

「もちろん」

自分自身が大船に乗っているかのような顔で、瑞枝は余裕たっぷりに請け合った。

その時だ。ある男性の顔が不意に瑞枝の脳裏に浮かび上がった。いつだったか、大江戸《おおえど》線の練馬春日町《ねりまかすがちょう》駅近くに住んでいる学生時代の友人と、東中野でランチをする約束をした時に、思いがけず留美と行き合った。その時、留美の傍らには男性がいた。若い男性ではない。七十になるかならないかといった年齢の、留美よりかなり歳上の男性だった。その男性と、留美は談笑しながら肩を並べて歩いていた。彼の顔が脳裏に浮かんだ途端、瑞枝はまだ留美にそのことを尋ねていなかったことを思い出した。

「そういえば」瑞枝は口のなかのものを嚥下《えんげ》してから言った。「前にばったり東中野で会ったことがあったわよね。その時、留美ちゃん、男の人と一緒だった。ずいぶん歳上の男の人だったけど、あの人、誰？」

「ああ、あの時の」留美は小さく頷いて言った。「あの人は……内科のお医者さんです」

「内科のお医者さん？　あら、だけど留美ちゃん、内科も整形外科も、薬師病院で診《み》てもらっているんじゃなかったっけ？」

「ええ。今はそうです。あの先生は、私が若い頃、代田橋に住んでいた時のクリニックの先生で」

「え、留美ちゃん、昔、代田橋に住んでいたの？　そんな話、私、前に聞いたことあったっけ？　でも、代田橋のクリニックの先生が何で東中野に？」

「代田橋のクリニックの方は、もう引退されたんです。今は息子さんが継いでいます。先生は今、東中野に住む娘さんと、娘さんのマンションで一緒に暮らしていて」

「ふうん。だけど、どうしてあの日一緒だったの？」

「いつだったかな……中野のブロードウェイでばったり再会したんです。それであの日は、先生の今の地元、東中野でお昼をご一緒する約束をしていて。とってもいい先生なんですよ。最初に私の骨形成不全症に気がついてくれたのも先生でした。それだけに、先生の方も私の印象が強く残っていたみたいで」

「へえ。その先生って、何て名前？」

「えっ」そんなことまで尋ねてくるとは思わなかったのか、留美は小さく声を上げ、目をぱちくりとさせてから続けて言った。「沢田……沢田先生です。代田橋内科クリニックの沢田隆先生」

「代田橋内科クリニック……」

内科の町医者が、骨形成不全症などという畑違いで難しい病気を発見できるものか……多少疑問に思いながらも、「そう」と、瑞枝は頷いた。それでいて、心ではまだ思っていた。

（代田橋……代田橋って、たしか世田谷《せたがや》区よね。京王《けいおう》線の駅。留美ちゃんが昔、代田橋に住んでいたなんて話、私、聞いたことがなかったような気がするんだけどな）

瑞枝が怪訝《けげん》そうな面持ちをして黙ってしまったからだろうか。今度は逆に留美の方が瑞枝に問いかけてきた。

「瑞枝さん、ヒアルロン酸注射、射ってもらい始めましたか」

「ああ」その言葉に、思わず明るい顔になって瑞枝は頷いた。「前に留美ちゃんに、整形外科なら薬師病院の天野《あまの》先生がいいと教えてもらったわよね。それで私もようやく重い腰を上げて、薬師病院に通い始めるようになってね。留美ちゃんが言った通り、やっぱり私の膝《ひざ》にはヒアルロン酸注射がいいって。で、先々週から射ってもらい始めたわ。ワンクールっていうの？　何回か射つと一旦《いったん》お休みするかたちになるみたいだけど。整形外科なんてどこも同じだと思っていたけど違うのね。前に通っていた共和《きょうわ》整形は駄目。ヒアルロン酸注射の話なんか全然でなかったもの。まだ射ち始めたばかりだけど、何か効きそうよ」

「ああ、よかった」

そう言って、留美がにっこりと頰笑《ほほえ》んだ。

瑞枝は元来からだは丈夫で頑健なのだが、一年半ほど前から右膝に痛みがでるようになった。それで整形外科専門の共和整形に行くようになったのだが、べつに膝には問題ないと、ただ湿布薬を処方されただけだった。定期的に湿布薬だけは貰いにいっていたが、それでは痛みは治まらなかった。でも、医者が問題ないと言うのだから、と諦《あきら》めていた。

留美と知り合って半年ほどが経《た》った頃だ。留美がやや遠慮がちに瑞枝に言った。

「あの、瑞枝さん、ひょっとして右膝が悪いんじゃありませんか」

「えっ」

留美に図星を指されて、正直瑞枝はびっくりした。駿一や理緒はもちろんだが、義郎も隣近所の主婦たちも……誰も瑞枝が右膝に痛みを感じながら動き回っていることに気づいていない。瑞枝が見た目を気にして、右膝を庇《かば》うような様子を見せないようにしていたせいかもしれない。なのに、留美はそれに気がついた。

「何で？　留美ちゃん、どうして私は右膝が悪いってわかったの？」

瑞枝が問うと、留美はちょっと困ったような顔をして、眉間《みけん》に薄い翳《かげ》を落として口を噤《つぐ》んだ。

「私、右膝を庇うような動き方している？　痛そうな顔している？」

「いえ」

続けて問うと、留美はそう言って、小さく首を横に振った。困ったような顔はそのままだった。

「あの」それから覚悟を決めたように留美は言った。「これから私がお話しすること、おかしなことを言っている、この人はおかしな人だと思わないで聞いていただけますか」

「ええ」

留美がこれから何を言おうとしているのか、わからないままに瑞枝は言った。

「望月マコさんのところに通うようになってからです。私、人のからだの悪いところがぼんやり見えるようになって。ほかにもちょっとわかることが……」

「えっ！」

望月マコと耳にして、瑞枝はぎょっと目を見開いた。望月マコは、テレビ番組でカウンセリングコーナーを持っている著名なスピリチュアル・カウンセラー、つまりは霊能者だ。歳の頃は四十二、三、艶《つや》のある栗色《くりいろ》の長い髪をした色っぽい女性だ。新井薬師の一軒家に住んでいるという噂《うわさ》は瑞枝も前に聞いたことがあるが、それがどこかは知らないし、彼女と出くわしたこともない。ただ、かなり人気の霊能者で、今は予約が先の先まで埋まっていて、既に予約を取った人間か旧来からのクライアントでなければ診ていないと聞いた。

「留美ちゃん、望月マコさんと会ったことあるの？　知り合いなの？」

「知り合いだなんてたいそうなものじゃありません。以前、ちょっとしたことをきっかけに、時々マコさんのところにお邪魔していた時期があっただけで。その時、特別カウンセリングをしてもらった訳ではないんですけど、いろいろお話を聞かせていただきました。今はとってもお忙しくて、お目にかかる機会も得られませんけど」

「へえ、凄いわね。それで？　それで留美ちゃんも能力が開花して、人のからだの悪いところがわかるようになったの？」

「開花というほどじゃありません。でも、たぶんマコさんの波動に感化されたんでしょうね。もちろん私の力は微弱で、ぼんやりとわかるだけですけど」

聞けば、たとえば内臓を病んでいる人だと、肝臓なら肝臓、腎臓《じんぞう》なら腎臓、お腹のその辺りが黒く翳って見えるという。病状が悪ければ悪いほど、翳りはより深く濃く見えるらしい。瑞枝に関して言えば、留美の目には、瑞枝の右膝に黒い翳りがぼんやりと見えた。見間違いかと思ったが、やはり時として右膝に翳りが見える。それで右膝が悪いのかと尋ねたという。

「驚いた。凄い能力ね」

「いえ、そんなことは。相手によっても違うんです。自分にとって大切な人のことの方がよくわかります。好きじゃない人に対しては、私の側がバリアを作っちゃうのかな、よくわかりません」

「それにしても、留美ちゃんがあの望月マコさんのところに通っていたなんてねえ。やっぱり凄いわ」

「私は全然凄くありませんけど、マコさんは本当に凄いです。一時期可愛がっていただいて、マコさんにはとても感謝しています」

今は疎遠になってしまったが、過去に望月マコのところに通い、彼女に可愛がられていた。それだけで、瑞枝には留美が何か特別な存在に思えた。何よりも、誰も気づかなかった瑞枝の右膝の故障を言い当てたのが凄いし嬉しい。「自分にとって大切な人のことの方がよくわかります」――その言葉も瑞枝の心を温かくした。夫も子供たちも気づかなかったことに、この娘は気づいてくれた――。

「膝のこと、もっと早く言えばよかったんですけど、その種のことを信じないかたたちにとっては、お化け話ですよね。私、瑞枝さんにおかしな人間だと思われたくなくて」

「ああ、私は信じるわよ。何でも丸ごと全部信じる訳じゃないけど。もちろん留美ちゃんのこと、おかしな人間だなんて思わない」

瑞枝が言うと、「よかった」と、留美は安堵《あんど》したように小さな息をついていた。

（孤独な境遇だけど、ちょっと特別な存在、特別な娘）

その時もだが、今もまた改めて瑞枝は思った。特殊な能力を持っているというのも魅力だが、瑞枝のことをよくわかってくれるというのが、何よりも喜ばしく有り難い。

（あの有名な望月マコさんが可愛がっていた――。その娘が私の許にいるなんて）

瑞枝には、留美との出逢いがますます運命的なものに思えたし、多少大袈裟に言うならば、彼女は神が孤独な瑞枝に遣わしたエンジェルのようにも思えた。今となっては、誰にも渡したくない存在。

（三十八歳のエンジェル……天使にしてはちょっと薹《とう》が立ってるかもしれないけど、留美ちゃんはやっぱり可愛い）

心で思った瑞枝の口許には、幸福そうな笑みが自然と滲みだしていた。

3

代田橋のクリニックの医師と連れ立って歩いている留美とばったり行き合わせた時、瑞枝は学生時代の友人、中村亜紀《なかむらあき》とランチを共にする約束をしていて東中野にいた。亜紀とはすっかり疎遠になっていたが、気まぐれに電話を寄越した亜紀と話しているうち、練馬春日町と新井薬師、少々離れているようで案外近いということにお互い気づいた。亜紀の側は大江戸線で一本、瑞枝は中野駅まで歩けば、総武《そうぶ》線でたったのひと駅。それで久しぶりにランチでも、という運びになった次第だった。

久闊《きゅうかつ》を叙し、ランチをともにしながら互いの近況を語り合ううち、両人ともに似たような状況にあることもわかった。途中パートに出たりしたことはあるものの、亜紀も基本的にずっと専業主婦。二人の男の子を育て上げたが、一人は結婚、一人は独立、今は子供たちは家におらず、夫と二人で暮らしているという。

「男の子二人の子育ては、ほんとに大変だったわ」亜紀はこぼした。「男の子二人がじゃれ合ってふざけだすと、こっちは大声張り上げなきゃどうにもならなくて毎日大声。喧嘩《けんか》となれば大騒ぎよ。で、一人はサッカー、一人は野球。土日もお弁当作りにかけもちで応援、おまけに練習着にユニフォームの洗濯でしょ？　泥汚れの洗濯には辟易《へきえき》して、未だにトラウマがあるわ。なのに大人になったら知らん顔よ。やっと育て上げたと思ったら、一人はあっという間に結婚しちゃってよその女のものになっちゃったし、一人は当たり前のように家を出ていって、目下都心のマンションで一人暮らしを満喫中。どっちも自分からは連絡寄越さない。私なんか完全無視よ。私の二十数年は何だったんだろう。考えだすと何か脱力」

聞いていて、思わずくすりと笑いが漏れそうになった。いずこも同じという訳だ。

東中野には一番下の弟の娘、つまりは姪《めい》っ子がいるので、時々やってくるのだという。

「まだ大学生なの。弟夫婦は岐阜にいて共働き。弟の会社、岐阜が本社なのよ。岐阜って、交通面では不便なのよね。だから二人ともなかなか娘の様子を見にこられないし、世話も焼けない。で、私が時々様子を見にいって、掃除をしたり料理を作って冷凍しておいたり……そんなことをするようになったわけ」

自分の子以外の世話を焼いている。その点でも、亜紀と瑞枝は共通していた。姪は名前を萌菜《もな》というのだそうだが、亜紀は萌菜がいてくれるから、自分も元気でいられるのかもしれないとも言っていた。精神的にも。

その日はどちらかというと、瑞枝が聞き役に回ってしまったので、またぜひ東中野で会おうということになって、再会してさほど日は経っていないのに、前回と同じ「ペルファボーレ」というトラットリアで再び亜紀と会った。

「この間は、私が愚痴をこぼしまくっちゃったから、今日は瑞枝の話を聞かせて」

亜紀に言われて、新井薬師の家に寄りつこうとしない二人の子供たちのことも話したが、それよりも留美との出逢いや彼女との今の関係に関することを多く話した。留美のことを亜紀に話すうち、勝手に瑞枝の胸は躍りだし、自然と笑顔になっていたし、常より饒舌《じょうぜつ》にもなっていた。が、瑞枝が留美とのことを楽しげに話せば話すほど、対照的に亜紀の表情は曇っていった。

「まさか、と思うだろうけど、何か留美ちゃんとは、運命的なものがあるような気がするのよね」

そう言った瑞枝に、亜紀は苦い顔を向けた。口許も幾らか歪《ゆが》んでいた。そして、瑞枝の顔に不審げな眼差《まなざ》しを向けたまま、亜紀は言った。

「大丈夫？　怪しいわよ、その女。六歳の時に両親を交通事故で亡くしたうえに、頼りの叔母さんまで亡くして天涯孤独。おまけに国指定の難病でまともに働くこともできない。それに悪性リンパ腫？　で、六畳ひと間の小さなアパートで、つましく生活保護で暮らしてる——それって不幸を絵に描いたような話じゃない。お涙頂戴《ちょうだい》の要素がてんこ盛りだわ。出来過ぎてる。だいたいもう三十八でしょ。嫌でも家事ぐらい自分でできるでしょうよ。料理だって何だって」

「たしかに不幸を絵に描いたような話だけど、本当なんだってば」抗弁するように瑞枝は言った。「留美ちゃん、少し前にも左手の小指を折って、不自由していたのよ。そんな手じゃ、買い出しだって料理だってまともにできない。でしょ？」

「本当に折れていたの？　あなた、それ、確かめた？」

「そりゃ、確かめてはいないけど」瑞枝は苦笑混じりに眉を顰《ひそ》めて亜紀に言った。「誰がわざわざ添え木までして包帯巻いて、指が折れた振りなんかする？　何日間かそんな状態だったのよ。自分が不便なだけじゃない」

「だけどねえ……」

「いい娘なんだってば。私の右膝が悪いことにも、留美ちゃんだけが気づいてくれた。で、留美ちゃんの勧めでべつの病院に行くようになって、ずいぶん楽になったのよ、私」

「単に勘がいいだけなんじゃない？　それか、どこかで瑞枝が右膝が痛いと言っているのを小耳に挟んだとか」

「私、膝のことは誰にも言ってないわ。医者以外には誰にも」

亜紀にきっぱりと言い切った途端、瑞枝の脳裏に近くの大型スーパーの食料品売り場の端にある、休憩・イートインコーナーの光景が浮かんでいた。魚だの野菜だの飲み物だの、あれこれ買い込んで袋に詰めたはいいが、持ったらいきなり膝に痛みがきて、瑞枝は止《や》むなくそこでひと休みすることにした。すると、買ったパンとセルフのコーヒーで簡単に昼食を済ませてしまおうとしていた「メガネのヤスダ」の奥さんが、たまたま瑞枝の隣に坐った。「メガネのヤスダ」は商店街にある眼鏡屋だ。瑞枝は踏んづけてしまった眼鏡を直してもらったばかりだったので、勢い彼女と挨拶《あいさつ》かたがた言葉を交わす恰好《かっこう》になった。

「あら、今日はどうなさったの？　小林さん、いつもお元気でしゃきしゃきなさっているのに、今日はここで休憩？　お珍しいわね」

「メガネのヤスダ」の奥さんは、お喋《しゃべ》り好きで、おまけに声が大きいので、瑞枝は少々苦手にしていた。でも、隣に坐られてしまった以上、話をしない訳にもいかない。その時だ。瑞枝は、実は右膝が痛んで整形外科に通っているのだと彼女に話した。

「まあ、そうだったの。しょうがないのかしらね。年齢を経ると、みんな膝にくるって言うものね。でも、小林さん、まだ五十代でしょ。お若いのに……。え、ぎりぎり五十代？　ほんと？　見た目もお若いし、ふだんきびきびしていらっしゃるから、膝で整形外科に通ってらっしゃるなんて、思ってもみなかった。どこ？　共和整形？　ああ、あそこ」

医者以外にも、右膝に痛みがあることを話した人間がいるにはいた。けれども、その場に留美がいたとは思い難《にく》いし、留美と「メガネのヤスダ」の奥さんに、接点があるとも思えなかった。

「何か思い当たることがあるんじゃない？」瑞枝の顔色を読んで、亜紀が探るような目つきをして言った。「そんな顔してるわよ」

「ううん。そんなことない」

瑞枝は首を大きく横に振って否定した。

「それに望月マコ？　彼女のところに出入りしてたから瑞枝の右膝の故障に気がついた？　知り合いに有名人を持ち出すって、それも何か嫌なパターンよね。しかも霊感話でしょ。そんな霊感があるんだったら、それで稼げばよさそうなものじゃない」

瑞枝が何を言おうが、亜紀は頑然として留美を疑い、留美への不信を口にする。それにだんだんくたびれて、瑞枝は言った。

「亜紀は……留美ちゃんのこと、知らないから。三十八歳だけど、見た目にもちょっと病弱そうで、可愛い娘なのよ、ほんとに」

「写真、持ってないの？」すると、間髪を容《い》れずに亜紀は言った。「彼女の写真。スマホか何かに」

「ああ、持ってる」

瑞枝は頷いて言った。「いつも留美ちゃんの顔が見たいから」と、前に留美の部屋で、瑞枝は留美とのツーショットを自撮りした。その画像がスマホに入っている。

「見せて」亜紀は強引な調子で言った。「どんな娘か見たい。私が見極めてあげる」

自分と留美のツーショット画像をタップして、画面に展《ひろ》げたスマホを亜紀に手渡す。亜紀はピンチアウトしたりして、留美の顔をしげしげと眺めてから、思いもよらぬことを口にした。

「知ってる。この人、私、会ったことある」

「えっ！」

亜紀の言葉にぎょっとして、思わず瑞枝は大きな声を上げていた。

「姪っ子の、萌菜の隣のマンションに住んでいる人だわ、この人。間違いない」

「そんな馬鹿な。留美ちゃんは、新井薬師のアパート暮らしよ。私は何度も行ったことがあるから間違いない。東中野のマンションだなんてあり得ないわ。違うわよ」

「でも、私、この人に会ってるもの。萌菜もよ。他人の空似っていうことは、それこそあり得ない」

前に萌菜が、「鍵を落としちゃったー」と、亜紀に電話を寄越したことがあったという。合鍵は亜紀が持っているので、亜紀は夜更けに萌菜の許に駆けつけた。萌菜と合流した時点で、時刻は夜の十時半を回っていた。合鍵があるので部屋の鍵は開けられる。でも、落とした鍵が問題だった。

「この通りに入る頃、いつもの癖でバッグのポッケを探って鍵を確かめたの。その時はあった」萌菜は言った。「その時かなあ、鍵を落としたのは。とにかく近くで落としたんだと思う。伯母ちゃん、だからこそ怖いの」

鍵を見つけないことには、夜中に誰かが部屋に入ってきそうで恐ろしくてならない――萌菜は泣きべそを掻いたような顔で亜紀に訴える。それで萌菜の部屋に備えてあった懐中電灯を頼りに、マンションのある通りを中心に、夜更けに二人で鍵を探し始めた。

『『ないわねえ』なんて言いながら、隣のマンションの辺りまで戻ってきた時だったわ。彼女が男連れでマンションの入口から出てきたの。部屋に来ていた男を見送るような感じだった。若い男だったわ。と言っても、三十はちょっと過ぎていたかもしれないけど」

男性の方が、「どうしたんですか」と、亜紀と萌菜の二人に尋ねたらしい。訳を話すと、二人も鍵を探すのを手伝ってくれた。

「彼が自分のスマホのライトアプリをオンにして」

「ああ、あった！　これじゃないですか」――そう声を上げたのが留美……留美らしき女性だった。

「つまりは、彼女に鍵を見つけてもらったわけ」言いながら、亜紀は瑞枝にスマホを返した。「だから間違うはずないのよ」

「そのマンションに住んでいるのは、男性の方じゃなかったの？」

それでも瑞枝は信じられずに亜紀に言った。

「こっちも名乗ったけど、彼女に苗字《みょうじ》と部屋番号を訊《き》いたのよね。ちょっと躊躇《ためら》っていたけど教えてくれた。それで萌菜は翌日、お菓子を持って彼女のところにお礼にいったの。たしかに彼女、隣のマンションに住んでいたわ。萌菜は部屋の玄関口まで行ったんだから。ニアリバーとか言ったかな。部屋番号は……５０２、いや５０３だったかな。苗字は武藤。

武藤さん」

「武藤……」

留美の苗字は工藤。工藤と武藤、似てはいる。似てはいるが……迷宮に足を踏み入れたような心地になって、瑞枝は顔を曇らせた。

「さっきの画像、萌菜に見せたら間違いない。より確度は高くなるわね。でもまあ、もうそこまでしなくてもいい気はするけど」亜紀はだらんと背を椅子《いす》に凭《もた》せかけながら言った。「とにかくその女は怪しい。それは確かと言っていい訳だから」

亜紀はこの後、萌菜の部屋に行く用事があるというので、二時半頃に店の前で別れた。ひとり東中野の駅入口方面へと歩みを進めながらも、瑞枝は何だか雲の上を歩いているようで、今身を置いている現実からはぐれていたし、途方に暮れたような心地になっていた。

新井薬師の小さなアパートに暮らしているはずの留美が、東中野のマンションに住んでいる――亜紀は自信たっぷりだったが、幾ら考えても瑞枝にはあり得ないこととしか思えなかった。それでいて、完全にはそれを打ち消せない。なぜなら、亜紀が「首実検をしてもいいわよ」と言うぐらいに自信たっぷりだったからだ。考えれば考えるほど、まるで留美が二人存在すると言われたかのようで、瑞枝はますます混乱するばかりだった。しかし、改めて思い返してみるに、たしかに新井ハイムの部屋は、三十八歳の女性の部屋としては安っぽいし狭すぎる。これまで瑞枝は、それを留美の貧しさ、つましさと思ってきたが、もう七、八年住んでいるというから、あの狭さなら、もっと物で溢《あふ》れていても不思議はない。けれども、いつ行っても、留美の部屋は、それなりに小ざっぱりとしている。生活感に欠ける。その時期着ている上着などは、パイプハンガーにかけて上からカバーをしているが、それではとうてい足りまい。さすがに押入れを覗いたことはないが、コートやワンピース……各シーズンの丈の長い服は、どうやって仕舞っているのだろう。

それに仕事。ゲラと言うらしいが、たまに留美が赤字を入れた紙の束が、パソコンデスクの上に置かれていることはあるものの、作業に追われて取り散らかしていることはないし、思えば部屋に辞書の類《たぐい》がない。よくはわからないが、校正をするには、用語用例辞典だとか広辞苑《こうじえん》だとか、辞書が必要なのではないか。しかし、留美の部屋には本棚すらない。

（辞書や辞典なんか持たなくても、今は電子辞書とかパソコンで、用が足りる時代なのかしら。本だってキンドルで読めるし）

よい方に考えてみようとするのだが、やはり顔から曇りが消えていかない。胸の内からもだ。瑞枝は、そんな自分が情けなくも卑しく思えた。気の毒な境遇にある留美に、疑惑を抱いている自分。そんなことはないと笑い飛ばせない自分――。

（でも、何で二軒も部屋を借りる必要がある？）

自らの心を立て直そうとするかのように、瑞枝は心で呟いた。

（何だって私に対して不幸な女を演じてみせる必要がある？　それにどんなメリットがあ

るっていうの？）

別れ際、亜紀は「詰まるところお金よ」と言った。「そのうちきっとお金のことを持ちだしてくるわ。その時の彼女が、本当の彼女。彼女の正体」――。

留美と知り合ってそろそろ一年が経つ。その間留美が、生活費が足りない、思わぬ出費があって困った……その種のことを瑞枝に口にしたことはない。それでも亜紀は言った。

「あなた、これまで彼女のために幾ら使った？ チリツモよ。案外いい金額になっているんじゃないの」

頭のなかでざっと計算してみるが、やはりそれも大した額ではない。

（やっぱり亜紀の人違いよ。もしも留美ちゃんだったとしたら、たまたま男友だちの部屋に遊びにきていたとか。きっとそうよ）

瑞枝は、何とかそこに答えを落ち着かせようと懸命だった。翌日、萌菜が訪ねた時に部屋から留美が出てきたとしても、前の晩から泊まっていたと考えれば矛盾はない。

そんなことを考えながら歩いていると、地面の段差に爪先が引っ掛かって、瑞枝は勢いよく前にすっ転びそうになった。目に入っていなかったが、前から歩いてきていた男性とどんとぶつかる。ぶつかったというよりも、瑞枝が一方的に突き当たった恰好で、男性も後ろによろけて危うく転びそうになっていた。

「あっ、すみません！」現実に戻り、慌てて瑞枝は詫《わ》びてから、深く頭を下げた。「大丈夫ですか。私、ぼんやりしていて――」

　その後、言葉が続かなかったのは、自分が突き当たった男の顔を間近で見たからだった。見覚えのある顔……前に留美が東中野で一緒に歩いていた代田橋内科クリニックの元先生。

　彼は東中野の娘のところに身を寄せていて、今は東中野に住んでいるというから、ここで出くわしたからといって特に不思議はない。それでいて、瑞枝には思いがけない偶然のように思えた。どうやら彼も、瑞枝の顔を覚えていたらしい。心持ち顔を翳らせ気味にしながら、瑞枝の顔をじっと見ていた。

「あの」気づくと瑞枝は彼に声をかけていた。「沢田さん、沢田先生ですよね。留美ちゃんがお世話になった」

　すると、彼の顔の翳りが一旦ぐっと濃くなって、その後ぽかんとしたような顔に変わった。瑞枝の問いかけに何と答えていいものか、言葉を探しあぐねているようだった。

「あの、私、留美ちゃんとは親しくさせていただいて、先生にお世話になったことも、留美ちゃんから聞きました」

「いや、あの……」

　彼は翳った困り顔で、ようやく言葉を口にした。しかし、続けて彼が口にしたのは、瑞枝が期待した答えとは違っていた。

「ルミちゃん……あの、あなたがおっしゃっているルミちゃんというのは――」

「代田橋内科クリニックで、先生にお世話になった工藤留美ちゃんです。ふつうの工藤に留めるの留、それに美しいで工藤留美」

「――申し訳ありませんが、私には何のことやら」

そう言って、彼は眉根を強く寄せた。

「不躾《ぶしつけ》に本当にすみません。でも、この間、留美ちゃんと一緒にいらっしゃいましたよね。沢田先生ですよね」

「たしかに私は沢田です。沢田ですが、先生と呼ばれるような身ではありません」

「今は引退なさったかもしれませんけど、元は内科のお医者さま。でしょう？」

「いや、どなたかと人違いをされていると思います。私は医者ではありません。今も昔もです。ただの勤め人で今は隠居の身ですし」

互いに言葉が見つからない。そんな感じになって、しばし瑞枝と彼との間に空白のような空気が挟まった。二人を分かつような、大きな空白の塊だった。果てに彼は言った。

「あの、いずれにしても人違いです。すみませんが私、これで失礼させていただきます」

ちょっと瑞枝に頭を下げると、彼は視線を瑞枝から外して去っていった。瑞枝はといえば、ひとり空白のなかに置き去りにされたようで、しばしその場で茫然《ぼうぜん》としていた。

人違いをした訳ではない。だって彼は、自分が沢田であることを認めた。だから、やはり前に留美と一緒にいた男性だ。そこまでは事実だ。間違いない。それに彼の目の色から、その時点で先方も、瑞枝を認識していたことが窺われた。なのに医者だったことは否定した。工藤留美という名前を出しても、ピンとこない様子だった。いや、ピンとこないというよりも、困惑、混乱しているふうだった。

（あの人も混乱していた……。どうなってるの？　沢田さんなんでしょ。沢田先生……代田橋内科クリニックの沢田先生。留美ちゃんと一緒にランチをするほどの間柄なのに、どうして工藤留美とフルネームで名前を言っても、あの人、ぽかんとしていたの？）

またしても瑞枝の頭のなかで、自問自答のような問いかけが始まる。自分自身、うんざりとする思いだった。

「若い男だったわ。と言っても、三十はちょっと過ぎていたかもしれないけど」

亜紀が口にした言葉が不意に耳に甦《よみがえ》る。

（若い男？　それ、誰？　留美ちゃんに、そんな男友だちか恋人がいるってこと？　そんな話、ちらっとも聞いたことがない。そもそも、それって本当に留美ちゃんだったの？）

総武線に乗り込んでも、堂々巡りのような自問は続き、瑞枝はひとつ先の高円寺《こうえんじ》駅まで、電車を乗り過ごしていた。

第三章　歳下の男

1

梅雨が明けて、いきなり夏がやってきた。八月二十日が誕生日だから、夏がきたということは、もうじきひとつ歳をとるということ。大学を卒業してから、もう十年になるということ。そう考えると、梅雨時は、早く明ければいいと思っていたのに、あまりいい気分にはなれなかった。素直に夏が受け入れられないし喜べない。それが若い頃とは違った。

（三十三かよ。もうオジさんだよ）

友野直也《とものなおや》は心の内で呟いた。

見上げる空は真っ青で、太陽ぎらぎら、かんかん照りだというのに、その呟きはまだ梅雨の最中にあるかのように湿っていた。

大手でなくてもいい。けれどもまともな出版社に入社して、編集者として生きるのが直也の学生時代の夢だった。作家と担当編集者として密に接し、誰よりも先に担当する作家の原稿を読み、多少意見も交わし合って、作品の完成にひと役買う。次第に作家からも重宝されるようになって信頼も得て、「友野君じゃなくちゃ」と言われるような編集者になる。サイコーだよな――二十二歳の直也は思っていた。ところが現実は――。

主に企画本を出版している会社に就職が決まり、卒業後、直也はその版元で働くようになった。やはり大手は無理だった。が、ある程度名前の知られた版元だったし、編集部の所属ということでの採用だったので、直也の側に不足はなく、当時はやる気満々だった。そこまではいい。が、作家と直《じか》に接するどころか、直也の企画はほぼすべてボツ、回ってくるのは雑用やせいぜい原稿チェック、間違い探しのような細々《こまごま》とした事務仕事がほとんどだった。当たり前のことかもしれないが、売れ行き第一、内容や質がどうあれ売れれば勝ちで文句なし。そんな体質の会社だった。

「そりゃ友野の企画が通れば編集責任者として、バリバリ編集者らしい仕事をしてもらうよ」その時の上司というか先輩は、不遇を嘆く直也に言った。「でも、お前の企画は面白くない。発想が斬新《ざんしん》じゃなくて、どれもこれも何かの本の二番煎《せん》じって感じなんだよな。もっとさあ、人間が心の内にこっそり抱えている、エグい興味や関心をそそるような、煽《せん》情《じょう》的な企画がだせないものかなあ。まだ若いんだから。こっちはそこに期待してるのに、友野の企画は、みんなどこかきれいごとっぽいんだよな。きれいごとなんて、みんなわざわざ金をだして読みたがると思う？」

　コピー取りからお茶だしまで、何でもやって三年勤めたが、三年間のうちにようやく通った直也の二本の企画は、結果としては大惨敗。まったくと言っていいほど売れなかった。ぞっとするような返本の山、直也に向けられた先輩、上司の白い目。いや、あの時の目は、白というより灰色だった。そして四年目を迎えようとした時、直也は上司から呼び出しを食らって退職勧奨を受けた。早い話がリストラだ。直也は会社を辞めざるを得ない状況に追い込まれ、編集者らしい仕事をろくにできないままに退職した。むろん、その先のことなど、何も決まっていなかった。

　折悪しくと言ったらいいか、その時、つき合っていた彼女が妊娠した。今となっては元カノだが、彼女、佐々木杏里《ささきあんり》は大学の同級生で、当時、健康食品会社の通販部門で働いていた。

「ＣＭなんかはいたって爽《さわ》やかだけど、実のところうちはブラックでね」杏里からは前に聞かされていた。「嫌なら辞めてくれて結構――それが会社の方針っていうか姿勢。ことに通販部門なんて一番代替可能で、〝女の子〟は若ければ若い方がいい。そんな感じ」

　産休など申し出れば、まず間違いなくマタハラに遭う。「出産するのに休んだ挙げ句、どうせ次はまた育休とか言うんでしょ？」――たぶんそうくる。既婚女性の産休ならまだしも、未婚でいきなり「子供ができたので」と産休を申し出たら、「何を考えてるんだ」と一喝《いっかつ》の下に一蹴《いっしゅう》されるのがオチ、目に見えている。急いで籍を入れたところで、そのことに変わりはない。そんな話だった。

「だから子供を産むには、今の会社、辞めなきゃならない」

杏里は言った。

もともと杏里はビジネスウーマン型ではなく家庭的な女性だった。料理が上手できれい好きで、できれば外に働きには出ず、家でしっかり家事や子育てがしたい──。それは直也も承知していた。しかし、子供を産むにも育てるにも金が要る。その前に、紙のうえだけでも結婚ということになれば、急いで両家の了解を取りつけて、顔合わせをしなければならない。職探しを一番にしなければならない状況にある直也にとって、それも重荷というか憂鬱だった。直也は夢破れてプータローの身、そのうえ杏里まで会社を辞めてしまったら、二人合わせて収入ゼロだ。それで何が結婚、出産だろう。

大事なことだ。とはいえ、半月、一ヵ月と時間をかけて、じっくり話し合う訳にはいかなかった。その間にも、子供は杏里のお胎《なか》のなかで育ってしまう。三日ほどのことだったが、考えに考えたし、悩みに悩んだ。その果てに、直也は杏里に沈んだ声で言った。

「ごめん、杏里。子供は……今は無理だ。今回は諦めてくれないかな。次は必ず──」

そう言った直也に向けられた杏里の顔と表情は、今も瞼《まぶた》にしっかりと焼きついている。

納得の顔でなかったのは言うまでもなく、失望、落胆の顔でもまたなかった。直也に対する怒りと軽蔑《けいべつ》が混じりあった鉛色の顔。目は鋭くも厳しく、瞳の底で暗い炎が燃えているようだった。初めて見た杏里の青鬼の表情。

「わーかったたっ！」

杏里はその表情のまま直也に言った。「わかった」ではなく「わーかったたっ！」――。

「『子供は、私一人で産んで私一人で育てます』――そう言いたいけど、私には経済力がないし、親を頼るのも無理。ご存じ実家は田舎町の小さな電気屋で、妹たちもいてまだ学費がかかる。世のなかっていうか、人生やっぱりお金なのね。今度のことでそれを学んだ。子供は次にできた時に産む。ただし、直也との間にできた子供じゃなく、誰かお金持ちか稼ぎのいい人との間にできた子供を」

「杏里――」

「私が妊娠したと言ったことは忘れて。私の過去の汚点になるから。そんなのはご免。私は妊娠なんかしていない。次の人との間にできた時が初めての妊娠、初めての子供」

最後にそんな言葉を投げつけて、杏里は去っていった。その日を最後に幾ら連絡をしても無視。直也は完全に見捨てられた。わかっている。出版だの編集だのにこだわらず、当面宅配便のドライバーでも引っ越し業者のアルバイトでも何でもやって、金は何とかするという覚悟と姿勢を見せられなかった直也が悪い。嘘偽りなく、直也は杏里のことが好きだった。心根がやさしいし、妻にしたらきっとすべてに関して行き届いた、いい女房になってくれたと思う。いい母親にもだ。去られてから、杏里の存在の大きさに気がついたが、時既に遅しだ。男としての自分の小ささ、情けなさも思い知ったので、以降、直也は恋愛には及び腰になった。したがって、杏里に捨てられてから、直也にステディな彼女はいない。

（彼女を作ったところで、杏里の時の二の舞になるだけだ）

その後、アルバイトも含めて職を転々とし、一年半ほど前から、直也は今の会社、キビ出版で働くようになった。出版と名前はついているが、主として手がけているのはボーイズラブ、ト本……それにずばりエロ本だ。ト本というのはトンデモ本のことだが、案外これが一番文字数が多くボリュームがあって、編集者らしい仕事ができたりする。一方、エロ本の撮影現場の立ち会いなどでは、寒い現場なのに真っ裸でいる女の子に撮影の合間、モコモコのフリースのバスローブを着せてやったり、冷えた足先をさすって温めてやったり……一体俺は何をやっているのやらと内心思う。会社が新宿の古いビル内にあるので、直也は今、東中野のアーバン東中野というマンションの割と広めのワンルームで暮らしている。原稿を抱えている時こそ新宿の事務所で作業をすればよさそうなものだが、事務所はごちゃごちゃとしていて人の出入りも多く、そういう時ほど部屋や近くのカフェで作業することになる。皮肉な話だ。

（暑っ。それにしても暑っいな）

事務所に原稿の受け取りに行き、また東中野に戻って自分のマンションに足を進めながら、直也は心で呟いた。

福利厚生は言うまでもなく、給料も同年代のサラリーマンに比べればよいとは言えない。杏里とつき合っていた頃と変わらず、部屋を借りて食べていくだけでほぼいっぱいいっぱい。直也の銀行預金の残高は、幾ら頑張っても三桁《みけた》までいかない。

（金なし、彼女なし、車なし、友だちなし）

友だちもいないのは、学生時代の友人と会ったりすると、企業勤めの彼らが眩《まぶ》しく見え、つい羨《うらや》みたくなるし、自分が惨めに思えるからだ。ならばいっそつき合わない方がいい。

そんなことを考えていると、ピコン！　とLINEの着信音がした。スマホを見る。LINE名カルメン、晴美さん、——いや、順子《じゅんこ》さんと言った方がいいだろうか。彼女からのLINEの着信だった。

〈暑いねー、梅雨明け。ご機嫌いかが？〉

順子からのLINEにその場で返信する。

〈ほんと、暑いねー。今、原稿抱えて部屋に向かって歩いてるところ。もう汗掻いた。〉

〈そうなんだ。じゃあ、今日は忙しいね。〉

〈でもないよ。べつに急ぎの原稿じゃないんで。順子さんの方は？　原稿書いてるの？〉

〈書いてはいるけど、今日は乗らなくて。それで何か直也君の顔が見たくなっちゃって、ついＬＩＮＥしちゃった。〉

〝嬉しい！〟の子豚ちゃんスタンプを送信する。続けてまたメッセージを送る。

〈今日、会えそうなの？〉

〈うん。会えそうっていうより会いたいなと思って。直也君の都合さえよければ、うちで一緒に夕飯どう？　もしもＯＫなら、お酒用意しておくし、何か作っておくけど。〉

〈おっ、やった！　夕飯、食べにいくよ。何時がいいの？〉

〈七時か七時少し前ぐらい、いかが？〉

〈了解。ＯＫです。七時ちょっと前に部屋に行きまーす。〉

〈お酒、ビールとワインでいい？　それとも焼酎《しょうちゅう》？〉

〈ビールとワインでＯＫです。〉

〈ほんとに仕事、大丈夫なの？〉

〈大丈夫。今からそれまで仕事するし、その分、明日頑張るから。〉

〈じゃあ、待ってるね。〉

順子と夕飯をともにする約束がまとまって、とたんに直也は上機嫌になった。順子さん――本名は武藤晴美、ペンネームが吉井《よしい》順子。だから直也は、フリーライターである順子に敬意を表する気持ちも込めて、彼女を「順子さん」と呼んでいる。

順子は、直也と同じく東中野に住んでいる。出逢いは偶然。駅入口に近いビル一階の「カフェ・マギー」の窓向きのカウンターで、たまたま肩を並べてお互いノートパソコンを広げて仕事をしていた。その時、ちょっと言葉を交わす機会があって、同業者とまでは言えないものの、同じ業界で仕事をしている人間同士だということがわかった。それをきっかけに、二人は急速に親しくなった。外で一杯やりながら食事をすることもあれば、順子が部屋で手作りの料理を振る舞ってくれることもある。順子が振る舞ってくれるのは、何も料理ばかりではない。順子はその肉体も、直也に提供してくれる。決まった彼女はいないが、直也は二次元オタクでもなければ草食系男子でもない。三十二歳の男なりの性欲や性衝動はある。今、それを受け入れ解消してくれているのが順子だった。

かといって、〝彼女〟かといえばそれとは少し違う。べつに〝彼女〟が歳上でも構いはしないが、順子は三十八歳で、直也より五つ半歳上だ。それもあって、直也は「さん」づけで呼んでいる。順子とは、好きだの惚《ほ》れただのとはまた異なり、恋に落ちた訳ではないという点で、直也と順子の認識は一致している。

(何だろう。言ってみればお姉ちゃんかな)

思ってから、直也は苦笑した。

(エッチしておいて、お姉ちゃんもあったもんじゃないな。もしもそうなら、そっちの方が罪が深いよ。近親相姦《そうかん》だ)

順子は、スピリチュアル系専門のライターだ。SNSはFb、ことFacebookをやっているというので、知り合ってから覗いてみると、『吉井順子　顔出しNGのスピリチュアル系専門のフリーライター。東京都中野区出身。敬愛するスピリチュアリストは、開聖徳氏、望月マコ氏など。ジャパンスピリチュアル協会会員。』とプロフィールにあった。Fbにはさほど熱心ではない様子で、決して更新マメではないし、これまでの記事もあまり多くない。プロフィール写真も後ろ姿と観葉植物だし、あえて顔出しNGと書いてあることからしても、露出をあまり好まないタイプのようだった。因みに直也も一応Fbをやっている。プロフィールは、『友野直也　編集者。ただしなかなか食ってはいけない編集者（泣）。東京都中野区（東中野）在住。カフェ・マギーを愛する男。』だ。友だちをたくさん作ってSNSでつながろうという意思は薄く、日記のつもりで日々の愚痴のような文章を画像とともにアップしている。

「おい、お前のFb見たぞ。今のところうちの名前をだしてないからべつにいいけど、うちの名前だして変なこと書くなよな」

一度今の会社の社長、吉備唯之《きびただゆき》に釘《くぎ》を刺されたこともあって、キビ出版の名前はだしていないし、携わった本の名前もだしていない。

（『永遠の少年の肉体』『みんな見せちゃう♪　クララ、今、さびしいの』なんて、本の名前をだすことの方が恥だよな）

心で嘆くように呟きながらも、駅から自宅マンションに向かって歩きだした時よりも、直也はずっと気持ちが明るくなっていた。今夜は順子さんに会える。順子さんを抱ける――。

直也は、慶明《けいめい》大学を出たし、学生の頃から編集者を目指してさまざまな種類の本をたくさん読んできた。見た目もイケメンとまではいかないが、背丈はあるし瓜実顔《うりざね》で、人から嫌悪を抱かれる要素はないと自分では思っている。が、ぶっちゃけ直也は、不遇にして孤独な日々を過ごしている。それが偽らざる実状だ。孤独なのは自ら望んでのことと思いたいが、深夜に自分一人がこの世の闇に落ちた気分になって、孤独感に身悶《みもだ》えすることもある。誰か話し相手になってくれるヤツはいないかな。こんな時間に電話をしたら迷惑か。〝さびしんぼ〟だなんて思われたらサイアクだよな。恥の上塗りだ――。

順子との出逢いは、そんな直也の日常に射し込んだ、一条の光みたいなものだった。

2

浅くまどろみながら、直也は順子と出逢った時の夢を見ていた。「カフェ・マギー」で、隣に坐ってノートパソコンに向かっていた順子が、テーブルに置いてあったマナーモードのスマホが電話を着信したのに気がついた。持って外に出る暇もなかったとみえ、手に取ると、口許に手を当て、声を潜めて話し始めた。

「吉井です。ええ、原稿の方はちょうど今上がって、これから送信するところでした。……ええ、大丈夫、問題ありません。切ったらすぐに送信しますのでご確認ください」

手短に電話を終えると、言った通り、順子は原稿を送信しかけた。が、「あ」と小さく声を上げて、再び入力作業に戻った。どうやら書き落としか何かに気づいた様子だった。

原稿を修正して送信を終えると、小さく息をついて椅子の背に一度凭れ、それからまたパソコンに手を伸ばした。その時に、伸ばした手が自分のコーヒーカップに当たって、カップが直也の側に向かって倒れた。

「あっ！」

勢いよく倒した訳ではないし、コーヒーもカップに大して残っていなかった。だから、ソーサーの上に多少零《こぼ》れたものの、テーブルには二滴かそこら雫《しずく》が飛んだだけだった。

「すみません！」順子は酷《ひど》く慌てた様子で直也に詫びた。「パソコン、濡《ぬ》れませんでした？　洋服にも飛ばなかったでしょうか」

詫びながら、順子はバッグから取り出したハンカチでテーブルの上の雫を拭《ぬぐ》った。

「私、一瞬気が抜けたみたいになっていて……。本当にごめんなさい」

「大丈夫、僕に被害は何もありませんから。それよりハンカチで拭《ふ》いちゃって、シミになっちゃいますよ、コーヒーだから」

それをとば口に、「どうやら同じような作業をしているみたいですね」「原稿の執筆ですか」などと、言葉を交わし合った。

　危うく直也をコーヒー被害に巻き込みそうになったからだろうか、彼女は案外気安く名前と職業を名乗り、東中野のマンションに住んでいることや、そこが自宅兼仕事場であることなどを話してくれた。自然な流れで、直也も名乗ったし、小さな出版社に勤める編集者であることや、同じく東中野住まいであることなどを順子に話した。

「自宅兼仕事場なんだから、うちで仕事をすればいいようなものなのに」ささやかな笑みを浮かべて順子は言った。「家にばっかり籠《こ》もっていると、何だか息が詰まるような感じになって、ついカフェにやってきちゃう。コーヒーなら家でも飲めるのにね」

「おんなじです」順子に同調するように直也も言った。「僕も会社か自分の部屋で仕事をすればいいのに、わざわざパソコン持ってここに」

　すると順子は改めて直也を眺め直すような表情をちらりと見せ、そういえば前にもここ、「カフェ・マギー」で見かけたことがあったような気がすると言った。

　初対面なのに旧知の仲——そんなムードが二人の間にいっぺんに出来上がって、その日のうちにＬＩＮＥの連絡先を交換するに至った。年齢もその時に聞いた。

「隠したってしょうがないものね」くすりと笑ってから順子は言った。「私は三十八歳。友野さんよりずいぶん歳上でしょう」

たしかに歳上ではあるが、ずいぶんというほどではない。それに、くすりと笑った時の順子の顔は可愛らしくて、彼女が少女だった頃の面影が見て取れるようだった。

「友野さん、今、お仕事中でしょ。お邪魔しちゃったら悪いわね。またお時間のある時に、改めてお話しできたら嬉しいな。どうかしら、今日のお詫びも兼ねて夕飯でもご一緒に」

孤独に喘《あえ》いでいる直也に異存のあろうはずもなく、言わば後はとんとん拍子。ＬＩＮＥで連絡を取り合って、互いのホームテリトリーである東中野でちょこちょこ会うようになった。順子の「友野さん」という呼び方も、すぐに「直也君」に変わったし、直也もまた、彼女を「順子さん」と呼ぶようになった。男と女の関係になったのは、一度外で食事をともにしたのち、次に順子の自宅に招かれた晩だった。二度目に会ってのことだから、たちまち男女の関係になったと言っていい。

「直也君が歳下だってことはよくわかってる。私は直也君に彼女としてつき合ってほしいだなんて、そんなことは思っていないから」

その言葉で、順子が直也との関係を、割り切ったものとして考えていることがわかった。だから直也も安心して、順子のからだに手を伸ばすことができた。

いざ服を脱がせてみると、順子は手脚は細いのに、想像していたよりも胸は豊かで柔らかく、尻も形がよくて弾力があった。直也のややぎこちなげな愛撫《あいぶ》や前戯にも、順子は掠《かす》れ気味の声を上げて応えてくれた。それは演技でもできることかもしれないが、いよいよ挿入と、局部に指で触れてみると、既に順子は蜜《みつ》を溢れさせていた。

(演技じゃない……感度がいいな)

直也は心で悦に入ったように呟いたものだった。

そしてセックス。前戯の段階で蜜を溢れさせるだけあって、順子のそれは敏感にして柔軟で、締まりがよくて温かく、えも言われぬほどに気持ちがよかった。出し入れを繰り返し、何度か行きそうになるのを堪《こら》えたが、直也はどうにも辛抱堪《たま》らなくなって言った。

「順子さん……駄目だ。俺、行きそう。順子さん気持ちよすぎる……我慢できない」

すると順子は言った。

「行こ。一緒に行こ。中に出して。私、子供ができないの。だから直也君、中に出して」

かくして直也は、順子の中に精を放って果てた。一瞬頭のなかが真っ白になるような恍《こう》惚《こつ》感に脳が痺《しび》れた。

以来、直也はある意味順子の虜《とりこ》だ。順子のからだの虜。

浅いまどろみからふわっと目が覚めると、直也は裸でベッドの上に身を横たえていた。順子のうちで彼女の手料理を味わった後、いつものように順子とセックスをして、果てた自分は眠りに落ちてしまったのだと気がついた。そっと隣を見遣る。順子も裸のままだった。直也同様、浅い眠りに落ちていたようで、直也が目覚めたのを肌で感じてか、順子はゆっくりと薄く目を開いた。

「ああ、寝ちゃった……」先に言葉を口にしたのは順子だった。「クーラーかけっ放し。風邪を引いちゃうわね」

順子はするりとひくめのベッドを降りて、下着をつけてボタニカル柄のチュニックを着た。それに倣《なら》うように直也も服を身につける。

今日も直也は順子のなかで行った。これだけ感度がよくて持ちものがよく、中出しOKの女なんて滅多にいるもんじゃない——服を着ながら、直也はそんなことを思っていた。ああ、堪んねえ。今日もとんでもなく気持ちよかったなあ——。

「直也君、何か飲む。咽喉《のど》渇いた」

そう言って、順子は冷蔵庫から出したイオンウォーターを、ダイニングテーブルの上に置いたグラスに注《つ》いだ。

「ありがと」

言い訳みたいになってしまうが、直也は順子のからだ、順子とのセックスだけが好きな訳ではない。彼女と話をするのも好きだった。スピリチュアル系専門のライターだけに、順子は何というか、少々〝不思議ちゃん〟なのだ。ふつうの人とは異なる感覚でものを言う。それが直也には新鮮だし、奇妙なことを言っているようで、案外的を射ていたりするのでびっくりすることもある。

前に生年月日、出生時刻を問われ、「写真を一枚」と、スマホで顔写真を撮られたことがあった。人気のスピリチュアル・カウンセラー、望月マコと仕事で会う用事があったとかで、その時順子は望月マコに、直也の姓名、それに生年月日と出生時刻を告げて、直也の写真も見せたという。

「正規でとなると、あちらもプロとしての矜持《きょうじ》があるから、それなりにお金がかかっちゃう。だから、あくまでも話のついでにということで、ざっと見てもらっただけだけど」

最初直也は、単に「へえ」といったところで、まともに話を聞く姿勢ではなかった。が、順子は、それを気にかけることもなく、そんな前置きをしてから話し始めた。

「直也君は、頭脳明晰《めいせき》だし、編集者の資質も充分だって。それは編集者という仕事が、前世での仕事に通じるものがあるからみたい。放っておいても、編集者かそれに近い職業に就いていただろうって。だから、地道に続けていれば、必ず編集者として大成するって、マコさんそう言ってたわ」

「そうかなあ。今のところ大成の〝た〟の字も見えない状況だけど」

「それには理由があってね、今は仕方のないことなの」

「理由？　理由があるって？」

「直也君、星回りからいって、三十五歳までは、幾ら努力しても実らないんだって。ああ、努力は決して無駄じゃないのよ。だけど、その努力が地上に芽吹いて花を咲かせるのは、三十五歳を過ぎてから。それまで待たないとしょうがないって」

「それ、どういうこと？　何で三十五歳まで待たなきゃならないの？」

「直也君ね、実はまだ生まれていないのよ」

「えっ！　生まれてないって、何、それ？」

「友野直也としてこの現実世界に本当の意味で生まれるのが、三十五歳の誕生日。生まれさえしたら、資質も生まれるまでの努力も充分だから、必ず編集者として腕を振るえる」

「――――」

直也は思わず眉根を寄せて、小首を傾げていた。

「お胎のなかの赤ちゃんが、幾らお利口さんでも生まれなければ何もできないのとおんなじよ。でも、生まれさえしたらこっちのもの。つまりは直也君のもの。マコさん、請け合ってもいいとまで言ってたから間違いない」

本当の意味で生まれるとはどういうことか、生まれるまでどうして二年少々待たなくてはいけないのか……直也にはよくわからなかったが、後二年待ちさえしたら編集者として芽吹いて花が咲き、腕が振るえるというのであれば、それは喜ばしいことには違いなかった。遠い先の話ではない。辛抱も後二年ならできないことはないし、そう請け合ってもらえるなら、腐って絶望することは免れる。

「直也君からしてみれば、奇妙奇天烈《きてれつ》、突飛な話に思えるかもしれないけど、二年経てばわかるわ。私はすっごく楽しみ。あのマコさんが断言したことだもの」

「……うん。まあ、よくわからないけど、そう信じて続けてみるよ」

と、直也は曖昧《あいまい》な返事。その時点ではまだ鰯《いわし》の頭も何とやらの気分だった。が、順子は、「あっ」と小さく声を上げてからまた続けた。

「マコさん、こうも言ってた。今の直也君は、まだ胎内にあるも同然だから、きっと孤独だろうって。直也君、二十代半ばぐらいかな、結婚を考えるほどの相手がいたんじゃない？　でも、その人との関係は破綻《はたん》したし、結婚にも至らなかった。以来、直也君に本気で好きになった女性はいないし、結婚を考えた相手もいない。そのはずだって、マコさんが」

いきなり図星を指された。これには直也も正直仰天した。杏里だ。杏里のことに間違いない。以降の直也の孤独も当たっている。

「それも同じ理由。まだ生まれていない直也君に、自分の家族を持つことは無理。妻も子供もね。三十五歳を待たなければ、そういう相手には出逢えない。親にもなれない」

「子供もね」と言われて、ぞっと鳥肌が立った。加えて「親にもなれない」とも言われた。生まれる前に闇に葬ってしまった我が子が、突然訪ねてきたような気分。マコに代わって語る順子が、次第に巫女《みこ》か何かに思えてくる。幾らか蒼《あお》ざめた顔でもしていたのだろうか、順子は巫女から不意に元の順子に戻って、やさしく直也に頰笑みかけた。それから言った。

「大変だったね、直也君。でも、後二年。二年努力して待ちさえしたら、長いこと待った分だけ仕事もプライベートも俄然《がぜん》うまくいく。よかったね。二年なんてあっと言う間だわ。フルマラソン、もう四十二キロ地点まで差しかかったようなものよ。やったね」

「順子さん、それ、信じていいのかな？」

最初はまともに聞く気がなかったことも忘れて、直也は確認するように言った。

「大丈夫」順子はまた頰笑んで言った。「全面的に信用して。だって、マコさんのお墨つきだもの」

ト話がト話でなくなったような感覚。以降、直也の気持ちは多少なりとも明るくなった。順子が注いでくれたイオンウォーターを飲みながら、直也はその時のことを思い出していた。見える人って、本当にいたりするものなんだなあ――。

「順子さんは？」今の自分に戻って直也は訊いた。「順子さんのこと聞いていなかったけど、順子さんはどうなの？」

「え？　私？　どうって何が？」

「僕は三十五歳でこの世界に生まれるまで、仕事も結婚もすべて待たなきゃならないって言ってたけど、順子さんは？　どうして結婚しないの？　それに……ちょっと訊きづらいんだけど、子供ができないって、それ、どういうことなのかなと思ったりして」

「ああ、それは直也君と同じような理由」

順子は躊躇いなくさくっと答えた。

「え？」

「だから、そういう宿命なのよ。宿命だけは、自分ではどうにも変えられない。しょうがないことなの」

「宿命——」

「うん、宿命」直也の呟きに、順子はこくりと頷いた。「ああ、今夜はもう遅いわ。その話をしだすと長くなるから、今度ご飯をする時にでも話すわね。今夜はせっかくからだが悦《よろこ》んでいて気持ちいいから勿体《もったい》ないし」

そう言って、その晩順子は、自分自身については語らなかった。

「からだが悦んでいて気持ちがいいから勿体ない」——その言葉だけでも、直也の孤独を癒《いや》して、男としての背中を押してくれるには充分だった。

（出逢いって不思議だよな）

順子の部屋からの帰り途《みち》、直也は知らず心で呟いていた。

（あの日、順子さんがコーヒーを零さなかったら……）

言うまでもなく、二人は赤の他人のままだった。直也は倒れてくれたコーヒーカップに、何だか感謝したいような気持ちになっていた。

3

　順子が自身について語ってくれたのは、その次に会った晩のこと、東中野の駅から大久《おおく》保《ぼ》寄りに少し離れた、「戯《たわ》け者《もの》」という、隠れ家のような小さな居酒屋でのことだった。因みに外で飲み食いする時は、たまに直也が支払うこともあるが、たいがいは順子がお勘定をしてくれる。「いいのよ」と、いつだって順子は鷹揚《おうよう》な調子で言う。「私の方がお姉さん、直也君より歳上なんだから」――。

　そんな順子が語るには、順子は幼くして相次いで両親を亡くしており、親代わりとなって育ててくれた叔母夫婦も早や鬼籍の人。今は一人も身寄りのいない身のうえだという。つまりは天涯孤独。

「え？　一人も？　親戚《しんせき》やいとこも誰もいないの？」

　直也は少し目を見開いて訊いた。

「そりゃあ、よくよく探せば、遠い親戚ぐらいは何処《どこ》かにいるんでしょうけど、一般に言う親戚の範囲はもう誰も」

　早死にの家系なのだと順子は言う。早死にに加えて先細りの家系。この世に一族として存在した役割は、きっと終えた一族なのだろうとも順子は言った。だから後は消えゆくのみ。

「父も母も、三十半ばで亡くなったのよ。最後に残った叔母にしても四十七歳。五十までは生きられなかった」

三十半ばというと直也とそう違わないし、この春三十八歳になった順子は、両親が亡くなった歳を既に越えたことになる。

「ご両親揃って三十半ばでっていうのは、そりゃ早いよね。早過ぎる」

「父方の武藤家も、母方の梨本《なしもと》家も、両家揃ってそうなのよ。どちらも早死に、跡継ぎがいない。両家ともにとなると、これはもう手の施しようがないわね」

それゆえ順子は、十三年前に卵巣癌を患って、医師から卵巣二つ、双方摘出しなければならないと告げられた時、ああ、武藤家は私で終わるのだ、私の先に誰もいないと、諦観《ていかん》したという。

「一つならともかく、卵巣二つとも取っちゃったら、どう頑張っても子供はできないものね」

「…………」

「右が原発、左が転移だろうと言われた時、何か私、笑っちゃった。神様に、絶対に子供は作らせるものかと、言われたような気がして」

直也は詳しくないのでわからないが、卵巣から卵巣への転移、両方の卵巣に癌が出来るというケースもあるらしい。それを順子は身に負った。

「嫌だな。こんな話を聞いたら、何だか怖くなっちゃうんじゃない？　直也君、暗い気分にならないでね」

「いや、僕は平気だけど……」

「それが吉井順子、こと武藤晴美の宿命なの。この世での役割を終えた一族の最後の見守り役。最後の一人。言ってしまえば幕引き役かな」

明るい声と口調で順子は言った。直也の気持ちを思って、意識的に明るい声と口調で言ったのだと思う。

「といった次第で、私はほぼ完全に諦めているわけ。そういう自分の宿命を甘受して全うしようと、ある時点で覚悟を決めたのよ。そう腹を括《くく》ったら、不思議と怖いものがなくなった。ただ、私がスピリチュアル系専門のライターになったのは、そういう背景というか土台があってのことかもしれない。でなかったら、この世ならぬ世界のことなんかに興味を持たなかったと思うし、人間がこの世に生まれてきた意味なんて、きっと考えてみようともしなかったと思うから」

「僕は平気だけど……」と言った言葉の通り、直也はそんな順子や順子の家系、宿命に、特段怖さは覚えなかった。ああ、この世のなかには、そんな家系もあるんだ。そんな家系に生まれた人もいるんだ。順子さんみたいに、そんな宿命を静かに受け入れて、ひとり生きている人もいるんだな――そう思ったのみだ。いや、同時に、そんな順子に敬愛の念を覚えもした。順子さんは偉い。立派だな――。

だからだろう。直也もまた、自分の宿命のようなものを、受け入れてみようと思った。但《ただ》し順子とは異なって、直也に自分の宿命はわからない。なので順子を通して伝えられた、望月マコの言葉を信じてみようと思うようになった。信じて直也の損になることはない。べつに高額な料金を取られた訳でなし、嘘か真《まこと》か二年経てば明らかになることだ。その時が訪れた際に慌てずに済むように、今は不服はあってもキビ出版で、編集者としての仕事に勤《いそ》しむとしよう――。そう決めたせいか、三十三歳の誕生日が間近に近づきつつあるのも憂鬱ではなくなって、逆に何だか楽しみになっていた。三十三歳の誕生日を迎えるということは、三十五歳の誕生日まで二年を切るということだ。待ち遠しい三十五歳の誕生日。

「おい、友野。今日、一杯どうだ？　飲みにつき合わないか」

夕刻、事務所でゲラに向かっている時だった。不意に社長の吉備に声をかけられた。ゲラから顔を上げて、いつの間にか自分の横までやってきていた吉備の顔に目を移す。これまでも、吉備と飲んだことはある。でも、入社した直後と入社一年目の節目の時ぐらいのことで、こうして声をかけられることは珍しい。少しぽかんとした顔をしていたのだろうか、続けて吉備が言った。

「今日、何か予定でもあるのか。急には無理か」

「あ、いや」慌てて直也は言った。「ないです、予定なんか全然。ぜひお供させてください」

「よし。じゃあそのゲラ、キリのいいところまで片づけちゃいな。そうしたら声かけてくれ」

「はい。後二十分ぐらいで一段落つきますんで。そうしたらお声かけます」

「おう、頼んだよ」

吉備との間でそんな遣り取りがあって、夕刻六時半を少し回った頃、直也は吉備と連れ立つ恰好で事務所を出て、新宿駅南口にほど近い繁華街の一角に向かった。そして吉備に連れられるまま、「鰊御殿《にしんごてん》」という割烹《かっぽう》居酒屋に入った。ここは北海道直送の海産物やその料理を肴《さかな》に一杯飲める店だという。どちらかというと、炉端焼き屋風の造りの店だった。

「へえ。この近くにある大衆居酒屋にはたまに来るのに、ここにこんな店があるとは知らなかった」カウンター席に吉備と並んで腰を下ろしてから直也は言った。「ここ、社長の行きつけなんですか」

「うん、まあな。大将が高校の時の一年先輩で。あ、俺、北海道の余市《よいち》の出身だって、話してなかったっけ？」

「北海道というのは何となく。でも、余市ということまでは知りませんでした」

「小樽《おたる》に住んでいたこともあるけどな。いいぞお、余市も小樽も。余市は海の色が違うんだよな。海を見ると心が洗われて、何か魂が凛《りん》となる。小樽は寒いんだけどあったかい。両方ともいい町だ」

北海道産にこだわる店だけあって、酒も「二世古《にせこ》」「北の錦《きたのにしき》」「吉翔《きっしょう》」……それにずばり「鰊御殿」と、道内の酒蔵のものが並んでいた。

「ここの料理だと、やっぱり日本酒ですよね」

「おう、いいね。冷酒でいこう」直也に言ってから、吉備はカウンターの内側の大将に向かって声をかけた。「大将。酒、『二世古』を冷酒で二つ。肴は適当に。切り込みは必須ね」

「いつものことだ。わかってますって」

大将が笑顔で応じる。

ああ、何かいい雰囲気だなあ。俺もこういう店の馴染《なじ》みになって、ひとりカウンターで酒を飲んだりしたいなあ——そんなことを思って早くもいい気分になりながら、直也は頭の端でべつのことを考えてもいた。社長は今日、何だって俺を誘ったんだろう。何の話があるんだろう——。

酒、お通しのつぶ貝と切り昆布《こんぶ》の甘辛煮、切り込み、それにイカ刺し、ルイベ、ウニが盛られた長皿がそれぞれの前に置かれ、吉備の「お疲れ」の言葉とともに飲み会スタートとなった。直也は酒だけは強い。どんなに飲んでも乱れることはない。それが数少ない長所のひとつだ。まずはどういうこともない話をしながら酒を飲み始めた。そのうちに、吉備が直也に向かって問いかけてきた。

「どうだ、今、抱えている原稿？」

「ああ。地球外生物、それに地球上で当たり前の顔をして生活している隣の宇宙人——坪《つぼ》井《い》さん得意のト話というか独壇場なんですが、今度の原稿はより坪井さんの確信度が高いというか。読んでいるうちに、もともと宇宙由来の魂を持つワンダラーだの途中で宇宙の魂が宿ったウォークインだの、べつにいても不思議はないなって気になって、なかなか面白いですよ。文章、できるだけ語尾を曖昧にするのは避けてもらって、がつんと断言してもらうようにすると、より『あるかも』感が強まって、もっと面白く読んでもらえると思うんです。その辺りを提案して、検討してもらう恰好で今進めています」

「ふうん。仮に自分のアパートの隣人が、宇宙人でも不思議はない。そんな感じか」

「ですね。僕はそう感じました。まるで本当に坪井さんの隣人が宇宙人だったみたいで、つい笑っちゃう記述も幾つかあって。語尾の曖昧さだけ排除してもらえば、今までの坪井さんの本のなかでは、かなり面白いランキング上位に入る本になると思います」

「そうか。それは何よりだ」言ってから、吉備は酒のグラスに一度口をつけ、改めて直也の方に顔を向けて言葉を続けた。「友野、このところ頑張ってるな。ちゃんと原稿に向き合ってる」

「え？　そうでしょうか。前もちゃんと向き合ってたつもりなんですけど」

「いや、変わった。もちろんいい方にな。それで、どうしてかなと思って、今日は友野と飲みながら話をしてみようと思ったんだ」

ああ、それでか。でも、社長の目から見ても、俺、変わって見えるのかな——そんなことを思いながら「はあ」と言い、直也は切り込みをつまみに酒を飲んだ。

「何かあったか。何か気持ちが切り替わるようなきっかけが」

「いや、べつに。ただ、自分、この八月の二十日で三十三になるんですよ。今のうちに三十三歳なりの男になっておかないと、あっという間に三十五歳、四捨五入して四十になっちゃうなと思って。これまでのまんまじゃ四十にして惑わずは無理だと反省もしました」

「うん、だからさ、どうしてそう思うようになったわけ？　三十五なら何となくわかるけど、単に三十三の誕生日がくるからって、ふつう褌《ふんどし》を締めてかからないでしょ。三十三って、何かキリが悪いし」

「はあ、それは」

言ってから、直也は一度次に口にしかけた言葉を呑《の》み込んだ。脳裏には、順子の顔が浮かんでいた。吉備の目から見ても直也が変わったとすれば、それは順子との出逢いがあったからにほかなるまい。けれども、ふつうの人からすれば少々〝不思議ちゃん〟の順子の話をして、吉備に珍妙に思われないかどうか案じたからだ。少し考えた後、ある程度話してみることにした。セックス云々《うんぬん》の話はもちろん抜き。あくまでもある程度だ。

「今の僕の地元、東中野で、偶然ちょっと面白いことを言う人と知り合って」短い沈黙の後、直也は言った。「スピリチュアル系専門のフリーライターなんですけど、彼女といろいろ話しているうち、自分の現状を託《かこ》つのは間違っている、自分が努力しないでどうするんだ――自然とそんな気持ちになって」

「へえ」

「実のところ、スピリチュアル系の話は、僕からすればト話の類だったんです。でも、その人、望月マコさんのところなんかにも出入りしているんですけど、彼女の話を聞いているうちに、ああ、本当に見える人っているんだなあって、信じる気持ちにもなったりして。で、彼女はこれまで仕事柄いろいろなスピリチュアリストと会ってきているので、いずれ彼女の本をうちから出せたら面白いかも、なんてことも考えるようになって。――あ、編集者としては小さな小さな目標です。頭のなかでもまだ漠然としていて、かたちにもなっていません。ただ、小さくてもそういう目標を持ってみたら、目の前の仕事も何だか面白く思えてきて」

　本当のところ、「で、彼女は」以降は、その場の思いつきで言ったことだ。単にスピリチュアル系の〝不思議ちゃん〟と出逢って、その人間に感化、啓発されたというのでは、大人の男としての話にならない。どこかに編集者としての自分をぶち込まねばと、大急ぎで捻りだしてつけ加えた。

「スピ系か……」吉備は半ば呻《うめ》くように言った。「スピ系ね、以前うちでもやったことがあるし、実は俺、嫌いじゃないのよ」

「えっ、そうなんですか」

多少の安堵を得ながら、一方で直也は目を瞠《みは》った。

「以前俺が手がけたのは、天堂司《てんどうつかさ》の本だった。天堂さんは、霊能者というより超能力者だったな。結構話題になって売れたんで、次作は大手に掻っさらわれたけど。天堂司、知らないよな。もうずいぶん前の話、まだ俺がキビ出版を立ち上げる前だから、二十年、いや、もう三十年近く前になるのかな。昔の話だ」

テレビにもでたりしたので、いっとき〝天堂司ブーム〟にもなった。しかし、次第に本人が〝神様〟扱いされることに疲弊、辟易《へきえき》して、マスコミから姿を消してしまった。吉備も所在を探ってみたりしたのだが、まるで世間からだけでなく、この世からも消え去ったかのように行く方知れず――そんな話だった。

「二匹目の鰌《どじょう》と言ったら何だけど、天堂さんみたいな人はほかにいないものかなって、俺も霊能者のセミナーやセッションに参加したことがある。一昨年の十月だったかな、割と最近も覗いてみたことがあるよ」

「へえ、そうだったんですか。何か、意外」

「出している本が出している本だからね、これまでずいぶん変てこりんな人間たちに会ってきたしつき合ってもきた。だから、この世の不可思議、人間の不可思議は感じるよ。俺が今、会いたいと思うのは本もの。霊能者でも超能力者でも何でもいいから本もの。何せスピ系、似非《えせ》が多いからね」

本ものかあ――口には出さなかったが、直也は心で言っていた。本ものって、やっぱ凄そう。何だって、本ものには勝てないよな――。

「で、その人。友野が知り合ったっていうスピ系のフリーライターの女性」改めて直也の方に顔を向けて吉備が言った。「望月マコのところなんかにも出入りしてるって言ったよね。望月マコ、今はもう簡単に会ってもらえない存在になっちゃったけど、俺も彼女は本ものかもって思ったりしてるんだ」

吉備のその言葉に、直也は百万の援軍を得た心地になった。マコは言ったという。直也は三十五歳で芽吹いて花を咲かせる――。

「何て人？」

「え？」

「だから、その女性ライターの名前」

「ああ、ライターとしての名前は吉井順子。吉井順子さんです」

「吉井順子……スピ系専門のライター……。ああ、吉井さん、あの吉井順子さんかあ」

吉備の呟きに、内心びっくりして目を剝《む》く。

「社長、ご存じなんですか」

「さっき言った、一昨年の十月、市ヶ谷《いちがや》で開かれたセッションで会った。望月マコのセッションじゃなく、由美《ゆみ》レイラのセッションだったけど」

吉備が順子を知っているとは……奇遇というのは言うに及ばず、世間は狭いとも直也は思った。これだから下手なことは言えない。

セッションというのは、あるスピリチュアリストの下に集《つど》った大勢の人間たちでのブレーンストーミングのようなものを言うらしい。由美レイラの場合は、だいたい七、八人をひとグループとして分け、グループごとにブレーンストーミング的なディスカッションを行なわせる。テーマはどのグループも一緒。そして、その経過や結果を元に、霊的な視点でのアドバイスをする。

「テレビで見たことあるだろ？　アルコール依存や薬物依存を断ち切るための、個々の経験や今の思いを語る大告白大会みたいなの。あんな感じだよ。たまたま俺が振り分けられたグループに吉井さんがいた」

由美レイラと彼女のセッションに関しては、吉備はピンと来るものがなかったようだ。期待外れだな――そんな思いを抱きながら、帰る道々、同じグループになった彼女と話をした。

「正直なところ、あんまり霊性や霊的なものを実感できないセッションでしたね」

吉備が言うと、彼女は、自分は由美レイラのセッションの取材が目的であって、べつに彼女のカウンセリングや示唆《しさ》を受けようと思った訳ではないので、と答えたという。フリーライターとしてスピ系を専門にはしているが、霊能者を信仰するタイプの人間ではないし、偽ものもたくさん見てきたので、と。

「後から知ったんだけど、顔出しNGなんだってな。勿体ない気もしたな。本人、かなりの美人さんだもんな。背がすらっと高くて、ショートカットがよく似合って。話していて、ああ、この人は賢い人だな、スピも仕事と割り切って、客観的に見て判断できる人なんだな、と思ったよ。顔出しNGなのも、自身を露出させるとろくなことがないとわかっているからだろうな」

順子に関する吉備の話を聞いているうち、ささやかな齟齬《そご》のようなものが、直也の胸に生じつつあった。背がすらっと高くて、ショートカット？……。

「市ヶ谷の駅で別れたけど、あれ、彼女、このまま真っ直ぐ帰宅するって、たしか千葉方面の電車に乗ったんじゃなかったかな。二年近く前の話だから、あれから引っ越したのか。カモシカみたいな脚をした、スカッと気持ちのいい美人だったから、俺も助平心をだして『よかったらお茶でも』って誘いかけたんだ。けど、左手の薬指の指輪に気がついてやめた。それを言うと、彼女、さくっと笑って『これでも人妻です』って言ってたっけ。友野があの吉井さんと知り合いとはね。よかったら今度、会社に連れてきてよ。久しぶりに俺も会いたい。以降の話も聞きたいし」

「あ、はあ。……はい」

　頷きはしたが、何とも微妙な心持ちだった。順子は、もう六、七年、東中野に住んでいると言っていた。脚はまあきれいだが、カモシカのようなというには当たらない。吉備は何度も美人と言ったけれど、順子は美人というより可愛らしい感じの女性だ。ひと目で男の目を惹《ひ》きつけるほどの美人ではない。

（それに結婚指輪……）

　直也が知っている順子は、もちろん結婚指輪などしていないし、結婚もしていない。スカッというのも当てはまらない。自分の孤独な宿命を受け入れて、一族の幕引き役を務めている女性だ。まるで葬儀社に勤める女性みたいに粛々《しゅくしゅく》と。吉備が順子について語れば語るほど、直也が知っている順子とは像がズレてかけ離れていく。

（ひょっとして、吉井さん違い？　でも、吉井順子、フルネームだし、スピ系専門のライターだし、やっぱり間違いないよな）

　次第に曇っていく直也の表情には気づかずに、駄目押しのように吉備が言った。

「ま、旦那《だんな》の稼ぎがなくちゃ無理だよな。スピなんて、まだまだ日本じゃ狭くて浅い世界だ。つまりは読者層も薄い。需要がない。スピ系専門のライター一本で食っていくなんて、とてもじゃないけど無理」

しかし、順子は、マンションの部屋はさほど広くはないが、ひとり悠々と暮らしているように見える。直也にも気持ちよくご馳走してくれる。直也にスピ系専門のライターという自分の仕事や収入に関する愚痴をこぼしたこともない。

（どうなってるんだ？）

突然、迷路に入り込んだような気分になって、直也は思った。

酒は旨《うま》いし、せっかくの北海道直送の生きのいい魚や料理だ。けれども、食べていて味がしない。直也はどこか行き惑ったようになって、料理を味わうことができなくなっていた。

インターミッション

辺り一帯は薄い闇だ。その薄闇のなかに、島野松寿《しまのまつひさ》、服部喜代子《はっとりきよこ》、平岡潔《ひらおかきよし》、津本明信《つもとあきのぶ》、西村弥生《にしむらやよい》、秋山悦子《あきやまえつこ》……これまで晴美が関わってきた人間たちが、入れ代わり立ち代わり、次々に顔を現す。それもみんな、どこか疑わしげな翳《かげ》った顔をしている。

(何なのよ、あなたたち)

晴美は彼らの顔を振り払おうとするように、さも鬱陶《うっとう》しげに心のなかで毒づいた。

(陰気なのよね、どいつもこいつも)

それでも彼らは消えていかない。一度消えても、巡ってくる順番を待っていたかのようにまた顔を現す。そして口々に言い始めた。

「晴美ちゃん、前に預けたインゴット、あれ、どうなった？　ネットで時価を追っかけて、高値の時に売ろうとか言ってたけど」

「ねえ、留美ちゃん。氏原《うじはら》とかいう弁護士に預けた私の遺言書、あれで大丈夫だって？　ちゃんと法的な効力持つ遺言書になってるって？」

「晴美さん、いつ僕のところに引っ越してきてくれるの？　部屋の内装、すっかりきれいにしたのは前に見たよね。婚姻届……それはいつ？」

「この土地の登記済権利証……それはもう通用しないから、登記識別情報に更新しておかないといけないいって言って、前に持っていったよね。どうなったかな、あれ……」

「周栄光《しゅうえいこう》先生の特別気功整体、また頼めないかしら。あの先生、やっぱり凄《すご》い。超能力者ね。何でも言い当てるし、施術してもらった後は目の見え方まで違ってくる。先生は、留美ちゃんを通さなきゃ駄目だって言うし」

「順子さん、私が水晶玉に払ったお金、ちゃんとマコ先生に渡してくれた？　先生に水晶玉の話をちらっとしたら、ちょっと妙な顔して、そんなことは知らない素振りだった」

…………

（ああ、うるさい。人に預けたっていうのはあげたってこと。それが何でわからないかな。諦《あきら》めなさいよ。……結婚？　する訳がないじゃないの。あんたみたいな五十過ぎのオタクと。馬鹿もいいとこ。……水晶玉？　マコさんがそんなもの売る訳がないでしょう。そこらの町の占い師じゃないんだから）

心で彼らに向かって言う、しかし、幾ら言い聞かせても納得せず、またぞろ次々顔を見せて言い募る。

「五百グラムのインゴット二枚、たしかに預けたよね。今だと五、六百万ぐらいにはなるんじゃないか」

「ねえ、お願い。姉が死にかかっているのよ。前みたいに周先生に入院先の病院まで来てもらえない？　姉に施術してもらいたいの」

「マコ先生のカウンセリングの予約が取れないのよ。順子さんの名前をだしても駄目。シャットアウト。どうなっちゃってるの？」

「晴美さん、婚約指輪もあげたし、結納金っていうか、支度金も……」

「で、順子さん、あの水晶玉だけど……」

…………

うんざりとして晴美は息をついた。晴美にとっては、みんな既に過去の人だ。死んだも同然、もはや関係ない。いつまでもくっついてこないでほしい。顔など見たくもない。

（あんたたちなんか知らない。私が会いたいのは、浩人、それに恵利の二人だけよ。もう私のことは放っておいて）

続けて心で言い放つと、今度は望月マコが、晴美の目の前に現れた。独特の色気があるのはいつもの通りだ。四十半ばを過ぎても、夢か幻みたいにきれいなマコさん。けれども、マコは額の辺りに翳を落とし、至極冷ややかな目で晴美を見据えて言った。

「あなたには、最初から何か妙な空気を感じていたのよね。その時に、それを読み取りきれなかった私が悪い。でも、まさかそこまでとは……。順子さん、あなたは出入り禁止よ。

あなたから紹介されたクライアントも同じ。もう見ない。彼女たちのことは、お金の件も含めて自分で何とかなさい。それともうひとつ。私の名前をだすのはやめてちょうだい。厳に謹んで。でなかったら、法的措置も辞さないから。覚悟しておいて」

そのマコの言葉には、晴美も消沈したような息を漏らした。望月マコ、彼女と彼女の名前は晴美にとってのハートのエース。切り札だったし、魔法の箱みたいなものだった。みすみすそれを失ってしまうなんて。

（しくじった……。服部喜代子や西村弥生……紹介する人間を間違えたわ。あの手の口の軽い人間は駄目。秘密を守れない女は糞《くそ》よ）

もう自分の前に現れる人間はこれで終わりかと思いきや、次は沢田隆、小林瑞枝、それに友野直也が現れた。

「前、晴美ちゃんと一緒の時に行き合ったあの中年女性、彼女に偶然また会ってね、声をかけられたんだ。だけど、あの人、ちょっとおかしなことを言っていて。私のことを医者だと思っていた。ほかにも少々……」

「留美ちゃん、ひょっとしてあなた、東中野につき合っている男性がいる？　前に会った歳《とし》のいった人じゃないわよ。もっと若い人。留美ちゃんより歳下の人。それとあの先生、代田橋のお医者さま。話がどうも……」

「順子さん、前に由美レイラのセッションに参加したことある？　一昨年の十月に市ヶ谷で開かれたセッション。え、やっぱりあるんだ。その時、吉備唯之っていう五十七、八の男性に会わなかった？　その人、実は今の会社の社長でさ……」

（ああ）

心で嘆くように声を上げて、晴美は大きな溜息をついた。彼らは言わば仕掛けの最中、まだ釣り上げた魚ではない。今回は下手を打たないようにと時間をかけて慎重にやってぃる。部屋まで二つに分けた。それなのに――。

（世間って、どうしてこんなにも狭いの。っていうか、東中野と新井薬師、少し近すぎたかしら。かといって、遠いと行き来が面倒だし時間もかかる。しょうがない。どうにかうまいこと切り抜けるまでよ。今の私にならきっとできる）

それにしても、どうして人は曖昧《あいまい》さを許さないのだろう――つくづくと晴美は思う。今、晴美と会っていて楽しかったり幸せだったりすれば、それがすべて、それでいいではないか。にもかかわらず、みんなもっと知ろうと踏み込んでくる。真実など、知ったところで意味はない。なぜなら真実というやつは、往々にして残酷なものだからだ。

「順子さん、あなたのことで、はっきりとわかったことが三つあるわ」

晴美の耳の底に、再びマコの言葉が聞こえてきた。マコさん、あなたは私を切り捨てたはずでしょ。なのに、このうえいったい何が言いたいの――そんな気持ちで顔を顰《しか》める。

「一つ目は、人の孤独にとびきり鼻が利くということ。あなたには、孤独にもがき苦しんでいる人がわかるのよね。その人が放つ空気や匂いで識別できるとでも言ったらいいか。二つ目は、スーパーリコグナイザーだということ。つまりは、飛び抜けた相貌《そうぼう》認識力の持ち主だということね。あなたは、一度どこかでちらっと見かけただけで、その人の相貌をスマホで動画撮影したみたいに記憶できる。それで『この人』と目星をつけたら、自分は気配を消して相手のことを嗅《か》ぎまわる。その人の通っている病院でも近所でも喫茶店でも……どこにでも行って、こっそり尾《つ》けまわして情報収集するのね。相手の望むことをよく承知している訳よ。三つ目、最後のひとつは……順子さん、はっきり言ってあなたは病気よ。いいお医者さんを見つけて、すべてを正直に打ち明ける勇気を持って、覚悟を決めて臨みなさい。今も心療内科に通っていることは知っているわ。でも、あなたは今の先生に、本当のことは話していない。先生もまたあなたが嘘をつく相手。それではあなたは治らない。いつかきっと大きな破綻《はたん》を迎える。それはスピリチュアリストとして予言しておく」

（もういい。何も言わないで！　私はマコさんの霊的託宣なんて聞きたくない！）

心で叫んで大きく首を横に振る。すると、マコの声も聞こえなくなり、場面ががらりと移り変わった。

そこもまた薄暗い。とはいえ、薄闇よりは少し明るい。夕刻前といった感じの暗さだ。

晴美は時を遡《さかのぼ》り、あっという間に四歳の少女に戻っていた。幼稚園の後、近所の子と遊んでから家に帰った。家に帰った晴美が目にしたのは、薄暗い家のなか、天井から出来の悪い大きな人形のようなものがだらりとぶら下がっている光景だった。恐る恐る近づいていくうち、人形ではないことがわかった。人間……えっ？　お父さん！……。

異臭がした。だらりとぶら下がった父、靖志《やすし》の下の床は濡《ぬ》れていた。口からは、捩《よじ》れたような長い舌が出ていた。それ以上は正視することができず、晴美は泣き叫びながら逃げ出すように外に走り出た。

「お母さーん！」

心臓麻痺《まひ》――通夜や告別式の席で、母や伯父は周囲にそう語っていた。でも、違う。父の靖志は、首を括《くく》って自ら果てた。そのことは、誰よりも晴美が一番よく知っている。鼻腔《びこう》にその時嗅いだ異臭が甦《よみがえ》る。

（臭い……最悪だ！）

心で叫んだ途端、また場面が切り替わり、晴美は夜の闇に包まれていた。きっと晴美はそれまで眠っていたのだろう。しかし、その眠りは、母が再婚した相手、松尾《まつお》和俊《かずとし》によって打ち破られた。松尾が晴美のからだを撫《な》でまわしている。それもパジャマの下に手を入れて……パンツの下にも手を入れて。

前にもあったことだ。松尾が「しっ！」と口に人差し指を立ててみせたにもかかわらず、その時晴美は驚きのあまり、「ぎゃっ！」と声を上げ、わんわん泣きだしてしまった。それで翌日、晴美は松尾からお仕置きされた。板の間に正座させられて、細い棒で何度も何度も太股《ふともも》や肩をビシビシと叩かれたのだ。

「いいか。今のお前のお父さんはこの私、私がお前のお父さんなんだ。だから晴美は、私の言うことを聞かなくちゃいけない。昨日、お父さんは『しっ！』と言った。なのにお前は言うことを聞かずに騒いだ。悪い子だ。これからはちゃんとお父さんの言うことを聞け。じゃないと、次はもっと痛い目、苦しい目に遭うぞ。わかったな」

そんなことがあったから、晴美はもう声を上げることができなかった。たとえ松尾が涎《よだれ》を垂らしながら晴美の下半身を舐《な》めまわしても、松尾の指が自分のなかに入ってきても、晴美はじっと我慢して堪えていた。松尾は自分が一応の満足を得ると、決まって最後に晴美に向かってこんなことを言った。

「もう少しだ。もう少し大きくなったら、お父さんが最初にやってやるからな。晴美も気持ちいいぞお。その日が楽しみだ」

晴美の母、佳子《よしこ》は、恐らくそのことに気がついていたと思う。けれども、佳子には生活力がないから、松尾に見捨てられたら生活が成り立たない。その先、食べていくことができない。母娘《おやこ》は共倒れだ。それで見て見ぬ振りをした。

結局、三年後に松尾と佳子は離婚。その後二年ほどして、佳子は病に倒れて呆《あ》っ気《け》なくこの世を去っていった。五歳から八歳までの間、何のために晴美は松尾にからだを弄《もてあそ》ばれることに耐えていたのか。

この忌まわしい過去を打ち明けた相手は、後にも先にもこの世に二人しかいない。寺嶋浩人と倉橋恵利の二人きり。話を聞いても、二人は汚物を見るような目で晴美を見ることはなかった。晴美は、まずはそのことに安堵《あんど》を得た。そして、浩人も恵利も晴美の過酷な過去と境遇に本心から胸を痛め、同時に深い理解と愛情をもって晴美を受け入れてくれた。

「それでか。それを聞いて腑《ふ》に落ちた気がする」浩人は言った。「だから僕に対しても、晴美は脅《おび》えた顔や目を見せたりすることがあるんだね。話を聞けば無理もない。でも、心配要らない。僕は何があっても、絶対に晴美に手は上げない。痛い思いはさせない。セックスの時にもね。もう嫌な過去は忘れよう」

浩人は言葉の通りに、晴美を大事にしてくれた。セックスの時にも、晴美が本当に肉の悦《よろこ》びを味わい、安心して快感に身を委《ゆだ》ねられるよう、やさしく丹念に愛し、可愛がってくれた。

「大丈夫。だって、晴美にはこの僕がついている」

そんな浩人の言葉が、どれだけ有り難く嬉しかったことか。その種の言葉を聞く度に、晴美は心がほんわり温かくなったものだった。

恵利も同じだった。

「酷《ひど》い……。かわいそうに。晴美、心にそんな傷を抱えて、これまでひとり悩み苦しんできたの?」恵利は言った。「それじゃ人に対して臆病にもなる訳だわ」

　恵利はこうも言った。

「馬鹿ね。そんなことで私が晴美を嫌いになる訳がないじゃないの。私たち、親友だもの。これからは、つらいこと、苦しいこと、何でも私に打ち明けて。私、晴美の身になって考える。きっと晴美の力になれるように、私も頑張るわ」

　力強い言葉だったしその場限りの嘘でもなかった。風邪を引いて熱をだした、料理をしていて指を切った……そんな些細《ささい》なことでも、恵利はいつだって駆けつけてくれた。

「大丈夫、晴美？　晴美はか弱いから心配。あんまり頑張り過ぎちゃ駄目よ。せっかく近くに越してきたんだもの、私、買い物だって何だって手助けするわよ。何でも言って」

　恵利のことが好きだったのは言うまでもなく、姐御《あねご》肌で行動力のある恵利を、晴美は頼りにもしていた。困ったことが起きても、恵利がいてくれれば何とかなる。恵利が何とかしてくれる――。

（浩人、恵利……会いたいよ。会いたいのはあなたたち二人だけ。なのに、何だってどうでもいい人たちばっかりが、次々私の前に現れるの？　浩人、恵利、私はあなたたち二人がいてくれればいいの。顔を見せて。会いにきてよ）

　縋《すが》るように心で二人に囁《ささや》きかけると、浩人と恵利、晴美に応える二人の声が、それぞれに聞こえてきた。

「もうたくさんなんだよ。晴美とは、どうあれもうやっていけない。限界だ。さよなら。

君は君なりに幸せになってくれ」

「あなたにはうんざり。懲り懲りなのよ。あなたは赤の他人。私たちは見知らぬ人間同士。私は金輪際あなたには関わらないし、あなたも私には今後一切関わらないで」

二人の返答に、晴美は顔を歪《ゆが》めた。何とか彼らの腕を摑《つか》んで引き止めようと、晴美も手を伸ばすのだが、金縛りにあっているかのように、からだが固まって動かない。苦悶《くもん》の表情を浮かべながら、晴美は必死に口を動かそうとした。彼らをこのまま行かせてはならない――。

「浩人っ！　恵利っ！」やっと声をだすことができ、晴美は声の限りに二人の名を呼び叫んだ。「浩人っ！　恵利っ！　待って！　行かないで！　浩人っ！　恵利っ！」

叫んだ次の瞬間、辺りがいきなりぱっと明るくなった。ようやくの闇からの解放、脱出。けれども、そこに二人の姿はなく、開いた晴美の目に映ったのは、朝を迎えた見慣れた自分の部屋の光景だった。

ゆっくりとからだを起こし、自分が身を置いている現実を確かめる。確かめた後、晴美は悄然《しょうぜん》と両肩を落とした。

繰り返し見る夢だ。悪夢……それでいて過去の現実、事実でもある。だからこそ、晴美は心底落胆する。

（ご覧なさいよ。現実や事実なんて、結局こんなものよ。何の意味もなければ価値もない。

ただ酷なだけ)

落胆しつつも、晴美は心で嘯《うそぶ》いた。

(だから、あなたたちも、私の現実や事実、真実なんて探らないことよ。その先にあるのは、底のない闇みたいな暗い絶望だけなんだから)

嘯いた晴美の脳裏には、沢田隆、小林瑞枝、友野直也、三人の顔が浮かんでいた。

(黙って甘い夢を見ていなさい)

冷えた声で、晴美は心で三人に向かって告げていた。

第四章　混沌《こんとん》

1

《沢田隆》

七月の末に誕生日がめぐってきて、沢田もまたひとつ歳をとった。七十一歳。まったくもっていい歳だ――自分でも吐息をつくように思う。

「デイサービスの施設にでも行ってご覧なさい。八十どころか九十、それももう百に手が届こうかというお年寄りで溢《あふ》れていますよ。そこに行ったら七十一なんて若造扱いです。実際、今時の七十なんて若い、若い。昔の還暦手前の人と変わりませんよ」

青緑会病院・循環器内科の岡部敬之《おかべたかゆき》医師は沢田に言った。岡部は沢田の主治医だ。偉ぶったところがなく、きめ細かい気配りをしてくれるところが気に入って、沢田はもう何年も岡部に診《み》てもらっている。

「沢田さんも、これまで通り心臓に負担をかけない生活を心がけていれば、後十年、二十年、お元気で暮らせますよ。ああ、今の時期はこまめに水分を……はは、もはや釈迦《しゃか》に説法ですね」岡部は明るく笑ってみせてから、つけ足すように言葉を続けた。「今日は、いつもの薬に加えてニトロを処方しておきます。前に処方した分は使っておられませんよね。でしたらそれは廃棄して、今日処方されたニトロと交換しておいてください。万が一の時のために、できれば身近なかたにニトロの置き場所を伝えておかれるといいでしょう。言葉の通り、万が一です」

沢田は調剤薬局から帰る道々、岡部の言葉を思い出していた。

「今時の七十なんて若い、若い。後十年、二十年、お元気で暮らせますよ」――岡部は言ったが、一方で「七十の坂はきつい」とも言われる。ことに男の七十の坂は。大学時代の同級生やジパング航空の同期や先輩たちも、少なからず「六十代の頃とは格段に違ってくる。やっぱり七十の坂はきつい」と嘆いているし、現に病に倒れて旅立った友もいる。

(後十年、二十年……八十、九十にもなって、何を楽しみに生きろっていうんだ？　そんな歳になって、いまさら生き甲斐《がい》なんて持てたものじゃない。他人《ひと》さまに世話をかけるのがオチ、最後はどうせ情けない羽目になる)

百合子の顔が脳裏に浮かんだ。

「七十までは、年に一回は海外旅行に行きましょうよ。それ以降は、毎年秋の温泉旅行」

沢田がジパング航空を定年になる前、百合子は言っていたが、肝心のその百合子がいないのだから、話にならない。

稔の顔も浮かんだ。

稔は無言。稔はニューヨークに根を下ろして創作三昧《ざんまい》の日々だ。カトリーヌとマリリンの二人がS．MINORIの家族であって、そこに沢田が入り込む余地はない。恐らく稔は、沢田のことも日本のことも、懐かしむことはもちろん、思い出すこともないのではないか。あれはそういう人間だ。

（それにニトロ……）

薬局で薬とお薬手帳を入れてもらった小さな白いレジ袋をさげながら、沢田は心で呟《つぶや》いた。たったの二錠だが、ニトロはもしもの時の用心に、定期的に処方されている。「万が一の時のために、できれば身近なかたに置き場所を伝えておかれるといいでしょう」――岡部は言った。しかし、沢田は、妻に先立たれて一人暮らしの身のうえだし、まだ介護サービスは受けていないので、日常的に家を訪ねてきてくれる人もいない。たまに区の民生委員が、「お変わりないですか」「たまには老人クラブの集まりに顔をだしませんか」と訪ねてくるぐらいのものだ。ほかには……と考えた時、自然と晴美の顔が瞼《まぶた》に浮かんだ。瞳に光を瞬かせながらも、少しはにかんだような独特の笑顔。これまでなら、それだけでひとりでに顔が綻《ほころ》んでいたところだ。ひたすら老いぼれるばかりの爺《じい》さんじゃない。私には晴美ちゃんがいる――。

　晴美との出逢いに恵まれたことが、ただただ有り難くも嬉しくて、彼女とともに過ごす時間は、沢田の何よりの楽しみになった。晴美は沢田の孤独な日常に花を添え、光をもたらしてくれた。今も晴美とは頻繁に会っているし、沢田にはその時間がとても楽しく、掛けがえのないものであることに変わりはない。変わりはないのだが……。

　晴美の顔が瞼に浮かんでも、沢田の顔に笑みの気配は漂わず、幾らか肩が窄《すぼ》まって丸まった背も、しゃんと伸びはしなかった。

「前に会ったあの中年女性、以前晴美ちゃんが行政の支援を受けた時の事業所の人だと言ったっけ？」

　どうにも彼女のことが気になって、沢田は重ねて晴美に尋ねてしまった。

「ああ、小林さん。そうです。介護事業所のかたです」

　晴美は即座に頷《うなず》いて言った。

「私はよく知らないんだけど、というと、いわゆるケースワーカーさんになるのかな」

「いえ、あのかたはヘルパー責任者。そう言えば沢田さん、また偶然行き合って声をかけられたって、この前仰《おっしゃ》ってましたね」

「うん。だけど、何だか私は気持ち悪くて」

「え？」

晴美は小首を傾《かし》げた。まるで文鳥のような顔と首の傾げ方。

「気持ち悪い……気持ち悪いって？」

「彼女——ああ、その小林さん。私のことを、晴美ちゃんが前にかかったお医者さんだと思い込んでいるみたいなんだよ。それも代田橋内科クリニックだとか、えらく具体的で」

それを耳にして、「ふふっ」と晴美は笑った。

「おまけに晴美ちゃんのことを、『留美ちゃん、留美ちゃん』って。そうだ、『工藤留美ちゃんです』と言っていた。フルネームで」

「困った人……」晴美は苦笑混じりに小さく息をついた。「あのかた、ヘルパー責任者としてはかなりのやり手で、人の手配なんか素早いし凄かったんです。家事全般に関しても本当に行き届いていてベテランさんなんですよ。ただ、あちこちに多くの人を抱え過ぎなのかな。人の混同が激しくて」

「人の混同……つまりは人間違いをするってこと？」

「まあ、そういうことになりますけど、それよりちょっと酷いかな」

「相手の名前や情報を混同して間違えるって、それ、介護事業所に勤める人としては問題というか、致命的じゃないの？」

「たぶん、だからだと思います。前にも言いましたよね、あのかた、今は事業所、お辞めになったんですよ。ひょっとすると馘《くび》になったのかも」

「――」

「こんなこと言ったら何ですけど、小林さん、まだぎりぎり五十代とお若いのに、少し……怪しくて」

言いながら、晴美は指でつんつんと、自分のこめかみをつつくような仕種《しぐさ》を見せた。

「え？　頭？」

沢田の言葉に、晴美は曇った表情をしてこくんと頷いた。

「まさか若年性のアルツハイマー病ではないと思うんですけど、やり手なのにだんだん頭のなかがとっ散らかってしまって。で、さっき沢田さんが仰ったみたいに、人間違いやその人に関する情報や事柄を混同することがあちこちであったみたいなんです」

「それで馘……」

「あ、馘かご自分でお辞めになったのか、本当のところはわかりませんよ。ただ、私がお世話になった事業所にはもう」

「それなのに、会うと今もああやって、母親みたいに親しげに話しかけてくるの？」

「ええ。小林さんにとっては介護ヘルパーという仕事が、きっと天職だったんでしょうね。ご本人は、まだヘルパーさんのつもりなんですよ。あのかた、根っからの世話焼きで」

「それで何となくわかった。わかったけど……あの人、私のことを『沢田さん』って。何で私の苗字《みょうじ》を知ってるんだろう。しかもそこだけは合っている。逆にそれが気持ち悪い」

「ああ、それは、『一緒にいるかた、どなたなの?』って、あの時小林さんに尋ねられたので、私が『近所に住んでらして、今親しくさせていただいている沢田さんです』と言ったからだと思います」

「そういうことだけは正確に記憶するんだ」

「そうみたいですね、断片的にですけど。その断片的なバラバラのピースを自分で勝手につなぎ合わせてしまうから、あれこれおかしなことになってしまう。ご本人、まったく悪気はないし、べつに何か仕掛けてくる訳でもないので、沢田さんも気になさらないようにしてください。私もあのかたのことは気にしていませんから」

そう言われて、沢田もそれ以上晴美に彼女について尋ねることは差し控えた。一旦《いったん》は、あれは少々記憶が怪しくなっている人なんだと、納得もしかけた。が、その後も、彼女に関する疑問は沢田の脳裏にひとりでに浮上してきた。一度聞いただけで沢田の苗字を記憶できた彼女が、どうして晴美の名前を正しく記憶できないのか。まったくの別人の名前を口にするのならまだしも、工藤留美と武藤晴美――両者の姓名はかなり似ている。そんな混同の仕方があるものだろうか。

(よもや工藤留美という名前の女性が、べつに存在するとは思えないし)

まだある。ひょんなことから晴美と親しく言葉を交わすようになった時、以前晴美と病院かどこかで会ったような気がしたし、その時、中年女性も一緒だった記憶がぼんやりとあったことを思い出したのだ。記憶が曖昧なので何とも言えないが、その時の女性と小林という女性は、どことなく似ているような気がした。

（当時はまだヘルパー業をしていたのかな。それで晴美ちゃんにつき添って、病院に来ていた。……でも、晴美ちゃんのかかりつけは青緑会病院じゃない。薬師病院だ。やっぱり私の記憶違いか）

いつもなら病院から真っ直ぐ家に帰るところだが、何だか行き惑ったようになってしまって、沢田は途中「エデン」にふらりと立ち寄った。

「こんにちは。今日は何にします？」

「エデン」でウエイトレスをしているマスターの妻が、沢田に頬笑《ほほえ》みかけてきた。沢田は、ここではブレンドはまず頼まない。日によって、マンデリン、キリマンジャロ、モカ……あえてまちまちのコーヒーを注文する。「エデン」ではもうすっかり顔馴染《なじ》みだから、それを承知していて彼女は尋ねた。

「今日は——トラジャを」

メニューにさらっと目を走らせてから、沢田は言った。

それから訪れた「エデン」での静かなひととき。ここでは時がゆったりと流れているようで、ほかに客はいても、一人の時間が堪能《たんのう》できる。といっても、沢田の頭のなかを占めていたのは、変わらず晴美のことだったが。

依然として小林という女性のことが気になりながらも、実をいえば一昨日の晩、沢田は晴美と遂に関係を持ってしまった。裸での添い寝の延長線上にあるような、慎ましやかで控えめな肉体の交わりだったから、関係を持ったというには当たらないかもしれない。でも、温かく濡れた晴美のなかに入ったことは事実だ、間違いない。つまりは、沢田は晴美とセックスをした。

「沢田さん、素敵……」終わった後、晴美は吐息を漏らしながら沢田に言った。「大人だ。大人の男として私のことを愛してくれた。私、嬉しい」

「晴美ちゃん……」

「これで今までよりもっと、沢田さんと強くつながれた気がする。孤独が宥《なだ》められた感じがして、私、久しぶりに幸せ」

「いやいや、本来晴美ちゃんは私みたいな年寄りなんかと――」

言いかけると、その先を言わせまいとするかのように、晴美が言葉を奪った。

「駄目。年寄りなんて言わないで。沢田さん、現役だもの。現役の男……でしょ？　私、とっても気持ちよかった。ありがとう」

七十一歳と三十八歳――セックスをして、三十三も歳下の女性から「ありがとう」と言われて、脂下《やにさ》がらない七十男もいまい。沢田は、まだ自分がセックスできるからだであったことを、神に感謝したいような気持ちだった。

マスターの淹《い》れてくれた美味《おい》しいコーヒーを味わいながらも、沢田はついつい一昨夜のことを、頭に思い浮かべていた。三十八歳、厄介な病気を抱えてはいても、やはり晴美は若い。肌はしっとりとして柔らかく、それでいて弾力があって、動きも至極しなやかだった。加えて、吐息混じりの晴美の喘《あえ》ぎ声は切なくて、耳にしていて沢田の方まで胸がきゅんと切なくなったものだった。そして、闇に浮かび上がった晴美の白い肢体――。

「私、沢田さんにならば何だってしてあげる。舐めてほしければ舐めてあげるし、上になってほしければ上になる。いつでも言って。何でも言って。約束よ」

晴美の言葉を思い出して、また少年のように胸がきゅんとなる。

（やっぱり晴美ちゃんは手放せない）

腹を決めたかのように、沢田は心で言っていた。

多少疑問の如《ごと》きものは生じたし、それは未《いま》だ解消されないままに、ぼんやりとした暗雲として沢田の胸の内に漂っている。しかし、それもあの女、小林とかいう中年女性が生じさせたもので、晴美が生じさせたものではない。晴美に疑問を持つのは間違っている。自らに向かってそう言いながらも、沢田は忘れかけていたことをひとつ、また思い出していた。晴美の唯一の肉親である伯父、武藤昌志が運営しているという「ニッポンノコドモ基金」――あれも存在しているやらいないやら、さっぱりわからない状態のままだった。

（晴美ちゃんが、自分にはそういう伯父さんがいる。その伯父さんがある程度の額を毎年

送金してくれている――そう言っているんだから、それでいいじゃないか）

そもそも自分は何をあれこれ考えて、多少なりとも陰鬱な気分になっているのか。いったい何を恐れているのか。妻に先立たれ、息子にも見捨てられ、後はそう遠くない未来に訪れるであろう死を待つばかりの身。失うものなど何もない。

コーヒー一杯を飲み終えるうちに、沢田のなかでじわじわと決心のようなものが固まり始めていた。永遠ではない。それはわかっている。でも、今は、私は晴美ちゃんとの時間を大事にしよう。晴美ちゃんのことを私なりに愛そう――。

「ご馳走《ちそう》さま」

そう言って、勘定をして「エデン」を出る。その時には、沢田の背もしゃんと伸びていた。

外に出ると、危うくばったり涌井と行き合いそうになった。先に気がついたので、沢田は気づかぬ振りをした。それでも涌井が自分に送ってきた意味ありげで下劣な視線は、目の端で捉えていた。その視線は、無言ながら雄弁に語っていた。いい歳をして、若い女にカモにされて、誑《たぶら》かされている色惚《いろぼ》け爺《じじい》。このあほんだらが――。

前にも涌井は沢田に向かって言ったものだ。

「あの手の若めの女は要注意。金が目当てに決まってる」

しかし、それでも沢田の心は揺らがなかった。いや、だからこそと言うべきか、逆に沢田は腹を決めたように思った。

（やっぱり私が支援できることは、お金しかない。晴美ちゃんに、明光《めいこう》銀行のキャッシュカードを預けてみるか。好きに使って構わないからと言って）

明光銀行の口座には、一千万円を少し超える額の金が入っている。沢田のメインバンクはべつにあり、明光銀行に預けてある金は、これといって使い道の決まっていない金、言わば余剰金だ。金ならば、その二行以外にも預けてあって、仮に明光銀行に預けてある金が、丸々消えたとしても困ることはない。

（うん、そうだ。それがいい。いちいち五万だ六万だと渡すのは、何だかみっともないし、向こうもきっと貰《もら》いづらいだろう。その点、キャッシュカードなら、暗証番号さえ教えておけば、必要に応じて黙っていつでも引き出せる。ニトロも、前にもらった二錠は捨てないで、晴美ちゃんに預けておこう）

そう決めたのには、やはり沢田に向けられた涌井の視線が多少なりとも影響していた。涌井のような男と、男っぷりを張り合うつもりは毛頭ない。しかし、沢田は心で涌井に向かって吐き捨てていた。私はお前なんかとは違う。ちょっとばかりの金を失うことにびくびくして、せっかくの出逢いをフイにしてどうする？　どうせじきに死ぬんだ。懐ばかりを気にして、女にちらっとも振り向いてもらえない老いぼれ爺になってどうする？　それのどこが面白い。その方が、よっぽどみっともないし愚かしい――。

青緑会病院を出た時と、何が変わったということはない。変わったことは何ひとつない。けれども沢田の口許《くちもと》には、うっすらだが笑みの気配が甦っていた。

2

《小林瑞枝》

暑い最中、自分でもいったい何をしているのやらと、瑞枝はげんなりとして思う。綿生地のカットソーは腋《わき》や背中の辺りが汗で濡れ、額にも汗が滲《にじ》んでいる。それでも瑞枝は、ニアリバー東中野という名前のマンション脇の径《こみち》から、足を動かすことができずにいた。

東中野のトラットリア「ペルファボーレ」で亜紀に言われたこと、亜紀から聞いたことがどうにも頭から離れず、あれから一度、瑞枝は亜紀に電話してしまった。

「え？　彼女が住んでいる東中野のマンション？　何ていったっけな。待って。今、萌菜にＬＩＮＥして訊《き》いてみる」

そう言って一旦電話を切った後、間もなく亜紀は電話を折り返してきた。

「わかったわ。ニアリバー東中野ですって。部屋番号は５０３ね。――瑞枝、何かあったの、あの人とのことで？」

「いいえ、そういう訳じゃないのよ。ただちょっと確認したかっただけ。ありがとう」

そんな恰好《かっこう》で、亜紀に確かめたのが一昨日のこと。土曜を一日挟んで日曜を待ち、瑞枝はあえて留美には連絡をせず、昼頃新井ハイムの留美の部屋を訪ねてみた。留美は不在。ということは、亜紀が言っていたニアリバー東中野の部屋に行っているのか——そんな疑惑を抱いて、瑞枝は東中野にやってきた。まずはニアリバー東中野のメールボックススペースに行って、ざっと住人名を確認した。名前を記していないメールボックスも幾つかあったが、亜紀が言った５０３には、「武藤／吉井」とあった。

（武藤……それに吉井？）

確かに工藤ではなく武藤。加えて、苗字がふたつ記されていることに、瑞枝は曇った顔で首を傾げた。

（彼氏の苗字が吉井？　いえ、武藤かしら。ここ、ひょっとしてシェアハウス？　だとしたら、複数の人間が出入りしていても不思議はないけど）

インターホンは押さなかった。モニターつきのインターホンだから、押せば相手に自分の姿を見られてしまう。仮に在宅していなくても、きっと来客記録として画像が残るだろう。かといって、それ以上なかに立ち入ることはしなかった。オートロックのマンションだ。なかに入ろうにも入れない。それで瑞枝は、マンションの周囲を少しうろうろしてから、隣のマンションとの間に身を隠すにちょうどいい径を見つけ、建物に少し背中を凭《もた》れさせながら、留美が姿を現さないものかと待っていた。つまりは、探偵よろしく彼女を張っていた。留美が必ず現れると決まっている訳でもないし、やっていることとは裏腹に、留美に現れてほしくないという気持ちもあった。目的とするところがいまひとつ曖昧な、いたって中途半端な探偵だ。それでいて、既に一時間はこの径に身を置いている。日蔭《ひかげ》にはなっているが、今日は晴れていて蒸し暑い。だからこそ、いったい何をしているのやらと、瑞枝は自らを嗤《わら》わずにはいられなかった。ほんと、馬鹿みたい——。

亜紀の話だけで、その後あの七十ぐらいの男性と再び行き合わなかったら、瑞枝もここまではしなかったと思う。代田橋内科クリニックの沢田先生——たしかにそのはずなのに、彼はそれを否定した。

「申し訳ありませんが、私には何のことやら」

「たしかに私は沢田です。沢田ですが、先生と呼ばれるような身ではありません」

「どなたかと人違いされていると思います。私は医者ではありません。今も昔も」

…………

沢田が口にした言葉が、次々と思い出される。彼は、最初はぽかんとしていたし、その後は一貫して困惑げな曇り顔を見せていた。どうなってるの？——そんな思いから、瑞枝は留美にも確かめた。すると、留美は言った。

「ああ、沢田先生。お医者さまというのは、感謝される一方で、患者さんから恨みを買うこともありますから、医者だったことは、あんまり仰りたくないんじゃないでしょうか。

代田橋から東中野の娘さんのところに身を寄せることになさったのも、地元密着のお医者さまだっただけに、周囲は元患者さんだらけ。引退してゆっくり老後を過ごそうと思っている先生には、ちょっぴり息苦しかった――そんなようなことを仰っていました」

その留美の説明は、彼が医者だったことを否定したということに関しては、筋が通っているし、納得がいく。けれども、留美とはランチをともにしているし、瑞枝は「工藤留美ちゃんです」とフルネームで留美の名前をだした。それに対してもちんぷんかんぷん、そんな様子だったことの説明にはなっていない。

「それは先生が、瑞枝さんのことを知らないから」留美は言った。「知らない人からいきなり誰かの名前をだして話しかけられても、答えていいものやらどうやら、ふつうはやっぱり迷うものなんじゃないでしょうか。もしも『ああ、留美ちゃん。工藤留美ちゃん』なんて言って、私に関することをあれこれ喋《しゃべ》ったら、それは私の個人情報を、知らない人に伝えてしまったことになりますよね。お医者さまって、慎重なんです。もともと守秘義務のあるご職業だから」

守秘義務――言われてしまえばそれまでだ。しかし、まだ瑞枝は納得がいかずに、曇った顔のまま、首を傾げていた。その様子を見て、留美が言葉を続けた。ただし、留美が口にしたのは、沢田という医者に関することではなく、まったくべつのことだった。

「そんなことより、瑞枝さん、お膝《ひざ》、いかがですか」

「ああ、ありがとう。今はお休み中だけど、ヒアルロン酸注射が効いたわ。それにはちょっとびっくり。留美ちゃんのお勧め通り、薬師病院に変えてよかったわ」

実のところ、あまり期待はしていなかったのだが、ヒアルロン酸注射は瑞枝には効果覿《てき》面《めん》、右膝はほとんど痛まなくなり楽になった。ああ、留美ちゃんの言った通りだ——瑞枝は晴れた笑顔で、心で留美に感謝したものだった。

「よかった。でも、瑞枝さん、肩凝りっていうか、全身の凝りが酷そう。ことに上半身」

家事でからだは動かしているが、これといって特別運動もしていないし、近頃は老眼が進んだことも手伝って、たしかに目の疲れが酷くて肩が凝る。首筋も張っている。

「あら、留美ちゃん。やっぱり私の肩や首の辺りに、黒い翳のようなものが見えるの？」

「ええ、ぼんやりとですけど……。あの、もしよかったら、周栄光先生の特別気功整体を受けてみませんか。施術料は少々高いですけど、一度周先生の施術を受けたかたは、『お金には替えられない。またぜひに』って皆さん仰います」

整体には何度か行ったことがある。直後は緩和されてすっきりするが、二、三日経《た》つと元の木阿弥《もくあみ》。その繰り返しに過ぎないから、今は行っていない。

「周先生がなさるのは気功整体。ご自分に集めた宇宙のエネルギーを注入してくださるので、効き目は抜群です」留美は言った。「周先生は超能力者なのかもしれません。何もかもすべてお見通しなので、お話しするだけでも驚かれるかたが多いですよ。とりわけ周先生の特別気功整体は凄いです」

しかし、その周先生とやらは、もう七十近いので、気功整体も特別気功整体も、双方やりたがらなくなっているという。なぜなら、病んだ人、つまりはエネルギーがマイナスの状態にある人に自分のエネルギーを注入することになるので、過度に施術を行なうと自身が疲弊してしまうからという話だった。

「留美ちゃん、私はもう歳だ。そのうち中国に帰ろうと考えている」周先生は留美に言ったらしい。「ことに特別気功整体はからだに応える。これからは、留美ちゃんがどうしてもという人だけに施術する」

「どうして留美ちゃんの紹介だけなの？」ついそちらの話に引き込まれて瑞枝は尋ねた。

「その先生と留美ちゃんは、どういうご縁？」

「ああ、それは、前世で家族だったそうで」

「へ？」

狐《きつね》につままれたようになって、久しぶりに瑞枝は目が点になった。

留美によれば、彼女が悪性リンパ腫の治療で入院していた際、周先生がほかの入院患者の出張施術に病院にやってきたのだという。その時、周先生は留美を見て、「ああ、あなた、ここにいましたか。私が今日ここに来たのは、あなたを見つけるためだったのかもしれません」と言った。そして、留美にも施術を行なったし、その後も病院を訪れて施術してくれた。そのお蔭もあって、留美は寛解と言われる状態にまで回復することができた。

「へえ、そうなの。で、幾らなの、その特別気功整体?」

「一時間三万円です」

「三万円……やっぱり高いのね」

「あ、すべては瑞枝さん次第です。もし、それでも受けてみたいと思ったら仰ってください。それが受けられるのも、たぶん、後一年かそこらだと思いますけど。ご関心がなければ聞き流して忘れてください」

前世の家族? 留美ちゃんの病気もよくなった? 周先生の特別気功整体って、そんなに凄いのかしら……そんなことを思ったりして、沢田のことも、東中野のマンションやそこで一緒だったという若い男性のことも、瑞枝は留美に突っ込んで訊き損なってしまった。言ってしまえば煙《けむ》に巻かれた感じ。一方で、頭の端で思ってもいた。周先生の特別気功整体を一度受けてみたら、留美ちゃんの話が本当かどうかもわかるかもしれない——。

つまりは、留美を信じよう、信じたいという気持ちが働いたという訳だ。それでいて、やはり東中野のマンションの部屋のことや若い男性のことが、どうにも気になってならない。新井ハイムのあの狭くて貧しい部屋のほか、留美に快適な住空間があってはならないし、この自分のほか、留美に頼れる人間がいては困る。留美に頼りにされ、何くれとなく彼女の世話を焼いてやるのは私、瑞枝の仕事なのだから。

がずっと可愛い)

そんな思いもあって、東中野までやってきてしまったし、ニアリバー東中野の横っちょで、留美のことを張っている。暑さも手伝って、まったく愚かなことをしていると、次第に瑞枝も嫌気が差し始めていた。留美を張っていることも、そんなことをしている自分も。

(そろそろ引き上げようかしら。だって留美ちゃんが、ここに現れるはずがないもの)

そう思って、通りにちょこっと顔を覗《のぞ》かせた時だった。留美が若い男性と連れ立って、こちらに向かって歩いてくるのが見えた。慌てて頭を引っ込める。遠目だが、瑞枝が留美を見間違えることはない。ひと目で、留美がいつもより、今時の若い女性が好みそうな可愛いワンピースを着ていることまで見て取った。蔭に身を潜めるようにビルに張りついて、こちらにやってくる二人を待ち受ける。

談笑しながら、二人が瑞枝の前を通り過ぎる。二人でスーパーにでも買い物に行ったのだろうか、男性は大きめのレジ袋をさげていた。通り過ぎたのを見極めてから、顔だけを通りに出す。

間違いなく、二人はニアリバー東中野に入っていった。それを瑞枝ははっきりと自分の目で見た。確認した。

(嘘……嘘でしょう……)

径から走り出てマンション入口に向かい、留美に声をかけるべきか否か、答えがだせないまま、瑞枝は声をかけるタイミングを見失った。慌てて追いはしたが、玄関口に背を向ける恰好で、二人は既にオートロックの向こう側にいて、たちまちのうちに瑞枝の前から姿を消してしまった。残された瑞枝は、茫然《ぼうぜん》たる心地でその場に立ち尽くすよりほかになかった。顔から少し血の気が引いて、自然と両肩が落ちていく。

(留美ちゃんじゃない。あの子よ、あの男の子がこのマンションに住んでいるのよ。そうよ。そうに違いないわ)

それでも瑞枝は自らに向かって言うように、心で呟いた。

(留美ちゃんは……ただ遊びにきただけ。きっとそう。そんなところよ)

言わば苦渋の譲歩だ。留美にそんなボーイフレンドがいたということだけは、嫌でも瑞枝は認めざるを得ない。だが、留美が住み、生活を営んでいるのはここではなくて新井薬師の新井ハイム——無理にでもそう思わなければ、すべての辻褄《つじつま》が合わなくなり、瑞枝は雛《ひな》を失ってしまう。つましい巣で、口を開けて瑞枝を待ってくれている可愛い雛。

この先、何をどう確かめたらいいのだろうか——その答えがでないまま、瑞枝はとぼとぼと駅入口に向かって歩き始めていた。瑞枝の脳天を焦がすような天から直射する太陽の光も、その暑さも、瑞枝はどちらももう感じてはいなかった。

3

《友野直也》

吉備の言う吉井順子と自分が知っている吉井順子、その食い違いを多少不審に思いながらも、変わらず直也は吉井順子、こと武藤晴美と会い続けていたし、彼女と肉体の関係も持ち続けていた。つき合っている彼女もおらず、ひとりぼっちの直也には、正直、順子のからだが何よりも慰めになる。順子に対して、心の隅で若干の疑問を抱きながらも、今の直也はそれを容易に手放すことができなかった。

「ああ、そうそう。この間言い忘れたけど、吉備っていううちの社長が、僕に順子さんのこと、『よかったら今度、会社に連れてきてよ。久しぶりに俺も会いたい』とか言ってたよ。どう？　都合がいい時、うちの会社に遊びにきてみる？」

直也が言うと、「ああ」と、順子は苦笑混じりのやや困惑げな顔を、心持ち傾けた。

「気乗りがしない？」

「前にも言ったみたいに、一昨年の十月に、市ヶ谷で開かれた由美レイラさんのセッションにはたしかに行ったわ。だけど、私、実のところ、その吉備さんというかたに心当たりがないのよ。当時、五十七、八って言ってたわよね。私がふり分けられたグループに、その年恰好の男性はいなかったし」

「え？　いなかった？　社長はセッションの後、帰る道々順子さんと話をした。駅まで一緒だった――そんなようなことを言ってたけど」

「人違いじゃない？」

「えっ。だって、その人、スピ系専門のフリーライターで、吉井順子と名乗ったんだよ」

「そこからしておかしいのよ。私、あの時は、本名の武藤晴美で参加していたの。肩書は派遣会社勤務。つまりはスピ系のライターということを隠した潜入取材だったわけ。なのに吉井順子って、私が名乗るはずがない」

「じゃあ、どうして？……」

「誰かが、吉井順子本人、つまりは私が参加しているとは知らないで、吉井順子を名乗ったんじゃないかしら」

「何でそんなこと……」

　さっぱり訳がわからず、直也はぽかんとなった。が、順子に言わせれば、セッションにおけるグループ内での遣《や》り取りは、なかなかに過激にして激烈。下手なことを口にすると、「あなたは本当のことを言っていない。きれいごとを言っていては意味がない」「精神世界のことがまるでわかっていない。なのに何でセッションに来たんだ」などと集中砲火を浴び、個人攻撃に遭ったりするという。その点、スピリチュアル系専門のフリーライターと名乗っておけば、「ああ、この人はその世界に通じているんだ」と、言わば一目置かれて、攻撃対象になることは免れる。

「だからじゃない？　その人、私が書いた本か何かを読んで私のことを知って、吉井順子を名乗ったんじゃないのかしら。顔出しＮＧだから、一般の人は私の顔を知らないし」

「つまりは……騙《かた》り？　そういうこと？」

「そうね。なりすましと言った方がいいかもしれないけど」

順子の話を聞いても、本当には納得いかず、内心直也は、「うーん」と唸《うな》るような具合だった。でも、順子がそう言うのだから……と、その場は半ば無理矢理自分を納得させた。それでも、当然疑問は残ったし、その疑問を追うように、次の疑問も湧いてきた。

吉備の会った吉井順子は、すらっと背が高く、カモシカのようなきれいな脚をした女性だったという。おまけにショートカットがよく似合うかなりの美人。人目を惹《ひ》くほどスタイルがよくて顔も美しければ、それだけで一目置かれそうなものだ。話す言葉も明瞭《めいりょう》だったみたいだから、攻撃対象にはならない気がする。それよりも何よりも問題なのは、吉備はセッションの帰りに話をして、彼女がスピ系専門のフリーライター、吉井順子であることを知った模様だった。即《すなわ》ち、セッション中、同じグループ内の人たちは、吉備も含めて彼女が吉井順子というスピ系のライターだということを知らなかった。それではなおさら、吉井順子になりすます意味がない。

（やっぱりおかしいよな。何か順子さんの話、もうひとつ腑《ふ》に落ちないっていうか）

今日は日曜だが、直也は十時頃に出社して、四時間ほど会社で仕事をしていた。今は東中野の駅入口から、自分のマンションに向かっているところだった。歩きながらもついつい考え、直也は首を捻《ひね》った。

（じゃあ、話は逆。俺の知ってる順子さんが、吉井順子になりすましているってこと？）

それを前提となる事実として据えれば、話の辻褄《つじつま》が合うような気がしないでもない。しかし、それでもなお疑問は生じる。なぜ順子――いや晴美か……とにかく直也の知っている順子は、吉井順子になりすまさなければならないのか。セミナーやセッションの場でということであれば、まだ話はわかる。だが、私生活においてまで、吉井順子を名乗り、彼女になりすます必要性はどこにもないだろう。直也の部屋に来てもらうこともたまにあるが、直也は何度も順子の部屋を訪れている。この前の日曜日も、順子の買い出しにつき合って、昼間に彼女の部屋に立ち入った。

「仕事部屋、またちょっと見せてもらってもいい？」

直也が言うと、順子は躊躇《ちゅうちょ》なく「どうぞ」と答えた。パソコン類が置かれている仕事部屋に入ると、壁一面の本棚に並んでいるのは、前に見た通りスピ系の本が九割五分といった感じで圧倒的。なかには、吉井順子の著者名で出された本も何冊かあった。それらを見ると、「バリバリのスピ系。やっぱり本ものの吉井順子さんだよなあ」と思ってしまう。吉備はスピ系のフリーライター一本で食べていくのは無理だと言っていたが、このぐらい精神世界に入り込んでいれば、それなりに仕事が来るのではないかとも思った。

あれ？――と、ひとつ違和感を覚えたのは、十割のうちの残り五分が、ほぼ病気に関する本だったことだ。『悪性リンパ腫の種類と治療』『悪性腫瘍《しゅよう》／名医が語る治療法』『国指定の難病一覧』『精神科・心療内科で処方される薬の種類と危険性』『心療内科のドアを叩いてみた』……。

「あのさ、順子さんさあ」順子の仕事部屋を出てから、直也は順子に尋ねた。「順子さんは病気にも興味があるの？　なかでも悪性腫瘍や精神科で扱われるような心の病気」

それにも順子はさくりと答えてみせた。

「ああ、私、前に卵巣癌をやってるでしょ。だから、悪性腫瘍には嫌でも興味が」

「ああ、そうだったね」

だからこその中出しＯＫ――それを思い出して直也は頷いた。

「家系的に癌体質なのよ。それに、実は骨にもちょっと問題があって。私、骨折しやすいの。そういう病気、難病なのよ。で、自分なりに本を当たって調べてみたわけ。それと、スピリチュアルの世界に興味を持つ人には、自分や家族が手の施しようのない病魔にとり憑《つ》かれたのがきっかけという人が結構いてね。その参考にもなると思って。精神科の方は、私自身が強迫性障害と不安神経症で通っているの。単にメンタルが弱いというだけでは解決できない。やっぱりお医者さんに相談して、薬を服《の》まないと無理なのよ。心の病気は目に見えないし数値にも表れない分、軽く見られがちだけど」

「そうなんだ。強迫性障害とかって、僕にはよくわからないんだけど……」

「手を洗っても洗っても気になってまた手を洗う人っているでしょ。それとか、何度確認しても戸締まりが気になって、出先から家に確かめに帰っちゃう人とか。強迫性障害っていうのは、一般的にはそういう病気ね。私の場合は、とにかく『何々しなくちゃ』『何々しなくちゃ』と、頭が勝手に思っちゃう症状だけど」

「？……」

「たとえば、『ああ、仕事しなくちゃ』って、追い込まれるみたいに思って仕事する。仕事をしていると、今度は『何よりもからだが大事。休まなくちゃ』と思う。で、横になると『何で昼間に横になって休んでいるんだろう。買い物に行かなくちゃ』と思う。『買い物に行って料理を作らなきゃ。夕飯の支度をして、夕飯まで仕事をしなくちゃ』なんてね。それでいて買い物から帰って、まずはお風呂に入ろうと思ってお風呂に入っていると、『何を呑気《のんき》にお風呂になんか入っているんだろう。仕事しなくちゃ』と思う。際限がないの。まあ、言ってしまえば、サイクルストレス症ね」

「へえ、そうなの。何か精神的にキツそうだね、それ。——精神科、毎週行ってるの？」

「ううん、四週間に一度。薬をもらうのが主たる目的だから」

「どこの精神科？」

そう訊いたのは、特別関心があったからではなく、単に話の流れでのことだった。

「中野のつばめメンタルクリニック。もう何年もそこで薬を処方してもらっているわ。その先生、椿野《つばきの》先生っていうんだけど、患者さん思いでとても丁寧に話を聞いてくれる、すっごくいい先生なの。大好きだわ、私」

そこまで尋ねていないのに、順子はクリニックの名前ばかりか医師の名前まで教えてくれた。万事そんな調子で、尋ねることにはすべてすらすらと答えるし、その先まで語ってくれたりもする。もしも順子が自らを騙っていたり何か嘘をついていたりしたら、そうはいくまい。思ってもみないことを急に尋ねられたら、きっと虚を突かれたようになって、どうしたって少しはうろたえたような色を見せるものではないか。

（……だよな。やっぱり俺の知ってる順子さんが順子さんだ。吉井順子さん）

やや強引かもしれないが、結論をそこに落ち着かせて、直也はマンション目指して歩みを進めた。明後日、直也は三十三歳の誕生日を迎える。義理堅い昔の友人、二、三人からは〈Ｈａｐｐｙ　Ｂｉｒｔｈｄａｙ！〉のメールかＬＩＮＥが届いたりするが、基本的に一人、ひとりぼっちの誕生日——それがここ数年の直也の誕生日の過ごし方だった。だが、今年は、順子がお祝いしてくれるという。

「『戯け者』の近くに、『フェスティーボ』っていったかしら、なかなかいい感じのイタリアンの店を見つけたの。まずはそこでお祝いの乾杯しましょ。その後はまたうちで」

二十日は火曜日だ。順子が誕生日当日に祝ってくれると言ったから、その日は遅くならないようにと、今日は日曜であるにもかかわらず出社して、直也はある程度の仕事をこなしてきた。準備は万端といったところ。

(順子さんとイタリアン。赤ワインで乾杯。いいなあ、そんな誕生日。誰かがご馳走してくれてお祝いしてくれる誕生日なんて、いったいいつ以来だろうな、俺)

思った直後、直也の脳裏に杏里の顔が浮かんだが、あえて見なかったことにして無視した。

(おまけに順子さんとのセックスつき……これまたいいんだよなあ、順子さん)

直也は、ようやく三十三歳になろうとしている健康な男性だ。まだ若い獣の部類と言っても、あながち間違いではないだろう。若い雄の獣に、肉欲がない訳がない。仮に肉欲に支配されたとしても不思議はない。

順子との情交と、それが肉体にもたらす快感に浸りかけ、直也はつい顔を緩ませた。

「あの……ちょっと。あの、すみません」

頭もからだもよそに行っていたから、背後に女性の声が聞こえたが、それが自分に向けられたものだとは、最初直也は気づかなかった。けれども、その声は、重ねて聞こえてくるし、直也の歩みに沿ってくっついてくる。

「お兄さん。あの、ちょっと、すみません」

え？　俺？――そんな思いで、ようやく後ろを振り返る。

見も知らぬ熟年女性が直也のことを見つめていた。ゆったりめのカットソーに七分丈の白っぽいパンツ。背はそう高くなく、短めの髪にパーマをかけた小太りの女性だ。どこにでもいるような六十前後の主婦といった感じ。但《ただ》し、やはり直也に見覚えはなかった。

「あの、もしかしてお兄さん、前に私の娘が落とした鍵を拾ってくれたかたじゃないかと思って……」

熟年女性は、怪訝《けげん》そうにしている直也に向かって言った。

たしかに、そんな出来事があるにはあった。順子の部屋を訪れた帰りの晩のことだ。順子はマンションの外まで直也を見送ってくれた。その時、女性二人が懐中電灯で道を照らしながら何かを探しているのを、直也は順子と二人で目にした。聞けば、若い女性の方が、部屋の鍵を落としたのだという。それを聞いて、直也も順子と一緒に探してみたところ、道の脇に落ちていた鍵を順子が見つけた。

「ああ、あの時の」――と、頷きながら言いかけた言葉を、直也はすんでのところで呑《の》み込んだ。たしか、若い女性はもう一方の年輩の女性のことを「おばちゃん」と呼んでいた。だから、今、直也の目の前にいる女性が彼女の母親だということもあり得る。とはいえ、二人から直也の特徴を聞いたにしても、自分はちらりとも姿を見ていない直也のことを、どうしてその時の男性だと、仮にでも特定することができたのか。もしも直也が、順子が住んでいるニアリバー東中野のマンションに今しも入ろうとしていたのなら、当てずっぽうに声をかけてみたということもあるかもしれない。しかし、直也は今、自分のマンションに向かって歩いている。順子のマンションとそう遠くないが、通りが一本異なるのだ。おかしい——。

「娘の萌菜から話を聞いて、お兄さんじゃないかと思ったもので……。鍵、拾ってくださいましたよね？」

直也が怪訝な面持ちをして無言のままでいても、なおも彼女は言ったし言葉を続けた。

「私、そういうことには勘が働くんです。お兄さん、どうもありがとうございました。その節は、娘が大変お世話になりまして」

「あの」彼女から早く解放されたくて、直也は言った。「見つけたのは連れの女性の方で、僕はお礼を言われるようなことは何もしていませんので」

「ああ、やっぱりその時のお兄さん。そうそう、お兄さん、その時女性とご一緒だったんですよね。お兄さんは萌菜の隣のマンション、ニアリバー東中野にお住まいなんでしょ？」

しつこいな——思った途端、勝手に眉根が寄って、直也は不機嫌そうな顔になっていた。

「ご近所同士、萌菜がまたお世話になることがあるかも……。あの、よろしかったら、お名前お聞かせ願えませんか」

「いや、僕はべつにご近所同士じゃないですから。あの、僕はもうこれで——」

「失礼します」と言いかけた直也の言葉を、彼女が割り込むように遮った。

「あら、じゃあニアリバーに住んでらっしゃるのは女性のかたの方？　ええと……女性のかたは、武藤さんとおっしゃったかしら。あ、武藤さんというのは、お兄さんの方？　それともお兄さんは、吉井さんとおっしゃるのかな」

「あの」だんだんむかむかとしてきて、投げ出すような調子で直也は言った。「繰り返しになりますけど、僕は何も感謝されるようなことはしていないし、ご近所さんでも何でもないですから。それに、知らない人に誰かのことを話すこともしたくないし。だからもう失礼します」

　これ以上関わり合いになるまいと、直也は彼女に背を向け、すたすたと歩き始めた。その直也の背に、またぞろ彼女の声と言葉が飛んでくる。

「待って。吉井さん、ちょっと待ってください。あなた、吉井さんなんでしょ。そうなのよね？　で、女性のかたが武藤さん……いえ、その逆かしら。それとも女性のかたは工藤さん？　工藤留美さん？」

　彼女のあまりのしつこさに、腹も立てば辟易《へきえき》もし、直也はもう後ろを振り返らなかった。

彼女を振り切るように歩みを早めたが、真っ直ぐ自分のマンションに向かう気にもなれず、あえてくねくね回り道をした。

(何なんだ、あのおばさん？　武藤だ、吉井だと言ったと思ったら、今度は工藤さん。工藤留美さん——誰だよ、それ。頭が少しどうかしてるんじゃないか)

どうにか彼女を振り切ったものの、頭では考え続けていた。

(順子さんは、鍵を落とした女の子が、翌日お菓子を持ってお礼にきたと言っていた。その娘の母親だったら娘から話を聞いて、ニアリバーに住んでいるのが、武藤という女性だと知っていてもよさそうなものじゃないか)

ということは、あれは本ものの母親じゃない——考えるうち、次第に直也は気持ちが悪くなり始めていた。自分に声をかけてきた熟年女性は、いったいどこの何者なのか。何ゆえ鍵を落とした女の子の母親の振りをして、自分に近づいてきたのか。武藤だ、吉井だと言って、直也から何を探ろうとしていたのか。

(ひょっとして、順子さんのストーカー？　一応順子さんにも話しておいた方がいいかも。スピ系にハマる人のなかには、おかしな人もいるからな。身辺、少し気をつけた方がいいって)

周囲にもう彼女の姿がないことを確かめてから、改めて直也は自分のマンション、アーバン東中野に向かった。

（それにしても、本ものの母親じゃなく、偽ものの母親って……）

順子によれば、順子、即ちスピ系専門のフリーライター、吉井順子にも、どうやら偽ものがいるような話だった。そこにもってきての、偽ものの母親の登場――。

（順子さんの周りには、どうも本ものと偽ものが混在するっていうか、それが付き物みたいになってる感じだな）

思うと同時に、抑え込みかけていた順子に対する若干の疑惑が自ずと心に浮上する。

（本もの、偽もの……気持ち悪いな、何なんだよ。何でそういうことになるんだよ）

そんな直也の小さな叫びのような呟きは、直也の心を映すかのように、不機嫌そうな曇りを帯びて濁っていた。

4

《椿野真一《しんいち》（中野／つばめメンタルクリニック）》

「それじゃあ、先生、また四週間後に」

そう言って軽く頰笑み、今し方診察室を出ていった彼女の顔が、自然と椿野の脳裏に甦っていた。

電子カルテを見るに、もう七年近くも前から椿野のところに通ってきている患者だ。名前は、武藤晴美――。

　初診の問診で、晴美は、強迫観念、不安、抑鬱、強い不眠を訴えており、椿野は様子見も兼ねて、デパス、アモバン、サイレースと、一般的で弱めの精神安定剤と睡眠導入剤、そして時間は長めだが切れのいい眠剤を処方した。ぐっすり眠れるようになったというだけで、症状が改善される患者もいるものだ。

　しかし、晴美の場合は、それでは改善されなかった。問診を重ねるに、彼女は活動期と非活動期が、およそ半年弱のスパンで出現することがわかった。活動期というのは、抑鬱状態と不安がほぼ解消され、強迫観念も薄らいで、ふつうに日常生活、社会生活が送れている状態のこと。一方、非活動期というのは、不安、抑鬱状態が強く、昼間から寝込んでしまったり……と、社会生活はおろか日常生活もまともに送れない状態のことだ。結果、椿野は、晴美を双極性障害と診断するに至った。双極性障害――一般に言われるところの躁鬱《そううつ》病だ。実際、晴美は非活動期にある時は、化粧や身支度をすることもままならず、着のみ着のまま雪崩《なだ》れ込むようにクリニックを訪れるような有様だ。かたや活動期にある時は、化粧も着替えもちゃんとして、話す言葉も明瞭なら、顔にも笑みが見て取れた。それで椿野は、双極性障害の改善が見込めるジプレキサと、これまでの睡眠導入剤、眠剤に加え、非活動期にはデプロメールを処方してみた。デプロメールは、強迫観念や不安の解消に効果が期待できるとされている薬だ。

ところが、晴美の場合、非活動期には不安や気分の落ち込みがいっそう激しくなり、おまけにその分活動期は短くなってしまい、二種の睡眠薬以外は、まったく効果を表さなかった。抑鬱時の薬を、レクサプロ、セロクエルと替えてみたが同じこと、晴美の症状は改善されない。レクサプロは、いわゆるＳＳＲＩと言われる選択的セロトニン再取り込み阻害薬で、脳内のセロトニン量を増やすことで気分を安定させ、意欲の向上を図るによい薬だ。以降も、あれこれ思案して、薬をほかのものに替えてみたりした。が、晴美はどんな薬をだしても駄目。実のところ椿野も、いよいよ入院治療以外に手はないかと、万策は尽きた思いになりかけていた。だが、ある時晴美の訴えに、はっと気づくような思いになった。

「先生、わなわなするような不安がどうにも収まりません。やる気がない訳じゃないんです。逆にあれこれ気になって、一応手はつけるんです。でも、やっているうちにほかのことが気になって、そっちに手をつけちゃうんです。すると今度はべつのことが気になって、そっちに手をつけるものの、また違うことが……。そんなことの繰り返しで、気になることはいっぱいあるのに、結局どれもこれもまとまらなくて。その分、余計に不安は増すし、頭も混乱してしまうような状態で。先生、私、いったいどうしたらいいんでしょう」

晴美は、それを強迫観念として訴えてきたし、椿野もまたそう捉えてきた。が、その種の彼女の発言に、椿野はＡＤＨＤの匂いを嗅ぎ取った。つまりは、注意欠陥多動性障害。

一か八かと言えば言葉が悪い。でも、それに近い奥の手という思いで、椿野は晴美に、注意欠陥多動性障害には高い効果が見込めるストラテラというカプセル錠を処方した。これは鬱病にも改善効果が認められたという報告例のある薬で、精神科の薬としては新薬だった。椿野の見立て通りというべきか、これがずばり図に当たった。晴美への効果は覿面、未だ非活動期が残ってはいるものの、その時期も、強迫観念、不安、抑鬱は軽くなり、かたや活動期の彼女は活き活きとして、少々アクセルを踏み込み過ぎではないかと思うぐらいに元気になった。ストラテラを服用しなくなって元に戻るのが怖いのと、今も睡眠導入剤と眠剤がなければ眠れないということから、続けて椿野のところに通ってきているが、彼女の双極性障害と不定愁訴のような諸症状は、概《おおむ》ね改善されたと言っていい。もう彼女は昔のように、「三日寝てない。先生、もう限界です」「五分でもいい。何とか今日診察してください」などと、予約日前に突然電話を寄越して泣きついてくることはなくなった。難治の部類だった晴美の双極性障害は解消とまではいかないが改善……もっと正確を期して言うならば、今はかなり落ち着いた状態にある。それは晴美にとって喜ばしいことであるのは言うまでもなく、椿野にとっても喜ばしいことだった。何せ、入院・電気治療寸前だった難治の患者を救ったのだから。

けれども——。

今日の晴美も活動期の彼女で、クリニックを訪れたのは、ただ薬をもらうのが目的。きちんと化粧をして可愛らしい夏服を着て、椿野ともにこやかに話をして帰っていった。

「お薬を服むとよく眠れますし、お蔭様で今は調子がいいです。私、結構元気です」

晴美は言ったたし、それでいいと言えばそれでいい。しかし、晴美とのつき合いが長くなればなるほど、晴美と顔を合わせた後に、何やらもやっとしたものが、椿野の胸に残るようになった。そのもやっとしたものの正体が、自分でもよくわからない。わからないだけに、何とも気持ちの収まりがよろしくない。

ひとつには、晴美が時々怪我をして現れるということがある。右足首を骨折したと、ギプスに松葉杖《づえ》という体《てい》でやってきたこともあれば、顎《あご》の蝶《ちょうつがい》番の部分の骨が欠けたとかで、頭と顔の周囲を包帯でぐるっと巻いた姿でやってきたこともある。どちらかというと、小柄で華奢《きゃしゃ》な感じの女性だけに、その姿は見るだに痛々しくて、椿野も思わず表情を曇らせずにはいられなかった。

「私、骨形成不全症とかいう骨が折れやすい病気なんだそうです」晴美は問わず語りに椿野に言った。「なので、その治療費に関しては、国から支援を受けていて」

それを耳にして、椿野のクリニックに於《お》ける診察治療や処方薬に関しても、都の自立支援制度を利用するよう晴美に勧めた。ストラテラは一カプセル約二百八十円と薬価が高い。アモバン、サイレースと睡眠に関する薬も処方しているし、非活動期には、その時晴美が訴える症状に合わせて、ほかの薬も併用するかたちで処方している。したがって、診察料と四週間分の薬代を合わせると、保険適用、三割負担でも、平均して一回一万五千円ほどの医療費がかかる計算になる。都の自立支援制度を利用すれば、そこそこ所得がある患者でも、ふつう一回合わせて三千円まではかからない。もしも晴美の所得が低ければ、医療費はまったくかからなくなるだろう。但し、都も精神科のどの病気であっても支援してくれるという訳ではない。それで椿野は、鬱病ということで晴美の診断書を作成し、それを持って区の福祉課へ行くように指示した。ストラテラは鬱病にも使われる薬だし、鬱病ならば都の支援が受けられるからだ。一年ごとの更新だが、今も晴美は都の自立支援を受けている。したがって、椿野のクリニックで発生する医療費はゼロ。以降、彼女は診察料も薬代も、どちらも一銭も払っていない。

心や神経を病んでいるばかりでなく、国から支援を受けなければならないほどの病気を身に抱えている——椿野は、そんな彼女に、嫌でも同情しない訳にはいかなかったのだ。

今年の春の終わり頃にも、晴美は左手に包帯を巻いた姿で現れた。

「今度は手の小指の骨が折れちゃって」

もう骨折には慣れっこ、晴美はそんな調子で半ば苦笑混じりに言うのだが、その表情がまた痛々しくも健気《けなげ》で、見る側を、何とかならないものか、何とかしてやりたいという気持ちにさせる。見る側——それは何も椿野だけではあるまい。晴美のあんな姿と健気な表情を目にすれば、誰しも彼女に同情するし、気の毒に思うことだろう。晴美は、顔をわずかに傾け、そういう表情をして笑うのだ。……いや、笑ってみせるのだ。

　椿野は見た。それは晴美が左手に包帯を巻いて現れた時のことだ。晴美は、午前診療の最後の患者だった。晴美の診察を終え、午前診療は終了。椿野はひと息ついてから、何ということもなく窓際に向かい、外を眺めた。恐らく、処方箋《しょほうせん》薬局で薬をもらった帰りだったのだろう。前の通りの向こう側の舗道を、すたすたと歩いていく晴美の姿がたまたま椿野の目に留まった。足取りが思いの外しっかりしているのに加えて、晴美に左手を庇《かば》うような様子は露ほどもなく、ちょうど吹きつけてきた突風に乱れた前髪を、包帯を巻いたその手で掻《か》き上げるように直していた。椿野のクリニックは、通りに面したビルの二階にある。だから、表情まではっきりと窺《うかが》えない。少し斜めから見下ろすような恰好で、やや遠目に彼女の姿を見たのみだ。しかし、椿野には、晴美が無表情に近い、やや剣呑《けんのん》な面持ちをしているように見て取れた。剣呑なというよりも、何か面倒臭いことでも考えているような顔といった方がいいかもしれない。足取りも顔つきも、哀れというよりは力強く、少し投げ遣りで男っぽかったことに、椿野は些《いささ》かなりとも驚かずにはいられなかった。それは、これまでに見てきた晴美の動作や表情とも違えば、先刻、診察室に身を置いていた時のそれとも違っていた。

（え？）

　一瞬のことだったが、椿野は何か呆っ気に取られたような心地になった。

思えば、それ以来のことかもしれない。晴美を診察する度、もやっとしたものが、椿野の胸に残るようになったのは。

今日も、やはりもやっとしたものが胸に残った。

（武藤さんの度重なる骨折……あれは本当だったんだろうか。そもそも、これまで私に訴え続けてきた諸々《もろもろ》の症状は、本当に彼女に出現した症状だったのだろうか）

もしも、違う、嘘だとなると、詐病ということになってしまう。すると、また新たな疑問が生じる。べつに心を病んでもいないのに、何ゆえ晴美はつばめクリニックの門を叩いたのか。最初の何年かは、診療代、薬代を払ってまで、クリニックに通ってきていた。また、彼女の度重なる骨折が偽りだとするならば、何ゆえわざわざ包帯など巻いて骨折を装う必要があるのだろうか。その二種の詐病のメリットはいったい何か――。

ただひとつ、晴美の不眠だけを事実としてみよう。椿野のクリニックに来れば、市販薬とは格段に効き目が違い、安全性や信頼性も高い睡眠薬が入手できる。当初、晴美は言っていた。

「私、ドラッグストアで売っているような睡眠導入剤だと、五錠も六錠も服んでしまうんです。それでもあんまり眠れなくて」

それを聞いて椿野は言った。

「駄目、駄目、それはいけません。市販薬だからといって甘くみて濫用《らんよう》したら、えらいことになりかねません」

「わかっています。眠れないのにぼうっとなるし、何だか頭の神経がしわしわと痺《しび》れるような感じになったので、先生のところに来たんです」

眠れないのにぼうっとなるし、頭の神経がしわしわと痺れる感じになる――その晴美の説明には信憑性《しんぴょう》がある。たしかに市販の睡眠導入剤を多量に服用すると、そんな状態になることがある。だから、眠れないというのは嘘ではなかった気がする。まあ、稀《まれ》に、ドラッグストアでは入手できない睡眠薬を第三者に横流しするため、心療内科や精神科を訪れる人間もいるにはいるが。

さて、では、晴美が強迫観念、抑鬱、不安といった症状を訴えたことと、そうするメリットは何なのか。

椿野のところに長年通っていれば、精神的な病気の知識と薬の知識だけは嫌でも身につく。現に、今では晴美は調子が悪い時には、「先生、今回は、前にいただいていたデプロメールも処方していただけませんか。あれ、少しは効いた気がするので」などと、薬の名前を口にしてリクエストしたりする。病気やその症状にも、かなり詳しくなっていることは事実だ。とはいえ、べつにカウンセラーになろうという訳でなし、それをメリットとするには、少しばかり無理がある気はする。それでも、加えての骨折という詐病を考慮に入れれば、答えがでないこともない。

（考えられる病気、若《も》しくは障害は二つある……演技性パーソナリティ障害とミュンヒハウゼン症候群。彼女の場合は、そのどちらだろうか。――いや……両方という可能性もなくはないような）

あくまで暫定的に、ここで一旦演技性パーソナリティ障害と仮定してみるならば、それは演劇的行動、性的誘惑行動をもって、自己に周囲の注目を集めたがる性向、性癖とでも言ったらいいだろうか、そういうものになる。演技者だから、当然周囲の目を必要とする。また、虚言を伴うことが特徴だ。周囲の関心を惹きたいがために、会話中、あたかも旧知の仲であるが如く、有名人の名前を口にする人間も少なくない。

同じく暫定的にミュンヒハウゼン症候群と仮定してみるならば、それは虚偽性障害の一種と言うことができ、周囲の関心や同情を惹かんがために、病気や怪我を装ったり、本当に自分のからだを傷つけたりする。この病気の患者もまた、自己世界のエピソードを創り上げる種類の虚言を口にすることが特徴だ。その嘘に一貫性がないことも、ひとつの特徴として挙げられるだろう。

仮に晴美が、演技性パーソナリティ障害とミュンヒハウゼン症候群、双方を患っているとすれば、ミュンヒハウゼン症候群の方で骨折を装うことの説明はつく。そのメリットは、周囲の関心、同情を惹くこと。そして、椿野のクリニックを訪れることのメリットは、椿野もまた観客の一人であると同時に、人の心の問題を扱うプロをも騙《だま》せるかどうかの晴美の一種のトライアル。そのトライアルが成功すれば、一般の人を騙すことは容易、赤子の手をねじるようなものという自信になる。

ふつうの神経の持ち主ならば、それでも椿野のところに通い続けるメリットは少ないと思うだろう。ましてや晴美の骨折のうちの幾つかが、事実、自傷による骨折だとすれば、なおさらそう思うに違いない。椿野以外の観客たち、つまりは彼女の周囲の人々の目を意識してとのこととはいえ、それだけの痛みと手間と時間、それにお金までかけて、何だってそこまでしなくてはならないのかと。

そこが演技性パーソナリティ障害とミュンヒハウゼン症候群の厄介なところかもしれない。もちろん、なかには観客からの有形無形の支援を最大のメリットとする人間もいる。が、さほどのメリットがなくても、彼らは人の注目を集めたいがために嘘をつき、演技せずにはいられない。自分の身まで傷つける。そこが一般の人には理解ができない。また、人の関心や同情を買うために、恋人、夫、妻、親しい友人……自分が本当に愛している相手のことまで、「暴力を振るう」「酒癖、女癖が悪い」「無類のギャンブル好き」「男狂いで淫乱」「金をせびる」等々、人に対して悪い方向に語る傾向がある。まわりまわってそれが本人たちの耳に入り、結果、自分にとって大事な人間関係が総破綻《はたん》に至って孤独に陥ったりもする。それでも、嘘をつくことがやめられない――。

〈演技性パーソナリティ障害とミュンヒハウゼン症候群、その双方を彼女が抱えていると

したら……精神科の医者である私も、彼女に騙されていたということか）

それが正解であるならば、すべての辻褄が合ってくる。椿野が非活動期と見た際に、汗と皮脂で汚れたような部屋着姿で化粧もせず、倒れ込むようにクリニックにやってきたのも、計算された彼女なりの演技。

考えるうち、椿野は、何やら背筋が寒くなり、肌がうっすら粟立《あわだ》つのを覚えた。七年……七年近くも、私は彼女に謀《たばか》られていたのか――。

今日、問診によるひと通りの診察を終えた際、晴美はややおずおずといった様子で、椿野に尋ねかけてきた。

「あの、先生。前からお訊きしようと思っていたことなんですけど、どうして先生のクリニックは、つばきメンタルじゃなくてつばめメンタルなんですか」

「ああ、それは」椿野は軽く首肯しながら晴美に言った。「椿の花はきれいだけど、首を斬られたように花がぽとりと落ちるのが不吉だという人がいるから。その点、つばめは、空を自由に飛ぶ渡り鳥だし、日本では春の到来を告げる鳥としても好かれているので」

それを耳にした晴美は、身の内から込み上げてくる笑いを堪《こら》えきれないといった様子で、咽喉《のど》の奥でくすくすと笑った。どこかくすぐったそうな笑いだった。

「あれ、そんなに面白い？」

初めて目にする晴美の身を震わせるようなくすくす笑いに、思わず椿野は言っていた。

「だって、つばきとつばめ、〝き〟と〝め〟、たったの一字の違いなのに、まったくの別物。人は全然違うことを想像するし連想する。まるでマジック」

晴美はまだ可笑《おか》しみを堪えているような顔をして言ったが、むろん椿野は、クリニック名にマジックを用いたつもりはない。ほんのちょっぴりの違いで相手を騙し翻弄《ほんろう》する――実のところ、それは晴美のマジック、彼女が多用しているマジックの手法なのではあるまいか。

はっと我に返ったようになって時計を見る。晴美が診察室を出てからもう十七、八分もの時間が経っていた。二十分近くも、次の患者を待たせてしまった。

椿野は、急いで晴美の電子カルテを閉じて次の患者のファイルを画面に開くと、ざっと目を通してから当該患者の名前を呼んだ。

「小笠原《おがさわら》さん。小笠原謙一《けんいち》さん。お待たせしました。診察室にお入りください」

小笠原謙一、二十八歳。百キロを軽く超える巨漢の鬱病患者だ。彼がぬっと診察室に顔を覗かせた時、椿野の頭から晴美の顔は消え、彼は目の前の患者、小笠原のことだけを見ていたし考えていた。

5

《武藤晴美》

テーブルの上のケイタイが鳴った。

電話か……晴美は何だか面倒臭いような気分になって、幾らか不興げな面持ちをしてケイタイに手を伸ばした。福音——喜ばしき報せなど、敬虔《けいけん》なキリスト教徒にだって滅多に訪れるものじゃない。表示を見る。発信者は周栄光。

「もしもし、先生、どうかした？」

電話を取って晴美は言った。

「ああ、晴美ちゃん。また新しい患者さん、お金になる患者さんを紹介して」

「え？　まだ秋山悦子がいるじゃない。先生、悦子さんの施術だけじゃなく、入院している彼女のお姉さんのところにも出張施術に行ってるんでしょ。もう百二、三十は稼いだし、特別気功整体の出張施術だもの、まだ三十やそこらは稼げるんじゃないの」

「稼いだお金の三割五分はあなた、晴美ちゃんに渡してる。私、そろそろお金ない。それにお姉さんの民子《たみこ》さん、もう駄目ね。私、超能力ないけど、気功はできる。触ればわかるよ。これまでは、少しは楽にしてあげられたけど、民子さん、七十八歳だし全身癌。あの人、これ以上は頑張れないね。脈が取れないぐらいに心臓が弱ってる。近いうちに息を引き取る。だから、私は行けない。私が行った後すぐに死んだら、私のせいにされるかもしれない。それ、とても困る」

「ふうん……そっか。悦子さん、お金持ってて金払いもよくて、いいお客だったのにね」

晴美は何ということもなく頭を掻きながら言った。「前に紹介した丸山諏訪子《まるやますわこ》はどう？」

「あの人……ちょっとケチ。それに私のこと、あんまり信用してない感じ。たいしたお金にはならないね、たぶん」

「そう。──先生、少し待ってて。じきに次のを紹介するから。そうだな……小林瑞枝っていう来年還暦の主婦。まだ仕掛けの最中なんだけど、そのうち先生のところに行かせるわ。彼女、社会人の息子と娘がいる。一緒には住んでなくて疎《うと》まれてるみたいだけど。息子のところに孫も一人……たしか三歳ぐらいの男の子。──先生、メモしてる？」

「ああ、大丈夫。録音してるから」

「右膝が悪かったんだけど、それはヒアルロン酸注射で解消された。ただ、近頃老眼がぐんと進んだから、目、首、肩がかなり張ってる。先生、目の施術は得意だよね。私もやってもらったけど、施術の後は霞《かすみ》が消えて、視界が明るくなったもん。瑞枝さんには、まずは目の施術をするのがいいかも。効果がわかりやすいから。施術しながら、『何か小さな男の子の姿が見える』とか、私からの情報を混ぜて信じさせて。いよいよ行かせるとなったら、追っかけほかの情報も入れるから。その時にまた言うけれど、晴美と留美、相手によって私の呼び方はちゃんと分けてね。それは絶対に間違わないように」

「わかった。で、その人、お金になる人？」

「うーん、先生の超能力を信じて気功の威力を実感しさえしたらね。彼女、どっちかというと、お金への拘《こだわ》り薄い方だから。まだどのぐらい取れるかはちょっとわかんないけど」

「なるべく早く紹介して。だけど晴美ちゃん、あなたいい商売ね。三割五分、少し多い。三割、駄目？　あなた三割、私七割」

「先生」晴美は顔を顰めて言った。「私が餌《えさ》を撒《ま》いて仕掛けして、労を執って見つけなかったら、先生は一人から百万も取れるような美味しい客は見つけられないでしょうよ」

「え？　何？　ロウヲトル？」

「とにかくさ、取り分は最初の決まり通り。先生が六割五分、私が三割五分」

「……仕方ないね。わかったよ。私は晴美ちゃんみたいにいろんなことをペラペラ喋って、人を信用させることできないから。あなた、凄い人。女詐欺師になれる」

「それ、褒めてんの？　貶《けな》してんの？　私はね、あんまり危ない橋は渡りたくないのよ。だから、小林瑞枝に関しても時間をかけてる。私は先生と違って、いざとなったらケツ捲《まく》って長春《ちょうしゅん》に帰るって訳にはいかないんだから」

「ケツマクル？……あのね、晴美ちゃん、私、長春じゃない、瀋陽《しんよう》よ。大連《だいれん》の近くね」

長春でも瀋陽でもどっちでもおんなじ——そんな気持ちで晴美はまた頭を掻いた。

「とにかく、ちょっと待ってて。近々また連絡入れるから。ああ、くどいようだけど、誰に訊かれても、私の居所は絶対に言っちゃ駄目だからね」

「言わないよ。だって私も、晴美ちゃんが今どこに住んでるのか、本当のところはよく知らない」

「そうだったわね。それじゃ先生、近いうちにまた」

電話を終えると、「やれやれ」といった気分になって、ソファの背にだらりと身を凭《もた》せかけた。何だか頭が疲れた気分になって、テーブル下のボックスから煙草を取り出し火を点《つ》けた。指に火の点いた煙草を挟んだ状態で、窓を開け、換気扇をまわす。本当は煙草好きなのだが、晴美のどのキャラにも煙草は似合わない。加えて煙草は、匂いが残るのが最大の欠点。だから我慢をして、今は日に二、三本喫《す》うのみだ。キッチンから灰皿を手にソファに戻り、ゆっくりと一服して心身を緩める。

二年ほど前に、新井薬師と東中野に部屋を借りる前は、早稲田《わせだ》と高田馬場《たかだのばば》の中間ぐらいのところに住んでいて、主に牛込柳町《うしごめやなぎちょう》、弁天町《べんてんちょう》、それに早稲田鶴巻町《つるまきちょう》辺りの古い住宅地を餌場にして荒らしていた。だから今は、その近辺には足を向けない、近づかない。晴美が釣り上げた魚、もっと言えばカモった相手とばったり出くわしてしまうのが怖いからだ。それでいて晴美の側は、まだその先のことがあるものだから、彼らの現況、動向を探ったりしている。

島野松寿から預かったインゴット、つまりはゴールドのバーなど、疾《と》っくに売っ払って金にしてしまった。登記識別情報に更新しなくては駄目だと言って、やや強引に預かった土地の登記済権利証も、その種のことを稼業にしている人間に路線価の三分の二ほどで買い取ってもらった。今頃はきっと間に何人かの人間を挟んで、善意の第三者の手に渡っているに違いない。じきにその人間が、そこに家を建てたいだの何だのと、権利を主張してくることだろう。

島野は今年八十四歳。もういつ死んでもおかしくないし、本音を言えば、そうした騒動が起きる前に、とっととあの世に行ってもらいたい。時にいきなり頭がクリアになったりするのでぎくりとなることもあったが、島野は認知症気味の独居老人だ。なのに区の民生委員や福祉課の人間が何度訪れても、頑として〝おかみ〟の世話になろうとしない。彼の矜持《きょうじ》だ。晴美はそこが大いに気に入った。

晴美は、島野とは工藤留美として接してきた。住まいも新宿区から中野区に移したことだし、何事か起きた時、すぐさま辿《たど》られることはないだろう。でも、絶対にセーフとまでは言い切れない。晴美が引っ越しを決めた一番の理由は、とにかく一度この界隈《かいわい》から姿を消そう、ばっくれようと思ったからだ。

(島野の爺さん、もう死んだかと思った。ところが、まだ生きてるみたいなのよね)

思って、晴美はチッと短く舌打ちをした。

島野には頼る身寄りもない。相続人は姪《めい》一人。その姪にしても、島野が死ぬのを待っているだけで寄ってこない。下手に関わって、面倒を見ることになっては敵《かな》わないからだ。

（やってくるのは野良猫ぐらい。このうえ生きていたって仕方ないじゃない。早く死んじゃいなさいよ。その方が楽になるからさ）

それにしても――そんな気持ちで晴美は湿った吐息をついた。住んでいる部屋がひとつだと、複数のキャラがうまく分けられないし、自分でもたまに混乱してしまうので、中野では部屋をふたつ借りることにした。牛込柳町、弁天町界隈でひと稼ぎして、それができるだけの資金があったということもある。また、ある程度大きな額を手にしたので、少しは休む時間を持とうとも思ったし、今回は仕掛けに時間をかけようとも思った。住まいのひとつに新井薬師を選んだのは、望月マコのところに出入りしていたことから、いわゆる土地勘があったからだ。それと、残念ながら移り住む前に出入り禁止になってしまったが、マコに拭《ぬぐ》い去り難いほどの強い未練があったからにほかならない。

（ああ、マコさんのようになりたい。マコさんみたいになってお金が稼げたら最高。言うことなしなんだけどな）

晴美は何度そう思ったか知れない。

マコは晴美のハートのエースであると同時に、晴美一番の憧れの存在だった。同じ町に住んでマコと同じ空気を吸っていたい、マコの波長を感じていたい。そうしたら、もっと人の心が摑めるようになるかも――そんな思いもあって、結局新井薬師を選んでしまった。

（私がそこまで思っていると知ったら、いつかマコさんも許してくれるかもしれない）

そんなことなど起こり得ないとわかっていながら、晴美は思ったりしたものだ。

とにかく、マコに疑惑を抱かせ、マコに正体を見破られてしまったことが、前回の最大の失敗だった。それが悔やまれてならない。今でも晴美はマコの名前を口にしているが、それで金を得ることまではできなくなった。マコに一度も会わせてもらえないのに、誰が晴美の口を通したマコの言葉を信じて、たかだか五千円かそこらの水晶玉に三十万だの五十万だのという大金を支払うものだろうか。相手が男ならば、性的な関心をそそることで惹きつけることもできるが、女となると当然その手は使えない。やるかたない孤独や悩みを抱えた女たちには、やはりマコのような特殊な能力を持った女性が効くのだ。しかもマコは見た目もきれいだし独特の妖気を感じさせる。マコに会わせれば、大概いちころ。そのカードが使えなくなったことは、金銭面に於いても痛い。今は、相手を煙に巻きたい時や逆に関心を惹きたい時、マコの名前や彼女の著書の内容を借用するのみだ。

（今回、ちょっとばかり余裕こいてたかもな、私）

晴美は思った。

（部屋がふたつ……それに生きていくには、何だかんだお金がかかる。だんだんお金も少

なくなってきたし）

最初に目をつけた小林瑞枝に関していえば、つき合いがもう一年を越えてしまった。どんよりとした孤独――瑞枝の心はそれに専有されていて、当時彼女は自分の内側にしか目を向けていなかった。だから晴美は、ウィッグをつけたり帽子を被《かぶ》ったり眼鏡をかけたり……そんな変装をすることなく、彼女を好きに尾《つ》けまわすことができた。共和整形の待合室、スーパー、自治会の会食に使うファミレス……。そこでの晴美はいわゆる〝耳がダンボ〟、ひと言もといっていいほど聞き逃すことなく、しっかりと瑞枝の言葉を拾った。なかでも病院は、晴美の狙いどころだ。待ち時間が長いと、誰しも退屈するしくたびれてくる。病院で知り合った人間とは暇潰《つぶ》しに、案外身の上話や打ち明け話をするものだ。

「孫？　ああ、駄目。息子のところに三歳の男の子が一人いるけど、息子一家は福岡で生活しているし、嫁がまたきつくて、子育てには手も口も出させないから。孫の翼に会ったのは……二度か三度ぐらいのものかしら」

「ええ、下に娘も一人。だけどこれがバリバリのキャリアウーマンで。何年も前に家を出て、門前仲町で一人で生活してるわ。仕事、仕事で、盆暮正月にも家に帰ってきやしない」

「パートにでも出ればいいんでしょうけど、私はずっと専業主婦だったので家事以外は何もできなくて。……え、ヘルパー？　それも無理だわ。私、お年寄りのお世話はどうも」

……………

情報を集めるに従って、自分が瑞枝にとってどういう存在であればいいかがわかった。〝かわいそうな留美ちゃん〟――彼女がそう思って、世話を焼きたいと思うような女性であればいいのだ。その読みは、見事当たった。

晴美は、ふだんは日常生活を過ごすのに快適な東中野のマンションの方で主に寝起きしている。だが、瑞枝が来そうな時やLINEで連絡があった時は、新井薬師のアパートに急いで身を移す。もちろん、新井薬師の部屋に泊まることもある。

晴美も少し休みたい時期だったので、瑞枝にはずいぶん世話を焼いてもらって楽をさせてもらった。瑞枝のお蔭で、新井ハイムの部屋は、あえて掃除をしなくてもいつもきれい。汚れものは、東中野の分もまとめて置いておけば、みんな洗濯してくれる。瑞枝は、料理もケータリングでも始めればいいのにと思うぐらいに上手《うま》い。瑞枝が帰った後、瑞枝が作った料理の入った密閉容器や洗濯してくれた衣類を袋に詰めて、何度ニアリバー東中野の部屋に帰ったことか。億劫《おっくう》な時はタクシーでの移動だ。新井薬師、正確には中野区新井と東中野は、タクシーでも千円といったところ。何なら歩いてでも行き来できる距離だ。晴美はそれを便利で好都合と思っていたが――。

さて、少し休んだことだしと、晴美は瑞枝の仕掛けもそろそろ次の段階に移そうと考えていた。些か貧乏臭い〝かわいそうな留美ちゃん〟キャラにぼちぼち飽きてきたということもある。また、瑞枝とはべつに、東中野でも人を物色して、「これ」という人物の情報を集め、彼ら――沢田隆と友野直也に接触するようになった。直也に関しては、今のところ晴美は、とりたてて何を求めるでもない。平岡潔だの島野松寿だの……七十、八十の男、それに結婚できずにいる五十男と主として関わりを持ってきたので、たまには若い男とのラヴアフェアも悪くないと思ったし、直也に対してFbで見つけたスピリチュアル系専門のフリーライター、吉井順子を演じてみるのも面白いかもしれないと思った。直也のことは何度か「カフェ・マギー」で見かけていて、その様子から、出版関係の仕事をしているらしいことは嗅ぎ取っていた。誰かとのケイタイでの会話から、友野という苗字であることもだ。順子の時と同じくFbを丹念に当たってみると、全体に公開している彼のページに行き当たった。過去まで遡って記事を読んだところ、「別れた彼女の誕生日」というタイトルの記事があり、直也はこう綴《つづ》っていた。

〈今日、6月17日は、前に結婚するつもりでつき合っていた彼女・Aが、この世に誕生した日だ。Happy Birthday，A！　別れてもう6年。ふだんは忘れたつもりでいても、毎年この日が巡ってくると、ついついAのことを考える。あの頃子供が生まれていれば6歳か……なんて馬鹿げたことも。Aを幸せにしてあげられなかった罰かな。以来、僕はずっと金なし彼女なし。トホホ。〉

それを読んで晴美は思った。

（やっぱりね。若いくせして孤独オーラをぷんぷんと漂わせてる訳だ）

ほかにも、思った通り小さな出版社で編集の仕事をしていること、東中野住まいであること、今年三十三歳になること……幾つかの情報をゲットした。こうなればもう晴美のもの。今、晴美は、直也の前で吉井順子キャラを演じることが楽しい。陰気臭い留美キャラのストレス発散になるのだ。それにセックス。晴美だって、何も好きで歳のいった男にからだを触らせたり触ったり……ずばりセックスしたりしている訳ではない。七十を過ぎた乾いた男に触られて、何が愉《たの》しいものか。もはやかつての力を失っている一物を何とか勃《た》たせ、自分の身に咥《くわ》え込んで何が気持ちいいものか。オタクの五十男にしてもおんなじだ。彼らはたいてい女性経験が乏しいから、してもろくなセックスにならない。

晴美は、ひとつ息をついてから立ち上がった。そしてバッグを探り、中から財布を取り出した。

今回の一番の狙い目は沢田だった。沢田のことも、「これ」と目星をつけて嗅ぎ回った。彼も強く孤独の匂いを漂わせていたからだ。情報は、青緑会病院の待合室、喫茶「エデン」……その辺りで耳にしたものが多い。妻に先立たれて一人暮らしという情報は、病院の待合室で得た。「イケるかも」――そんな手応えに、さらに詳しく調べてみると、彼の東中野の家は持ち家。また、長年大手企業で勤め上げた人間らしいということもわかった。そうしたことから、恐らく年金も充分、それなりの蓄えがあると推察できた。後は沢田が気を許してしまうような女性を演じるだけ。幸いにというべきか、沢田は晴美の思惑通り、すんなり術中にはまってくれた。元々人の好い善人なのだと思う。

晴美は、手にした財布を開き、明光銀行のキャッシュカードを引き抜いて眺めた。口座名義人はサワダタカシ。

「ああ、これは、晴美ちゃんが自由に使ってくれて構わないから。いちいち私に断らなくていいよ。必要に応じて下ろして使って。暗証番号は１４８４。親友が石橋《いしばし》というんで、１４８４にした。覚えやすいでしょ」

そう言って沢田がカードを差し出した時、晴美は大袈裟《おおげさ》なぐらいにぎょっと目を剝《む》き、いかにも驚いた様子で言った。

「沢田さん、それはいけません。そんな大事なもの、私、お預かりできません」

「いいんだ。それぐらい私に援助させて。……あ、援助というのは失礼だね。とにかく、晴美ちゃんのために何かしたいんだ。私が考えて何かしても、どうせろくなことにならない。だったら、晴美ちゃんのいいようにと思って。だから、遠慮せずに受け取って」

「いえ、困ります」「そう仰られても……」だのなんだの、多少断りの言葉を口にはしたが、晴美は内心しめしめと、結局それを受け取った。こんな締めの言葉とともに。

「じゃあ、お守りのつもりでお預かりさせていただきますね」

一度残高照会をしてみると、１１７３０２２８という数字が確認できた。その数字を目にして、自ずと晴美の瞳はきらきらと輝いた。千二百万には届かないが、それに近い額、大金だ。但し、晴美はまだそれに一度も手をつけていない。つまりは一円たりとも下ろしていない。なぜなら、通帳は沢田が持っている。沢田は晴美が金を下ろしているかどうか、時々残高確認をしているに違いないと踏んだからだ。どんな鷹揚《おうよう》な人間だって、それぐらいはする。推測だが、沢田はすぐさま晴美が金を下ろしていないことに、きっとある種の安堵の念を覚え、晴美に対する信頼感を強めたことだろう。

千百七十万は大金だし、それだけで充分といえば充分だ。それを手にばっくれてもいい。しかし、仮に毎日限度額いっぱいの五十万を下ろしても、三週間以上かかる。手数料のかかる土、日、祝日を避けたら一ヵ月だ。それにもしも晴美がそんな真似をすれば、恐らく沢田は、カードの使用停止手続きをするだろう。何より沢田には、それだけの額が入った銀行のカードを、ぽんと他人の晴美に渡せるだけの金銭的な余裕があることが証明された。沢田は七十一歳になったばかり。頭は至ってクリアだから、島野のように謀ることはできないが、やりようによっては、まだまだ旨味《うまみ》のあるカモだということだ。時間をかけるだけの価値はある。次はどんな手を使って誑かそう……カードを手に入れた時、晴美はちょっと浮かれた気分でそんなことを考えていた。ところが——。

今のところ金銭的にはほとんど役に立っていない瑞枝が、ここにきてガタガタ言い始めた。瑞枝は家のある新井薬師周辺をうろちょろしているだけで、そのテリトリー外に出ることはまずないと思っていた。少し前のことになるが、その瑞枝が、ほかでもない東中野に姿を現した。しかも、晴美は沢田と一緒の時に、彼女とばったり出くわしてしまった。代田橋時代のお医者さま——慌ててそんなストーリーをでっち上げ、晴美なりに無難にやり過ごしたつもりだった。それなのに、瑞枝はまた東中野で沢田と出くわしたとかで、沢田のことを呼び止めて、あれこれ話しかけたり尋ねたりしたらしい。持ち前のお節介心全開といったところだ。この種の女は、余計なところに首を突っ込むので困る。沢田と話をしてみたところ、どうにも話が嚙《か》み合わないことに、瑞枝の側が疑問を抱いたのは言うまでもなく、沢田までもが疑問……いや、疑惑を抱き始めたのには晴美も些か参った。でも、沢田が晴美にカードを渡してくれたのは、その後のことだ。恐らく沢田は、自分の内に湧いた疑惑を何とか打ち消し、晴美を信じる覚悟を決めて、その証《あかし》としてカードを渡してくれたのだと思う。それを思えば、瑞枝の東中野での登場も、悪いことばかりではなかったのだが。

「順子さん、身辺、ちょっと気をつけた方がいいかも」

直也の誕生日を祝った晩のことだ。幾らか考えるような顔を見せた後、直也は晴美に言った。

「身辺に気をつけた方がいい？　それってどういうこと？」

晴美は言った。

「六十ぐらいのどこにでもいそうな主婦って感じのおばさんなんだけど、僕、東中野で何かしつこく声かけられちゃって」

「それじゃ、身辺に気をつけた方がいいのは、直也君じゃない」

「いや、そのおばさんが知りたいのは、僕のことじゃなく、順子さんのことだと思うんだよね」

そう前置きしてから、直也は東中野での出来事を、ひと通り晴美に語って聞かせた。

「武藤、吉井、それに工藤……工藤留美って言ってたかな。いろんな名前をだして探ってくるんだよね。あの人が知りたがっていたのは僕のことじゃない。とにかく順子さんの名前と、順子さんがたしかにニアリバー東中野に住んでいるかを知りたがっているみたいだった」

「…………」

「歳が歳だし女性だけど、順子さんのストーカーかなと思ったりして。僕には、あの人が鍵を落とした女の子のお母さんだとは、どうも思えなくて」

「どんな人？」

「だから、歳は六十前後。背はあんまり高くなくて、ちょっと小太り。髪は短めでパーマかけてた。着ているものはまさにその年代の主婦そのもの。えっと、ボトムはピチピチ七分丈のパンツ」

直也の話を耳にして、晴美はその女性は瑞枝に間違いないと確信した。どうやってだか、瑞枝はニアリバーの隣のマンションに住む女の子が、鍵を落とした一件を知るに至った。もちろん、その時、直也とともに鍵を探して見つけてやったのが、ニアリバーに住む女性だということも。それも、瑞枝が知る工藤留美に酷似した女性。新井薬師の貧乏アパートに住んでいるはずの留美が、なぜ東中野のマンションに？……瑞枝は混乱しながら思ったに相違ない。

厄介なことになった——そう思いながらも、晴美は直也に対しては、笑みを浮かべた顔を見せ、彼を安心させるように頷いた。

「ありがとう。私には、どこの誰だかさっぱり見当がつかないけど、気をつけるようにするわ。男性や若い女性にだけじゃなく、その年代の女性にも」

「でも、何か逆に気持ち悪いよね、おばさんのストーカーなんて。もしも何かあったら連絡して。東中野に帰ってさえいたら、夜中であれいつであれ、すぐに駆けつけるから。外に出ていても、三十分かそこらで駆けつけるよ」

「ありがとう」

直也に向かって、おっとりと頬笑んで晴美は言ったが、内心ではまずいことになったと舌打ちしていた。自分の疑問を解消したいがために、瑞枝がうろうろ動き回って、沢田や直也の気持ちを掻き回し始めている。この先、最も望ましくないのは、沢田に更なる接触を図られることだ。

(想定外)

晴美は心のなかで呟いて、沢田から渡されたキャッシュカードを、財布のなかに収めた。そしてまた考える。

まずい。想定外の駒《こま》が、晴美の世界を引っ掻き回し始めている。〝かわいそうな留美ちゃん〟を愛し、世話を焼くことを生き甲斐《がい》にしている女。家事はてきぱき、けれども頭や感性は鈍重——そう甘く見積もっていた駒。瑞枝は留美を愛し留美に執着しているだけに、間違いなくしつこく嗅ぎ回って晴美を追及してくることだろう。

(これって、そろそろお尻に火が点き始めてるってこと?)

晴美は自らに問いかけるように思った。だとすれば、少々事を急がなくてはならない。沢田から、何とかもう少し取れるだけのものを取って、千百万をちょっぴり超える預金があったことの証明となる明光銀行の通帳も手に入れて、晴美は早い時期に東中野と新井薬師の部屋を畳んで、この土地、中野を離れた方がいい。たぶん、それが正解。

晴美は、カードと同じく財布のなかに収めてある、沢田からの預かり物を取り出した。アルミのシートにプラでシーリングされた小さなニトロの白い錠剤二粒——。

(もう二錠は、リビング。チェストの上の民芸調の小抽出《こひきだし》箱のなか。その一番上の右端の小抽出。考えていたよりも少し早く、これを使うことになるかも)

ニトロの入っている小抽出箱の長抽出には、明光銀行の通帳と、恐らく沢田の当座の金と思われる現金が、およそ百二、三十万入っている。

(ジュエリーボックスは、仏壇の台の観音開きの扉のなかの奥……。それもこれを使ってみてからのことだけど)

考えていることはどす黒いのに、晴美は凪《な》いだ面持ちをして、そっとニトロを財布に戻した。

第五章　混沌の収束

1

《沢田隆》

今日は東中野の洋食店「サニーサイドアップ」で晴美と夕食をともにした。これまでにも一緒に二、三度来たことのある店だが、今日は晴美が「『サニーサイドアップ』のハンバーグが食べたいな」と珍しく明確にリクエストしてきたのでそうすることにした。チョイスした料理は、当然ながらハンバーグ。和牛赤身ハンバーグとアスパラとアボカド入りのグリーンサラダだ。酒は赤のグラスワインをそれぞれ二杯ずつ。最後に店のサービスでフレンチコーヒーがつく。フレンチプレスという器具で淹《い》れるコーヒーで、出てくるまでに少し時間がかかるから、沢田はその間にトイレに立つのが恒例のようになっている。

今はその帰り道だ。歩いているのは、沢田の家へと向かう道筋。沢田の傍らには晴美がいる。

「『サニーサイドアップ』にしてもらってよかった」楽しそうに晴美は言った。「今日のハンバーグ、いつもより美味《お》しかった気がする。あそこ、パンも美味しいですよね。私、パンもしっかり食べちゃってお腹《なか》いっぱい」

「うん、パンも美味しいね。でも、今日のコーヒーはもうひとつだった気がするな」

「え？　あれ、そうかしら？」

「ちょっと粉っぽいというか……カップの底に残った粉も、いつもに比べて少し多かったような」

「言われてみれば……。もしかしてプレス器を替えたのかも。でも、コーヒーはサービスだから、文句はつけられませんね」

「はは、そうだね」

もうすっかり日が暮れて、町は夜の帳《とばり》に包まれている。ことに沢田が住む住宅地の辺りに入ると、さらに闇が濃くなる。そんな夜の町を、二人肩を並べて歩いている間も、会話が途切れることもなければ、二人の顔に浮かんだ笑みが消えることもなかった。暗くて顔はよく見えなくても、笑みを含んだ互いの声が、顔の笑みを伝えている。傍《はた》から見ても、沢田と晴美は、きっと仲のよさそうな二人連れと映ることだろう。

あれあれ、年甲斐もなく何とまあ——沢田のことを、涌井がそう見ているだろうことは間違いないし、沢田自身もそう思う。それでも、心がひとりでに沸き立つことを、自分でも抑えることができないのだからどうしようもない。今日のソックスは赤味の強い臙脂《えんじ》色。ブランド物のポロシャツは、やや茶色がかったグリーンとまあシックだが、胸には赤、青、黄などの原色の糸を使った小さな刺繍《ししゅう》が施されている。ベージュの開襟シャツにベージュのズボン、或《ある》いはカーキのジャケットにグレーのズボン……前までは、そんなどぶ鼠《ねずみ》スタイルか土埃《つちぼこり》色の恰好をしていた。競馬場か競輪場にでも行ったら、すぐさまその場に溶け込んでしまえそうな色合いの服装だ。恐らく顔色も服に合わせたように、ずいぶん煤《すす》けていたと思う。が、晴美とつき合うようになって、ただでさえ歳が三十三も違うのに、そんな恰好ではまるで釣り合いが取れないと、デパートで新たに服やソックスなどを買い求めるようになった。ついでに言えば下着類も。

〈沢田さん、今日はお忙しい？〉〈ちょっとだけでもお顔が見たいな。〉〈夕ご飯、ご一緒できたらとっても嬉しい。〉〈今夜、また泊まりにいってもいいですか。〉……晴美はまめにＬＩＮＥを寄越すが、ピコン！　とＬＩＮＥの着信音が鳴って、それがカルメン、こと晴美からだと確認すると、未だに沢田は心臓がどきどきして、容易に動悸《どうき》が治まらない。まるで恋する高校生か何かのように、つい気持ちが高揚してしまうのだ。

ＬＩＮＥは、百合子が入院した際、院内と家での遣《や》り取りには便利なので始めた。が、百合子が亡くなってからは、正直、「ＬＩＮＥなんて」と思っていた。登録されている親《しん》戚《せき》や知人から、たまにメッセージが届くことはあるが、沢田のLINEはほぼ沈黙。ピコン！　と鳴ることなど稀《まれ》だったし、沢田もLINEを使うことは滅多になかった。それが晴美と知り合って以降、沢田の大事な通信ツールになった。晴美とは、毎日のようにLINEで連絡を取り合っているし、ことに近頃は、晴美の方からLINEがくれば、それは即ち晴美が沢田に会いたがっているということを意味し、LINEで遣り取りした後に、沢田は大概晴美と会っている。夜分、晴美が家を訪れてくることも、沢田の側はウエルカムだ。今夜も晴美は、真っ直ぐ自分のマンションには帰らずに、沢田と一緒に帰って彼の家に泊まることの方を選択した。

「ご近所の目があるでしょうから、明け方には失礼します」

晴美は言った。

「いや、べつに、そんなことは気にしなくてもいいんだよ。晴美ちゃんはいつもそれを気にして、日のあるうちは私のところにやって来ないけど」

「いえ、沢田さんの名誉のためにも。人の口に戸は立てられないし、噂《うわさ》って、往々にして尾ひれがつきがちですから」

身元、素性……晴美が沢田にした話だけで、実のところ沢田は晴美のことをよく知らない。沢田を晴美のかかりつけだった医者だと思い込んで、あれこれ話しかけてきた熟年女性の一件もあって、いっときは晴美に疑惑を抱きかけた。が、沢田は、やはり晴美が愛《いと》しい。今や掛けがえのない存在だ。だから、沢田は晴美を信じることに決めた。もしも稔が、沢田がよく知りもしない女性を家に上げていると知ったら、「軽率だ。家に上げるのは絶対やめろ」「貴重品は、目に触れないところにしっかり保管」などと、沢田に意見するに違いない。自分は沢田に何をするでもないのに、言うことだけは言う。稔はそういう人間だ。だから、晴美にキャッシュカードを渡したなどと言おうものなら大騒ぎだ。が、滅多に電話で話をすることがないということもあって、稔に晴美のことは何も話していない。稔がどう思うかは知らないが、少なくとも晴美は、もう一ヵ月以上経とうというのに、沢田が渡したキャッシュカードを、まだ一度も使っていない。一円も金を下ろしていない。

「亡くなられてそろそろ三年……ということは、奥様の三回忌ももう終えられたんですよね。お洋服とか……奥様の遺品の整理はつきました？」

前に晴美は沢田に尋ねたことがある。下着やふだん着の類《たぐい》は処分したものの、お気に入りだった外出着、アクセサリー、バッグなどには、まだ手がつけられずにいるのが実状だ。沢田は、それを晴美に話した。

「わかります。思い出がありますものね。私の知り合いにも、どうしても亡くなった旦那《だんな》さんの遺品の整理ができないと言って困っている人がいます。見ると泣けてきちゃって駄目なんだって」

そんな話の流れから、百合子のアクセサリーを幾つか晴美に貰《もら》ってもらえないかと、沢田は一度、いわゆる宝石箱を晴美に見せた。

「え、どれか好きなのをって……いただけませんよ、私。こんな高価なもの。どれもいいものばっかりじゃありませんか。沢田さん、大事になさったらいかがです？　私がいただいたりなんかしたら、天国の奥様がお怒りになりますよ」

「かといって、ただ仕舞っておくだけじゃ……。じゃあ、どれか晴美ちゃんの気に入ったのがあれば、ネックレスとリング、ひとつずつ持っていくっていうのはどう？　ひとつずつなら、きっと百合子も怒らないだろう」

　晴美は、ずいぶんと困っていた様子だったが、十八金の馬蹄《ばてい》形のペンダントトップのついたネックレスと、それと揃《そろ》いのデザインリングを選び、合わせてふたつを持っていくことにした。試しに嵌《は》めてみると、リングは晴美の薬指だと少々緩いが、中指にだとサイズ直しをしなくても、ちょうどいい具合に収まることがわかった。

「そのふたつでいいの？」

「はい。馬蹄って、西洋では幸運を呼ぶと言われているみたいなので。でも、こちらこそほんとにいいのかなあ。身内でもないのに、私がいただいちゃったりして」

　そんな晴美の様子を見ても、彼女の奥床《おくゆか》しさが窺われるというものだった。二段組の宝石箱のなかには、ダイヤ、サファイヤ、エメラルド……割と大きなひとつ石のリングや、周囲をメレダイヤや金、プラチナで縁取られた大きめ石のついたネックレスもあれば、ブルーカメオのブローチもあった。同じ十八金のネックレスやペンダントトップでも、もっと凝ったデザインのうえに重量もあって、値の張るものが幾つもあったし、プラチナのデザインネックレスも何本かあった。アクセサリーを買うのは、百合子の趣味であり、ちょっとした贅沢《ぜいたく》だったのだ。にもかかわらず、晴美が選んだのはふだん使いのささやかなネックレスとリング。キャッシュカードの件と併せて、沢田は晴美が金を目的とはしていないことを、それで確認した思いだった。

(もう使う人もいない。晴美ちゃんとはからだの関係も持っている。もしも晴美ちゃんがあれこれ幾つも欲しがったとしても、私は悪く思わなかったのに)

前に晴美が泊まった晩、ふと目覚めてみると、隣の布団に晴美の姿がなかったことがあった。少し待っても戻らないので階下に行ってみると、晴美は一階のトイレに入っていた。

「すみません。何だか急にお腹が痛くなっちゃって……。何度か下しちゃった」

「トイレなら二階にもあるのに」

「二階で何度も起きたりザーザー水を流したりしたら、沢田さんを起こしちゃうんじゃないかと思って」

晴美が帰ってから、沢田は一応家のなかを点検した。が、仏壇の下の扉の内の宝石箱となかのアクセサリーも、チェストの上の小抽出が並んだ調度のどの抽出のなかのものも、すべてまったく変わりがなかった。ニトロも薬袋に入れて少し袋を折り畳んだ状態で、その小抽出の調度の抽出に入れてあるが、その下のやや長めの抽出には、百万を超える現金が無造作に入れてあった。いちいち五万、十万と、ＡＴＭで下ろすのが面倒で、沢田は当座の金として、だいたいいつも百万を十万か二十万ぐらい超える額の金をそこに入れてある。その現金を含めて、どこもみんな元の通り。沢田は自らの杞憂《きゆう》を嗤《わら》ったものだった。

（ああ、今夜も晴美ちゃんがうちに泊まっていく。私と一緒に寝てくれる）

晴美と何度寝ただろう……そんなことを考えている自分に気がついて、沢田は気恥ずかしくなることがある。セックスに関していえば、近頃とみに晴美の側が積極的だ。自分自身のことだから、肝心のものが若い頃の力強さを失っていることは、沢田が一番よく承知している。精は放っても、その量が少ないことからしても、歳による衰えは明らかだ。何せ七十一歳、いまさら足掻《あが》いたところでどうしようもない。晴美としていても、ああ、後十歳、いや十五歳若かったらな……と思ったりする。五十代の沢田なら、晴美をもっといい気持ちにさせてやれただろうし、芯《しん》から満足させてやることもできただろうにと。本当のところ、沢田では、晴美は真の絶頂には至れないのではないか――沢田は思う。しかし、晴美は求めてくるし沢田に言う。

「私、沢田さんとするのが一番気持ちいい。心もからだも繋《つな》がってる――そう実感できて。こういう気持ちよさ、初めてかもしれない」

たとえお世辞であっても、晴美がそう言ってくれるので、どうしたって沢田も頑張らない訳にはいかない。今の自分の力でもうほんの少しでも、何とか晴美を気持ちよくさせてやりたいと思ってしまう。七十を過ぎても、男の性《さが》は性としてある。

「私のこと、淫《みだ》らな女だと思わないでね。沢田さんとしていると、どうしても私、つい夢中になってしまうの」

晴美は、自分から沢田の唇や舌を奪いにきたり、沢田のものを両手で愛撫《あいぶ》したり口に含んだり……自分が沢田の上になってさかんに腰を動かしたり……思いがけず性に貪欲《どんよく》だ。そんな時の晴美は、掠《かす》れ気味の切ない喘《あえ》ぎ声を絶え間なく上げて、沢田に自分の肉の悦びを伝えてくる。どうしてほかの誰かではなく自分なのか——沢田も疑問に思うことがある。晴美と一度でも寝たことのある男なら、彼女のよさを承知しているはずだ。一再ならず彼女と寝たい、セックスしたいと思うに違いない。晴美のからだに執着している男がいたとしても不思議はない。それなのに——。

晴美と言葉を交わしながらも、頭の端でそんなことを考えているうち、早くも心臓がどきどきとしてきて、股間がじんじんし始めた。そのことに、自分でも驚き、少々慌てうろたえる。

実をいえば、晴美からのＬＩＮＥを確認した時のどきどきも、セックスしている時の胸、心臓の高鳴りも、果てた後のコトコトと速く駆ける心臓の鼓動も、どれも沢田にとっては危険を知らせるサインだった。すべて沢田の故障持ちの心臓には禁物といえる類の興奮。

それを承知していながら、晴美の誘いを拒めない。晴美とセックスすることをやめられない。晴美には、ニトロを二錠渡してある。リビングのニトロの置き場所も伝えた。少々大袈裟に言うならば、ある種のリスクを覚悟のうえでのセックスだった。

（今日はどうしたんだろう……）

家に着いた。早くも興奮し始めている自分にやや当惑しながら、それを誤魔化すような苦笑いを浮かべながら沢田は言った。

「コーヒーのカフェインが効いたのかな。何だかちょっと胸がどきどきする」

本当のところ、それは、沢田も晴美を抱きたいし、既にからだは反応している。けれども、今夜は、少し様子を見てからの方がいいかもしれない——そういう含みを持たせた言葉だった。が、それには気づかず、晴美は言った。

「沢田さん、上に行こ。二階に行こ」

「……ああ、うん。そう、そうだね」

予《あらかじ》め晴美が泊まることを想定していると思われると恥ずかしいので、今日は自分の布団、ひと組しか敷いていなかった。

「ああ、待ってて。今、晴美ちゃんの分も敷くから」

二階の寝室に行ってから沢田は言った。すると晴美は沢田の両手を取り、大真面目な顔で大きく首を横に振った。

「ひとつあれば充分。私の布団なんか後でいい」

言ったかと思いきや、晴美は服をするすると脱ぎ始めた。あっという間にブラとショーツ、二枚の下着姿になり、沢田にも服を脱ぐよう求めた。

「ワインの酔いでふわふわしていて気持ちいい。このままの状態で沢田さんとしたい」

沢田もその気は充分だ。沢田もというよりも、自分でも奇妙に思うぐらいに股間のものが勢いづいている。まずはポロシャツとアンダーシャツ、ズボンを脱ぐ。晴美はトランクスの上から沢田のものを触り、「あっ」と小さく声を上げた。

「沢田さん、凄《すご》い。まだ何もしていないのに、もう少し勃ってる。硬い……若い人みたい」

そう言ってから、沢田がトランクスを脱ぐのを待つのももどかしいといった調子で、晴美は沢田のトランクスを引き下ろして脱がした。

「凄い。沢田さん、少しの間、立ったままでいて。私、跪《ひざまず》いて沢田さんのを舐《な》めたい。奴隷みたいに跪いて舐めたい」

言った通り、晴美は跪いて沢田の根元を片手で摑《つか》みながら、舌で丹念に舐め上げ始めた。当然、沢田も興奮する。胸板の内で、心臓が大きく膨らむような種類の興奮だった。

「素敵。沢田さんの硬い」一度口を離して晴美は言った。「嬉しい。沢田さん、私にしっかり反応してくれている」

そしてまた舐め、口に含む。口に含んでも、晴美の舌は蠢《うごめ》く生き物のように、絶え間なく動き続けていた。

「あ、ああ、晴美ちゃん、駄目だ。もう立っていられない」

「わかった」

言うと晴美は、ブラとショーツを脱ぎ捨てて、沢田に布団の上に仰向けになるように言った。その言葉に諾々と従うように、沢田は布団の上に天を仰ぐ恰好で横になった。そうしていても、心臓がばくばくと波打ち、胸板を叩いているのが自分でもわかった。しかし、晴美は、沢田が若い時分の勢いを取り戻したかのようになっていることを喜び、また沢田を口に含んで舐め回す。そしていよいよというように、晴美は沢田の上に脚を開いて跨《また》がった。

「入れよう。ね、入れて。今日の沢田さん、とっても凄いもん。私のこと、下から貫いて行かせて」

貫いて行かせても何も、晴美は自分から沢田を上から身の内に咥《くわ》え込み、よがり声を上げて腰を上下させ始めた。

「ああ、いい。最高。あ、あん……沢田さん、いい。堪《たま》らない」

下から晴美のなかに入っているのだから、たしかに勃起《ぼっき》しているし、沢田も気持ちがよくないはずはなかった。だが、その快感を、心臓の異変とこれまでにない異様な感覚が凌駕《りょうが》した。心臓が、拳《こぶし》をぎゅっと握り締めたように縮まって、その時に胸に刺すような痛みが走る。その後にまた緩んで、掌《てのひら》を広げたようになるのだが、すぐにまた拳を握り締めたような状態になる。収縮と弛緩《しかん》の繰り返し……。縮まったような状態になると、鋭い痛みが沢田を襲ううえに息が吸えない。だから、晴美と晴美の腰の動きに身を任せる恰好になりながらも、沢田は晴美の下で、水面で口をパクパクさせている酸欠の金魚のようになっていた。

「腹上死なんて言うけれど、あれ、本当のところは腹下死だな」——酒場での会話だったか、誰かがそんなことを言っていたことを思い出す。「自分が上になってりゃ、苦しければ途中でやめたらいい。それでセーフだ。だけど、女が上になって好きに動かれた日にゃ、ストップがきかない。心臓がついていかなくなって……で、アウト。だから、あれは大概は腹下死なんだって」——。

だんだん収縮と弛緩の時間の間隔が短くなり、収縮の時間の方が長くなる。息も絶え絶えという状態で、声もろくに出せないような有様だったが、やっとのことで沢田は言った。

「は、晴美ちゃん。駄目だ。く、苦しい。胸が……心臓が痛い」

「えっ！」

沢田の訴えに小さな叫びを上げ、晴美はいきなり我に返ったかのようになって、沢田からからだを外した。

「沢田さん、大丈夫？　胸……心臓が痛いの？　苦しいの？」

晴美の問いかけに、沢田は胸に手を当て、苦悶《くもん》の表情ながら、何とか頷《うなず》いてみせた。

「大変、発作だ！　あっ、薬！　待ってて。私、持ってきてるから」

晴美は立ち上がり、二階に持ってきていた自分のバッグを探り、薬を見つけて取り出したようだった。すぐさま沢田の脇に戻ってきて晴美は言った。

「口を開けて。舌の下に薬を入れるね。一錠だったわよね」

苦しくて、もう頷くこともできなかったが、ニトロはいわゆる舌下錠で、たしかに青会病院の岡部から、ニトロを使う場合は舌の下に一錠入れて、安静にして薬が粘膜から吸収されていくのを待つようにと言われていた。ニトロを使うのは初めてだったが、沢田の口に入れられた薬は、メンソールのような冷ややかさがあって、少しばかり妙な気がした。岡部からは、そういう説明は受けていない。けれども、たしかに舌の下で自然と溶けて消えていくような感じはあって、これで自分はきっと楽になる——そう思った時だった。晴美が小さなペットボトルを手に沢田に言った。

「沢田さん、お水。お水を飲まなきゃ」

いや、この薬は、粘膜から吸収されて心臓に作用するのを安静にして待つものなのだと、沢田は晴美に説明したかった。が、薬を含んでいるし、胸がまだ苦しくて口が利けない。

「さ、お水。お水を飲まなきゃ薬が効かない。沢田さん、頑張ってお水をごくりと飲んで」

言ってから、晴美は沢田の口にペットボトルの口を挿し入れた。何とか拒みたかったが、沢田には、もはや口に流れ込んできてしまった水を吐き出す力もなく、それを飲み込むよりほかなかった。咽喉を生ぬるくて不味《まず》い水が流れていく。

「ああ、よかった！　さあ、もうひと頑張り。お水をもうひと口ごくりと飲んで。そうしたら、薬がだんだんからだに広がって、必ずじきに楽になるから」

晴美は沢田の心も知らず、口に挿し入れたペットボトルを縦にして、なおも水を流し込む。ごくり――ほかに法もなく、沢田はその不味い水を、再び飲み下した。

「飲んだ、みんな飲んだ……ああ、よかった。これでもう大丈夫。沢田さん、そのまま静かにしていてね」

どうあれ、舌の下のニトロは溶けた。これで徐々に楽になってくるはずだった。事実、薬が口のなかから染みていくような感覚はあったし、拳をきつく握り締めるような心臓の収縮もだんだん治まってきた気がした。ところが、収縮が緩んだはいいが、今度は心臓が掌を広げた状態のまま緩みきってしまったようになって、依然うまく呼吸ができなかった。何とか息を吸い込もうとするのだが、口、咽喉、肺……どの筋肉も神経も自由にならない。頭からも、クラーッと血の気が退《ひ》いていく。

「はっ……は……はっ……」

必死で息をしようと試みる。しかし、沢田の肺に入ってくるのは、幾ら頑張ってみても、ほんのひと匙《さじ》ほどの空気でしかない。そのうちに目の前が暗くなり、気が遠くなっていくような感覚に見舞われた。息が吸えず、脳に酸素が行き届かないから、きっと自分は気を失おうとしているのだという自覚だけはあった。自覚はあっても、自分ではどうにもできない。

晴美が顔の横側を沢田の胸に当てて、沢田の鼓動を聞こうとしているのがぼんやりとだがわかった。

「もう少し。もう少しで楽になるからね」

その言葉の後、湿ったティッシュのようなものが、沢田の口に載せられた。たかだか濡《ぬ》れた薄紙一枚。けれども、既に途絶えかけている沢田の息の根を止めるには、それで充分だった。

痛みが消えた。次に闇が訪れた。それはどうやら底のない闇らしく、沢田はどんどんその暗い闇のなかに吸い込まれるように落ちていく。失うものなど何もないと思っていただが、ひとつあった。自分の命――。

＊

《バックヤード（武藤晴美）》

（死んだ……やっと死んだ）

そのことを確認すると、晴美は下着と服を素早く身につけ、空のニトロのシートを一枚、沢田の頭の脇にぽいと放り捨てた。残り一シートは、自分のバッグに入れた。一シートに二錠。したがって、沢田が服《の》んだニトロは全部で四錠。晴美は小抽出の薬袋のなかにあるニトロも事前にこっそり失敬して、四錠分のニトロを溶かした水を、全部沢田に飲み干させた。沢田の舌の下に入れたのは胃薬で、これも水なしに粘膜から吸収されるタイプの薬だ。

胸に差し込むような痛みを覚えたり、鼓動がばくばくとなって激しく胸板を叩いたり……明らかに心臓がおかしくなったと思われた時、舌下に一錠——それがニトロの使い方だ。知っていながら、晴美は一度に四錠分ものニトロを沢田に服ませたことになる。それも粘膜からゆっくりと吸収させるのではなく、胃に直接流し入れた。沢田は知らない。が、その前にも彼は、二錠分ものバイアグラを服んでいた。

「サニーサイドアップ」で食事を済ませ、後はサービスのフレンチコーヒーを飲むばかりという時だ。沢田がコーヒーの前にトイレに立ち、用を済ませて少しばかり髪など整えてからテーブルに戻ってくることは、これまでの経験から承知していた。言わばルーティン。食後、沢田をちょっとばかり引き止めるようにいつもより少々長めに話をして、晴美は彼がトイレに行くタイミングを故意にいつもより遅らせた。トイレから沢田が戻ってくる前に、コーヒーがテーブルに運ばれてくる必要があったからだ。

晴美が微妙な時間調整を図った通り、沢田よりもコーヒーの方が早くテーブルにきた。晴美は粉にした二錠分のバイアグラを、急いで沢田のコーヒーに混ぜ入れた。バイアグラはネットで購入した。バイアグラは錠剤だ。その錠剤を砕いてから磨《す》り潰《つぶ》して粉にするのが少々手間だったが、沢田への効き目は覿面《てきめん》。バイアグラは、疾患の種類にもよるが、心臓疾患のある人間にはあまりお勧めできない。一応医師との相談が必要だ。その薬を二錠分服んだうえでの激しいセックス。もはや己とは無縁と思っていた性的興奮とセックスがもたらす心拍数と血圧上昇。沢田は故障持ちの心臓を抱えているから、胸が苦しくならないはずがない。その後、胃に直接流し込まれた四錠分ものニトロ。ニトロもバイアグラも共に血管を拡張させ、血圧を下げる。両剤の相乗効果で急激に血圧が降下し、これで沢田はあの世行き……と思ったが、心臓は鼓動を聞き取るのが難しいぐらいではあったものの、案外しぶとく動いていた。そこでウエットティッシュ――晴美は沢田の心臓ではなく、先に息の根を止めた。

そのウエットティッシュや溶かしたニトロが入っていたペットボトルはバッグに収め、

晴美は沢田にアンダーシャツとトランクスを着せた。後は一度下に行って水を汲《く》み、水が少し入ったコップを沢田の枕元に置いておく。もちろん、ニトロのシートの指紋は拭《ふ》き取り、沢田の指に押しつけておいたし、水のコップも晴美はハンカチに巻いて持ち、沢田に握らせてから枕元に置いた。二階での仕事はそれだけだ。
一階に下りてからが少々忙しかった。まずは自分の家のパソコンで作成してきた文書一枚を、沢田が購読している東経《とうけい》新聞の販売店にファクスで送る。

『ご連絡
急なご連絡となり恐縮です。実は心臓の持病が悪化しまして、急遽《きゅうきょ》入院することとなりました。入院予定は7週間ほどですが、場合によっては長引く可能性があります。つきましては、明日9月13日から（明朝分も含め）、新聞を朝夕刊ともに止めて下さるよう、お願い申し上げます。明朝分からになりますので、急ぎお報せ申し上げたく、深夜のファクスとなりました。
退院いたしましたら、こちらから配達再開依頼のご連絡を差し上げます。そのような次第で、大変申し訳ありませんが、今月分（9月分）の新聞代も、帰ってから日割りにてお支払いさせていただきます。
※新聞が郵便受けに溜《た》まっていると不在とわかり、このご時世、大変に不用心です。です

ので、呉々《くれぐれ》も抜かりなく、配達を止めていただきますよう、重ねてお願い申し上げます。何卒宜《なにとぞよろ》しく。』

そんな文章に、日付、沢田の氏名、住所、電話番号を加えた文書だ。郵便物のこともあるし、時には深夜にチェックしに来るつもりだが、これで少なくともまず一ヵ月と三週間ほど、ほぼ二ヵ月近くは、沢田宅に新聞は届けられず、郵便受けから新聞が溢《あふ》れ出すことはないだろう。これで晴美にとっては一番大事な時間稼ぎができる。作成してきた文書は回収してバッグのなかに。自分が持ち込んだものは、何であれ、ひとつたりともこの家に残しておきたくなかったからだ。そして、もののついでのように、電話を留守番電話にしておいた。

次に晴美は、バッグのなかからエコバッグを取り出し、代わりに小抽出箱の長抽出の現金と明光銀行の通帳を自分のバッグに収めた。エコバッグには、二段式のジュエリーボックス、それに仏壇の台のなかに入っていた何通かの保証書をまず突っ込んだ。ジュエリーボックスの在り処《あか》は、前に沢田が仏間に入って持って出てきたのでだいたい察しがついていたし、当座の現金の置き場所などは、沢田がよく眠っている晩に、予めそこここを探って確認しておいた。沢田をよく眠らせるために薬も用いた。沢田の酒にこっそりと、つばめクリニックでもらっている睡眠薬を混ぜたのだ。その時も、砕いてから磨り潰して粉にした。したがって、薬を粉末にするのはもう経験済み、多少時間はかかっても、上手に粉末にできるようになった。

（もっとよく探せば、死んだ奥さんのブランド物のバッグやスカーフなんかもあるんだろうけど、無理。とてもそんなことまでやってられない）

晴美は思った。

（カルティエとか……きっといい腕時計も持ってただろうな。それはちょっと欲しかったけど……ま、ここは欲を搔かずに諦《あきら》めよう）

それよりしなくてはならないのが、晴美の存在証明の消去だ。沢田は上着を着ない季節は、セカンドバッグを持って歩いている。スマホもそのなかに入れている。リビングのテーブルに置かれたセカンドバッグのなかからスマホを取り出し、電話やＬＩＮＥの連絡先から、武藤晴美やカルメンを削除する。ＬＩＮＥのトーク履歴もだ。カレンダーも見たが、沢田はスマホの手帳機能は使っていない様子だった。ということは……思いながら、スマホは電源を切ってからセカンドバッグに戻した。その時に、沢田の財布からクレジットカードを失敬して、自分の財布のなかに収めることも忘れなかった。明光銀行の口座からは、カード払いの引き落としはない。ということは、このクレジットカードの提携先は、またべつの銀行ということになる。使い方さえ誤らなければ、たぶんこれは使える。金に換えられる。

（そうそう、ノートや手帳）

晴美はリビングのテーブルの下の横板に置かれた文箱《ふばこ》のようなボックスを開けた。前に沢田がそこにノートのようなものを入れたのを見たことがあったからだ。すると、なかに日記式の大きめの手帳と筆記具が入っていた。出してぱらぱらとページを繰ってそれを眺める。案の定と言うべきか、晴美のことが、手帳の随所に書き込まれていた。くわばら、くわばらと、それもエコバッグに突っ込む。持ち帰った後、手帳は速やかにどこかで焼却処分。

（後はパソコン）

沢田は、ダイニングテーブルを書斎机代わりに使っていて、ノートパソコンもそのテーブルの上に置かれている。それを知っていたから、晴美はダイニングに赴き、念のためパソコンを立ち上げてみた。認証コードを求められたが、それも晴美は既に承知。妻の百合子が亡くなった後に買い換えたとかで、コードはｙｕｒｉｋｏ０３２４。

「パソコンの認証コードも、亡くなった妻の名前と三月二十四日の誕生日。未練がましいというか、何とも情けない男だね、私は」

沢田は言っていた。

「じゃあ、半角でｙｕｒｉｋｏ０３２４？」

晴美がとりたてて尋ねるという調子でもなく尋ねると、沢田は無防備に頷いた。そこが甘い。

　昔でいうところのマイドキュメント、即ち沢田のファイルが収められているホルダーを開き、ファイル名をざっと確認する。幸いパソコンには、晴美に関することは入力、記録していないようだった。一応スケジュール帳も確認してみたが、こちらも真っ白。スマホ同様、沢田は手帳機能は使っていない。

（ＯＫ。パソコンは大丈夫そう）

　いざとなったら、ハードディスクを外して……と考えていたが、そこまでする必要はなさそうだった。それに、いずれ孤独死している沢田が発見された時、警察は当然パソコンを調べるだろう。その時、ハードディスクが外されていたら、却《かえ》って妙に思われかねない。

（初期化は……それも、ま、いいか。心配過剰な真似はしないに限る。逆に疑惑を買う）

　思って、晴美はそのままパソコンを終了させた。

　残るは指紋の問題だが、何度も訪れているだけに、沢田の家にはそこらじゅうにべたべたと、晴美の指紋がついている。周囲が闇に包まれているうちに、ここを後にしなければならないから、家じゅうを拭き回っている時間はないし、もしそんなことをしたら、沢田の指紋まで消してしまうことになり、逆におかしなことになってしまう。晴美は、加害者としても被害者としても、また交通違反をした際の印鑑の代わりとしても、警察に指紋を取られたことはない。つまりは、晴美の指紋は警察のデータベースに登録されていない。

したがって、指紋から辿《たど》られることはまずないだろう。だから指紋の問題は、この際無視。

（もうこれで充分。とにかく早く部屋に帰ろう）

台所の、外側に木が檻《おり》のように縦にだけ入っている窓のみ錠をせず、沢田のセカンドバッグから鍵を取り出すと、晴美は自分のバッグとエコバッグを手に、音を立てないように気を配りながら家の外に出た。玄関ドアは二重錠。双方しっかりと鍵をかけ、そのまま門を出ずに外から台所側にまわる。そして外から窓を少し開け、なかに鍵を投げ込んだ。それからまた窓を閉める。恐らく鍵は、調理台の上か、その先の床の辺りに落ちただろう。沢田がついそこに置いた、或いは落としたとしても不思議はない場所。台所の窓一箇所ぐらい、錠がかけられていなくても、たいした問題にはなるまい。たぶん木枠があることの安心感からの、ただのかけ忘れで済む。

以上で終了だ。

晴美は門から表の道に出て、沢田の家に向かってぺこりと小さく頭を下げた。

（さよなら、沢田さん。こんなことになっちゃって、ほんとごめんね。それから、いろいろとどうもありがとう）

声に出さずに言い終えると、晴美は早い歩調で歩き始めた。

沢田は、今回の中野界隈《かいわい》の仕掛けでは、最も晴美を信用してくれた人間だし、金を含めたすべてに於《お》いて鷹揚《おうよう》にして寛容で、おまけに充分な金や財産を持っていた。言ってしまえば、瑞枝や直也などとは比べ物にならない一番旨味《うまみ》のあるカモ。だから、本当ならば晴美は、沢田という駒は、もっと先まで持ち続けていたかった。沢田が嫌いではなかったし、まだまだ旨い汁が吸える駒だったからだ。その駒を、こんなかたちで最初に始末することになろうとは。

(沢田さん、恨むならあの女、瑞枝さんを恨んで)

歩きながら、晴美は心で沢田に言った。

(瑞枝さんがうろうろ嗅《か》ぎ回って、沢田さんに接触したりするものだから――)

瑞枝が更に嗅ぎ回って晴美のことをあれこれ調べ、それらを沢田にべらべら喋《しゃべ》って聞かせたら、沢田のなかで一度は落ち着いたはずの晴美への疑惑が、きっと再燃する。瑞枝の話をとば口に、沢田自身が晴美のことを調べ始めたら、もうお終《しま》いだ。恐らく沢田は、晴美に預けたキャッシュカードも、返してほしいと言い出すだろう。どんなお人好しであっても、みすみす他人に騙《だま》されて面白いはずがない。そうなる前に、千二百万をちょっと切る額の金は、何としても確保しておきたかったし、多少のお土産も欲しかった。今日手にした現金は百十七、八万。明光銀行の預金と合わせると、千三百万近い金になる。まあ、文句ない金額だ。

(だって、ここまで危ない橋を渡るんだもの。多少のお土産がなくっちゃ。こっちだってひやひやものよ)

晴美の脳裏に、自然と瑞枝の顔が浮かんだ。思わずチッと舌打ちする。

（あんたのせいよ。あんたさえうろちょろしなかったら、沢田さんはまだまだ生きていられた。いい人だったのに。まったく、どうしてあんたたちおばさんは、いつだって余計なことを言うし余計なことをするかなあ）

さて、その瑞枝をどうするか。また、直也をどうするか。大仕事をひとつ終えて家に帰っても、考えなければならない宿題がたくさんある。それを思って、おのずと晴美の眉根は寄って険しい面持ちになった。

（最低一ヵ月。できれば二ヵ月三ヵ月……）

晴美は心で呟《つぶや》いた。それは、沢田の遺体が何らかのかたちで発見されるまでの期間、晴美の時間的猶予のことだ。当然ながら、期間は長ければ長い方がいい。その間晴美は、瑞枝や直也の件の収束作業に取り掛かれるし、次に移る土地、住む部屋を余裕を持って探すことができる。家具や荷物を置いたままの夜逃げスタイルではなく、今のふたつの部屋をきちんと畳んで、きれいに中野から姿を消すことができる。そうできたら、移った先で冷蔵庫だの何だのを、また新たに揃える種類の出費を抑えられる。

（どうだろう。二ヵ月三ヵ月……それはちょっと厳しいような。少し短めに見積もって……そうね、ギリ一ヵ月半として動いておいた方がいいかも。最後にばたばた慌てることになるのは最悪。それは避けなきゃ）

とにかく沢田の遺体が一日でも長く見つからずにいることを、晴美は心の内で切に願った。できれば腐敗が進んで、まともに司法解剖ができないぐらいになるまで。そうしたら、たぶん孤独死ということでカタがつく。

(でも、それだと枕元のニトロのシート、新聞屋に急遽入院することになったと連絡したことの説明はどうなる？　ニトロは、発作を起こして服んだということで説明がつくけど、その日のうちに入院って話は……。入院してるはずの人がどうして家で死んでる？)

ああ、面倒臭い──そんな思いに、晴美は無意識のうちに、さらに剣呑《けんのん》な面持ちになっていた。

(しょうがない。それ以外、新聞を止める理由はほかに見当たらなかったんだから。もしも新聞を止めなかったら、たった三日かそこらで、絶対ご近所さんがガタガタ言いだす。騒ぎだす。だから、やっぱりそうするしかなかった。大丈夫。それでよかったのよ。晴美、あんたは間違ってない)

心の内で自分に向かって言い、晴美は不安に揺るぎかける心を、自ら宥《なだ》め励ましていた。

2

《小林瑞枝》

中野駅南口からＪＲの高架を潜《くぐ》り、北口に出てから新井薬師方面へと、更に北に足を進める。そうして歩く間も、瑞枝は曇った表情のまま考えて続けていた。

留美ちゃんを信じてみよう。ううん、留美ちゃんが本当に信じられる人間かどうかを見極めるためにも、留美ちゃんお勧めの気功整体師、周先生にかかってみよう——そう心を決めて、今日瑞枝は、中野駅南口近くにある周栄光の気功整体院に行ってきた。周による一時間の施術。たったの一時間で三万円の出費。


が、結果はというと、留美の言った通りだった。わずか一時間の施術なのに、終わってみると、首、肩、背中、上半身の凝りは格段に楽になっていたし、目からは霞《かすみ》が取れて焦点も定まり、視界が明るく晴れていたのには瑞枝も驚いた。

「次の患者さん、ここに来るのは三十分後。だから、小林さん、お茶飲んでいきなさい」

施術が終わると周は言った。「私、温かい茉莉花茶《ジャスミン》、淹れます。飲んで七、八分経つと、あなた、トイレに行きたくなります。そして排出すると、からだ、もっとすっきりします」

お茶を飲みながら周と話をしているうち、瑞枝は本当に尿意を催して、トイレを借りた。尾籠《びろう》な話になるが、してみると、びっくりするぐらいの量のオシッコが出た。

「私の施術で出した毒素が、オシッコに溶けてからだの外に出たから、小林さん、今夜はぐっすり眠れる。明日の朝もすっきり起きられる。目、よく見える。肩も首も背中も、絶対みんな楽」

そこまでなら、どうやら大した腕の持ち主の気功整体師のようだということで片づけられただろう。だが、それに加えて、周は施術をしながら瑞枝に言った。

「あなたの太股《ふともも》に抱きつこうとしている小さい子供、私には見えるね。……うーん、たぶん、男の子。その子、あなたのことが好き」

（え？）

思いがけない周の言葉に、瑞枝はうつ伏せになりながら、一瞬きょとんとなった。

「つ、つ、つう……私、日本語、よくわからない。特に名前は。でも、つうつう……つうちゃん……かな」

（つうちゃん……ツーちゃん……えっ、翼？）

周に顔は見えない。が、瑞枝は、思わずぎょっと目を剝《む》いていた。この人、何で孫の翼のことを知ってるの？――。

でも、思えば翼のことは、留美に話したことがある。もしも事前に留美が周に話していたとすれば、彼が知っていたとしても不思議はない。そんな瑞枝の心を知らず、周は続けた。

「その子、魚が好き。――ああ、食べる魚じゃなく見る魚。今度、水族館に連れていってあげると喜ぶよ。品川、八景島《はっけいじま》……なるべく大きな水族館がいいね。その子、なかなか大きな魚は見る機会がないから」

これには、瑞枝も正直魂消《たまげ》た。事実、どうしてだか翼は、魚が好きだ。子供がお絵描きをすると、まずは丸い円を作って人間の顔を描く。そのうち丸い顔から手脚が出ている姿を描くようになり、やがて顔に加えて胴体を描き、胴体に手脚をつけるようになる。おおよそそれが一般的なコースだ。そして子供は、育てる側の親の刷り込みもあってか、大人へのプレゼントといえば、瑞枝なら瑞枝、その人の絵を描いてプレゼントしてくる。子供からすれば、それが自分からの最高の贈り物なのだ。それを喜ばない人間はいない――子供はそう思っている。

ところが、翼は、最初は丸い円に人間の顔を描いたりしていたはずが、そのうちなぜだか魚を描くようになったようだ。雅美によれば、熱帯魚の水槽を置いている近所のファミレスに行った時、翼は水槽に張りついたようになり、以来、人間ではなく魚を描くようになったのだという。したがって、誕生日などに瑞枝に送られてくる絵も、瑞枝の姿ではなくすべて魚。色とりどりの魚の絵。

留美に、その話をしたことはない。留美が瑞枝の家を訪れたことは何度かある。が、べつに瑞枝は、茶の間に翼の絵を張って飾っているでなし、留美が翼の魚好きを知っているはずはなかった。

「先生、孫の翼が魚が好きだなんて、そんなことまでわかるんですか」

瑞枝が尋ねると、周は少し笑って言った。

「わかるよ。わかるけど、何もかもわかる訳じゃない。強い気持ち、思い……その方がよくわかるね」

そして周は、施術中、それに施術後茉莉花茶を飲んでいる時、たびたび留美の名前を口にしてはさかんに褒めた。

「小林さん、いい人と知り合ったね。留美ちゃん、とても心きれいな人。つらい病気に苦しんでいるのに、いつも真っ直ぐ。素直。ええ……けな、けな……そう、健気《けなげ》」

「私、日本に来て、ずっとひとりぼっちだった。ひとりぼっち、寂しいねえ。整体院始めても、私、日本語、今よりもっと下手だったから、患者さんとも仲よくなれなかった。でも、留美ちゃん、私が言いたいこと、思っていること、心でわかってくれた。私、それで一人でも寂しくなくなった。心でわかる――素晴らしいね。留美ちゃん、凄い人」

「小林さん、留美ちゃんのこと可愛がってあげてね。あの人、本当はとてもかわいそう。だから私、留美ちゃんのこと、可愛がってあげたい。でも、私、男。女の人の生活に立ち入ること、できない」

「私、もう若くない。特別気功整体、私もくたびれる。だから、今は留美ちゃんからの紹介の人にしかしていない。あなた、留美ちゃんの紹介。だから、私、またやるよ。その時は、留美ちゃんに言って」

…………

明日か明後日いっぱいぐらい、瑞枝は自分のからだの調子を冷静かつ客観的に見てみるつもりだ。が、こうして家に向かっていても、周の施術が効いたことを早くも身をもって実感し始めている。翼の魚の一件からしても、周がある種の超能力者だというのも、あながち嘘ではない気がするし、また会って話をしてみたら、その真偽の判断がつくような気もしていた。そして周の話を信じるなら、留美は瑞枝が知っている通りの留美。難儀な病気を抱え、生活保護を受けながら、一人つましく健気に生きている女性——。

(からだの様子次第だけど、こっちも留美ちゃんのことや先生の超能力を探る目的で、もう一度特別気功整体を受けてみるのもいいかも)

周による一時間三万円の特別気功整体。少々値が張るが、それで答えが出るのなら、無駄な金とは言えないのではないか——。

(でも、周先生の特別気功整体を受けてみるだけじゃ、答えが出ないこともある)

少々頭を冷やすように、改めて瑞枝はギアをニュートラルに入れ直して思った。

気功整体だけでは答えの出ない問題があるからこそ、施術を受けてからだは楽になっても、瑞枝の顔から曇りが取れていかない。いまさら言うまでもなく、それは、代田橋で開業していた沢田という東中野に住む元医者、ニアリバー東中野の留美と思《おぼ》しき女性、夜半まで部屋で留美と一緒だったと思われる若い男性……東中野の幾つかの件が、溶けない疑問として瑞枝の心にヘドロのように、しつこくへばりついているからにほかならない。それがあるから、心は晴れない。瑞枝は、亜紀にスマホの留美の写真を送り、亜紀を通して、それを萌菜にも見てもらった。

「この人に間違いない。隣のニアリバー東中野に住んでる武藤さん。私が鍵を拾ってもらったお姉さん」

その萌菜の答えに、瑞枝はどれほど消沈したことか。それがあったから、瑞枝はニアリバー東中野を張るような真似もしたし、事実、留美と若い男性が一緒にマンションの建物に入っていくところも自分の目で見た。その後、東中野にまた出張って、何日目かに留美と一緒だった男性を見つけて声をかけてみた。彼から、なぜ留美が武藤某としてニアリバー東中野に住んでいるかを探りだしたかったからだ。彼は、瑞枝から声をかけられて、一度は「ああ、あの時の」というような顔を見せかけたが、警戒心と不審の念が一気に噴き上がってきたとみえ、瑞枝を振り切り、立ち去っていってしまった。したがって、その謎も解けないままだ。だから、からだはすっきりしても、心は晴れていかない。

(こうなったら留美ちゃんを呼び出して、直接疑問をぶつけてみるしかない)

瑞枝は心を決めたように思った。このままぐずぐずと思い悩んでいても、ただ陰々滅々とするばかりで何の解決にもならないと、ようやく悟るに至ったからだ。

(場所はやっぱり東中野。東中野の店に留美ちゃんを呼び出して話をしてみよう)

もう、三、四分でうちだというのに、瑞枝は商店街で足を止め、バッグからスマホを取り出すと、早速留美にLINEを送った。

〈留美ちゃんが予約してくれた通り、今日、周先生のところに行ってきました。今、その帰りです。そのことやら何やら、留美ちゃんと話がしたいので、明日のお昼にでも会えないかしら。〉

少し間が空いたが、瑞枝が家に入って間もなく、留美からLINEが届いた。

〈周先生の特別気功整体、いかがでした？ もし効いたようであれば、また私からお願いして施術の予約を入れますよ。〉

〈周先生の特別気功整体の方は、一日二日様子を見て、そのうえでまたお願いするかも。それとはべつに、実は私、留美ちゃんに話があるのよ。訊《き》きたいことって言った方がいいかな。〉

〈訊きたいこと？ 何でしょう？〉

〈それは、会って直接話したいの。明日、ご都合よければ、東中野で一緒にランチでもどう？ もしご都合悪ければ、明後日でもいいけど。〉

〈東中野ですか。珍しいですね。あ、明日、私の方は大丈夫です。ですから、時間も場所も瑞枝さんのご都合次第で。〉

〈なら、明日の午後一時、東中野の駅入口で。「ペルファボーレ」というトラットリアが

あって、そこ、結構美味しいから。「ペルファボーレ」、知ってる?〉

〈いいえ。〉

〈なら、やっぱり駅入口で。〉

〈わかりました。それでは明日の午後一時に、東中野の駅入口でお待ちしています。〉

かくして留美との約束は整った。後は頭を少々整理して、留美に訊くべきことを余さず訊くのみだ。

そう決めただけで、瑞枝の気持ちは心なしか晴れた気がした。何だかいつもに比べてからだもずいぶんと軽い……ということは、周の特別気功整体は卓効があり、留美の言葉に嘘や粉飾はなかったという証明になってしまうが。

(翼の魚好きも言い当てたことだし……超能力の方も本もの?)

つい続けて考えてしまい、瑞枝は「駄目、駄目」と、自分に言い聞かせるように首を横に大きく振った。

(余計なことは考えない。今は必要なことだけを考えなきゃ。とりあえず周先生のことは抜き)

その晩も翌日の午前中も、瑞枝は留美に尋ねる事柄や順番、それに尋ねる口調などを、瑞枝なりに一生懸命に考えて、やや気構えるような感じで東中野へと向かった。ついでに言うなら、夜はぐっすりと眠れたし、目覚めもすっきりとしていて、首、肩、背中、どこも軽くて楽だった。おまけに視界もすっきり。それが喜ばしくもあり、素直に喜べなくもあり、微妙な心持ちだった。

　東中野に行ってみると、留美はもうやってきていて、常と変わらぬ控えめで可愛らしい笑みで瑞枝を迎えた。瞳にも、光の輝きが窺《うかが》えた。胸に筆記体のアルファベットの文字と香水ボトルか何かのプリントの入った白っぽいTシャツ、それにグリーンの袖丈の短いサマーカーディガンを着て、モスグリーンのフレアスカートを穿《は》いていた。見たところ、どれも高い品とは思えなかったし、出で立ちもほぼいつもながらの留美――。

「もう九月に入ったのに、暑いですねえ」留美は言った。「まさに残暑。東京は、十月に入らないと、夜も涼しくならなくなっちゃいましたね」

「ほんとね。それでも冬は来るのよね。暑いのにも閉口するけれど、最近は秋を飛び越していきなり冬になるから、余計に暑さ寒さが身に応えるわ」

　瑞枝は、店に着いて、先に料理の注文を済ませて一段落するまでは、目的の話はしないと決めていた。なので、肩を並べて歩いている時は、差し障りがないことでは一番といっていい天気の話などしてやり過ごしていた。

　五分ほどで「ペルファボーレ」に着く。昼間なのでワインは止《や》めて、瑞枝はシチリアレモンソーダ、晴美はポンペルモロッソというピンクグレープジュースを、そしてシェアして一緒に食べようと、ピッツァ・マルゲリータとスパゲッティ・アッラ・カルボナーラ、インサラータ・ミストという名前のミックスサラダを注文した。

「トラットリアですけど、料理の名前は本格的なんですね。美味しそう」

留美は言った。

「留美ちゃん、来たことあるかと思ってた」

「え？　いいえ。初めてです」

多少意地悪な気持ちもあって訊いたが、留美はぽかんとしていて、本当にこの店に来るのは初めてのようだった。それぞれ頼んだソフトドリンクが運ばれてきたので、瑞枝はいよいよ本題に入ることにした。

「あのね、留美ちゃん。あなた、東中野のマンションに部屋を借りてる？」単刀直入に瑞枝は尋ねた。「ニアリバー東中野っていうマンション」

瑞枝の問いかけに、留美はわずかに眉根を寄せて、やや訝《いぶか》しげに顔を曇らせた。

「武藤……或いは吉井って苗字で、そこの503号室で暮らしてる？　新井薬師のアパートに部屋を借りてるのは、私もよく知ってる。だから、私としても奇妙というか、どうにも納得いかない話ではあるんだけど」

「私、東中野では部屋は借りていません」留美は小さめの声ではあったが、はっきりと否定して言った。「ましてやマンションなんて。生活保護を受けているような人間に、東中野のマンションの部屋なんて、とてもじゃないけど借りられません」

「でもね、私の友人の姪《めい》の一ノ瀬《いちのせ》萌菜って娘が、ニアリバー東中野に住むあなた、留美ちゃんに鍵を拾ってもらったって」

一ノ瀬というのは亜紀の旧姓だ。弟の娘なので、萌菜の苗字は一ノ瀬。瑞枝は、亜紀から聞いた萌菜が鍵を落として見つけるまでの一連の出来事を、留美に話して聞かせた。

「留美ちゃんの写真も見せた。亜紀――私の友人で、その娘の伯母さんね。その亜紀も萌菜ちゃんも、あなたに間違いないって言ってるの。その人は隣のニアリバー東中野っていうマンションに住む武藤さんって人だって。それに……実は私もね、あなたが若い男性と連れ立ってニアリバーに入っていくところを見かけたのよね。ということは、留美ちゃん、日常的にあのマンションに出入りしているってことよね。つまりは部屋を借りてる」

瑞枝が切り込むと、留美は、はぁ、と小さな湿った吐息をついた。顔はといえば、これまでに瑞枝が見たことのないような顔……瑞枝の目には、失望の表情のように映った。

「瑞枝さん、私のこと、疑ってらっしゃるんですね」果てに留美はぼそりと言った。「どういう疑いなのか、私にはよく理解できないんですけど、疑ってらっしゃることだけはわかります」

「…………」

「東中野のマンション、ニアリバー東中野のことは、もちろん知っています。そこには、武藤順子さんというスピリチュアル系のライターさんが住んでいらっしゃいます。武藤順子というのは本名で、仕事名、ペンネームは吉井順子。以前に私、提出前の原稿の誤字、誤表記のチェック、表記の統一……順子さんのお仕事のお手伝いをしたことがあって、以来、近くに住んでいることもあって、親しくさせていただいています」

瑞枝は心で呟いた。留美の今の話で、ネームプレートに武藤と吉井、二つの苗字が記されていたこととの説明はつくことはつく。

（武藤、それに吉井……）

「順子さんは今、霊能者で占命の達人でもある南風蘭陽《はえらんよう》さんの密着取材をしていて、蘭陽さんの事務所と住まいのある熱海《あたみ》に滞在しているんです。あ、占命というは、平たく言うと占いです。で、二、三ヵ月の間部屋を空けることになるので、私に時々様子を見にいってほしいと。それに人が住まないと部屋は荒れるというか傷むので、煮炊きをしたり寝起きをしたり……ある程度部屋を日常の状態に保ってもらいたいとも頼まれて。お金も少しいただいているので、言ってしまえばちょっとしたアルバイトです。順子さんが、あえてそんなことを私に頼んだのは、たぶん厚意からだと思います。私にお金がないことは、順子さんもよくご存じなので」

はぁ、と、今度は瑞枝が吐息をつきたいような心地だった。まずはひとつ疑問が解消されたという思い――。

「そうだったの。ごめんなさいね。お料理が来たから、食べながら話しましょ」瑞枝は言った。「ピッツァもスパゲッティも、冷めてしまったら美味しくないから」

「あ、はい。でも、瑞枝さん、まだ私に何か疑いを抱いてらっしゃるんですよね」

「いや、疑いっていうほどのことじゃなく……。まあ、それはそれ」瑞枝はピッツァを切り、皿にてきぱきとピッツァやスパゲッティを取り分けながら言った。「ちょっとわからないことがあったから訊きたかっただけ」

「じゃあ、折角なので、お料理いただきますね。あ、ここのピッツァ、生地がサクサクのクリスピーだ。私、生地がクリスピーのピッツァが好きなんです。――うん、美味しい」

ようやく留美の表情が、いつものそれに近いものに戻った。そのことに、瑞枝も安堵《あんど》を覚える。警察の取調室でなし、瑞枝も厳《いか》めしい顔をして、留美を問い質《ただ》すような真似はしたくなかった。

「で、亜紀と萌菜ちゃんが見た若い男性っていうのは？……深夜、留美ちゃんと一緒にマンションから出てきたっていう若いお兄さん。その人、私も見たけど」

「ああ、友野さん。あの人は友野直也さんといって、出版社に勤める編集者です。前に私が順子さんのお仕事を手伝った時、版元で順子さんを担当していたのが友野さんで、その時、私も知り合いました。順子さん、秘密主義者なんですけど、思いがけない偶然というか、友野さんと東中野でばったり会って、今はお互い東中野で暮らしているとわかったので、『それじゃあ』と、時々食事をしたりするようになったみたいです」

「だけど、当の順子さんがいないのに、どうして友野さんっていう編集者が順子さんの家に来るの？　それも夜遅くに」

「今度の仕事は友野さんの会社の仕事じゃないんですけど、順子さん、友野さんのことをとても信頼していて、熱海の取材で急遽必要になった資料や本、ＵＳＢメモリーなんかを、友野さんに現地まで届けてもらっているんです。鍵の一件があった晩は、友野さん、会社での仕事が終わってから、順子さんに頼まれたものを取りにくる約束になっていて、それで私も部屋で友野さんを待っていました。友野さん、仕事上がりだったので、少し遅い時刻になりましたけど」

「ふうん、資料なんかを熱海に届けに……」瑞枝は口のなかのものを飲み込んでから言った。「今は宅配便もあるし、パソコン内の資料なんかも、みんなメールで送れる時代なのに？」

「そういう扱いができない、いえ、してはならないものもあるんです。スピリチュアル系ならではかもしれませんけど」

留美の言葉に、瑞枝は小首を傾《かし》げた。

「世間一般には秘された古書、その人だけの道具……それにパソコン内の資料や原稿も、下手をすると誰かにファイルを攫《さら》われかねないので、順子さんは、あえて繋《つな》がないパソコンの方に入れていたりしますし」

「ファイルが攫われる？　そんなことがあるの？」

「ありますよ、ファイルの掻っ攫い」自信たっぷりに留美は請け合ってみせた。「順子さんも、過去にそういう被害に遭ったからこそ、扱いには極めて慎重なんです。本当は私が届けにいけば済むことなんですけど、私は非力だし疲れやすいし……。だから、友野さんには、順子さんのうちの備品や消耗品の買い出しなんかにもつき合ってもらったりしています」

ここまでの話で、ニアリバー東中野に留美らしき女性がいたこと、留美と一緒にマンションから出てきた若い男性がいたこと、二人で入っていったこと、瑞枝の大きな疑問のうちのふたつは、ほぼ片づいてしまったといっていい。残るは代田橋内科クリニックの沢田という医師の問題――。

「ごめんね、留美ちゃん。もうひとつ訊いてもいい？　留美ちゃんが、昔お世話になったっていう、代田橋のお医者さまのことなんだけど……」

「ああ、沢田先生。沢田先生のことは、前にもお話ししましたよね」

「ええ。でもね、悪いと思ったけど、私、スマホで検索して調べてみたの。代田橋に代田橋内科クリニックという医院はなかったわ。ほかにも代田橋の内科やクリニック……大きなところから小さなところまで、みんな調べてみたんだけど、沢田という院長がやっているところはどこにもなかった」

「ああ、それは、私も先生からお聞きするまで知らなかったんですけど、代田橋のクリニックは畳まれたそうなんです」

留美はしれっと言って、フォークに巻きつけたスパゲッティをするりと啜《すす》った。

「え？　だって、この前、クリニックは息子さんに譲られたって――」

「はい。それが、一旦はクリニックを引き継がれた息子さん、医大時代の先輩に熱心に請われて、代田橋のクリニックを畳まれて大病院の勤務医になられたそうなんです。勤務医だと経営のことを考えなくて済むし、大病院は検査機器、医療機器が断然充実しているので、ご本人もその方がいいと決断されて」

「クリニックを畳んだ……。大病院……大病院って何て病院？」

「あ、私もそこまでは……。ええと、たしか品川区の病院って言ってらしたかな。いえ、港区だったかも。それは私もあんまりよく聞いてなくて。でも、都心は都心でした」

「そう」

瑞枝の側は、肩の力を抜いてと思いながらも、内実、どうしても多少意気込んでしまっていたのだが、何を訊いても留美はすらすらと答える。周も言っていたが、やはり留美は、心根がきれいで健気な女性なのではないか――瑞枝のなかで、そんな気持ちが徐々に勝りつつあった。

「あ、で、周先生、いかがでしたか」

今度は留美の方が瑞枝に問いかけてきた。

「それがね、やっぱり凄いと思った」瑞枝は言った。「昨日の今日だから、まだわからないと言えばわからないんだけど、今朝も目の霞は晴れてるし、からだの張りや凝りも取れてて、格段に楽になった。それは本当」

「でしょう?」

留美は、嬉しげな笑みを湛《たた》えた顔で瑞枝に言った。瞳もきらきらと輝いていた。

「周先生の特別気功整体、効き目は抜群、折紙つきですもん。病気持ちながら、私がこうして暮らしていられるのも、周先生のお蔭《かげ》と言っても過言じゃないぐらいで」

「あら、留美ちゃん。留美ちゃんもまだ先生の施術を受けているの?」

「私は……何ていうか、先生の厚意で特別扱い。毎晩、気を送ってもらっています。言ってみれば遠隔治療、遠隔施術ですね」

「遠隔施術?　そんなことまでできるの?」

「特別気功整体以上に、先生の側が体力、気力、霊力を消耗するので、ふつうはやってくれません。やってもらうとなると、本来、高い料金がかかります。でも、私は特別に無料で……。先生も、遠隔施術のことは、よっぽどのことがないと患者さんに仰《おっしゃ》いません。隠してるっていうか、黙っています。あ、だから瑞枝さんも、遠隔施術のことは聞かなかったことにしてください」

「ええ」

「ああ、昨日の晩、先生から私のところにも電話がありましたよ。瑞枝さん、しばらく先生のところに通うと、悪いところはみんななくなるって。元気で長生きできるって。……あ、先生、ほかにも何か瑞枝さんに感じるところがあったのかな。紹介したかたのことで、先生が私に電話を寄越すのは珍しいです。『小林さん、できれば私のところにまた来た方がいい。話したいことある』とか仰っていたような」

「しばらく通う……しばらくって、それ、どれぐらいのこと？」

「週に一度施術を受けるとして、三ヵ月ぐらいでしょうか。たぶん、そんなところだと思います」

「というと……だいたい十三回かそこら？」

「ですね。そのぐらいかな」

「そう」

頷きながら、瑞枝は頭のなかで、およそ四十万かかる計算になるなと、算盤《そろばん》を弾《はじ》いていた。些少《さしょう》とは言えない金額だ。決して安くはない。

「たしか、三ヵ月なら三ヵ月の特別気功整体を予め依頼しておくと、前金になりますけど、一割ほど安くなるシステムだったような」

瑞枝の心を読んだかのように留美は言った。

「これからの健康、この先の老後のことを考えたら、受けられるうちに集中して特別気功整体の施術を受けておかれるのがお勧めです。先生、いつ瀋陽に帰ってしまうかわからないので」

「そうね……。二、三日考えてみるわ。考えるっていうか、からだの様子を見てみる。そのうえで、またお願いするかも」

「ええ」留美はにこやかに頷いた。「もちろん、瑞枝さん次第ですから」

「でも、そうするにも、とにかく留美ちゃんを通さなきゃ駄目なのよね？」

「ああ、それも最初のうちだけです。先生が〝この人は〟と思ったら、電話で直接予約が取れるようになりますし、先生も気合を入れて施術してくれますよ」言ってから、心なしか顔を曇らせ、留美は瑞枝の顔を覗《のぞ》き込んだ。「あ、私の言うことなんて、瑞枝さんはもう信じられないかもしれませんね。それはそれで仕方がないです。すみません。あれこれきちんとお話ししておかなかった私が悪い。瑞枝さんに不審を抱かせて、不快な思いにさせてしまって、本当に申し訳ありません」

「ああ、やだ。不快な思いだなんて。留美ちゃん、そんな神妙な顔をして謝らないでよ」

何だか罪もない娘を責めてしまったような気分になって、慌てて瑞枝は言った。せっかく晴れた留美の顔が、また雲で覆われてしまうのが哀しかったし怖かった。瑞枝にとっては、今でもやはり可愛い天使——。

「こっちこそ、『すみません』『ごめんなさい』だわ。あれこれ深読みしちゃった私がいけないんだから。周先生の超能力も、満更インチキでもなさそうだし。――あ、インチキなんて言葉使っちゃってごめんなさい」

「あ、いいえ」留美は心持ち苦笑を交えて軽く笑った。「通い続けていると、もっともっと色々なことを指摘してくださいますよ。先生のそっちの能力の方に興味があって、通っているかたもいるぐらいですから」

「へえ」

また煙《けむ》に巻かれたと言えば巻かれた。しかし、結果として瑞枝は疑惑が氷解したような軽やかな気分になり、食後のエスプレッソを飲むと、留美と「ペルファボーレ」を後にした。外に出ると、さらに気分が晴々となった。

「今日は？　ニアリバーに寄るの？」

「いいえ。このまま新井ハイムに帰ります」

「そう。なら、一緒に帰りましょ。私はいつも中野駅から歩いちゃうんだけど、留美ちゃんは？」

「同じです。私も運動も兼ねて、いつも中野駅から歩いて帰ります」

「じゃあ、商店街の途中までずっと一緒ね」

そんな会話を交わしながら、東中野駅入口へと歩いている時だった。すれ違った年輩の男性が、顔をこちらに向けて、睨《ね》めつけるように留美を見た。その粘っこい視線は、嫌でも留美も感じたはずだ。男性は、留美と肩を並べて歩いている瑞枝にまで目を向けて、値踏みか観察でもするように、じろりと眺めた。が、傍らの留美はというと、まるで気づいていないかのように、自分の視線は一ミリも動かすことなく、男性を完全に無視してやり過ごした。

「今の人……今、すれ違った年輩の男の人だけど、留美ちゃん、あの人、知ってるの？　凄い目をして留美ちゃんを見てたわよ。ついでに私まで睨《にら》まれちゃった」

「顔は知っています。だけど、知らない人です。きっと東中野に住んでいらっしゃるんでしょう。どうしてだか私と行き合うと、いつもああいう目をして私を睨みつけてくるんです。あのかたも、私のことは、どこの誰だか知らないはずです。話したことなんか、一遍もありませんから」

「嫌ね。何か気持ち悪いわね」

「ええ。だから、遠目にもあの人を見つけると、さっきみたいに気がつかない振りをすることにしています」

沢田と同じぐらいの歳……もしくは、二つ三つ歳下だろうか。目がぎょろりとした男だけに、その視線にはかなりの圧があった。何やらもの言いたげな……いや、既に雄弁に語っているような強烈な眼差《まなざ》し——。

（留美ちゃんは知らない人だって言ってる。向こうも留美ちゃんのことを知らないはずだって。でも、知らない人があんな目をして留美ちゃんを見る？　隣にいる私まで見る？　もしもそうなら、失礼もいいとこ。無礼を通り越してる）

瑞枝がそこまで思った心の底には、そんなはずはない、相手は留美を知っているという確信に近い気持ちがあったからだと思う。なぜなら、誰かがあんな目をしてほかの誰かを見るとしたら、そこには敵意や嫌悪……強い負の感情があるとしか思えなかったからだ。

（やだな。せっかく気分がすっきりしかけていたのに）

何となくその男性のことが気になって、瑞枝は知らず唇を少し尖《とが》らせていた。が、留美は、駅のホームに立った時には、早くも男性のことなど忘れ果てたように、いたって平静な面持ちをしていた。それなのに、なぜか瑞枝の瞼《まぶた》には、男性のやや剣呑な顔と粘っこい眼差しが焼きついたようになって、容易に消えていかなかった。

＊

《バックヤード（武藤晴美）》

まずはうまいこと誤魔化してやり過ごせた――。

瑞枝とともに「ペルファボーレ」を出た時は、晴美もそう思って安心していた。その場限りの嘘ならば、晴美の得意とするところだ。口から勝手に言葉が出てくる。仮に瑞枝にさらなる疑問が生じても、晴美は自分が前に話したことは、いつもちゃんと覚えているから、その時はその時で同じようにまた無理なく上手に繕える。その自信がある。直也のことを、あえて「友野直也さん」と、嘘偽りのない本名で紹介したのも、嘘には何割かの事実を混ぜ込むことが鉄則と承知しているからだ。事実は事実として動かないし動かせない。仮に瑞枝が直也のことを更に探ったとしても、キビ出版に勤める編集者、友野直也、三十三歳、独身——出てくる答えはそれぐらいのことだろう。晴美の話と何の齟齬《そご》も生じない。南風蘭陽に関しても同じだ。南風蘭陽は事実存在するし、彼女の事務所は熱海にある。占命においては世に名を馳《は》せるほど長《た》けていて、芸能人にも信奉者の多い人気の占い師であり霊能者だ。望月マコと並ぶ女性スピリチュアリスト。

恐らく瑞枝は、周に孫の翼が魚好きだと指摘されたことで、周の超能力を信じかけているところだ。たぶんもう一歩というところだ。翼が魚が好きだという話は、晴美も瑞枝から聞いたことはない。でも、前に晴美は中野の熱帯魚店で、瑞枝が水槽を覗き込んでは、店員にあれこれ質問しているのを目撃し、自分は姿と気配を隠して、彼女と店員との会話に耳を欹《そばだ》てていた。

「あ、お兄さん、この水槽のなかの魚、それぞれ色も模様も違うけど、みんなグッピーなの？　大きさやかたちもばらばらよね」

「ええ、その水槽にいるのは全部グッピーですよ。グッピーは固体差が大きいのが特徴で、育てやすいし、色々な色やかたち、模様が楽しめるので人気があります」

「そう。孫がね、どうしてだか魚が大好きで、いつも魚の絵ばっかり描いて送ってくるのよ。でも、褒めてやろうにも、私には何の魚を描いているんだかさっぱりわからなくて……。この間、送ってきたのも魚の絵だった。からだが黄色っぽくて、縦に大きな紫色っぽい縞《しま》が二、三本入った魚。そんな魚、実際にいる？　ええと、ヒレはオレンジ色だったわ」

「ヒレはオレンジ……ああ、黄色に紫がかった大きめの縦縞の魚ですね。今、たまたまうちには置いてないんですけど、それはたぶんクラウンローチでしょう。割と丸っこい感じの魚でしょ。クラウンローチも人気の熱帯魚ですよ。可愛いから」

「クラウンローチね。メモしとこ」


…………


ちょっとした情報なんて、こんな具合に手に入れられるものだ。

（後は周先生の腕と舌次第ね。早いとこ瑞枝さんを熱狂的な信者にして、そのためにならば幾らお金を使っても構わないって気持ちにさせないと。あの人の弱点は、やっぱり子供……孫ね。そうだな、このままだと孫の翼は大変なことになる、翼を救うには遠隔治療、遠隔施術が必要だ、とか何とか……。いや、それはそれとして、もっと違うやりようが何

かほかにもあるような）

嘘にはいまひとつ鉄則がある。それは、嘘も百遍つけば事実になるという鉄則だ。どちらかというとそれは、相手にとってというよりも、自分にとってのことだろう。晴美は以前から人に、自分は骨形成不全症という国指定の難病で、容易に骨折するし、これまで何度も骨折したと話してきた。また、骨折を装ってみせたのみならず、過去にあえて自分で自分の骨を折ったことも二度ほどある。本当に骨を折ってみなければわからないこともあるし、ここぞという時、誰が見ても調べても、骨折しているという事実や証明が必要になることがあったからだ。二度の骨折で、その痛み、苦しみ、それに不自由さを味わったから、今では無意識のうちに骨折しないように注意を払っている自分に気がついて、思わず笑ってしまうことがある。晴美自身が自分の嘘に騙されている。自分の嘘を事実として信じてしまっている。それが嘘も百遍の効用だ。

（そうね、骨折。この間の左手小指はフェイクだったけど、今度はどこかまた本当に骨を折ろうかな。でも、足は駄目。足は遁走《とんそう》には欠かせない道具だもの。事実、私が骨を折ったと確認できたら、瑞枝さんのすべての疑惑は、もう私が何を言わなくても、きれいさっぱり解消されるだろうな。瑞枝さんは、きっと一時的な治療費、通院代ぐらい、快く貸してくれる。新井薬師のボロいアパート、それに今日、吉井順子の厚意で、わずかなバイト料をもらって留守宅を管理していると話したから、私にお金がないことはよくわかったはず。そうね、三十万や五十万は貸してくれる。額としては小さいけど、私はそれを土産に中野からバイバイするか。後は周先生から三割五分を回収するのみ。それは、よそに移った後でもできるし、先生の使い方はこれからも一緒。瑞枝さんが三ヵ月の特別気功整体の施術を依頼したとして、その私の取り分は……十二万ってとこか。うーん、瑞枝さんには充分世話を焼いてもらったから、まあいいといえばいいけど、その程度の額で大きな骨折をするのはやっぱり嫌だなあ。腕だって、部屋の片づけには必要な道具だし。またこの間と同じところ、左手の小指をやっちゃったってことにする？　折る？　それでも不自由は不自由だ。それに小指じゃ、取れて三十がせいぜいだし。できれば本当には折りたくないな。じゃあ、どうしようか。どうでる？——ま、それはその時の状況次第かな）

「ペルファボーレ」を出て、瑞枝と話をしながら東中野の駅入口へと向かいながらも、実のところ晴美は、頭ではずっとそんなことを考えていた。とにかく一応は金にして、瑞枝との関わりは終了。後はどういうかたちで幕引きをするか——。

そんな時だ。あの男と行き合ってしまった。沢田の知り合い——いや、知り合いというほどの相手ではないと思う。だが、中野区内のあちこちの病院を探っていた時、青緑会病院の待合室で、晴美はあの男と沢田が話しているのを見たし聞いた。そこで沢田が、二年半ほど前に妻を亡くしたことも知った。「エデン」でも、沢田と一緒にいるのを見かけたことがある。名前は……たしか沢田は「涌井さん」と呼んでいた。そう、涌井——。

以降、沢田と晴美が「エデン」や「いろは」などの店で一緒にいる時、或いは東中野の町を肩を並べて歩いている時……何度か涌井に出くわした。が、沢田は完全無視。涌井が遠慮会釈もなしに、かなり立ち入ったことまでずけずけと尋ねてくるのに閉口して、彼を敬遠するようになったようだ。おまけに涌井は地声が大きい。涌井と話をしていると、周囲に個人情報がだだ漏れになる。そのお蔭で、晴美は沢田の一人息子がS．MINORIの名前で、ニューヨークを拠点に活動しているアーティストだということも知った訳だが。数年前に一度、大手町のNTビルロビーで、言わば凱旋《がいせん》アート展を開いたことも。

晴美は、涌井と話をしたことはない。晴美は涌井には何の興味もない。なぜなら、彼から薫ってくるのは孤独ではなく、退屈だったからだ。恐らく定年して三、四年になる元サラリーマン。家には古女房がいるし、息子一家や娘一家と同居まではしていなくても、彼らが子連れで頻繁に家を訪れてくるような環境にある。晴美はそう踏んだ。だから、彼は寂しさを知らないし、逆に家にばかりいると自分一人の時間が持てない。代わり映えのしない家のなかの日常に倦《う》み疲れた気分にもなる。その癖、一日のうちにぽかんとできた何時間かが退屈で退屈で、それを持て余した気分になる。今の涌井は、言ってしまえばただの暇人なのだ。外に勤めに出ていた頃の習慣も手伝って、退屈と暇をもて余すと家の外に出たくなるし、誰かと関わり合いたくなる。そこで〝これ〟という相手を見つけては、べらべらと喋るし、相手にもあれこれと不躾《ぶしつけ》に尋ねかけてくる。晴美は、そういう人間に用はない。

一方、涌井の側は、晴美に多大な関心を抱いている。涌井は、沢田が晴美といるところを何度となく目撃しているが、涌井からすれば、自分と同じような年齢の男が、晴美みたいな三十以上も歳下の女性と親しくしているということが、どうにも不思議でならない。信じられないし理解できない。涌井の常識では、本来そんなことは起こり得ないし、もっと言えば、あってはならないことなのだ。つまりは、二人はあまりに不釣り合いにして不自然。不自然、即《すなわ》ち、自然の理に反しているということは、そこには何か問題や歪《ゆが》みがあるということ。問題や歪み……考えられるとしたら、晴美には何かしらの企《たくら》みがある——恐らくそれが涌井の出した答えだろう。となれば、金。金が目当て。涌井の常識で考えられるのはそれだったと思う。以降だ。涌井は、疑惑、不審、厭悪《えんお》の目で、晴美を睨みつけてくるようになった。まるで「お前の魂胆なんか見え透いてるぞ」「爺《じじい》をうまいこと誑《たら》し込んで、財産巻き上げるつもりだろう」とでも言わんばかりに。

それが当たっているから困る。但《ただ》し、晴美は金だけが目当てではない。それこそ退屈な日常を自分の好きな舞台に変えて、演者としてパフォーマンスをすることも楽しんでいる。加えて、人にいっときの夢と幸せを売ることも。でなかったら人生なんて、繰り返し訪れる苦難や辛苦にまみれて疲弊するばかりで、面白くも何ともないものになってしまう。まあ、そこまでは、どうせ涌井の常識では理解が及ぶまいが。

今では涌井のなかでの晴美は、これまで真面目に勤め上げてきた自分たち男性、穏やかに老後を過ごそうとしている自分たち男性を、脅かし食い物にする〝捕食者〟〝敵〟という存在になっている。晴美は完全に敵視されているし、目をつけられている。それが何とも鬱陶《うっとう》しいし、悩みの種でもあった。できれば涌井に、晴美のことなど忘れてほしい。ついでに晴美と沢田との関わりも忘れてほしい。だから、なるたけ涌井と顔を合わせまいとしているのに、なぜだか東中野にいると、ばったり涌井に行き合わせてしまう。道筋を変えても裏道を使っても、どうしてだか行き合う。直也と一緒の時も、二度ほど涌井にばっちり見られてしまった。「ほうらな」――涌井はそんな顔をして晴美を見ていた。「案の定、若い男がいた。そりゃあ、年寄りなんかより若い男の方がいいもんな。まったくいいタマだよ、あんた」――。

そして今日は瑞枝。恐らく涌井は、多少怪訝《けげん》な思いも交えて、晴美と瑞枝を見ていたことだろう。「え、女？　今日は歳上の女連れかよ。何考えてるんだ、あんた？」――。

（チッ、嫌だな。どうして会っちゃうんだろう。そうやってじろじろこっちを見ないでよ。私のことは忘れてくれない）

今日、涌井とすれ違った時も、晴美は心のなかで舌打ちをしてから彼に言い放っていた。

（わかってるかな。私はあんたの敵じゃない。だから、あんたに敵視される覚えはない。……ったく、勘弁してよ）

もしかすると、涌井に会いたくないという晴美の気持ちが強すぎて、逆に彼を呼び寄せてしまっているのかもしれない。こう頻繁に行き合うと、そんなことさえ思うほどだ。

「じゃあね、留美ちゃん。今日は悪かったわね、呼びつけちゃったりして。でも、留美ちゃんと話せて、何か私、安心した。――ああ、周先生の件は、またLINEで連絡するわ。そうだ。どっちみち今週一度、アパートの方に寄るわ。洗濯物とかまとめといて。それと何か買ってきてほしいものがあれば、LINEで報せてくれれば買っていくし。遠慮せずに報せてね」

新井薬師の商店街の岐《わか》れ道で、瑞枝は晴美に向かって言った。以前の通りの、いかにも世話焼きで人が好く、晴美に対する慈愛に満ちた顔をしていた。もちろん、笑みもしっかり浮かんでいた。そんな瑞枝に対して、晴美も工藤留美としての、慎ましげで含羞《がんしゅう》を孕《はら》んだ笑みを浮かべた顔で応えた。律儀にぺこりと頭を下げることも忘れなかった。

それでいて、晴美は頭ではべつのことを考えていた。

(嫌な予感がするな。やっぱり気になる、あの男――)

晴美は、そう時を置くことなく、東中野や新井薬師、中野界隈から姿を消そうとしている。次は、北品川、大森海岸《おおもりかいがん》辺りはどうだろうかと、新しい塒《ねぐら》を物色し始めているところだ。あの辺りは、都会のど真ん中でありながら、昭和の匂いのする飲食店、昔ながらの商店街や住宅、それに団地と呼びたくなるような古いマンション等が残っている。東海道筋、屋形船に品川神社の例大祭……昭和どころか江戸の風情《ふぜい》まで味わえる地域だ。赤が印象的な京浜《けいひん》急行の車輛《しゃりょう》も晴美は好きだ。あそこなら、人の身の丈の暮らしもあるし、海辺に行けば気晴らしもできる。おまけに品川駅周辺に行ったら、たちまちビル群と人の群れに身を紛らわせてしまえる。どこに移動するにも便利なのは言うまでもない。ただ問題は、物件が意外に少ないこと、あっても家賃が高いことだ。北品川周辺への引っ越しには、引っ越し代、部屋を賃借するに当たっての初期費用……それなりのお金がかかる。毎月、高い家賃を支払うだけの金銭的余裕もなければならない。だからこそ、晴美はこの際、金にできるものは金にして、きれいにふたつの部屋を畳んで消え去ろうとしている。晴美の目算としては、それはまずまずうまくいく……そのはずなのだ。だが、涌井——。

何の関わりもない男だが、どうもあの男が晴美にとっての地雷か爆弾になりそうで、嫌な感じがしてならない。中野の前にも、そういう相手がいたことがある。言わば天敵。特段関わりのない相手なのに、肝心な時にこちらの足を掬《すく》ってくる。涌井には、そんな臭いがするから落ち着かない。晴美には、嫌な予感、悪い予感ほどよく当たるという経験則もある。

（たぶん少し事を急いだ方がいい）

晴美は心で呟いた。

（欲を掻いてる場合じゃないかも。あの男に足を掬われた日には泣くに泣けない。間尺に

合わない。冗談じゃない）
　別れ際、瑞枝に見せたのとはまるで異なる、真剣かつ険しい表情をして、晴美は新井ハイムの部屋へと足を進めていた。

3

《友野直也》

「ああ、直也君。お仕事、お疲れさまぁ」

　東中野の駅入口で、笑顔の順子が直也を出迎えた。手をひらひらさせる仕種《しぐさ》が何気に可愛い。今夜は、順子が最近知り合いに連れていってもらったというトラットリア「ペルファボーレ」で食事をする約束になっていた。少し場所がわかりづらいとかで、待ち合わせは駅入口にした。

「知り合いに連れられて行ってみたら、前に直也君と行ったイタリアンの店より美味しかったのよ。トラットリアだけど本格的で」

「順子さんのＬＩＮＥにそうあったから、僕も楽しみにしてたんです。東中野、探せば結構美味しいお店があるんですね」

「そうね。住んでいる人間の方がいつも決まったところばかりに行って、案外知らなかったりするわね。まあ、〃あるある〃ね」

そんな会話を交わしながら、夜の闇が落ちた町を肩を並べて歩く。

「あ、あそこのビル。あのビルの一階」

順子が、二十メートルほど先のビルを指し示して言った。ビル一階から、道に赤みがかった明かりが漏れだしていて、なかなかいい雰囲気だった。まだ暑い日はあるが、もう秋だということを、以前よりも早くなった夕暮れが告げている。ああ、これで、今日一日も終わっていくなあ……直也は自然とそんな気分になって、心身がほぐれた感じがした。ついでに言うなら、仕事上がりに、食事をともにする相手がいるという幸せ――。

順子が念のために予約を入れておいてくれたから、店に入るとすぐに奥のテーブル席に案内された。最初はカンパリソーダで乾杯しようということになって、ふたつ頼んだ。イタリアンの食前酒としてはまあ定番だ。

「そうね、料理は……アンティパスト・ミストと、インサラータ・アッラ・カプレーゼを、まずは注文しない？」メニューに目を落としながら、順子が言った。「その後で、ピッツァやスパゲッティを、どれかチョイスしましょうよ」

「アンティパスト・ミストって？」直也は少しぽかんとなって言った。「それと……ええと、何だっけ？　インサラータ……アッラ・カプレーゼ？　カプレーゼは何となくわかるけど。トマトとモッツァレラチーズのあれ」

　すると、順子はちょっとくすぐったそうな顔をして、直也に向かってにこっと笑った。

「ここ、メニューも本格的なの。カプレーゼは、直也君が思っている通りのものよ。アンティパスト・ミストは、前菜の盛り合わせ」

「へえ。メニューも本格的なんだ。何か勉強になるね。メモしとこうかな」

「今夜はワインはやめて、カンパリの後はチンザノにしない？　チンザノも、ワインといえばワインの仲間なのかもしれないけど」

　チンザノは、直也もバーで飲んだことがあるから知っている。酒の種類としては、たしかベルモットのはずだ。順子の言うように、ワイン同様、赤と白があった記憶がある。

「チンザノの白を、ロックかソーダで飲みたいな。この間食べてみて、ここのお料理にはチンザノが合いそうな気がしたの。だから、実は私も今日、楽しみにしていたんだ」

　そんな愉《たの》しげで和やかな話の流れがあって、順子との二人きりの宴が始まった。

「うん、たしかに本格的、美味しいね」前菜を食べつつカンパリを飲み、直也は言った。

「チーズもだけど、トマトも味が濃い」

「でしょう?」と直也に傾けた顔を向けてから、「そうそう」と前置きするように言って、順子は自分の側の話を始めた。

「直也君が前に言ってた人――私のことを探るみたいに直也君に声をかけてきたっていう六十ぐらいの女性だけど、誰だかわかった。全然問題ない人。だから直也君、安心して」

「え、誰だかわかったの？」

「うん。どういう訳だか私の本の熱心な愛読者で、ある意味、私のファンなのよ。おかしいわよね、霊能者のファンならわかるけど、その系統のライターのファンなんて。その人、前に出版社に手紙を寄越したし、Ｆｂでも私を見つけて、メッセンジャーで連絡してきた人だわ。間違いない。一週間ぐらい前にもまたメッセージが来ていたし」

　順子によれば、彼女は小林瑞枝という女性で、順子が書いた本をきっかけに精神世界に目覚め、以来、順子の本を全冊読破した読者だという。あちらは勝手に順子に縁を感じていて、順子のことを自分なりに調べたり、接触を図ったり……結果、どうやら東中野に住んでいるらしいこと、加えて順子の本名も、ぼんやり知るに至ったようだった。

「それが工藤留美。あの人、私の本名は武藤晴美じゃなくて工藤留美だと思っているの」

「それで武藤だ、吉井だ、工藤留美だと言った訳か。武藤晴美と工藤留美——たしかに似てはいるけど、どうしてあの人のなかでそんな間違いっていうか混同が起きたのかな」

「それも過去のメッセンジャーを読み返してみてわかった。昔、あの人の近所に、工藤留美ちゃんっていう霊感の強い女の子が住んでいたんですって。彼女、私をその霊感少女だと思っているのよ。私に縁を感じたのもそれが大きいかもしれない」

「『わあ、あの時の留美ちゃんだ！』って？　それで余計に順子さんのファンになった——そういうこと？」

「でも、順子さんが住んでいる地域まで突き止めたり、その東中野をうろうろ探し回ったり……やっぱり少しやり過ぎじゃない？　ストーカーっぽいよ。それに、どうして僕に声をかけてきたのかな。僕のことは知らないはずなのに」

「それも一週間ぐらい前に届いたメッセージでわかったわ」

東中野を当て所なくうろつくことにも疲れて、彼女は喫茶店でひと休みしたことがあったらしい。その時、隣のテーブル席で、自分と同じぐらいの年齢の女性と、彼女の姪らしき若い娘が、二人でサンドイッチを食べながら話をしていて、その会話が自然と彼女の耳に入ってきた。夜更けに鍵を落として慌てた話、鍵を見つけてくれた女性と連れの男性の話、女性は隣のマンション、ニアリバー東中野に住んでいること……。

「お菓子を持ってお礼に行った後、あの人にまたマンションの前で会ったわ。ふつうなら会社で仕事をしている時間だから、私、『あれ？』って顔しちゃったみたい。そうしたら、ニアリバー東中野のお部屋は自宅兼仕事場なんだって教えてくれた」

若い娘の方が年輩の女性に言った。

「ふうん。彼女、武藤さんって言ったっけ？　自宅が仕事場を兼ねているって、どういうお仕事なのかしら」

「ライターさんらしいよ。『端くれの端くれですけど、まあ、物書きです』って言ってたから。鍵を拾ってもらった晩に一緒だったのは、歳下の彼氏さんかなあ。そこまではさすがに私も訊けなかったけどね」

…………

ライターという娘の言葉が、小林瑞枝の耳に留まった。それで、もしかしたらとニアリバー東中野の場所を調べて、その周辺を張るようにうろついたりし始めたようだ。順子は、そんなふうに直也に話して聞かせた。

「日曜日、直也君に買い出しにつき合ってもらったことがあったじゃない？　その人、その様子も見てたみたい」順子が言った。「私たち二人が、一緒にマンションに入っていくところも」

「ふうん。……でも、それだけじゃ、その女性が順子さんだと特定できないよね。順子さんは顔出しNGだから、いかに熱心な読者でも顔は知らない。それに、その時、順子さんの顔を見たんだったら、順子さんが自分の知っている工藤留美ちゃんじゃないってことも、その人、わかったはずじゃない？」

その直也の言葉に、順子は苦笑を見せた。

「思い込みの激しい人って、おかしなものよ。何と彼女、私に小さい頃の留美ちゃんの面影を見たんですって。メールボックスに吉井と名前があることからしても、吉井順子であることは確かかのようだし、まあ、武藤っていうのがちょっとわからなかった様子だけど。

とにかく間違いなく留美ちゃんだってことを確かめたくて、それで直也君に声をかけてしまった――そんなメッセージが届いてたわ」

「へえ。でも、凄い執念だよね。順子さん、『全然問題ない人』って言うけど、本当に大丈夫なの？」

「うん。だから今回だけ、彼女にメッセージを返しておいた」

〈拙著を愛読していただき、とても嬉しく、また大変有り難く存じます。私は、スピリチュアル系ライター・吉井順子として完全に裏方にまわり、優れたスピリチュアリストの皆様が語られる精神世界、魂、幽界、霊界……その素晴らしいお話を、蔭から静かに多くのかたがたに伝播《でんぱ》させていくべく努めたいと願っております。また、それを自らの使命と思ってもおります。従いまして、吉井順子を名乗って以降、私は吉井順子以外の何者でもなく、残念ながら小林様のお問い合わせにお答えすることは叶《かな》いません。どうぞその旨ご理解いただき、今後どうか小林様には、拙著を通して静かに吉井順子を見守っていただきますよう、お願い申し上げる次第です。また、小林様には、素晴らしき精神世界をさらに深めていただき、これからも一日一日の〝旅〟を続けてくださいますよう、お祈り申し上げます。これが最初で最後のメッセージとなりますが、感謝と祈りを込めて。〉

順子は、そんなメッセージを彼女に送ったという。

「それで大丈夫？　順子さんからダイレクトメッセージをもらって、あのおばさん、余計に舞い上がっちゃったりしない？」

「うん、平気。向こうからも返事がきた。メッセージの趣旨はよくわかったので、今後、私のことを嗅ぎ回るような真似は絶対にしないって書いてあった。もうメッセージを寄越すこともね。それに、直也君に不躾に声をかけて、何やかんや強引に聞き出そうとしたことも詫《わ》びていたわ」

「そうか。なら、まあよかった。でも、もしも何かあった時は、すぐに連絡してね」

「ありがとう。――ああ、チンザノのロックも来たことだし、ほかにも何か頼みましょうよ。直也君は何がいい？」

「そうだなあ……ピッツァも食べてみたいし、スパゲッティも食べてみたいし、迷うなあ」

　直也はメニューを覗き込んで言った。やや難解な料理の名前を眺めるうち、小林という女性のことは、早くも忘れ始めていた。

「スパゲッティは、スパゲッティ・アッラ・ペスカトーレにしようかな。ペスカトーレって漁師風、魚介だよね」

「そうそう。なら、ピッツァは、ピッツァ・マリナーラにしましょうか。トマト、ニンニク、オレガノの。ここ、生地がクリスピーだから、シンプルな方が美味しいと思う」

「賛成。それをシェアし合って食べよう」

「うん。ここ、量は多くないの。もしそれで足りなかったら、また何かお酒のアテになるようなものを頼んでもいいし」

スパゲッティにピッツァ、メインの料理が運ばれてきて、互いに皿にシェアし合って食べ始めた。順子が言った通り、前に行った店……「フェスティーボ」よりも美味しい。ことにピッツァは、クリスピー好きの人ならハマるだろう。因《ちな》みに直也もクリスピー派だ。

「あのね、直也君。実は今日、私、直也君にちょっと話したいことがあって。それもあってお誘いしたの」

チンザノのロックも二杯目というところにきて、順子が幾らか改まったような面持ちをして、不意に直也に切り出した。

「え？　話したいこと？　何だろう？」

「実は私、近々引っ越すことになりそうで」

「えっ」

予想もしていなかった順子の言葉に、思わず直也は声を上げていた。

「直也君、南風蘭陽さんって、知ってる？　スピリチュアルの世界では、有名な占命師にして霊能者なんだけど。聞いたことないか」

「ハエランヨウ……もしかしてハエって、南風って書く人？」

「そうそう」

それにたしか花の蘭に太陽の陽。南風蘭陽――彼女の姓名が漢字で直也の瞼に浮かんだ。直也はスピの世界にはあまり詳しくないが、ボクシング・ライト級の元チャンピオン、中《なか》津川健闘《つがわけんと》の大ファンで、一度取材をさせてもらったことがある。ライト級だが、健闘には〝鉄丸の左〟と言われる鋭くも重たい左パンチがあって、左ストレートをまともに顔面に食らったら一発アウト。ボディも同じ、鋼のボディの持ち主でも、思わず顔を顰《しか》めてのたうちまわる。現役中、モデルの沙羅《さら》と結婚したが、結婚して彼は更に強くなったし、私生活では、極めて夫婦仲がよいことでも知られている。今では子供も二人。そんな健闘を取材してみて、直也は些《いささ》か驚かされた。

「自分、メンタル、弱いんですよ。決断力も全然なくて、実のところ自分では何も決められない」彼は言った。「基本的にオーダー待ちの人間で、信頼できる人から『こうしなさい』『こうしたら必ず勝てる』『私が請け合う』『GO！　今が獲《と》りに行く時！』――そんなふうに言ってもらわないと、きついトレーニング、禁欲生活、過酷な減量……堪えられませんよ。もちろん恐怖もあるから、とてもリングになんか上がれない」

聞いていて直也は、健闘が言う信頼できる人間とは、当然、会長、トレーナー、コーチ……ボクシング関係者だろうと思った。ところが、彼は言った。

「自分のボクシングにだけは強烈な自信があるし、おまけに僕は臍《へそ》曲がりなもんで、そういう人の言葉は聞いていても聞き流しますね。信じているのは、南風蘭陽さんの言葉だけで」

直也にすれば、よもやの神頼みといったところ、まったくもって意外だった。聞けば、健闘は、婚約も結婚も婚姻届を役所に出す日も披露宴の日取りも……すべて南風蘭陽に決めてもらったという。

「もちろん、沙羅を嫁さんにもらっていいかどうかも、蘭陽さんに訊きましたよ。沙羅は沙羅で、自分は中津川健闘と結婚して幸せになれるのか、訊いてましたけどね」

健闘は苦笑した。結果、相性は抜群、二人は出逢うべくして出逢った同士。したがって、事を執り行なう日にちだけ間違えなければ、沙羅は健闘をより強いチャンピオンにするし、健闘は引退後も何かと引っ張り凧《だこ》で、収入の心配はまったくない。沙羅はモデルをやめて母、専業主婦となっても、余裕のある生活が送れるし、健闘は生涯沙羅を徒《あだ》や疎《おろそ》かにすることはない――。

「それが答えでしたが、ずばりでしたね」

そう笑った健闘は今、ボクシング関連の仕事だけでなく、タレントとしても活動していて人気者だ。そんな健闘とのやりとりをかい摘《つま》んで順子に話したが、その後、元の現実にすいと立ち戻って直也は順子に問うた。

「えっと、その南風蘭陽さんと順子さんの急な引っ越し、何か関係があるの？　南風蘭陽さんから方位か何かの問題で、今のマンションから引っ越した方がいいと言われたとか？」

「いえ、そうじゃなくて、蘭陽さんの秘書みたいな感じで、自分の側《そば》で働いてもらえないかって……蘭陽さん、そう言うのよね」

南風蘭陽のオフィスは熱海にあり、寝起きしている家はオフィスとは少し離れた湯河原《ゆがわら》にある。公と私、あえてふたつを分けているらしい。だから順子にも、熱海か湯河原、どちらかに移り住んでもらって、専従専任で自分の仕事の手助けに当たってほしい――。

「長年、蘭陽さんの秘書を務めていたかたが、この夏、交通事故で急死しちゃったの。それで蘭陽さんも困っていて」

「交通事故で急死……それは蘭陽さんにも予見できなかったの？」

「予見というか、当然それは感じてらしたようよ。命の崖《がけ》っ縁にあるような危機、危険。ご本人にも、充分気をつけるようには言っていたみたい。でも、宿命っていうか寿命っていうか……変えられないものはあるからね。それは蘭陽さんが一番よくご存じだけど」

「それで順子さんに――」

「そうなの。急な話でね、何か私もバタバタしちゃった。東海道線で一時間半かそこらといっても、体力がないから通うのは無理だし」

「そうだね。どうしたって往復三時間は超えるもんね。毎日となるとやっぱりキツいね」

「毎日往復してたら、交通費だけでも馬鹿にならない。だったら、熱海か湯河原に部屋を借りた方がいいし、蘭陽さんもそうしてくれって言ってるの。それも早ければ早いほどいいいって」

「じゃあ、順子さん、熱海か湯河原辺りに引っ越すの?」

「ええ。そういうことになるわね」

「そっか……何か寂しいなあ……」

嘆息するように直也は言った。むろん、本心だった。直也にとって、順子と過ごす時間は憩いのひとときだったし、彼女とのセックスはご馳走《ちそう》以上のものだった。それがいきなり双方ともに失われる。まだ三十五までには、二年もの月日、時間があるというのに――。

「熱海か湯河原だもの。直也君はいつでも遊びにきたらいいんだわ。歓迎するわよ」

「まあ、それはそうだけど……」

「それより今困っているのがお金」

直也からすれば、これまた意外な順子の言葉だった。

「ここで骨折する訳にはいかないから、人を頼んで今の部屋の整理をしてもらわなきゃならない。本も多いし、熱海までの引っ越し代もそこそこかかるでしょう。おまけにっていうか、そこが本丸なんだけど、物件を探しにいって、〝これ!〟というのを借りるか買うかしなくちゃならない。まずは借りるにしても、敷金、礼金、手数料……最初にまとまったお金がかかるわよね。私の試算だと、少なくとも六十万はかかる。――いえ、それを超えるわね。カーテン、ラグ……転居って、何やかや買わなきゃいけないものがでてくるものだから。一番が、部屋のサイズに合った本棚かなあ。……今のは無理。部屋に合わせて設《しつら》えてもらったものだから、ほかの部屋には入らない。となると、不用品の引き取りも頼まなきゃならない訳ね。うわ、頭痛い」

「でも、順子さんが向こうに行くのは、蘭陽さんの要請なんでしょ。だったらそれは、蘭陽さんが出してくれるんじゃないの？……ていうか、それが筋じゃない？」

「それはもちろん、私が本当に向こうに引っ越して、蘭陽さんのところに通い始めたら、諸費用精算というかたちで、蘭陽さんがみんな出してくれるわ。蘭陽さんもね、私の本気度を試しているのよ。私が本当に向こうに越してくるか、自分のところに通い始めるか……その決心や覚悟って言ったらいいかしら」

「試すって、そんなの、アリ？」

「私、知ってる。蘭陽さんってそういうところのある人なの。結構シビアよ。直也君も、聖書は読んだことがあるでしょ。神はイエスをも試された。ま、そこまで言っちゃうとずいぶんと大袈裟《おおげさ》だけど」

「聖書……ああ、悪魔の誘惑か」

現実的、具体的な話に戻ると、部屋を借りて引っ越すとして、まずはざっくり八、九十万。場合によっては家電も買い換えなくてはならないから、それぐらいまとまった金がないと安心できないと順子は言う。

「私ね、キリギリスなの。毎月の収支が合えばいいっていう暮らし方。借金、カード払い、ローンがなければそれでＯＫ。そんな調子で、貯金だの預金だのはしていないのよね。だから、こういう時に困る」

「それを正直に蘭陽さんに話したら？」

「ああ、駄目、駄目」順子は曇らせた顔を即座に横に振った。「それを何とかしてでも来るってところに、蘭陽さんは私の本気度を見る訳だから」

「――――」

そう言う順子に、すぐに何か言葉を返せなかったのは、直也も頭のなかで自分の持ち金を、ざっと計算していたからだ。何せ弱小零細の出版社勤務の身、出版不況も手伝って、決していい給料はもらっていない。したがって、順子と同じく貯金、預金の類は心もとない限り。三十三にして恥ずかしい話だが、どう掻き集めても三桁《みけた》、百万に届かない。

（夏のわずかなボーナスでは、〝自分へのご褒美〟なんてありきたりな言い訳をして、ビクトリノックス・スイスアーミーの赤のナイトビジョンなんか買っちゃったしな。あの腕時計が十万ちょっと……。無駄遣いしたな）

今月分、それに来月分ぐらいは、さすがに自分が生活していくだけの金は、直也もやはり確保しておかなくては安心できない。となると、今の直也が順子に都合できるのは、三、四十万……相当頑張っても五十万がせいぜい。いや、五十万でもちょっとばかりキツい。

（だけど、この何ヵ月間か、順子さんには何かとお世話になってきたもんな。『友野、このところ頑張ってるから』って、ほんの数万のことだけど、社長が夏のボーナスにも色つけてくれたし。それも順子さんのお蔭と言えばお蔭だよな。順子さんと出逢ってなかったら、俺、きっと腐ってた。――そうだよ。熱海に引っ越したからって、べつに縁が切れる訳じゃなし、本当に遊びにいけばいいんだよ。それを次の楽しみにしてさ。うーん、ここが男の見せどころっちゃあ見せどころだな）

頭でぶつぶつ呟くように考えた果て、直也は順子に言った。

「順子さん、本当に熱海に行っちゃう気なんだよね。なら、僕、三十万なら今日明日にでも用意できるよ。帰りにＡＴＭで下ろしたっていい。で、もう三、四日待ってくれたら、後十四、五万は何とか――」

直也が言うと、順子は予想だにしていなかったのか、酷《ひど》く驚いたようにぎょっと目を大きく見開き、それからその目をぱちくりとさせた。そんな順子の顔は、直也も初めて見た。

「あ、ごめんなさい！　私、早く引っ越しの段取りをつけて、とにかくまずはそれにかかるお金を何とかしなくちゃって、そればっかり考えていて。今日は引っ越すことになりそうだってことだけ直也君に話すつもりでいたのに、ついお金のことまで話しちゃった。心配かけちゃったね。ほんと、ごめんなさい」

「いや、だってそれ、一時的なお金でしょ？　さすがに僕もあげることはできないけど、一時的に貸すことぐらいは……。ほかならぬ順子さんだもの。色々お世話になってるし」

「うん、本当に一時的なお金よ。向こうに行って一ヵ月経つか経たないかのうちに、必ず蘭陽さんが精算してくれる。だから、すぐに返せるお金ではあるんだけど」

「じゃあ、何とかするよ。順子さんが必要なだけ、全部貸してあげられなくて申し訳ないけど」

「申し訳ないだなんてそんな。――でも、直也君、ほんとにいいの？　大丈夫？」

「うん」

既に心を決めていたので、直也は大きくしっかりと頷いた。

「ありがとう！　すっごく助かる！　向こうに行ってから、遅くとも一ヵ月のうちには何とか全額返すようにするね。ううん、一ヵ月もかからない」

「ええと、この通り、たしかコンビニあったよね。帰り、三十万はそこで下ろして渡すよ。残り十数万は……正確には幾らになるかちょっとわかんないけど、ゆうちょに少しは入っているような気がするし……そんなのを掻き集めて今週末か週明けぐらいに」

「はあ……」

順子は、安堵の溜息《ためいき》と思われる息を音を立てて漏らし、咽喉《のど》が渇いたのかグラスの水をごくりと飲んだ。

「本当言うと、蘭陽さんからのお誘いは有り難い限りで、私のこれからの人生の岐れ道になると思ってたの。蘭陽さんの側にいれば、私も磐石《ばんじゃく》っていうか。経済的にもね。だから、迷わず行くべきだって思ってた。それで何とかお金を作って早く行かなくちゃって、焦っていたし困ってもいたの。もしも直也君がそれぐらいの額のお金を融通してくれるなら、後はたぶん何とかなるわ。ああ、お返しする時は、ちゃんと利子をつけてお返しするから」

「利子なんて要らないよ。順子さんには何度もご馳走してもらってきたし」

一旦心を決めて宣言してしまうと、べつに陰鬱な気分を含んだ後悔の念に見舞われることもなく、逆にこれでよかったのだという男の自信のようなものまで心に芽生え始めたからおかしなものだ。一人前の男として、それぐらい即断、実行ができなくてどうする——そんな思い。

「ペルファボーレ」からの帰り、直也は順子と一緒にコンビニに寄り、ＡＴＭで三十万を下ろしてその場で順子に渡した。家に帰り着いても、後悔の念は湧いてこなかった。相手が相手、これまで気前よく振る舞ってくれていた順子のこと、金を返してくれないはずがない。しかも、今後は順子のバックに南風蘭陽がつく。中津川健闘も信奉、心酔している人気霊能者。順子が秘書役になれば、直也も南風蘭陽に会う機会が得られるだろうし、うまくすれば取材をさせてもらって、彼女の本を作ることもできるかもしれない。

（これって、逆にチャンスなのかもしれない）

　コンビニで渡した三十万に加えて順子に貸す残りの金は、その三日後の土曜日にはできた。キリよく五十万を目指したが、どうしても二十万まではできなかった。それでもどうにか十五万ほど都合がついたので、「カフェ・マギー」で待ち合わせをして、それをその場で順子に渡した。

「ありがとう。全部で四十五万、確かにお借り致しました。――あ、借用書、書く？」

　順子は直也に頭を下げてから言った。

「いいよ、借用書なんて、僕と順子さんの間でそんなもの」

「そう？　じゃあ、お言葉に甘えて。引っ越すのが、たぶん三、四週間後。あっちへ行ったら、蘭陽さんになるべく早く精算だけはしてもらうようにするから……そうね、あっちへ行ってから一週間か二週間……遅くとも今日から五、六週間後にはお返しできるようにする。その時、直也君の振り込み先を教えて。ああ、今お聞きしておいてもいいけど」

「ああ、いいよ、その時で。ひょっとしたら取り立てを兼ねて、熱海に遊びにいくかもしれないし」

　冗談めかして直也が言うと、順子は実に楽しそうに笑った。

「来て、来て。直也君だったら、いつでも大歓迎。蘭陽さんにも紹介するわね」

「それは嬉しいな。でも、順子さん、これから引っ越し準備で忙しくなるね」

「そうなの。向こうに物件も探しにいかなきゃならないでしょ。だからバタバタ。ひょこっと時間ができたらLINEするけど、当面会うのはちょっと無理かも。——ああ、でも、直也君の方で私に何か用事がある時は、いつでもLINEして。電話もOK」

「あ、こっちこそ、何か手伝うことがあったら、気軽にLINEして。それと、東中野を出ていく日が決まったら教えて。一応『さよなら』ぐらいは、顔を見て言いたいから」

「わかった。必ず連絡する」

そんな会話を割と手短に交わして、直也は順子と店の外で別れた。

(これから一ヵ月は、節約生活っていうか、耐乏生活だな。ま、しょうがない)

自分のマンションの部屋に向かって歩きながら、直也は心で呟いた。その時だ、突如としてあることが思い出された。あること、社長の吉備の言葉だ。

「本人、かなりの美人さんだもんな。背がすらっと高くて、ショートカットがよく似合って」

「カモシカみたいな脚をした、スカッと気持ちのいい美人だったから、俺も助平心をだして……」

…………

もう半分忘れかけていた。しかし、吉備の言う吉井順子と直也が知っている吉井順子の像に食い違いがあったことが、吉備の言葉とともに、不意に甦《よみがえ》った。それも順子による説明で、些か納得いかないながらも、市ヶ谷の由美レイラのセッションには吉井順子のなりすましがいたということで、一応決着が付くには付いたのだが。

（あれ？……あれはあれでよかったんだったっけな？　ほんものの吉井順子さんは俺の知っている吉井順子さん――）

帰る道々、ほんの少しだけ嫌な気分になりかけながらも、直也は何とかその嫌な気分を自分の胸から追い払った。

（順子さんはいい人だ。それはしょっちゅう会ってた俺が一番よく知ってる。本名まで教えてくれているし、順子さんが俺に嘘をつくはずがない。順子さんはそんな人じゃない）

そのおよそ三週間ほどのち、たまたま吉井順子と再会した吉備が、会社に彼女、吉井順子を連れてくるという出来事が起ころうなどとは、むろんその時の直也は知る由もなかった。会社に吉井順子として現れた女性を目にして、からだから魂が抜け出て消え果てるほど驚くことになることも。

（熱海だから、会いたければまた順子さんに会いにいけばいい。お金だって、順子さんなら、きっと六週間経たないうちに、間違いなくきっちり耳を揃えて返してくれる）

自分が順子の役に立てたこと――それを喜ぶ気持ちの方が勝って、直也は足取りも軽く、自分のマンションへと足を進め始めた。

「お兄ちゃん。ちょっとお兄ちゃん」

小林某の時とまったく同じパターンだった。背後から誰かの声が聞こえる。けれども直也は、最初、それが自分に向けられた声だとは思っていなかった。しかし、前回同様、声は直也を追いかけてくる。違うのは、それが女の声ではなく、男の声だということだった。

「お兄ちゃん、ちょっと待ってよ。ね、お兄ちゃんってば」

「え？」直也は足を止めて後ろを振り返り、男に目を据えてから言った。「僕？　え、僕ですか」

直也の背後に立っていたのは、七十になるかならないかという年頃のハンチング帽を被《かぶ》ったぎょろ目の男だった。小林某よりも少なくとも七つ八つは歳上。因みに直也は男に見覚えはなく、心当たりもまたなかった。

「あのさ、お兄ちゃん」少し息を切らした調子で男が言った。「さっき、駅近くのビルのカフェから出てきたよね。『カフェ・マギー』」

「はあ」

「前にもお兄ちゃんと一緒のところを見かけたことあるけど、お兄ちゃん、女の人と一緒だったじゃない。三十半ば過ぎ……いや、あれはもう三十八、九かな。ひょっとして四十……お兄ちゃん、その人とは店の外で別れたけど。——あの人さ、いったい誰なの？」

「え」

虚を突かれたようになって、直也はぽかんと目を見開いた。

「お兄ちゃんの彼女？　それとも知り合い？　あの人、名前何ていうのかな？　彼女、東中野に住んでるんだよね？」

男はまさに矢継ぎ早に直也に問いかけてきた。が、どれも実にごく個人的なことばかり。道を訊かれたのならともかく、男のどの問いに対しても、「はい、はい」と、素直に応じることはできないし、答える訳にもいかない。

「えっと……それをどうして？　つまりその……どうしてそれをお宅に？　何だってそれを話さなきゃならないのか、僕にはさっぱり……」

直也は頭のなかが白くなりかけながら、かろうじて男に問い返す恰好で口を開いた。それがやっとで、ほかにこれといった言葉が見つけられなかったのだ。

「俺さあ、ちょっとばっか知りたいんだよねえ、あの人のこと」

男は幾らか粘っこい調子で言った。

また変なのが現れたぞ——そんな思いに、おのずと直也の眉根は寄り、それに歩調を合わせるように顔色も曇った。

「名前だけでもいいや。何て名前か教えてくれないかなぁ」

「あの、僕はあなたのことを知りませんし、僕自身のことならまだしも、他人の個人情報、それも女性の個人情報を、軽々に他人に明かす訳にはいきませんので」

「俺は涌井。涌井辰治《たつじ》って言って、昔っから東中野五丁目に住んでる人間」直也のエクスキューズを覆《くつがえ》そうとするかのように男は言った。「元会社員。港洋《こうよう》鉄工って知ってるかな？　港区芝浦《しばうら》の。そこを定年退職して、今は無職だけど」

　男は自分は怪しい者ではないと言いたげに、手短に自己紹介をしてきた。だからといって、順子のことを教える訳にはいかない。

「すみません。幾ら名乗っていただいたところで、お答えできないことに変わりはありません。どうしてもお知りになりたいのなら、直接ご本人にお尋ねになってみたらいかがですか」

　直也は言ったが、言ってしまってから、「どうしても」以降は、余計だったような気もした。順子だって、このぎょろ目の初老男から、「あんた、誰？　何て名前？」などといきなり声をかけられたら、ぎょっとするだろうし、困惑、恐怖だって覚えることだろう。

「あーあ、駄目か。あの女本人に訊いたところで、本当のことなんか教えちゃくれないだろうし。『ハルミちゃん』――沢田さんがそう呼んでいたから、ハルミって下の名前だけは何となくわかってるんだけど……。まあ、それにしたって本当かどうか」

　ハルミ――半分合ってはいるが、それに対しても直也は何とも答えることができず、その場に立ち止まったまま口を噤《つぐ》んでいた。

「このところ、その沢田さんの姿が見えないから、それでお兄ちゃんに声かけたんだけどね。沢田さん、知らない？　ジパング航空に勤めていた、今年七十一になる爺《じい》さん」

「いえ」

直也は、静かに首を横に振った。無表情ながらもほんの少し深刻そうな面持ちになっていたのは、男の意図、言うことが、未だに直也にはまったくもって不明だったからにほかならない。

「七十一歳の爺さんといっても、沢田さんは俺なんかとは違って、背がすらりとして小ぎれいな老人だよ。まあ、紳士だね。そういう人が彼女と一緒のとこ、お兄ちゃん、見かけたことない？」

「――――」

何も口にすることなく、ただ直也は小首を傾げる程度に首を捻《ひね》った。会う時は二人きり。順子が誰かと一緒のところは見たことがない。

「じゃあさ、彼女から名前聞いたことないかな、沢田さんって。ええと……隆。そう、沢田隆」

「いいえ、全然」

ようやく直也は、男に対してきっぱりと否定の言葉を口にすることができた。沢田隆――そんな名前は本当に聞いたことがない。

「ふうん」男は些か不足そうに唇を尖《とが》らせた。「沢田さんはさ、いたって真面目な人なんだけど、彼女とはしょっちゅういちゃいちゃ仲良くしてたんだ。おかしいと思わない？彼女と七十一歳の爺がいちゃいちゃって」

「──────」

　それを自分の目で見た訳でもなし、直也はまたしても返す言葉を見失って沈黙した。次第にうんざりし始めてもいた。

「そっか、知らないか。じゃ、しょうがないね。あの女の名前を教えてくれるつもりもなさそうだし、退散するとするか。ま、お兄ちゃんも気をつけるこった。俺が見るに、あればろくなもんじゃないね。あの女、きっといいタマだよ。──悪かったね、急に声かけちゃって。時間取らせちゃったね。ほんじゃ」

　直也から順子の情報は得られそうもないことがわかったとみえ、涌井とやらは自分の言いたいことを言い尽くすと、案外あっさりと去っていった。取り残された直也からすれば、おかしな話になるが、気持ちとしては逆に涌井を引き止めて訊きたいぐらいだった。

「あの、何なんですか？　沢田さんという人と彼女が、いったいどうしたっていうんです？　何かあったんでしょうか。あなた──涌井さんは、どうして彼女のことをそんなに知りたがっているんですか」

　そんな問いの言葉が頭に浮かんできた時には、直也の視界からハンチング帽のぎょろ目男の姿は、きれいに消えていた。

　道の途中で立ち尽くしていたところでしょうがない。直也はまた足を前に動かし始めたが、頭ではぶつぶつ呟くように考えていた。

（何なんだろう、今の人。僕に声をかけてきてまで順子さんのことが知りたいって、何でだ？　沢田さんがどうたらって言ってたけど、あの人にとっては、どっちみち他人のことだよな。そもそも沢田さん――それこそ『誰、それ？』だよ。こっちが訊きたいって）

スピリチュアル系専門のライターという順子の職業が職業だし、ひょっとすると見る人が見れば、順子からはふつうの人とは何か異なる独特なオーラが発せられているのかもしれない。だから、小林某にしろ涌井にしろ、順子には変てこりんな人間が寄ってくる――。

かなり強引な理屈になるが、直也にはそう考えるよりほか、気持ちの落ち着きどころが見つけられなかった。

「ま、お兄ちゃんも気をつけるこった。俺が見るに、あれはろくなもんじゃないね。あの女、きっといいタマだよ」

涌井の言葉が耳に甦る。何を言っているんだと思いながらも、部屋のドアの鍵を開けながら、思わず直也は「はぁ……」と湿り気味の溜息をついていた。言うまでもなくそれは、順子に四十五万という金を貸した直後の出来事だったからだ。直也のなけなしの金。

（知りもしないおっさんの言うことだ。気にすることなんかまーったくないって。俺はただ順子さんを信じていればいい。それが正解。南風蘭陽さんがバックについた順子さん）

半分は無理矢理だ。が、直也はそう自らに言い聞かせて、涌井と名乗った男のことを、自分の頭から追い出しにかかった。見た感じにしろ目つきにしろ、あまり好もしいとは言い難い男だった。あの男の登場もだが、あの男の存在そのものを何とか否定しよう、存在しないものとしてしまおうと、直也は自分のマンションの部屋で、心中密《ひそ》かに足掻いていた。

＊

《バックヤード（武藤晴美）》

直也にお金がないことは知っていたから、もともと彼からそう金は取れないものと承知のうえで、晴美は彼とつき合っていた。直也とは、楽しく遊べればまあ満足。言ってみれば、彼は晴美の日常の花だった。どう頑張ってみたって、現実や日常なんてつまらないものと相場が決まっている。そこにひとかけら華やぎがなかったら、阿呆《あほ》らしくてやっていられない。それで直也を引っかけた。

ところが、その彼が四十五万——二回に分けてではあったが、べつに晴美が頼んでもいないのに、自分から進んで金を出してくれた。これは晴美にとっては予想以上のよいおまけ……餞別《せんべつ》として直也が金を出したとしても、いいところ五万と踏んでいたからだ。直也から得た金で、引っ越し費用はほぼ賄《まかな》えるし、四十五万は行き掛けの駄賃としては悪くない額だ。直也にとっても晴美は日常の花だったのだろう。巡り合わせの悪さからか、直也は目下、不遇にして孤独だが、人は好いし、案外真面目で素直な人間だ。心もきれい。それは何ヵ月間かつき合ってみてよくわかった。

（あなたもつまらない日常、孤独な日々にはもううんざり、少しは日々を楽しみたかったし、夢を見たかったのよね）

晴美は心で直也に向かって語りかけた。

そういう人間ほど、晴美の撒《ま》いた餌《えさ》に食いついてくる。簡単に騙される。つまりは晴美の人選、眼鏡に間違いはなかったということだ。

（よかったね、直也君。夢が見られたじゃない。夢を売る――スピ系ライターじゃなくて悪かったけど、それがまあ私の稼業みたいなものなのよ）

晴美は続けて直也に語りかけた。

（それにこのまま真面目にやっていれば、三十五になった時には直也君、本当にいい方向に局面が変わってるかもしれないわよ。その時、直也君は改めて私に感謝すると思うな。ああ、順子さんが言ってたことは嘘じゃなかったって）

晴美が夢を売る側の人間なら、沢田や瑞枝、そして直也は、夢を買う側の人間。何かを買おうとすれば、金を支払わなければならない。それがこの世間の常識、決まりごとだ。

（それにちゃーんと従ってくれてありがとうね）

問題は小林瑞枝。これが案外渋ちんだ。ようやく周による三ヵ月の特別気功整体を受ける決意をして申し込みはしたものの、晴美に関して言えば、ご飯を作ってきてくれたり、掃除、洗濯をしてくれたり、ティッシュやトイレットペーパー、消耗品の類を買ってきてくれたり……最初の頃とほぼ変わりなく、「カーテンもすっかり煤けちゃって。本当は冬が来る前に、カーテンも換えたいんですけど……」などと、暗にカーテンを買うだけのお金がないことを匂わせても、容易に「ああ、買いなさいよ。私が出してあげるから」とはならない。財布も、あえて革が擦り切れたよれよれのを出して見せたりするのだが、そういう点、瑞枝は鈍感なのか、「お財布、ずいぶんくたびれてるわね。新しくしたら？　私、買ってあげようか」とは言わない。渋ちんというよりも、彼女のなかでは、何くれとなく誰かの世話を焼くこと、つまりは金に換算できない自分の労力を費やして、相手に自分ができる限りのことをしてやることが、何よりの幸せなのだろう。それもまた、もともとわかっていたことだから止むを得ない。それでも晴美のプライドとでも言ったらいいか、このまま瑞枝から何も手にしないまま、新井薬師から「さよなら」するというのは、やはりどうももうひとつ面白くない。何しろ一年以上も、陰気臭い〝かわいそうな留美ちゃん〟キャラを演じてきたのだから。できれば消える寸前に何か一発、〝事件〟と呼べるようなことを引き起こして、自然と彼女が三、四十万ぐらいの金を出すような恰好で締め括《くく》りたい。そういうかたちで締め括れたら、晴美の側はハッピーだ。もう瑞枝に用はない。

（その手を早く考えなくちゃならないんだけど……ああ、今日は何か、すっごく嫌だった

な。先生、何だってあんなことを、急に尋ねてきたりしたんだろう）

今は中野のつばめクリニックからの帰り。つばめクリニックには早稲田時代から通っているので、初診から七年以上ともう長い。椿野も、晴美が訴える諸症状をよく承知しているし、晴美が椿野が処方した以上の量の眠剤を服んだりすることがないことも承知しているので、がたがた言わずに必要な量の薬を処方してくれる。話が早い。決まりによって処方量や日数が定められているものは、むろんそれ以上出してはくれないが、かなり融通をきかせてくれるので有り難い。仮に北品川辺りに移ったとしても、晴美にとって都合のよい次の心療内科や医師が見つかるまでは、晴美は当面つばめクリニックに通い続けるつもりでいた。これからバタバタと慌ただしくなるのは目に見えているから、今日は制限ぎりぎり、次に訪れるまでに充分足りるだけの薬を手に入れるために、晴美はつばめクリニックを訪れた。眠剤がないと眠れない——それは事実だし、身を脅かすような不安に見舞われた時などには、やはり晴美には薬が必要なのだ。

診察の流れはいつも通り。現在の調子について、晴美は椿野に問われるままに手短に話した。新たに何か困った症状がでていれば、それに対応する薬が追加で処方されるが、前回と変わりないか、さらに改善に向かっているようであれば、薬の処方も前回通り——。

「好調を維持されているようで結構ですね」椿野は言った。「お薬は前回と一緒でよろしいでしょう」

それに対して晴美は言った。

「あの、先生。このところ、割と長い期間調子がいいし安定しているので、私、版元からの依頼も結構受けていて、だいたい毎日仕事をしているんです。その仕事の締め切り等あって、次にこちらに伺えるのは、六、七週間後になるかと。ですから、今回は四週間が限度という薬以外は、できれば六週間分いただけないでしょうか。前にいただいた分が若干余っていますので、六週間分だしていただければ、七週間後の予約で大丈夫だと思います。どうかよろしくお願いいたします」

椿野は、晴美の言葉を疑うこともなく、すぐに「わかりました」とパソコンのキーボードを叩きだし、いつもより多めの処方、六週間分の薬を処方箋《しょほうせん》フォームに入力していた。

ふだんならばこれで終わり。ところが、入力を終えた椿野が、パソコン画面から晴美の顔に目を移し、晴美にやや意味深長な眼差しを向けながら、次の話の口火を切った。

「ああ、武藤さん。今からお尋ねすることは、これまで武藤さんが訴えてきた諸症状その他には、恐らく関わりのないことだと思います。ですが、今までお訊きするのを忘れていたことを、今日は少しお伺いしてもよろしいでしょうか。今日、お時間、少々大丈夫ですか」

「え？　あ、はい。どうぞ」

晴美は、内心きょとんとしつつも頷いて言った。

「武藤さんがお小さい頃、まだ幼女や少女であった頃のお話を、思えばまだ一度もお伺いしたことがありませんでした。――そうですね、物心がついた三つぐらいの頃から小学校三年生ぐらい、年齢で言うと九つぐらいまでの間、どんな幼女時代、少女時代を過ごされましたか。お話しになれる範囲で結構です。その間、何かつらい出来事があったり、つらい経験をなさったことはなかったでしょうか。ことに、ある期間継続的につらい思いをされたようなことは」

「――」

思ってもみなかった椿野の問いかけに、晴美は絶句でもするかように言葉を失った。

頭のなかは暗い。その薄暗い闇のなか、首を吊《つ》った父・靖志の、まるで汚れて黒ずんだてるてる坊主みたいな無残な像が甦る。同時に、何とも言えない嫌な臭いも鼻腔《びこう》に広がった。そして松尾。毎夜のように薄暗がりのなか、晴美のからだに手を伸ばしてきて、少女だった晴美のからだを舐めまくり弄《いじ》りまくった義理の父。母の佳子の再婚相手。およそ三年の間、晴美は松尾に、夜の玩具《おもちゃ》にされてきた。晴美は夜が来るのが怖かったし、松尾に舐められるのも触られるのも、嫌で嫌でならなかった。

が、松尾が晴美にそうした本当の意味は、ある年齢になるまでわからずにいた。その意味がわかったがゆえに、晴美に訪れた次の地獄。晴美の股の間から、からだのなかに突っ込まれた松尾の指……あれはある意味セックスだったのだ――ある時、晴美は悟った。自分はたったの六歳かそこらでそれを経験した。もちろん晴美が悪い訳ではない。けれども、そうと知った時に覚えた脳天を貫くほどの強烈な自己嫌悪。もしも佳子がもうすこし長い時間、松尾との離婚を躊躇《ためら》っていたら、晴美は八歳か九歳にして怒張した松尾のものを、無理矢理からだに突っ込まれていたことだろう。もしもそこまでされていたら、子供の狭い膣《ちつ》ははち切れて、だらだらと血を流しただろうし、きっとなかも擦れて傷ついて、大変なことになっていたに違いない。それでもきっと医者にも連れていってもらえずに、その傷もまだ癒《い》えないうちに、松尾にまた同じことをされていたことだろう。何せ松尾にとっての晴美は、人間ではなく玩具だったのだから。晴美は、当然処女も失って、まだ初潮も訪れていない子供だというのに、松尾の女にされていたところだ。九歳にして四十男の情婦、性奴隷。こんなにも厭《いと》わしくも穢《けが》らわしい少女時代があるものだろうか。それを晴美に語れというのか。

相手は心療内科の医者だ。とはいえ、それは酷だし無理な話としか言いようがなかった。

「ご無理をなさる必要はありませんよ」晴美の顔色を読んでか、椿野はいたって穏やかな口調で言った。「何もお話しいただかなくても構いませんし、また、いつでも武藤さんが話したいと思われた時に、話してくださっても結構です。すべては武藤さん次第です」

「父と母は」その椿野の言葉を無視するかのように、晴美は低い声でぼそりと語り始めた。

「私が幼い頃に、相次いで亡くなりました。以降は母の妹の叔母が頼り――その叔母も、早くに亡くなってしまいましたが。それからは、どうしたって他人の世話になって、他人を頼るしか生きていく術《すべ》はなく……。生きていくために、子供ながらに相手の顔色を見たり、相手が好むような子供であろうと努めたり……。べつに何があったという訳ではありませんが、私の少女時代は周りの子たちと比べたら、たぶんつらいものだったと言えると思います。思いますというのは、その時期のことを、実は私もあんまりよく覚えていないんです。いつからか、何だか酷く遠いものになってしまって……。いずれにしても、私の少女時代は、豊かでもなければ家庭の温もりもなく、幸せと言えるようなものではなかったと思います。私が今、先生に申し上げられるのはそれだけです」

「そうですか。武藤さん、本当はお話しになりたくなかったであろうことを、お話しくださってありがとうございます」椿野は静かに言った。「武藤さんが当時のことをよく覚えていないというのは、ある時点で、自己防衛本能が働いたのかもしれませんね。つらいことは忘れてしまいたいというご自分の気持ちだけではなく、本当に忘れてしまって覚えていないということが起こりますから。まるで脳のどれかの記憶の箱の蓋《ふた》がぱたんと閉じて、しっかりと鍵がかけられたみたいになって」

「――――」

「すみません。嫌な思いをさせてしまったとしたらお詫びします」言ってから、椿野は律儀に晴美に小さく頭を下げた。「ああ、これからも、あえて過去を思い出そうとはなさらないように。それよりは、今の好調と安定を大事にしていきましょう」

「先生」

晴美はつい真剣な面持ちになって、椿野をじっと見据えて言った。おのずときつい視線になっていたと思う。

「だったら先生は、今日どうして私にそんなことを、わざわざお尋ねになったんですか」

晴美の鋭めの突っ込みにも、慌てた顔も困った顔も見せることなく、椿野はいつもの顔ですぐに答えて言った。

「武藤さんは、私のところに通われるようになってからだいぶ長いですから。何か心にこじれたところがあると、一旦寛解となってもぶり返すケースが多く、それを案じてのことでした。そういう患者さんのなかには、幼少期に何か原因となるような問題を抱えておられるかたが結構いらっしゃるもので」

「幼少期のトラウマ……先生、まるでフロイトみたい」

最後にそう言ったのは、晴美なりの皮肉だった。が、それ以上皮肉めいた言葉を口にすることもなければ、攻撃的な言葉を口にすることもなく、晴美は静かに診察室を後にした。辞去する際、ドアの前で仄《ほの》かな笑みを浮かべて、椿野に向かって小さく頭を下げることも忘れなかった。

それぐらいの余裕はあった。が、内実は、何の前触れもなく嫌な過去を思い出させられる恰好になって、晴美はいたって不愉快にして不機嫌だった。

「一旦寛解となってもぶり返すケースが多く……そういう患者さんのなかには、幼少期に何か原因となるような問題を抱えておられるかたが……」

椿野はそんなようなことを言ったが、そう言われたからといって、自分が最も厭悪している過去の汚辱を、どうして他人に易々《やすやす》と語れるものだろうか。そんなことなどできるはずがない。そう考えると、ますます不愉快になって、腹さえ立ってきた。

（急に尋ねてきたこともだけど、あの先生の話自体、少しおかしいわよ。躁鬱病や強迫性障害、それに不安神経症や不眠症なんて病気に、幼少期のトラウマなんか、まず関係がない。どれもその人間が今現在置かれている現実、状況、環境……そのなかの何かがストレッサーとなって引き起こす病気ばっかりだもの。そんなことは、先生が一番よくわかっているはずじゃない。なのに、何で私にそんなことを？）

そこに思い及んだ時、晴美はまるで天啓でも受けたみたいになって、はっと目を見開いた。椿野は晴美のなかに、いよいよ何かべつの病の臭いを嗅ぎ取ったのではないか。だからこそ、今日、幼少期のことにまで踏み込んで訊いてきた――。

（私の嘘……演技……詐病……そのことに、先生も遅蒔きながら気がつき始めた――もしかしてそういうこと？　それで私をこれまでとはべつの病気を抱えた患者として治療し始めようとした。――そういうこと？）

考えを進めるうち、晴美の表情は、自分でも気づかぬままに、雨降り前に不意に湧きだす黒い雲のように、どんよりとした不穏な暗さをみるみる帯びていった。

（幼少期のトラウマ……先生が想定しているのは何の病気よ？　私が骨折を装ったりしてることに気づいたわけ？　で、違う病気を考えた。何とか症候群とか何とか人格障害とか……どうせそんな病気に決まってる。どっちにしたって嘘つきだってことよね。筋金入りの嘘つき）

晴美は忌ま忌ましげに鼻の付け根に皺《しわ》を寄せた。

（駄目だ。やっぱり急いだ方がいい）

椿野という医師をも欺けること、七年以上も彼を欺き続けていることは、晴美の黒い部分の心の支えであり、自信でもあった。それが、今日、突如として揺らぎ始めた。そんな思い。医師も欺けるほどの嘘や演技、それができなかったら、一般の人も欺けない。晴美はそう思っている。それというのも、医師はプロだから、晴美と接するのはあくまでも仕事であって、誤った診断を下したとしても、訴訟にでも発展しない限り、自らに被害は及ばない。つまりはワン・オブ・ゼム――たとえば晴美は、椿野という医師が相対する数多くの患者のなかの一人に過ぎない。したがって、人の心を扱うプロとはいえども、見落としや間違いがあって当たり前なのだ。一方、一般の人……たとえば沢田や瑞枝、それに直也は、晴美と人間と人間として、一対一でつき合っている。だから、その目は侮れない。

彼らの目を甘く見てはいけない。

（つばめクリニックにも、もう行かない方がいいかもしれない）

晴美は思った。

武藤晴美／一九七六年（昭和五十一年）四月一日生まれ／四十三歳――。

晴美は五年半前、三十八の誕生日を迎えた時に、もうこれ以上歳をとるのはやめると決めた。永遠の三十八歳――。何とか三十八で通るうちは、三十八歳であり続けることにしたのだ。

けれども、つばめクリニックの椿野や薬師病院の天野、彼らは当然晴美の生年月日と年齢を、正しく把握している。さすがに役所や病院でまで、それを偽ることはできない。

（嫌だな。本当のこと、私の事実を知っている人間たちは、当面どうあれ避けたい。あの人たちの記憶や記録のなかから、早いとこ武藤晴美を削除したい。抹消したい）

思ってから、晴美はさらに顔を暗く曇らせた。

（今回はうまくやるつもりだったし、そこそこうまくやってもいた。そのはずだった。だけど……。早稲田から越してきた時は、東中野や新井薬師には、これまでよりも長く住むつもりでいた。だからこそ、部屋もふたつ借りた。その予定だったっていうのに、私ったら、もう中野からの遁走を考えている。ううん、完全に遁走態勢に入っている）

中野界隈に越してきた当時の自分の気持ちを思い出し、晴美は余計に陰鬱な気分に浸された。早くも遁走態勢に入っているということは、当初描いていたシナリオに、多少なりとも狂いが生じたということ。どこで何を誤ったかと、自ら探るような思いで過去を振り返る。自分で自分のしくじりを探るのは、晴美の最も嫌いな作業だった。

（いまさらそれがわかったからって、どうにもならない。過去を振り返ってみたところで意味はない。それより早く消えることを考えなくちゃ。中野を出て、姿を消さない訳にはいかなくなっちゃってるんだから）

気持ちを切り換え、自分を励ますように心のなかで言って、晴美は表情を引き締めた。

（だって、死んだ人をまた生き返らせることはできない。そうでしょ、晴美？）

沢田をあの世に送り出してから、昨日で早や二週間が過ぎてしまった。

新聞を止めたことはやはり正解だったようで、今のところ近隣で沢田のことが話題になっている様子はない。昨日、明け方に近い時刻に一応郵便物もチェックしに行ってみたし、来ている郵便物は一旦回収してきた。そう数は届いておらず、部屋に戻ってからなかを確認してみたが、急いで返信をしなければ怪しまれるような郵便物の類もこれといってなかった。沢田の家のメールボックスは割と大きめで容量があるから、この分だと、仮に一、二冊、厚めの雑誌やパンフの類が届いたとしても、しばらくは外に溢れだすようなことにまではなるまい――晴美はそう判断した。

新井ハイムに置いているもので、これは必要というものは、順次ニアリバーに移すようにしている。瑞枝の目があるので、まずは目立たないところ、押入れのなかのものが主だが。いざとなったら、新井ハイムの方は不要な荷物を残したまま、おさらばしてしまえばいい。常時六軒中三軒は空室という借り手を探すのに苦労をしているようなおんぼろアパートだ。工藤留美として借りる際も細かな身元確認はなく、ただ保証人は求められた。保証人は、牛込柳町に住む元会社役員、遠藤芳弘《えんどうよしひろ》という六十八歳の男性が引き受けてくれた。遠藤は、晴美が周を紹介した人間で、彼は今も周の特別気功整体と超能力にハマっている。何せ整形外科では治らなかった腰から大腿《だいたい》部にかけてのしつこい痛みと痺《しび》れが概《おおむ》ね解消されたのだから、信奉者にならない訳にはいかない。晴美が突然新井ハイムから消えたら、部屋に残されたゴミに等しい不用品は、大家が業者を差配して始末したとしても、何とか敷金で賄えるのではないか。保証人の遠藤が多少支払うことになったとしても、恐らく三万か四万、そんなところだ。少しは周にこぼすかもしれないが、遠藤は金にまったく不自由していないから、そう騒ぎにはなるまい。したがって、引っ越し業者を頼むのは一軒だけ、ニアリバー東中野503の部屋。次に部屋を借りる際の保証人は、周の一番下の弟が引き受けてくれることになっている。周は数年前に、大連でコックをしていた弟の恵和《けいわ》を日本に呼び寄せて、日本人女性と結婚させた。婿養子となった恵和は日本国籍を取得して、今は内村《うちむら》恵和として、錦糸町《きんしちょう》で妻とともに小さな中華料理店を営んでいる。もともと妻の実家が中華料理店だったのだ。妻の老父母がやっていた店は、小さいなりに流行《はや》っていたし常連客もついていた。が、二人もそろそろ七十、寄る年波でからだがきつくなり、店を畳むことも考え始めたが、流行っているだけにやはり惜しい。料理の腕がよくて婿に入ってくれるのなら、中国人であろうと構わない。四十一になる嫁《い》き遅れの娘もろとも、店を継いでくれる人間がいないものかと探していた。したがって、双方ともに渡りに船。

恵和に保証人となることを承知させたり、北品川の不動産屋に何度か足を運んで物件を見てまわったり……晴美も密かに準備を進めつつある。ただ、まだ〝これ〟という物件が見つからないこと、瑞枝からもう少し金を……そのふたつのことが、未だ晴美を中野に止《とど》まらせている。そんなところだった。

（でも、あの女に構ってる暇はないかも）

瑞枝の顔を思い浮かべながら、晴美は思った。

（粘って五万か六万っていうんじゃ、頑張った甲斐《かい》がない。かといって、もう少しまとまった額を狙って最後の最後に下手を打ったら泣くに泣けない。後は周先生頼み——そこで多少回収できればいいとするか）

周も、何の頼りも伝《つて》もなく、瀋陽から単身東京にやってきたような男だ。最初の数週間は、たしか上野公園で寝起きしていたはずだ。日雇い仕事で金を貯《た》めて、気功整体院を営むようになってからも、日暮里《にっぽり》、赤羽《あかばね》、大久保、そして中野と、都内を転々としてきた。もともと渡り歩きには慣れているし、渡り歩きたい種類の人間なのだ。たぶんその方が、地縁が濃くならなくて面倒がないし、整体院は流行っている状態で客ごと次の中国人整体師に譲り渡すから、そこでひと儲《もう》けもできる。流行っている整体院を売ることも、周の商売のうちなのだ。そんな人間だから、もしもことが少々ややこしくなってきたら、周にもまた整体院を移させればいい。そうすれば、早稲田界隈で引っかけた客、服部喜代子、秋山悦子……彼女たちも周にアクセスする手段を失うし、瑞枝もアクセスできなくなる。周がケイタイ番号を変えることなどしょっちゅうだ。もちろん晴美もだし、過渡期はケイタイ二台持ちもアリ。周とはある意味似た者同士、これからもバディとしてやっていける。晴美の取り分は三割五分だが、金にもなる。因みに周は弟の恵和のことを、晴美以外の人間には誰にも話していない。下手に他人に所在が確定している親族の話をすると、何かの際にそこから自分の居所を辿られかねないからだ。

（そうだ、それがいい。北品川に引っ越して少し落ち着いたら、先生もどこか近くに呼び寄せて、そこでまた整体院を始めさせよう）

晴美は後ろを振り返ることは早々にやめて、ニアリバー東中野の自分の部屋に帰り着く頃には、晴美なりに前向きに、次の地での最初の一手を考え始めていた。

第六章　破綻《はたん》

＊

《報日《ほうにち》新聞・東京城西地区（新宿／中野／杉並《すぎなみ》／練馬《ねりま》）地方欄》
『中野区でまた孤独死』
　昨10月6日深夜、中野区東中野2丁目の住宅で、その家に一人で暮らす沢田隆さん（71）が、警察官、消防士により、遺体で発見された。沢田さんは、妻・百合子さんに2016年に先立たれて以来およそ3年、当該所有宅で一人暮らし。昨夜、沢田さん宅の隣家で小規模な火事があり、消防士が安否確認のため沢田さん宅を訪れたが応答がなく、警察当局と連携の上、宅内に立ち入るに至ったところ、沢田さんが2階寝室で死亡しているのが確認された。遺体の腐敗が既に始まっていることから、隣家の火事との因果関係はなく、沢田さんはそれ以前に自宅で死亡したものと推定される。沢田さんは心臓に持病があり、病死した可能性が疑われる。一方、昨夜以前に同じく東中野に居住する沢田さんの知人から、警察に所在確認を求める旨の連絡が入っており、その他状況にも不審な点が認められるため、警察は司法解剖を行うとともに、諸情報の収集に努め、病死、事故死、他殺、あらゆる方面から沢田さんの詳しい死亡原因を探る方針。沢田さんは、元会社員・現在無職。沢田さんの一人息子の沢田稔氏は、S.MINORIの名でニューヨークを拠点に活動する現代美術アーティスト。首都圏では、これで今年に入って5人目の孤独死の発見となる。

1

《小林瑞枝》

家に帰り着くと、瑞枝は「ああ、やれやれ」とばかりに、リビングのソファに腰を下ろした。今日は午前十時に、周の特別気功整体の予約が入っていた。七時前に起きて朝食の用意をして夫の義郎を送り出すと、バタバタと掃除、洗濯といった日常の家事。気づくと九時二十分になっていて、慌てて身支度を整えて、中野駅南口にある周の整体院に向かった。洗濯機はまだ回っている最中だったが、放ってそのまま家を出てしまったから、これから洗濯機のなかのものを干さねばならない。それが済んだら自分の昼食の準備だ。素麵《そうめん》の残りを処理してしまいたいから、温かい出汁《だし》に、拍子木切りにした茄子《なす》、人参《にんじん》、豚肉、それに油揚げを入れて、少し煮て味を調えたら小口切りの葱《ねぎ》を散らすだけ。それを椀《わん》に注《つ》いで湯掻《ゆが》いた素麵を入れて食べる。温かめの料理だが、熱々の料理ではない。もう十月。さすがに冷たい素麵の時期ではないし、飽きたから、ちょっと秋らしいアレンジをするだけのこと、あっという間にできてしまう。ちょちょいのちょいだ。

「先生のところの営業時間は、午前十時から夜の八時まで。先生が、その日最初の患者さんとして、十時に瑞枝さんの予約を入れてくださっているというのは、とってもいいことです」

留美は言った。明るく確信に満ちた口調だった。

「先生も、一日に何人もの患者さんに施術をしているうちに、だんだん病んだ患者さんの負のエネルギー、マイナスのオーラを吸収しちゃうから、本当のところ、夕刻以降の施術はあんまりお勧めじゃありません。午前中、それも先生が最も気に満ちている朝がいいです。まだ誰にも施術していない十時なんて最高ですよ。瑞枝さん、回を重ねるごとに、あちこち歴然とよくなっていきますよ。夜もよく眠れるでしょうし、頭や目の冴《さ》え方も、全然違ってくるはずです。私も楽しみ」

留美の口車に乗せられて……と言ったら語弊があるが、瑞枝は内心「高いな」と思いながらも、周の三ヵ月の特別気功整体を申し込んでしまったし、現にこうして週に一回通い始めてもいる。事実、どこの関節も可動域が広くなって動きはいたってスムーズになったし、前はヒアルロン酸注射を射っていた右膝《みぎひざ》もだが、腰も背中も首も……どこもみんな痛みを発することなく楽になった。加えて言うなら、まだ痩《や》せたとまでは言えないものの、体重も二キロほど減った。

「ああ、小林さん、通っていると、もっと体重落ちます。私の特別気功整体、からだの悪い毒素を流すだけじゃない。無駄な脂肪も溶かして流します」周は言った。「そうね……お腹《なか》の脂肪、そこから落としていくようにしましょう。なかも外も」

「……なかも外も？」

思わず瑞枝は問い返していた。

「ああ、なか……内臓脂肪。だから、体重、急激には落ちない。でも、一旦落ち始めると、六、七キロ落ちます。いつも通りに食べて平気。ダイエット、必要ない」

「太股《ふともも》が太いのも悩みなんですけど、太股も細くなります？」

「脚、難しい……でもなります。それはお腹の後。そうね……お腹の後は、先に胸の周り、おっぱいの周りの脂肪ね。太股はその後」

つまりは、もはや乳房とは呼べず、ブラジャーからはみ出す恰好になっている年輪脂肪を、お腹の次に落とそうということだ。

「あなた、娘さんいるね。娘さん、仕事、とても忙しい。だから……食事、あまりよくないねえ。ハンバーガー、カレー、牛丼……ジャンクフードみたいなもの、多い。それで太ったことを気にしてる。私、そう感じる。もし時間があったら、娘さん、私のところに来たらいい。そうしたら、ダイエットしなくて大丈夫。自然に痩せる。食の好みも変わる」

また出た——瑞枝はそんな思いになった。周先生の超能力——。

ついこの間だ。理緒と久しぶりに電話で話をした。珍しくあちらが電話を寄越したのだ。

「理緒、ちゃんと食べてるの？　いつも仕事、仕事ってそればかりだけど、人間、からだが資本よ。しっかり食べなきゃ駄目だからね」

瑞枝が言うと、電話の向こう側の理緒が、幾らかうんざり声で言った。

「食べてる、食べてる。食べられる時にドカ食いしちゃうから、太ったよ、私。半分はストレス食いかな。嫌んなっちゃうな、忙しいのに太っちゃうって。何かへこむー。——で、お母さんは？　このところ、ずっと音沙汰《おとさた》なしだったけど、どうしてたの？」

「ああ、べつに。私は元気よ。週に一回、整体に通ったりしてるけど。お父さんは相変わらず」

「ふうん。なら、いいけど。いつもは煩《うるさ》いお母さんが音なしの構えだと、何か起きてるんじゃないかって、逆に心配になっちゃったりして。——ああ、振り込め詐欺とかには気をつけてよ。私もお兄ちゃんもまともにやってるから、急にお母さんにお金のことを頼んだりすることは絶対にないからね」

「振り込め詐欺って、ちょっと……。私は年寄りじゃないんだから、そんなものに引っかかる訳がないでしょ。来年は還暦だけど、まだぎりぎり五十代、五十九歳なんだから」

「この際、歳は関係ない。そういうふうにね、自分に自信を持ってる人ほど引っかかるものなのよ。ま、とにかく万事気をつけてね」

そんな短い遣《や》り取りだったが、こちらが連絡しないと、案外向こうから連絡してくるものだということ、それと、理緒が日頃の生活習慣から太ったらしいことがわかった。それを、周はずばり言い当てた。周は、自分は日本語は下手だからと言うが、周に言われると、何だかその気になってしまうし、言うことすべてが的を射ている気にもなる。瑞枝は留美のみならず、周の口車にも乗せられている――そんな感じがする時がたまにある。

その周の特別気功整体を受けてきたのだから、「ああ、やれやれ」もないものだとひとり苦笑して、瑞枝は腰を上げると洗濯物を干しにかかり、続けて昼食の用意を整えた。やはりからだは軽く楽になっていて、家事をしていても、知らず鼻歌を唄《うた》っていたりする自分に気がつく。なかなかいい気分だった。

それらを終えて、今度こそ本当に「ああ、やれやれ」と、瑞枝はダイニングの椅子《いす》に腰を下ろし、ゆったりと昼食を摂《と》り始めた。

(ああ、そうそう、新聞、新聞)

温かい素麺での昼食をほぼ終えて、お茶を淹《い》れにかかった頃だ。瑞枝はテーブルの上の報日新聞の朝刊に手を伸ばした。瑞枝は読んでも十分かそこら。後は都度都度テレビ欄を見る程度だ。今はテレビのニュースだけでなく、ネットニュースもあることだし、新聞をとるのはやめてしまおうかとも思うのだが、義郎が「一般市民が新聞も読まなくなったらお終《しま》いだ」と譲らないのでとり続けている。

（今日は月曜日……月曜の夜は、何の番組があったっけ？　今夜は何を観《み》ようかな）

そんな調子で、いかにも専業主婦らしく、まずはいわゆるラテ欄から先に見て、後は一面からざっと関心のある記事を拾って斜め読み。城西地域の地方欄など、選挙でもない限り、いつもはほとんど読まない。が、今日はなぜか地方欄も開いて、粗々《あらあら》眺めた。と、ある記事が瑞枝の目に留まった。

（え？　えっ、沢田？　沢田隆さん？）

思わず瑞枝は目を見開き、たちまちその記事に釘付《くぎづ》けになっていた。『中野区でまた孤独死』――。

（東中野2丁目の沢田隆さん、七十一歳？　二階寝室で死亡しているのが確認されたって、これ、もしかしてあの沢田さんじゃないの？　留美ちゃんが東中野で一緒だった――）

そう思って、もう一度じっくりと読み返す。

（沢田さんは心臓に持病があり、病死した可能性が疑われる。……その他状況にも不審な点が認められ……警察は……病死、事故死、他殺、あらゆる方面から沢田さんの詳しい死亡原因を探る方針……)

頭のなかで声に出して記事を読み上げてもみた。読み上げるうち、二の腕の辺りに鳥肌が立ち、続いて自然とからだが小さく震え始めた。心臓もばくばく言っている。

(遺体の腐敗が既に始まっている……じゃあ、いつ亡くなったの? 東中野であの人に会ったの、いつだったっけ? 心臓に持病。なのに、あらゆる方面からって……)

孤独死は確かにしても、今のところ死因の特定ができていない不審死ということだろう。病死、事故死、それに他殺とあるから、場合によっては、殺害された可能性もあるということではないか。

「えーっ、そんなー」

ひとりでに、大きな声が瑞枝の口から飛び出していた。愕然《がくぜん》たる思いとはこのことだった。新聞を持つ手がまだ震えていて、新聞もその震えを受けてシャリシャリ音を立てて小刻みに揺れている。

(あの人、死んだの? もしかしたら強盗か何かに殺されちゃったかもしれないわけ?)

気を落ち着けようと、少しぬるくなったお茶を飲む。そしてまた記事に目を落とす。

記事には、『沢田さんは、元会社員・現在無職。』とある。瑞枝が知っている……いや、留美から聞かされた沢田の職業は医者。代田橋でクリニックを開いていた元内科医。そこがまったく違う。だから別人——そう思いたいのだが、沢田という姓はたいして珍しくないにしても、東中野住まいの沢田というちょうど七十歳ぐらいの男性が、そうそういるものだろうか。ついそう考えてしまう自分がいる。

（嫌ぁね、何考えてるんだろう、私。新聞に、元会社員とあるじゃないの。やっぱり偶然の一致というか、単に同じ苗字だっていうだけの話よ）

瑞枝は、心で自らに言い聞かせるように言葉を紡いだ。

（職業だけじゃないわ。沢田先生は娘さんのマンションで、娘さんと一緒に暮らしてるはずだもの。かたやこっちの沢田さんは、戸建ての家での一人暮らし。そこも違う）

自らに言って、何とか自分を納得させよう、気持ちを落ち着かせようとするのだが、瑞枝は、元医師の沢田が住んでいるマンションを確かめた訳ではないし、事実、彼が娘と一緒に住んでいるかを確かめた訳でもない。彼が娘らしき女性と歩いているところもだ。すべては留美の話の限りに於いてのこと。おまけに留美は、途中で話をちょっとばかり変えた。それも気になる。当初の留美の話では、沢田が院長を務めていた代田橋内科クリニックは、息子に譲って代替わりしたということだった。だが、瑞枝がスマホで散々検索してみても、世田谷区に代田橋内科クリニックという医院は見つからなかったし、その他の世田谷区内の病院やクリニックもみんな調べてみたが、沢田という院長がやっているところはどこにもなかった。それを言って、東中野で留美を問い詰めた時のことだ。

「代田橋のクリニックは畳まれたそうなんです。……一旦はクリニックを引き継がれた息子さん、代田橋のクリニックを畳まれて大病院の勤務医になられたそうなんです」

留美はそんなようなことを言って瑞枝の追及をかわし、瑞枝が抱えていた疑問と矛盾を解消してみせた。たしかに、それで一応話の辻褄《つじつま》は合う。とはいえ、当初の話と変わったことは事実だ。

(そうよ。私、あの時スマホで徹底的に調べてみたんだもの。沢田という苗字だけじゃなく、姓名でも調べてみたはず。そのはずよ。——たしか私、前に留美ちゃんから聞いたのよね、沢田先生の名前。留美ちゃんは、沢田何って言ってたっけ。下の名前までは言ってなかったかな。——ううん、聞いた。私、尋ねたのよ、『何て名前?』って。そうしたら留美ちゃん……)

「沢田……沢田先生です。代田橋内科クリニックの沢田隆先生」

現に今、自分の傍らにいる留美から聞いているが如くに、留美の声と言葉が、はっきりと瑞枝の耳に甦《よみがえ》った。とたんにぞっとなって、また鳥肌が立った。今度は二の腕だけでは間に合わず、背筋、首筋まで粟立《あわだ》っていた。

(留美ちゃん、言った。沢田隆先生って。沢田隆……何なの? それって、孤独死した人とまるきり同じ名前じゃないの)

心臓のばくばくが大きくなる。何をどう考えていいやら、いきなり瑞枝は混沌《こんとん》に陥ったような心地だった。

経歴は違う。でも、年恰好も同じなら姓名も同じ。どう考えてみたところで、そんな人間が東中野に二人いるとは思えない。

（それにあの先生、私が声をかけた時、ぽかんとしていたたし、自分が医者だってことを否定していた）

「私は医者ではありません。今も昔もです。ただの勤め人で今は引退の身ですし」

沢田がそう言って否定したことに関しても、医者は患者の恨みを買うこともあるからだとか何とか、留美は理屈を捏《こ》ねていたが、そんなに捏ねくり返すことをしなくても、本人が言ったことが事実、そちらに軸を据え直せば、留美が東中野で一緒だったのは、医者ではなくて元会社員の沢田隆。昨夜、孤独死しているのを発見された老人。話の辻褄がきれいに合う。そっちの方が断然理路整然となる。

（――――）

それが本当の事実と確信した時、瑞枝は茫然《ぼうぜん》たる思いに見舞われ、しばし言葉を失った。沢田が瑞枝に言ったことが事実ならば、留美の言ったことは偽り。つまりは嘘。そういうことになる。

（嘘……。だけど留美ちゃん、何でそんな嘘をつく必要があったの？　沢田先生に関してもだけど、ニアリバー東中野の件にしたってちょっと……。留守宅の管理なんて、そんな話、私が訊くまで一遍もしてくれなかったし、友野さんとかいうあの若い男性――。ニアリバーに住んでいるのは、吉井順子とかいうライターの女性だと言ってたわよね。相手がいかに親しい編集者だとしても、女性が自分の留守宅に男性が立ち入ることを許すもの？

やっぱり変よ。何かおかしい。もしかして、それも嘘なの？……っていうか、留美ちゃんの話、どこからどこまでが本当で、どこからどこまでが嘘なわけ？　事実はいったいどこにあるの？　何が事実なの？）

「怪しいわよ、その女。……本当に折れていたの？　あなた、それ、確かめた？」

瑞枝の疑惑に揺らぐ心に追い討ちをかけるように、亜紀の言葉までもが耳に甦る。

（え……骨折までもが嘘。病気も嘘。そういうこと？）

「詰まるところお金よ」亜紀はそうも言っていた。「そのうちきっとお金のことを持ちだしてくるわ。その時の彼女が、本当の彼女。彼女の正体」

瑞枝は、留美のところに日用品は買っていっても、それ以上のものは、服にしろバッグにしろ靴にしろ、何も買い与えていないし、留美が金を要求してきたこともない。但し、超能力も備えた凄腕《すごうで》気功整体師として、周は紹介された。結果、瑞枝は周の特別気功整体を集中して受けることになり、前金一括払いということで一割引きにはしてもらったが、十三回分、三十五万を既に周に支払っている。

「本当はそれに消費税かかる。でも、小林さんは留美ちゃんの紹介。だから、消費税はいい。要らない」金を受け取る時、周はてかったような笑顔を見せて言った。「三十五万一千円の端数の千円もおまけ。あなた、特別」

周のいかにも機嫌よさげな笑顔を思い出し、それとは対照的に、瑞枝は額の辺りに黒い翳《かげ》を落とした。

（まさか――ひょっとしてまさかの出来レース？　留美ちゃん、もしかして先生から紹介料とかマージンとか貰《もら》ってたり？）

しかし、紹介料一割としても、特別気功整体三ヵ月を申し込む客を相当な人数紹介しなければ、たいしたお金にはならない。単発での客なら三千円――まさに小遣い稼ぎだ。

（とにかく、沢田さんは亡くなった。沢田隆さん――私が会った人に間違いない。問題は、留美ちゃんの話と新聞記事に食い違いがあるということ）

混乱する頭を整理しながら瑞枝は思った。留美の話と新聞記事、どちらを信じるかとなると、答えは当然新聞記事だ。瑞枝でなくても、誰だってそちらを選択するだろう。事がそれだけで済むのなら、瑞枝もこうも動揺、動顚《どうてん》していない。ひとつでも留美の話を〝嘘〟と仮定してしまうと、あれもこれも……どれもみんな疑わしくなってしまうことが大問題だった。おまけに、幾ら考えてみたところで、留美が嘘をつく理由が見えてこない。それこそまさかだが、もしも彼女が女詐欺師だとしたら、一年以上つき合っている瑞枝は、留美にもっと金を巻き上げられていても不思議はない。それがないから、余計に訳がわからなくなる。但し、もしも留美が嘘つきで、瑞枝のことも欺いていたとしたら、瑞枝はこの一年と数ヵ月、留美に家政婦よろしく使われていたということになる。だとしたら、金は巻き上げられていなくても、それはそれで業腹だ。瑞枝なりのプライドは傷つく。

「そういうふうにね、自分に自信を持ってる人ほど引っかかるものなのよ」

電話での理緒の言葉も思い出され、なおのこと腹立たしく、治まりのつかない気分になる。

いずれにしても、あの沢田は死んだ。それは動かし難い事実と言っていい。そこに立ち返ると、瑞枝は居ても立ってもいられない気持ちになり、椅子から立ち上がるとバッグを探ってなかのスマホを取り出した。悠長にＬＩＮＥなどしている気分ではなかった。すぐに来るかどうかわからない、留美のＬＩＮＥの返事を待てそうにない。それにＬＩＮＥで沢田のことを報せてしまったら、留美に考える時間を与えることにもなる。考える時間――自分の話と新聞記事、そこに生じた齟齬《そご》を繕うだけの時間だ。

瑞枝は手にしたスマホの連絡先から工藤留美を選び、電話マークをタップしていた。

2

《小林瑞枝》
翌日の午前、瑞枝は真剣というよりも、幾分深刻な面持ちをして、秋風が吹き始めた町を早足で歩いていた。中野駅に向かう通りの途中にある純喫茶「月《つき》の光《ひかり》」で、午前十時に留美と会う約束になっていたからだ。

　昨日、留美に電話をした時は、ひょっとしたら電話も取らないのではないかと思ったりしたが、留美はすぐに電話にでて、いつもと変わらぬ調子で言った。

「あ、こんにちは、留美です。瑞枝さん、今日は周先生のところに行ってらしたんですよね。どうです？　おからだの方は？」

「ええ、行ってきたわよ。からだは楽。だけどね、留美ちゃん、今日電話したのは、そのことじゃないの」

「？……」

　瑞枝には、電話の向こうで小首を傾《かし》げている留美の顔が見えるようだった。得意の文鳥みたいな仕種《しぐさ》、表情、眼差し――。

「あなた、新聞、見た？　報日新聞の今日の朝刊。その地方欄」

「あ、いいえ。私、新聞はとっていなくて。結構高いし、ゴミ出しも面倒なもので」

「沢田さんのことが載っていたわよ。あのかた、孤独死していたそうよ。昨日、警察と消防によって、遺体が発見されたって」

「えっ！」

　留美は本当に驚いたような声を上げた後、しばし絶句していた。

「東中野に住む沢田隆さんとあるから、留美ちゃんが一緒だった沢田さんに間違いないわよね。沢田先生」瑞枝は幾らか畳みかけるように留美に言った。「留美ちゃんが代田橋時代にお世話になったお医者さま。そうだったわよね？　沢田先生って、お幾つ？」

　瑞枝はわざと間髪容《い》れず、沢田の年齢を留美に問うた。

「七十……七十一か二だったかと……」

「じゃあ、やっぱり間違いない。沢田隆さん、七十一歳と新聞にあるから。留美ちゃん、あの沢田さん、亡くなられたのよ。しかも孤独死。――ちょっと。あなた、聞いてる？」

「……はい。でも、私には、沢田先生が亡くなられただなんて、急にはとても信じられなくて……。先生、お元気だったし、私、その新聞記事も見ていないので」

　何やかや一応言葉を口にはしているものの、最初電話にでた時よりも、留美の声はぐんと曇りを帯びていた。恐らく留美は、沢田が亡くなったこと、昨夜遺体で発見されたことを知らなかったのではないか。だから初めはいつもの調子ででた。

「だったら留美ちゃん、この電話の後、コンビニかどこかで報日新聞を買ってらっしゃいよ。自分の目で読んで確かめるといいわ」

「あ、はい。そうします」

「新聞を読んでもらえばわかるけど、沢田さん、お嬢さんと一緒になんか暮らしてなかったわよ。マンション暮らしでもない。戸建ての家での一人暮らし。それにお医者さんでもなかった。沢田さんは元会社員。勤め人よ。——留美ちゃん、これってどういうこと?」

「すみません。私も今、頭がちょっと混乱していて……。でも、変だな。——あの、だとしたら、別人なんじゃありませんか。沢田先生じゃなくて、べつの沢田さん」

「あのね、中野区全体ならまだしも、東中野に沢田隆という名前の七十一歳の男性が二人も三人もいると思う？」

「……え、と、先生のお名前は……沢田タカ……タカトシだったかも」

留美の言葉に、瑞枝の顔はどす黒く濁り、ひとりでにチッという短い舌打ちが飛んでいた。またこの娘は、前に言ったことを捏ねくり返して、話を捩《ね》じ曲げようとしている――。

「会えないかしら。会ってじっくり話を聞きたいわ。どうして留美ちゃんが沢田さんのことを、代田橋のお医者さまだったなんて言ったか。娘さんと東中野のマンションで暮らしているなんて言ったか」

「それは……本当にそうだったからで……」

「でも、新聞記事と食い違うじゃない。新聞って、事実を伝えるものでしょ。それに沢田さんご本人も、私が声をかけた時に、自分は医者ではないし、今は引退した勤め人だって、そう仰《おっしゃ》ってた。そっちの方が、記事の中身と合致する。それがいったい何を意味するのか、直接会ってぜひ聞きたいわ」

「そう仰られても……。私には、どう考えても、やはり別人としか――」

こんな遣り取りを繰り返していても埒《らち》が明かない。そう思って、瑞枝は次なる矢を留美に放った。

「とにかく会いましょ。これから私、新聞を持ってそっちに行くわ。申し訳ないけど、その時、留美ちゃんが間違いなく国指定の難病だってことの証明になるようなもの、何か見せてくれない？」

「あ、瑞枝さん、それは」留美は、些《いささ》か慌て、たじろいだように言葉を吐いた。「私、これから病院なんです。もう四、五十分したら家を出ないといけなくて」

「薬師病院？　なら、その後、帰ってきてからでもいいわよ」

「いえ、三時に愛宕の東京中央医療センターで定期検査の予約が……。検査ですから、戻りの時間が読めませんし、私も疲れてしまうので今日はちょっと」

「じゃあ、明日。明日、留美ちゃんのアパートに行くわ。それでどう？」

本当は、一日と時間を置きたくなかったが、止《や》むを得ず譲歩して瑞枝は言った。

「わかりました」酷《ひど》く萎《しお》れた声で留美は言った。「わかりました、けど……瑞枝さん、何か怖い……。私のこと、完全に疑ってらっしゃいますよね。あの、ですから、私の家じゃなくて、外でお目にかかれませんか。周りに人がいるところで、どこか落ち着いて話せるようなところ」

「これまで数えきれないほど留美ちゃんのうちに行っているっていうのに、急に私のこと、鬼か追剝《おいは》ぎみたいに言うのね」

「いえいえ、そんなことは全然。ただ、私もですけど、まずは冷静にならないとお話が……」

「わかった。いいわよ。周りに人がいて落ち着いて話せるようなところね。で、どこがいいの?」

「……そうですね、『月の光』はどうでしょう。中野駅に向かう途中にある純喫茶。『月の光』、ご存じですか」

「知ってるわ。『月の光』ね。午前中で大丈夫? できるだけ早く会いたいから」

「……大丈夫です」

「じゃあ、明日の午前十時、『月の光』でということで。――ああ、さっきも言ったけど、病気や骨折の証明になるようなもの、何か持ってきてちょうだいね」

「わかりました。今日、検査から帰ってきたら、家のなかをちょっと探してみます。診断書や何かは、支援を受けるために国や都に提出してしまうので、何が手元にあるかわかりませんけど」

「何でもいい。何でも構わないから、忘れずに持ってきて」

「はい」

「それと、逃げないでよね。明日、ちゃんと『月の光』に来てちょうだい。もしも留美ちやんが『月の光』に現れないようなら――」

「――」

留美が息を呑んで、瑞枝の次の言葉を待っているのが、電話ながらも気配でわかった。

「私、その足で警察に事情を聞きにいくから」

「えっ、警察に？　警察に事情を聞きにいくって、何の事情をでしょうか」

瑞枝の言葉に、ぎょっとしたような声を上げてから留美は言った。

「沢田さんと沢田さんの死に関する事情。病死、事故死、他殺、あらゆる方面から沢田さんの詳しい死亡原因を探る方針って、新聞にあるわ。つまりは沢田さんは、殺された可能性もある――そういうことよね。その辺りのことを警察に聞きに」

「警察に聞きにって……行っても捜査中のことは、他人というか一般市民には、ふつう話してくれないものなんじゃないでしょうか」

「じゃあ、情報提供者としてならどう？　沢田さんに会ったことがある、工藤留美ちゃんという女性と一緒だった、その工藤留美ちゃんは沢田さんを代田橋内科クリニックの元医師と言っていた……そんな話をしたら、亡くなった沢田さんがお医者さまなんかじゃなく、間違いなく、元会社員だったかどうかぐらいは、教えてもらえるんじゃない？」

「瑞枝さん、とにかく私、明日『月の光』に伺いますから。ですから、どうぞ万事、早まらないでください。警察沙汰なんて物騒なことに巻き込まれるのは私もご免です。何かしら病気の証明になるようなものも、必ず持っていきますから」

「わかりました。それじゃ、明日『月の光』でね」

昨日、留美と電話で交わした会話を振り返りながら歩いた後、やや重ための店のドアを開けて、少々意気込んだ状態で「月の光」に入る。まだ十時にはなっていなかった。たぶん四、五分前だったろう。が、留美は既にやってきていて、奥の方のテーブル席に坐っていた。店に入ってきた瑞枝の姿を認めると、立ち上がって頭を下げた。その留美の顔に、いつものはにかみを含んだような独特の笑みはなく、彼女は少し歪《ゆが》んだ困惑げな表情を浮かべていた。顔色も薄暗い。

(沢田さんのことは言うまでもないけれど、今日こそいろんな疑問を留美ちゃんにぶつけて、少しとっちめてでもこれまで留美ちゃんが言ったことの何が本当で何が嘘なのか、しっかり確かめなくちゃ)

そんな思いに、瑞枝は険しい面持ちのまま、テーブルを挟んだ留美の前の椅子に腰を下ろした。

(数えで六十の大人の女、留美ちゃんなんかからしたら、私は人生の大先輩よ。うかうかと騙《だま》されて堪《たま》るもんですか。専業主婦の沽券《こけん》にだって関わる。専業主婦を舐《な》めないでもらいたいものだわ)

意図せず瑞枝は険しく厳しい眼差しを、目の前の留美に据えていた。

《工藤留美（武藤晴美）》

沢田の遺体が発見された――それを電話で瑞枝の口から聞かされた時、晴美は、まずは顔から血の気が退《ひ》き、頬や額の辺りがたちまち冷たくなっていくのを覚えた。続けて瑞枝と話すうち、顔に血の気は戻ってきたものの、今度は冷や汗とも脂汗ともつかない厭《いや》な汗が、たらりとこめかみから一筋流れていくのを覚えた。腋《わき》の下も湿っている気がしたし、自分が何やら嫌な臭いを発しているような感じがした。

「私、その足で警察に事情を聞きにいくから」

厭な汗を搔いたのは、瑞枝の口からその言葉が出た時だ。

　警察――言うまでもなく、それは困る。大いに困る。もしも瑞枝が警察に行って晴美のことを話したら、恐らく家にも確認のため、警察がやってくるだろう。そして警察はすぐに身元確認をして、晴美の本名が武藤晴美であることを突き止める。いや、突き止められる前に、晴美はそれを告げなければいけない。にもかかわらず、瑞枝は晴美を工藤留美と認識しており、一年以上も晴美がその名で瑞枝と接していたことに、警察はやはり不審を抱くに違いない。瑞枝にしても、工藤留美が本名ではないと知ったら、単なる不審の域を超えて、晴美に強い疑惑と不信の念を抱くのは当然のこと。いずれにしても、警察は避けたい。いや、何としても避けなければならない。瑞枝と電話で話していても、晴美はほとんどそのことばかりを考えていた。

電話を切った後、急いで報日新聞を買いに走り、家に帰ると真剣そのものの面持ちで記事を読み、読んだ後にチッと鋭い舌打ちを飛ばして、晴美は顔をぐしゃりとひしゃげさせた。鏡を見なくたってわかる。晴美は酷い顔、酷い顔色をしていたことだろう。

新聞も止めたことだし、晴美は早くてまあ一ヵ月半——そう見ていた。ところが、事を起こしてから二十五日、たったの三週間と四日で、沢田の遺体が発見されてしまった。想定していたよりもおよそ三週間も早い発見になる。何にしても、隣家の火事騒ぎが想定外だったたし、まったくもって余計ものだった。もしもそれさえなかったら、きっと消防や警察が、沢田の家に立ち入ることはなかったろう。加えてひとつ、記事に『昨夜以前に同じく東中野に居住する沢田さんの知人から、警察に所在確認を求める旨の連絡が入っており……』とある。これもまた余計もの。その知人とやらが誰かの見当も晴美にはついている。あの男——いつも晴美をさも疑わしげにじろじろ睨《ね》めつけていたぎょろ目の男、涌井某。恐らく彼が、交番だか警察署だかに行って、「最近、知り合いの高齢男性の姿を見かけないのだけど」とか「東中野で若い女性と一緒のところをよく見かけたのに、近頃それもなくて」とか、つまらないことを言い立てたに相違ない。「詳しい住所は知らないんですけど、沢田隆さんという七十一歳の男性です」——。涌井が疑り深くもお節介な性分の男であることは、その顔が雄弁に物語っている。実際、要らぬ節介、とんだ迷惑。溜息《ためいき》がでた。

火事は大したことがなかったようだから、べつに応答がなくても、ふつうならば不在と見做《みな》され、見過ごされてもいい案件だったはずだ。隣家の火事と涌井の警察への問い合わせ、そのふたつが重なったから、警察は宅内への立ち入りの判断に至ったのではないか。

（あの男……涌井が警察に行った。絶対そうよ。やっぱりだ。あの男が地雷か爆弾になりそうな、嫌な予感がしていたのよね。案に違《たが》わず、あいつが私の足を掬《すく》いにかかってきた。どうしてよ？　あいつなんか、何の関係もないっていうのに。この疫病神。糞《くそ》悪魔――）

涌井の顔を思い浮かべ、心で呪いの言葉を吐いたが、そんなことをしている場合ではなかった。気を落ち着かせ、できるだけ冷静に考えるため、とにかく一服。晴美は煙草に火を点《つ》け、煙を肺の奥深くまで喫《す》い込んだ。それから天を仰いで、煙を大きく広く吐きだした。今はニアリバー東中野の部屋にいる。もちろん、これから東京中央医療センターに検査に行く予定など入っていない。

（こっちにいてよかった。新井ハイムにいて、もしも瑞枝さんにいきなり乗り込まれていたなら、私も慌てておかしなことを言ってしまうところだった。だって私、まさか昨日沢田さんの遺体が発見されただなんて、そんなこと知らなかったし思ってもいなかったもの）

瑞枝に対して、沢田に関しては、どうにか説明がつけられる気がした。沢田は、東中野でたまたま出逢った男性。ちょっとしたことから親しく口を利くようになり、時々ご飯をご馳走《ちそう》してもらうような仲になった。しかし、相手は高齢だ。一方、高齢ではあっても男性は男性だ。瑞枝に、高齢男性とつき合っていると思われるのが恥ずかしく、それで本当のことが言えなかった。代田橋の元内科医だと言ったのは、晴美が代田橋時代にかかったクリニックの医師と、感じがよく似ていたから。東中野のマンションで娘と暮らしていると言ったのも、娘がついているのなら安心。晴美とおかしな関係ではあるまいと思ってもらいたかったから。たしかに嘘はついた。だが、裏にはそんな思いがあった。それでどうだろう。如何《いか》なる事情があろうとも、ほかでもない瑞枝に嘘をついたことをとことん詫《わ》びて、しょんぼりと萎れて瞳に涙でも滲《にじ》ませて――。

「それにしても、訊くたび、ああもしれしれと、次々でたらめな説明ができたものね」

――瑞枝は言うかもしれないし、思うかもしれない。そこでも晴美はとにかく頭を下げ、同時に恥じ入る様子を見せるしかない。その時の台詞《せりふ》は……、

「沢田さんと私、本当にお茶やご飯をご一緒するだけで、おかしな関係ではなかったんです。でも、七十過ぎている男性と私――どう見たって傍目《はため》にはやっぱり不釣合いですよね。私、瑞枝さんに、私が沢田さんに集《たか》っているとか、小遣い銭程度のお金で買われてるとか……そんなふうに思われるんじゃないかと、それが怖くて。だから、東中野でたまたま知り合った人だなんて、とてもじゃないけど言えませんでした」

そんなところか。

瑞枝はきっとニアリバー東中野の件についても訊いてくるだろうが、そこは前に話したことを押し通すしかない。晴美は、あくまでも吉井順子の留守宅の管理役。直也は以前順子を担当した、順子が信用する版元の編集者。

「そのことも、留美ちゃん、私が問い詰めるまでひと言たりとも話してくれなかったわよね。私が事情を聞くのはいつも後になってから。こんなに親しくしているのに何で？」

瑞枝が口にしそうな台詞が、耳に聞こえてくる。

「私、瑞枝さんに見捨てられちゃうのが恐ろしかったんです。沢田さんや順子さん、それに友野さん……私の周りには、瑞枝さんのほかにも、時々ご馳走してくれたり手助けしてくれたり……そんな人たちがいる――それを知ったら『なーんだ』って、瑞枝さんがもううちには来てくださらなくなってしまう気がして。私、瑞枝さんのことが大好きで、誰よりも瑞枝さんを頼りにしていたから……変な言い方ですけど、どうしても瑞枝さんを失いたくなかったんです。瑞枝さんを失う……まるでまたお母さんに去られるみたいでどうしてもそれだけは――」

それで瑞枝が納得するかどうか、その場になってみないとわからないが、とにかく〝かわいそうな留美ちゃん〟になりきって、寄る辺ない孤独な三十八歳を演じきるしかない。

（ええと、病気の証明になるようなものは……）

晴美は立ち上がると、クローゼットのなかからプラスティック製の抽出型《ひきだし》の書類ケースを取り出し、その一番下の抽出とその上の抽出から、何通かの書類を取り出した。「精神障害」という括《くく》りで都の自立支援は実際に受けているから、その受給者証は手元にある。それにそっくり倣《なら》う恰好で、晴美は以前に「身体障害」の受給者証を自分で作成した。「身体障害」の方の発行者は東京都知事ではなく国、厚生労働大臣として、それらしい角判を捺《お》した。その時、ついでに「精神障害」の受給者証も、工藤留美の名前や住所のものを作っておいた。もちろん生年月日も変えてだ。今は活字なんてパソコンさえあったら、大小ポイント数の違うものが幾らでも打ちだせるし、それを切り貼《ば》りする恰好で姓名や生年月日、住所等も変えられる。むろん切り貼りしたままでは駄目だが、そうやって作成したものをコピーすれば偽造が可能だ。その種の書類をあまり見たことがない人には、本ものか偽ものかの判別はつかない。

骨折に関しては、かつて右第六肋骨《ろっこつ》を骨折した時と、右足中指第一関節を骨折した時の診断書とレントゲン写真のコピーがある。肋骨をやった時は、当時のカモの前で、階段から転げ落ちて見せる必要があったのだ。それがカモには効果覿面《てきめん》、その後うまく事が運んだので、その一年半ぐらい後だったか、「ここぞ」という時に、晴美はまたあえて自分の右足中指の骨を折った。診断書は、どちらも早稲田時代のもので、新宿区西早稲田になっているが、武藤晴美の名前のものもあれば、工藤留美のものもある。備えあれば憂いなし――そんな思いから、中野に越してきた頃、一応、新井ハイムの住所で、工藤留美のものも偽造しておいた。それがここで役に立つ。瑞枝に見せるのは、当然工藤留美のもの。

(この二通の受給者証と、骨折した時の診断書とレントゲン写真、ふた揃《そろ》えを見せれば……)

但し、「身体障害」の受給者証に、「骨形成不全症」の記載はない。それは「精神障害」の受給者証にしても同じで、そこに「鬱病」等、病名の記載はない。それを瑞枝は不審に思うかもしれないが、病気はごくごく私的な事柄なので、嘘偽りなく、受給者証には記載されないのがふつうなのだ。その常識を、瑞枝に認識させなければ。

(さすがにホジキンリンパ腫の診断書はないけど。まあ、そこは何とか切り抜けるか)

書類を用意した時点で、瑞枝とのことに関しては、晴美は落ち着きを取り戻していた。瑞枝のことなどより、何を措《お》いても考えなくてはならないのが、次の寄港地に決めた北品川への秘密裏での引っ越しだ。まずは一軒、堅牢《けんろう》な造りのマンションに、外界から隔絶されたような部屋を早急に探して、怒濤《どとう》の如く一気に引っ越してしまわねば。北品川には部屋探しに何度か足を運んでいるのだが、晴美がよいと思う場所に「これ」という物件が見つからなかったり、家賃が馬鹿高かったり……そんなこんなでまだ決められずにいた。が、もはやそんなことを言っている段階ではない。多少家賃が高くても、部屋を借りるための初期費用と当面の生活資金はまあ充分と言っていいから、とにかく引っ越してしまうことだ。沢田の口座からコツコツと五十万ずつ下ろした金が九百万。まだ三百万近い金が口座に残っているが、それも一週間あったら下ろしきれる。もう土、日、祝日に構っている暇はない。毎日カードで残金を下ろすのみだ。どこでも防犯カメラがあることは知ってるから、晴美はいつも鍔広《つばびろ》の帽子かウィッグに眼鏡とマスク、そして左手でＡＴＭを操作して金を下ろしている。万が一、明光銀行のことが知られた時、金を下ろしていたのは左利きの女——そうミスリードしたいがゆえのことだ。言わば、念には念をといったところ。晴美は、明日「月の光」で瑞枝と話をしたら、早速また北品川へ向かうつもりでいた。明日こそ、何としても次の塒《ねぐら》となる部屋を見つけてこなければ。

（本当は、今の私には、あなたの疑問に答えているような時間はないのよ。何しろ沢田さんの遺体が発見されちゃったんだから）

晴美は頭のなかに浮かんだ瑞枝に向かって言っていた。

（でも、あなたは、明日私と会えなければ警察に行くって言う。警察であなたに余計なことを喋《しゃべ》られると、不都合極まりないのよ。瑞枝さん、案外ややこしい人ね。べつにあなたから大金を巻き上げたって訳でもないのに）

ひとつ、幸いなのは、さすがに瑞枝も、よもや晴美が沢田を殺したとまでは思っていないことだ。もしもそのことまで疑っていたら、瑞枝は、晴美と差しで話がしたいとは言うまい。今の瑞枝は、気持ちのうえで晴美の優位に立っている気分でいる。が、相手が人を殺すような女、殺人者となれば、立場は一気に逆転だ。瑞枝は晴美に会うのも恐ろしく、あれこれ思いを巡らせては、ひとり身を震わせることだろう。そして戦《おのの》きながら思う。留美ちゃんと二人で会うなんて危険。やっぱり警察に行かなくちゃ――。

最初、瑞枝は「明日、留美ちゃんのアパートに行くわ」と言った。晴美からすれば、それが瑞枝が沢田の一件を、晴美の犯行とは疑っていないことの証《あかし》といえた。

〝かわいそうな留美ちゃん〟用の服を用意して、明日の準備を終えると、晴美は眠りに就いた。変な夢は見たくなかったので、眠剤のサイレースをいつもより二分の一錠多く服《の》んだ。眠剤をカッターで割る――それはなぜか晴美が結構好きな作業だった。

念のためアラームをセットしておいたので、翌朝、晴美は寝過ごすこともなく目覚め、少し早めにマンションを出て「月の光」に向かった。十時十二、三分前ぐらいには着いていたと思う。それには、中野駅方面からやってくる姿を、瑞枝に見られたくないという思いもあった。やがて険悪な顔をした瑞枝が店に入ってきた。ここからが本番だ。昨日描いたシナリオ通りに演じるのみ。

晴美は、まずはしおしおと沢田に関して瑞枝に嘘をついたことを認め、何度も項垂《うなだ》れるようにそのことを頭を下げて瑞枝に詫びた。

「ごめんなさい。沢田さんは、言ってしまえば行きずりの人です。幾ら相手が高齢とはいっても、そんな人とお茶を飲んだりご飯を食べたり……時々ご馳走してもらってるだなんて、とても瑞枝さんには打ち明けられなくて。そういう自分が恥ずかしかったし、何よりも瑞枝さんに嫌われるのが怖かったんです。本当にごめんなさい」

ニアリバー東中野の件についても同様だ。

「ニアリバーの部屋のこと、早くお話ししておかなくて、本当にごめんなさい。順子さんからは、消耗品や備品を買うために、仮払いとして十万円。これは預かり金ですから、精算して残りはお返しするお金です。ほかに不在中の部屋の管理料として、月に三万円ほどですけど、アルバイト料をいただいています。そんなアルバイトをしているくせに、自分は瑞枝さんに世話を焼いてもらっている……すみません、やっぱりそんなこと、瑞枝さんには言えませんでした。『他人のことをやってあげられるぐらいなら、私はもう留美ちゃんのところに行かなくていいわね』——瑞枝さんにそう言われそうで。私、瑞枝さんが私の世話を焼いてくれるからだけじゃなく、瑞枝さんのことが好きで……。失礼な言い方になるかもしれませんが、本当のお母さん以上にお母さんみたいに思っているので」

とにかく瑞枝のことが大好きで、すべては瑞枝を失いたくなかったがゆえのこと——それが晴美の言い訳、言い分の主軸だ。瑞枝が何を言おうとも、絶対に譲ってはならない軸。

「昨日、東京中央医療センターに行ったので、できれば診断書をとお願いしたんですが、昨日はあくまでも検査の予約。診察の予約ではないので、先生とお目にかかれない以上、現段階での診断書は出せないとのことで……。ですから、瑞枝さんの仰る病気の証明になるようなものと言えるかどうかわかりませんけど、ほかの病気の受給者証や、前に骨折した時の診断書とレントゲン写真を持ってきました」

骨折に関しては、直近のもの、つまりは左手小指のものがないことを指摘していたが、少なくとも過去に二度、晴美が骨折していることは、瑞枝も事実と認めたようだった。そして、「精神障害」と「身体障害」に関しては、受給者証をしげしげと眺め、やはり病名がないことが、もうひとつ納得いかない様子で、それを口にしていた。

「病気や病名というのは、〝超〟の字がつく個人情報なので、記載しないみたいです」晴美は、あえて主張はせずにぼそりと言った。「もしご不審に思われるようなら、区の福祉課に問い合わせてみてください。たぶん担当のかたは、病名は記載しないとお答えになると思います」

一応、証明となるものを見せたので、病気やそこに端を発する骨折に関しての瑞枝の疑いは、だいぶ薄らいだと思う。但し、瑞枝もこれまでのように、晴美にころりとは騙されなかった。それはここまでの経緯《いきさつ》を思えば、まあ致し方のないところだ。事前に晴美が思った通り、瑞枝は何を訊いてもその場その場ですらすらと、晴美が澱《よど》みなく嘘の説明をしてみせたことへの不信が、どうあっても拭《ぬぐ》えないというようなことを、ぶつぶつと繰り返し言っていた。

「ご承知の通り、私は糞真面目な人間なの」瑞枝は言った。「もしも急に何かを訊かれたら、本当はあまり答えたくないことでも馬鹿正直に答えちゃう。留美ちゃんみたいに、嘘どころか嘘の上塗りのような真似は到底できない。留美ちゃん、それが見事すぎた。単に嘘をついただけじゃなく、それを翻す嘘も上手で。そこがね、私にはどうももうひとつ……」

「それは、私のもともとに嘘があったからだと思います。私、元が嘘なんです」

瑞枝に答えて言うと、瑞枝は少し目を見開いてから、晴美の瞳をじっと覗《のぞ》き込んだ。その眼差しをしっかりと受け止めて、晴美は腹を据えて話し始めた。

「瑞枝さんには、父と母は、私が六歳の時、交通事故で亡くなったと言いましたけど、父は私が四つの時に首吊《つ》り自殺をして亡くなりました。それが本当のことです。母は私が五つの時に再婚をして……生活力がなかったから仕方がないんですけど、私は、母が再婚相手と離婚するまでの三年間、その再婚相手の夜の玩具《おもちゃ》でした。つまりは、毎晩のように性的虐待を受けていたんです」

「――――」

「そんなこと、軽々に人に言えますか。外では義父との間に何もないような顔をしたり、義父を慕っている振りをしたり……そうやって子供時代を過ごしてきたんです。義父のご機嫌を損ねるのが怖くて、私はすべて義父の言いなりでした。ある程度成長してからも、義父にいいようにからだを弄《もてあそ》ばれてきた女だと人に知られるのがとにかく嫌で、性的には何も問題がないふうを装って、時には奔放に男性とつき合ってみたりもしました。そうやって、子供の頃から常に人の顔色を見て、嫌われないように、見捨てられないようにと、その時その時で、嘘をつくのが習性みたいになってしまったんです。そうするよりほか、私には生き延びていく術《すべ》がなかったから」

「六歳の時にご両親が亡くなったんじゃない――。とすると、お母様はご健在なの？」

「いいえ、私が十歳の時、病気で亡くなりました。スキルス性の胃癌でした。松尾……母の再婚相手ですが、松尾のような男と結婚して、私の苦しみを見て見ぬふりをしたような母でしたけど、それでも母はやはり私の一番の頼りでした。この世を去られた時はつらかったです。瑞枝さんと出逢って、『ああ、こんな人が本当のお母さんだったら、どんなによかったろう』――そう思ったことは嘘ではありません。本当です。それだけは信じてください」

「………」

「そう思っていたから、私は瑞枝さんに去られるのが怖かった。その一心で」

「それは私のこと、信用できなかったってこと？」

「え？　信用できなかった？」

「そういう留美ちゃんの過去を聞いても、あなたを嫌いになったり離れていったりしないって」

「この話をしたのは、生涯、瑞枝さんで三人目です。前の二人は、『留美ちゃんが悪い訳じゃない。だからそんなことを気にすることはまったくない』と言ってくれました。くれましたけど、私とはやっぱり一緒にやっていけないと、結果的には去っていきました」

「どうして？」

「ですから、私が子供の頃からの習性で、つい事実に何かをつけ足すような真似をしてしまうからです。相手が好きな人であればあるほど、私はちょっとしたことでもその人に嫌われまいと、自分を護《まも》れるような話にしてしまう。それで——」

「つまりは、嘘をついてしまうということ？」

「嘘……そう言われれば、そうなってしまいますけど、相手を騙そうだとか、そんなことではなく、どれも自分が嫌われないための他愛ない嘘です。でも、人はそれを許せないものなんですね。私もわかってる、わかってはいるんですけど……」

言いながら、晴美ははらりと涙を零《こぼ》した。思い出したくもなければ話したくもない汚辱にまみれた幼少時代。しかし、瑞枝を納得させるには、それを話すしかなかった。止むなく真実を語ったので、自分の子供の頃のつらさを思い出して、空涙ではなく、自然と涙が零れ落ちた。おかしなもので、一度瞼の縁から零れ落ちると、それを追いかけるように涙が流れ、止まらなくなる。今となっては、そこまでのつらさはないというのに。

「留美ちゃん、泣かないでよ」瑞枝は言った。「何だか私が苛《いじ》めているみたいじゃないの」

「すみません。でも、昔のことを思い出したら……」

「凄い出来事よ。留美ちゃんの心に翳を落とした過去のつらい出来事はわかった。本当に気の毒、かわいそうだと思う。……ごめんなさい、気の毒なんて言い方は安直ね。今聞いた話は、もちろん誰にも言わないし、あなたを嫌いになったりもしない。だから、涙を拭《ふ》いてちょうだい。もう泣かないの。前の二人のことは知らない。だけど私がそんなことで、留美ちゃんを嫌いになったり見捨てたりする訳がないじゃないの」

瑞枝は「自分を信じろ」「自分に任せろ」とばかりに力強く晴美に言った。言いはしたが、その言葉の後、少し考えるようにしばし沈黙した。それからまた改めて口を開いて晴美に言った。

「さっき見せてもらった受給者証や診断書だけど、そこのコンビニでコピーを取らせてもらう訳にはいかない？　私はそうしたことには疎《うと》いから、実のところ、見てもよくわからなかった。だから家に帰って、もう一度じっくり見たいの」

これは晴美も想定していなかった瑞枝の申し出だった。「コピー」という言葉に、思わず目を見開く。

駄目だ。何といっても「身体障害」の受給者証の方が困る。持ち帰って矯《た》めつ眇《すが》めつされるだけならいいが、ウェブ上でそれを正規の書式のものと細部に至るまで比べてみたり、或いは役所に持っていかれたりしたら、本ものではないことがバレてしまう。そうなったら、もう晴美には言い訳の材料がない。

「申し訳ありませんが、それはお受け入れしかねます。さっきも申し上げたように、病気に関することは、〝超〟の字のつく私的事項、個人情報で……。瑞枝さんが何か証明となるようなものをと仰ったので、今日はお持ちしましたけど、これは本来、他人にお見せするようなものではないんです。ですから――」

「そう。駄目？　やっぱり駄目なのね」

「瑞枝さん、まだ私のこと、疑っていらっしゃるんですね」

「正直に言うわ。疑ってはいないけど、これまでのことがあるだけに、どこまで信じていいのか、まだよくわからないのよ。判断できないって言ったらいいか。留美ちゃんが私のこと、本当のお母さん以上にお母さんだと思ってくれていたこととか……ごめんね、本当に信じていいのかどうか、頭を冷やして考えたいというのが、偽らざる今の私の気持ち」

「…………」

「だって、留美ちゃん、昨日電話で話した時点でも、亡くなったのは沢田さんとは別人じゃないかとか、先生の名前は沢田タカトシだったかもとか、それに娘さんと住んでいるのは事実だとも言ってた。そうだったわよね？　ところが今日の話は違う。話がそうころころ変わると私だって」

「わかりました。昨日、何とか事実を語らずに済ませたいと思った私が姑息《こそく》でしたし、悪かったです」心の内ではチッと舌打ちしつつも、萎れたように俯《うつむ》きながら晴美は言った。

「それでもやっぱりコピーをお渡しする訳にはいきませんけど、どうぞおうちにお帰りになってから、今日、私が瑞枝さんにお話ししたことを、気の済むまでじっくりとお考えになってみてください。信じていただけるかどうか、でも、今日、私が瑞枝さんにお話ししたことは事実です。嘘じゃありません。それと、ただひとつ、私は瑞枝さんにはとてもお世話になりましたし、生活必需品なんかもずいぶん買ってきていただきました。でも、嘘は言っても瑞枝さんに金銭的な被害は――」

「それは言われなくてもわかってる。――そうよね、ふつう人を騙すというと、その目的はお金ですものね。留美ちゃん、それはなかった」

「今日の私の話に関する瑞枝さんのご判断というか、結論がでるまで、私も蟄居《ちっきょ》というつもりでおとなしくしています。こちらからは、ご連絡控えますね。私は瑞枝さんからの、そのご判断のご連絡いただくのを待ちます」

「蟄居だとかご判断だとか、そう畏《かしこ》まらないでよ。ただね――」

そこで言い澱《よど》むように、瑞枝は口にしかけた言葉を呑み込んだ。

「え、ただ？――」

その先を促すように晴美は言った。

「沢田さんのことがね、何だか気になるというか、どうにも引っかかってならないのよ。病死なのか何なのか、じきに死因が警察から発表になるでしょう。私は、それを待ちたいという気持ちもあって」

「沢田さんの死因の発表を待つ？　どうしてっていうか、それはどういうことですか」

「もしも……もしもよ。沢田さんの死因が他殺だとしたら、そこでまた局面が変わってくるような感じがして」

「局面が変わってくるって……仰る意味が私には——」

「言っている私にも、実はよくわからないんだけどね。でも、万が一、他殺となったら、留美ちゃん、あなたも沢田さんと自分の関わりを、警察に申し述べにいくべきじゃない？　沢田さんは留美ちゃんが東中野で親しくして可愛がっていただいたかたなんでしょ。そのかたが殺されたとしたら、留美ちゃんだって気になるでしょう。警察に事情を聞きにいくべきだと思うわ。それがふつうじゃないかしら。人情」

「————」

「ああ、これは私の常識。留美ちゃんのそれには当てはまらないかも。とにかくね、私は沢田さんの死因が明らかになるのを待ちたいの。恐らく病死だとは思うけど」

「わかりました」

　晴美は静かに言った。

　瑞枝はまだ沢田の死と晴美を結びつけて考えるまでには至っていない。それでいて、もしも他殺ならば、何かしら晴美に関する新たな疑義が生じるような予感を抱いてもいる。

そういう状態だと晴美は見た。ならば警察が死因を発表するまでの時間を使って、晴美は中野から消え去るのみだ。それこそ煙のように。

「瑞枝さん、本当にそれを待ってくださいね」

「え?」

「ですから、警察からの死因の発表。その前に警察に行って、私とのことを話したりなさらないでください。そうなったら私も警察から一応事情を訊かれることになると思います。たぶん病死……何にも知らないのに、警察相手に話をするなんて、私、そんな体力ないです。考えただけで倒れちゃいそう」

「わかったわ。早まって警察に行って、留美ちゃんを面倒に巻き込んだりするようなことはしない。それは約束するわ」

その約束を取りつけて、晴美は一応良しとした。一方で思っていた。

(まずい。疑いが解けていない。まだ相当に疑ってる。案外根深い、しつこいな)

瑞枝に対しては神妙な面持ちを見せながら、晴美は心で唸《うな》っていた。

(死因の発表……たぶんそう時間はない。こうなったら超特急だ。急がなくちゃ)

二時間半近くも「月の光」で瑞枝と話した後、晴美は一旦新井ハイムに戻ると見せかけて、けれども部屋のなかには入らずに、ニアリバー東中野へとタクシーで向かった。向こうで着替えをして、それに手つけ金ぐらいの現金は持って、今日こそ北品川での部屋を決めてくるつもりだった。もう新井ハイムの方はどうでもいい。夜逃げ同然、そんな恰好になっても構わないし、場合によっては便利屋を頼んで、物の処分すべてを任せ、部屋を空っぽにしてもらうことだってできる。今、晴美が考えるべきは、次の住まい、新たな塒《ねぐら》だ。

（厄介だ。あの女、沢田さんの死因が他殺や変死となったら、絶対ガタガタ言いだす。警察に行ってあれこれ喋る。べつに自分は何の被害にも遭っていないっていうのに。それどころか私と出逢って、寂しさ、虚《うつ》ろさから解放されて、瑞枝さん、幸せだったくせに）

タクシーに乗っている間も、晴美は自分が追い詰められつつあることを感じると同時に焦りを覚え、瑞枝を呪いながら、黒く濁った顔を歪めていた。

3

《友野直也》

自分の住むマンション、アーバン東中野から、そろそろ天に日が昇りかけた町の通りを、東中野駅へと向かう。もうじき正午――。編集者という仕事は、どうも時間が不規則になりがちで、深夜や明け方近くまで仕事をした翌日は、どうしてもこんなふうに昼間の出勤になってしまう。土、日、祝日も同じ。上げなければならない仕事があれば出勤するし、自宅かカフェで仕事をする。一昨日、十四日も祝日だったが、直也もだが、社長の吉備まで出勤という態勢だった。キビ出版など、弱小零細だけに、言ってしまえばブラックだ。

（マジ、秋だなあ。この秋は台風、台風と言っているうちに十月も半ばだ。残すは十一月と十二月って、もう完全冬じゃん、それ）

千葉、福島辺りに多大な被害をもたらした最強台風19号が去って、空は秋晴れとまではいかないが、よく晴れていて、風が涼やかだった。が、単に今年も二ヵ月半を残すのみになろうとしているからだけではなく、直也の顔は薄暗く翳っていた。昨日、吉備が会社に吉井順子を連れてきたのだ。順子が会社にやってくることは、四、五日前の段階で吉備から聞かされていた。

「神懸かりトレーダー、神託投資家の稲田刈穂《いなだかりほ》の講演会で、偶然吉井さんに再会してさあ」吉備は直也に言った。「この縁は何としても繋《つな》いでおかなくちゃって、強引に約束を取りつけたんだよ。彼女、来週十五日、会社に来るよ。もう一度確認の連絡取るけど、俺、二時に駅まで迎えにいくことになってるんだ」

「えっ！　本当ですか」

直也は驚き、目を見開いて吉備に言った。

順子は今、熱海への引っ越しで忙しく、滅多にＬＩＮＥも寄越さない。でも、吉備と再会して、もしもキビ出版に来ることになったとしたら、直也がキビ出版に勤めているのは知っているから、最低ＬＩＮＥの一本は寄越すはずだ。それがなかった。だから直也は突然のことに、なおさらびっくりした。

「だけどさあ、吉井さん、お前のこと、知らないみたいだったよ。今も以前と変わらず両国《りょうごく》暮らしだってさ。友野は東中野だったよな。話がどうも嚙《か》み合わないね」

「両国暮らし……そうですか」

「まあ、いずれにしても、会ってみればわかることだ」

十五日、キビ出版にやってくる約束になっているのかどうか、前の晩にでも順子にLINEで確認してみようかとも思った。が、やめた。理由は特にないが、向こうからも何も言ってこないし、何となく気が進まなかった。それに吉備の言うように、会えばわかることと思ったからだ。

そして当日、吉備に連れられる恰好で会社にやってきたのは、直也が会ったこともない女性……吉備の話通り、背がすらっと高くてショートカットがよく似合う、爽《さわ》やかな〝美人さん〟だった。澄んだ黒い瞳が印象的な明るいオーラの持ち主。

「吉備さんのお話によると、私と友野さんは、お互いの地元、東中野でお友だちなんですってね」順子は愉《たの》しそうに、また、直也をちょっとからかうような調子で言った。「その興味もあって、今日は会社にお邪魔してみることにしたの。どう？　私、あなたのお友だち？　そのお友だちに似てる？」

「あ、いえいえ」動顚しつつも、直也は慌てて首を横に大きく振って言った。「似たところなんて少しも。吉井さんの方が格段にスタイルがいいし、断然美人です。僕の知っている順子さんとはまったくの別人」

「ということは、吉井順子の偽ものがいる——そういうことかしら」言ってから、順子は、乾いた声で軽やかに笑った。「私の偽ものが出現するなんて、驚天動地、ある意味凄い。吉井順子もずいぶん偉くなったものね」

直也は問われるままに、〝順子〟の本棚には、吉井順子の著書はもちろん、スピリチュアル系の本がぎっしりと詰まっていること。また、彼女が話すことも、先細りの一族の幕引き役だとか……やはりどこかスピ系だということ。そして、その〝順子〟は、南風蘭陽の秘書のような仕事をするために、もうすぐ熱海に引っ越す予定でいることなどをかい摘《つま》んで話した。

「南風蘭陽さん？　南風蘭陽さんには加茂《かも》さんという事実上の旦那《だんな》さんがいて、マネジメントは加茂さんがほぼやっているし、事務的な仕事は……何て言ったかな……芽久美《めぐみ》ちゃん、そう、板橋《いたばし》芽久美さんっていう人がやっていて、秘書役はもう要らないはずだけど」

言ってから、また順子は笑った。「私の名前を名乗っている人ですものね。話をまともに受け取って考えても始まらないわね」

「だけど、やっぱり迷惑だよね」吉備が言った。「吉井さん、笑ってるけど、その彼女に何かしでかされたら、吉井さんも困ったことになるんじゃない？」

「まあ、大丈夫でしょう」その吉備の言葉にも、順子は少しも動じる素振りを見せずに言った。「私はただのライターですもの。社会的影響力なんかこれっぽっちもない。その人もそれをわかっていて、吉井順子ならばきっと誰も本ものかどうかなんて詮索《せんさく》しやしないだろうと思って、そう名乗っただけじゃないかしら。そんなところだと思う」

美形だし、仕種も表情も声も……すべて実に魅力的な女性なのだが、性格も話す言葉もさっぱりとしていて男前、吉備がナンパしたくなったのもよくわかった。順子はそんな女性だった。

吉備はぜひとも順子と仕事がしたいので、これから外の喫茶店でコーヒーを飲みながら打ち合わせをするということで、順子も長居をせずに事務所を後にすることとなった。

「その〝順子〟さんによろしくね」去り際、順子は直也に向かって、軽く頬笑《ほほえ》んで言った。「あ、吉井順子を名乗るのはともかく、南風蘭陽さんとか開聖徳さんとか……名の知れた本ものの スピリチュアリストの名前を使うのはちょっと……って、注意しといて。それはよろしくないことだから。人心を惑わす」

「あ、はい。あ、あの、吉井さん」今しも事務所のドアから出ていこうとしている順子を、慌てて引き止めて直也は訊いた。「その人、本名は武藤晴美って言ってるんですけど、吉井さん、その名前に聞き覚えありませんか」

「武藤晴美……」順子はわずかに首を傾げ、それからその顔を起こして言った。「ない。

知らないな。聞き覚えないわ」

「そうですか。立ち入ったことをお訊きするようですけど、因《ちな》みに、吉井順子というのは、ペンネームですか。本名はべつに？」

「元は本名だったというのが正確な答えかな。途中で結婚して、吉井姓から松宮《まつみや》姓に変わったから。今現在の戸籍上の名前は松宮順子。それが本名。いまさら変えるとややこしいから、仕事名は吉井順子のままにしてる。それだけ。――じゃあ、友野さん、またね」

チャーミングな人だ。順子はそう言って、直也にパチッとウインクをして去っていった。

昨夜、〝順子〟に、会社で吉井順子と会った旨、LINEしようかと思った。でも、LINEで書くより会って直接話をした方がいいような気がして、目下保留中のままだ。それだけに、何となく中途半端で気持ちが悪い。

「はあ……」

気づくと道の途中で、直也は声に出して湿りきった溜息をついていた。熱海には行かないかもしれないが……いや、まず絶対に行くまいが、〝順子〟は恐らく近々東中野を去ってしまうであろう人だ。これまでのことを振り返って、あれこれ考えたところでもう仕方がない。但し、直也はなけなしの金、四十五万を〝順子〟に貸している。〝順子〟に完全に姿を消してしまわれる前に、それだけは何とか回収したい。いや、返してもらわねば。

わかっているのだが、ほぼ貸したばかりの金を、「今すぐ返せ」とはせっつきづらい。

先方が嘘をついたのだから、そう申し出るのに遠慮をすることはないのだが、根っからのお人好しというか、〝順子〟とはこの何ヵ月か結構密につき合ってきただけに、やっぱり何だか言いだしづらい。そんな自分の気の小ささが、われながら情けなくも呪わしかった。

（たしかに、スピ系ライターの吉井順子だと嘘はついた。だけど〝順子〟さんの嘘はそれだけだった。いつも気持ちよくご馳走してくれたし、セックスだって……。でも、やっぱり困るよなあ、四十五万。もしも持ったまま消えられちゃったら）

今日はやけに駅までの道のりが遠い。どう前向きに考えようと頑張っても、気持ちが明るい方に向いていかないせいかもしれなかった。灰色の憂鬱が、直也を浸している。

「お兄ちゃん、お兄ちゃん！　ちょっと待って！」

ようやく駅入口に着こうかというところだった。直也は背後から声をかけられた。あまりに大きな声だったので、直也は反射的に後ろを振り返っていた。そこにいたのは、前にも直也に声をかけてきたことのある初老の男性、あのぎょろ目の男だった。「何て日だ」

――そんな思いに顔がいっそう曇り、直也は自然と剣呑《けんのん》な面持ちになっていた。

「ああ、やっと見つけた！　よかったよ、今日、お兄ちゃんと会えて」

ハンチングは被《かぶ》っていない。が、当然のことながら、ぎょろ目は相変わらずだ。加えて、今日は、些か興奮しているように窺《うかが》われた。

「あの、すみません。僕、今、出勤途中でして」

「それは大変ご苦労さん。だけどさ、少しばっかり時間を頂戴《ちょうだい》よ。五分でいいから」

「何でしょうか」

「沢田さん、亡くなってたのよ。家で死んでたの。お兄ちゃん、ちょっとこれ見て」

涌井という名前の男だったか、彼はポケットから新聞半面二分の一ほどの新聞紙を取り出した。報日新聞の地方欄のようだった。そこに赤鉛筆で囲われた記事があった。

「ここ、ここ。この赤枠の記事読んで」

涌井は赤枠を指差してから、直也に新聞紙を押しつけた。

『中野区でまた孤独死』――そんな見出しの記事だった。その記事は、東中野2丁目に住む一人暮らしの七十一歳の男性が、自宅二階の寝室で、死亡しているのが発見されたことを報じていた。

東中野2丁目……ご近所というほど近くはないが、昔からの住宅も多く残っている地域であることは直也も知っている。

「孤独死ですか。これが何か？」

見出しにも『また』とあるように、近頃は独居老人がふえたから、孤独死しているのが発見されるのは、そう珍しいことではない。

「あれ？　お兄ちゃん、覚えていないかなあ。俺、前にお兄ちゃんに声かけた時、この人のこと訊いたじゃない」

「え？」

言われてみれば、直也に〝順子〟のことを訊きながらも、涌井はさかんに七十一になる爺《じい》さんがどうのと言っていた。

「彼女とはしょっちゅういちゃいちゃ仲良くしてたんだ」「彼女から名前聞いたことないかな……隆。そう沢田隆」……その時の涌井の言葉が思い出された。「沢田さん、知らない？　ジパング航空に勤めていた、今年七十一になる爺さん」……。

「ああ」と頷《うなず》きながら、直也はもう一度赤枠の記事に目を落とした。

十月七日の報日新聞朝刊の記事だから、九日前の新聞になる。沢田隆という名前、七十一歳という年齢……たしかに前に涌井が言っていた人物と重なる。

「『同じく東中野に居住する沢田さんの知人から……』って記事にあるだろ？」涌井が言った。「その所在確認を求めた知人っていうのが、この俺。どうも嫌な感じがしたんだよな。その時は、警察も調べてみちゃくれなかったけど」

「………」

何も口にしなかったのは、涌井の言ったことを無視したからではない。再度記事を読んでいたからだ。記事には『その他状況にも不審な点が認められるため、警察は司法解剖を行うとともに、諸情報の収集に努め、病死、事故死、他殺、あらゆる方面から沢田さんの詳しい死亡原因を……』とある。つまり、現段階では不審死、変死なのだと思うと、直也は何やら嫌な気分に襲われた。嫌な気分——不穏な気分と言う方が相応《ふさわ》しいかもしれない。

「な？　俺が前に、お兄ちゃんに訊いた訳だろ？」また涌井が言った。「お兄ちゃんの知り合いのあの彼女と、ずいぶんいちゃいちゃしてた後、姿が見えなくなってこんなことになったんだよ。あの女、沢田さんの死に何か関わりがあると思わない？」

「——でも、『沢田さんは心臓に持病が……』とありますし」

そう言ったのは、〝順子〟を庇《かば》おう、護ろうとしたからではなかった。直也は、それに〝順子〟が関わっているとは思いたくなかったし、よもやそんなことはあるまいと思いたかったからだ。〝順子〟は、直也にも嘘はついた。だが、〝順子〟と何ヵ月かつき合ってみた人間の見解としては、〝順子〟は人としては悪くない、直也の孤独を宥《なだ》め、不遇を嘆く心を励まし、仕事に対して直也を前向きにしてくれた。少々大袈裟《おおげさ》に言うならば、突如舞い降りた天使みたいなものだった。四十五万の件さえなかったら。が、その四十五万にしても、〝順子〟が言いだしたことではない。直也が自分から融通すると言って出した金だ。

「でもね、お兄ちゃん。沢田さん、心臓に持病があって、それで死んだんだったら、警察だって、もう病死と発表してもいいじゃない。十日にもなるんだから。ところが、まだ調べてるんだよ。これは俺が仕入れた情報なんだけど、沢田さん、東経新聞をとってたんだけど、持病が悪化して入院することになったから新聞を止めてくれって、販売店に夜中にファクスしてきたっていうんだよね。その人がさ、何で東中野の家の寝室で死んでるわけ？　もうどこかの病院に入院してていいはずじゃない。そのファクスが、販売店に残ってたみたいなんだ。警察は、そのファクスに関しても不審を抱いているらしいよ」

「そうなんですか……」

「この前も訊いたけど、あの女、名前何ていうの？　どこに住んでるの？　東中野は東中野なんでしょ。少なくともさ、彼女が沢田さんとしょっちゅう会っていたのは事実なんだから、一応警察に報せるべきだし、本来なら、彼女の方が出向いていてもおかしくないと思うんだよね、『沢田さん、亡くなられたって本当ですか』って。そう思わない？」

「それは……涌井さんが仰るように、彼女が頻繁に沢田さんと会っていたのなら、そうすべきかもしれません。でも、女性だから、妙な騒動に巻き込まれたくないとか……そういう気持ちもあるかもしれないし。若造の僕にはちょっと」

「死んだんだよ。そんなこと言ってる場合？　とにかく彼女の名前と住んでるところを教えてよ。俺、警察にまた行ってくるから」

「――――」

直也は、仕事名、ペンネームから「順子さん」と呼んできた。「吉井順子さん」。だが、それが彼女の仕事名でもなかったと覆《くつがえ》ったのが、つい昨日のことだ。本名は「武藤晴美」と聞いている。それをこの男に教えていいものかどうか。正直なところ、それが彼女の本名かどうかも、もはや直也にはわからない。直也は困惑のあまり、顔をどんよりと曇らせて、視線を下に落としたまま、言葉を口にできずにいた。

「聞いてる？　ねえ、お兄ちゃん。そもそも、お兄ちゃんは何て名前なの？」

「あ、僕は友野です」思わず直也は、ほぼ反射的に答えていた。「小さな出版社ですけど、そこで編集者をしています」

「友野さんか。俺は前に言ったよね。涌井、涌井辰治」

「はい。それは覚えています」

「で、あの女、彼女の名前は？」

「それが……すみません。本当のところは、実は僕も知らないんです」

「えっ。知らないってお兄……友野さん、時々彼女と一緒だったじゃない。親しげに歩いてた。俺、何度も見かけてるよ」

「それはそうなんですけど、ほんと、詳しいことは知らなくて」

「それ、近頃のSNSってやつ？　それでのつき合いで、相手の名乗った名前しか知らないとか、そういうこと？」

「まあ……そんなところです」

多少誤魔化して直也は言った。

「それでもいいから教えてよ。住まいは？　住まいは知ってるんでしょ」

「あの、涌井さん」直也は、無意識のうちに至極困った様子で自分の額に手を当てて、汗を掻いてもいないのに額を拭っていた。「僕は〝順子〟さんと呼んでいました。でも、それはあくまでも呼び名です。住んでいるところは知っていますけど、それをここで言っていいものかどうか……。僕、とりあえず今日、彼女に連絡してみますよ。もしかすると彼女、沢田さんが亡くなられたことを知らないのかも。それを知ったら、彼女本人が警察に事情を聞きに行くと言いだすかもしれませんし」

「友野さん、そんな悠長なことを」涌井がぐんにゃりと顔をひしゃげさせた。「あの女に訊くってことは、沢田さんが変死体で発見された、それを警察が調べてるってことを、彼女に教えることにもなっちゃうんだよ」

「それはそうですけど、それって、彼女を疑ってるってことになりません？　その沢田さんというかたが亡くなられたことに関して」

「少なくとも、俺は疑ってる。っていうか、関連性ありと見てる」

「すみません。となるとなおのこと、名前とか住所とか、その種の個人情報を僕の口から明かすことは……。ごく個人的な見解ですけど、彼女、人間としては悪くないと思います。だからこそ僕も親しくさせていただいていた訳で。沢田さんが亡くなられたことも、やっぱり彼女、まだ知らないんだと思います。知ってたら、警察に事情を聞きにいってたと思います。そういう人です」

「これだから」うんざり半分、くたびれ半分といった様子で、涌井はわざと腰が砕けたような恰好をしてみせた。「沢田さんにしろ、友野さんにしろ、どうしてそうも人がいいのかねえ。っていうか、女に甘いのか。あの手の女にころりって、情けないより危ないよ。論より証拠、沢田さん、死んじゃったじゃない。今はどうかわかんないけど、俺が警察に行った時点では、まだ沢田さんの遺体が発見されていない段階だったから、その女の話も一応聞いておくといった程度だった。でもね、これ、他殺となったら、警察の出方もがらりと変わると思うよ。警察もその女の特定に、たぶん躍起になる」

「――――」

「沢田さんの死との関連性はともかく、関係者であることは間違いないんだからさ。で、俺が疑っている通り、沢田さんの死とも関連性ありとなったらどうする？　沢田さんが死んだこと、発見されてから十日になる今も警察が死因発表をせずに、未だに詳しい調べを進めているらしいこと……先に彼女に教えちゃって、とんずらされたらどうするのよ」

とんずら――その言葉に、また〝順子〟に融通した四十五万の件が頭に浮かぶ。それに引きずられそうになりながらも直也は言った。

「とにかく、今ここで僕の口からは言えない――そのことに変わりはありません。今日、僕から彼女にしっかり確かめてみますから」

「あーあ、やれやれだ」言いながら、涌井は記事の載った新聞紙を、無造作にポケットに突っ込んだ。「俺からすれば、あんな怪しげな女はいないと思うんだけどねえ。三十七、

八、そんな感じだけど、時によっちゃ四十女にも見える時もあるし。何だか正体不明って感じで好きになれないんだよね。――友野さん、まさか俺にあんたの連絡先、教えちゃくれないよね」
「はあ……」

名刺は持ち合わせていたが、教えたくない。その気持ちが勝って曖昧《あいまい》な答えになった。

「なら、俺の連絡先、教えておく」

涌井はそう言って、前に自分が使っていた港洋鉄工の名刺を取り出して、「表じゃなくて裏ね」と言って直也に渡した。名刺の裏には、氏名、ケイタイ番号とケイタイのメアドが手書きで記されていた。きれいな字だった。

「今日、彼女と遣り取りしてみておかしなことがあったり……まあ、何でもいいから、彼女のことに関して何かあったら連絡してよ」

そう言うと、涌井は直也にちょっと頭を下げて去っていった。時計を見ると、五分のはずが三十分以上も経っており、直也は大急ぎで会社に向かった。

新宿の事務所に着いてから、著者から送信されてきた二百ページほどのワード文書を打ち出している間も、原稿に目を通している間も、直也は頭の三分の一から半分近くは〝順子〟のことと涌井から耳にした話に行っていて、原稿の内容が容易に頭に入ってこなかった。

〝順子〟が親しくしていたという七十一歳の男性、沢田隆が、孤独死、それも現段階では不審死を遂げたというのは、年齢と持病を思えばそれほど大騒ぎすることではないのかもしれないが、「先に彼女に教えちゃって、とんずらされたらどうするのよ」という涌井の言葉が何より引っかかっていた。〝順子〟は、近々東中野から引っ越す予定でいる。そのことは直也に話しているのだから、とんずらというには当たるまい。ただ、引っ越し先は熱海か湯河原――それはない。昨日、本ものの順子に会ってわかった。南風蘭陽にはマネージャー役の夫もいれば、秘書役の女性もいる。わざわざ〝順子〟を呼び寄せる必要はない……というか、〝順子〟は吉井順子ではないのだから、南風蘭陽に呼ばれるはずもない。

（もしも〝順子〟さんが本当の引っ越し先を言わずに引っ越しをしたら、それはとんずらと言えばとんずらだよな）

そうなると、直也が融通した四十五万が返ってくる可能性もぐっと低くなる。仮にそうなったとしても、かなりの無理はあるものの、高い勉強代と思うことができなくもないのは、〝順子〟にはそれなりに世話になったし、〝順子〟が直也は三十五歳からが本当の人生、必ず編集者として腕が振るえると断言してくれたから、そこに希望の光を見出して、日々仕事に励むことができたからだ。お蔭《かげ》で周囲や社長の直也を見る目や評価も高まった。

（だけど、それも嘘だったってわけ？　望月マコが言ったことじゃない訳だもんなあ。だとしたら、やっぱへこむなあ）

ひと通り目を通した原稿を整えながら、直也は心で呟《つぶや》いた。

（〝順子〟さん、この世での役割を終えた一族の最後の見守り役だとか言ってたし、若い頃に卵巣癌をやって、左右の卵巣を全摘したって言ってたな。ひょっとしてあれも嘘？）

考えるうち、だんだん肩が落ちてきた。〝順子〟が本ものの吉井順子でない以上、南風蘭陽のところに行くはずがないのと同様に、望月マコと親しい間柄であったはずもない。したがって、〝順子〟が口にしていたスピ系、霊能系の話は、本で読んだことの受け売り、若《も》しくはそれを元に考えたこと。そういうことになる。それを大真面目に聞いて信じていた自分は何だったのかと情けなくなる。

「友野、どうした？　今日は何かサエない顔してるな。おい、原稿一枚落としてるぞ」

吉備に言われて足下を見る。

「あや、すんません」

一枚吹き飛ばしていたらしい原稿を慌てて拾い、ノンブル通りに原稿に挿し入れる。

「やっぱり昨日のことが応えてるか？　東中野の〝吉井順子〟さんの件」

「それがですね、今日、出勤途中にも東中野でひと悶着《もんちゃく》ありまして」

吉備が話を振ってくれたのをよいことに、直也は涌井から告げられたことやその場での彼との遣り取りを、ざっとだが、ひと通り吉備に話して聞かせた。

「はん？　東中野での孤独死？　それと〝順子〟さんが関係がある？」言ってから、吉備はチッと面倒臭そうに舌打ちをした。「順子に〝順子〟じゃ、話がこんがらがるな。その女、本名は何て言ったっけ？」

「一応、武藤晴美と聞いています」

「なら、以降は、東中野の〝順子〟は晴美と呼ぼう。――あ、舞花《まいか》ちゃん、十月七日付けの報日新聞の朝刊探してきて」

吉備は女子大生のアルバイト、石崎《いしざき》舞花に声をかけた。

「涌井って言ったっけ、その男の話を聞く分には、やっぱり武藤晴美、何気に怪しげだな。友野に、南風蘭陽さんの下で仕事をするから近々熱海に移り住むとか何とか言ってたんだろ？　だから東中野から引っ越すって」

吉備の言葉に、直也は「はい」と頷いた。

「爺転《じじい》がしの果ての東中野からの脱出か。とんずらと言えばとんずらと言えなくもないな。――ああ、舞花ちゃん、ありがとう」

舞花から新聞を受け取って、吉備はまずは記事に目を落とした。それから言った。

「東中野に戸建ての家。つまりは持ち家だな。持ち家に一人住まい……おまけに涌井とやらの話によれば、元ジパング航空勤務。天下のジパング航空なら、給料も相当貰ってたはずだし、退職金もたんまり。貯蓄は充分、かなり金持ちの年寄りだな。晴美って女、涌井とやらが言うように、亡くなった沢田さんと相当頻繁に会っていたとしたら、そりゃあやっぱり金目当て――そう考えるのがふつうだよな。じゃなきゃ、何だって三十八の女が、わざわざ七十過ぎた爺さんなんかとつき合うもんか」

「まあ、そういうもんですかね」

「友野とつき合ったのは……遊びかな。爺とばっかじゃ、やっぱり面白くないからな」

「社長、実はもう一人登場人物がいまして」

「え？　何？　登場人物がもう一人？」

「小林……小林瑞枝とかいう六十ぐらいの主婦です。その人が、一時期晴美さんのことを執拗《しつよう》に嗅《か》ぎ回っていて。東中野にまで現れて、僕も声かけられたっていうか、〃順子〃さん――いや、晴美さんの件で質問攻めにされました。晴美さんの説明では、吉井順子、つまりは自分の熱烈なファンで、晴美さんのことを、昔、自分の家の近所に住んでいた霊感少女の〃工藤留美〃ちゃんだと思い込んで調べまわったり接近してきてるって、そんな話でした。けど、それも変といえば変で、今、冷静に考えてみると、あの人、べつに吉井順子のファンじゃなくて、晴美さんのことを自分が知ってる工藤留美だと思いながらも、彼女が吉井だ、武藤だと名乗っていることが解《げ》せなくて、それで調べていたような……。だって、僕には吉井順子とフルネームでは言わなかったし」

「お兄さん……ニアリバー東中野にお住まいなんでしょ？」「じゃあ、ニアリバーに住んでらっしゃるのは女性のかたの方？　ええと……武藤さんとおっしゃったかしら。あ、武藤さんというはお兄さんの方？　それともお兄さんは、吉井さんとおっしゃるのかな」「あなた、吉井さんなんでしょ。そうなのよね？」「女性のかたが武藤さん……それとも女性のかたは工藤さん？　工藤留美さん？」……芋蔓《いもづる》式といった感じで、瑞枝が直也に対して口にした言葉が続々と思い出されてきた。

「何だよ、それ。単にニアリバーに住んでいるのが誰か、何て名前か確かめようとしているだけで、全然吉井順子さんのファンじゃないじゃねえか」何て言いっこない。男だぞ」「吉井さんのファンなら、友野に『あなた、吉井さんなんでしょ』なんて言いっこない。男だぞ」

「あ！」直也はあることに思い至って声を上げた。「あの人の娘だか誰だかが鍵を落としたのを、僕と晴美さんとで拾ってあげたことがあって、たぶんそれであの人、ニアリバー東中野５０３に、晴美さんが住んでるってこと、知ったんだと思います。晴美さん、あの人にとっては、工藤留美だったんじゃないのかなあ。あの人の知っている工藤留美。だから『あれ？』って不思議に思った――」

「ってことは、武藤晴美は、吉井順子のみならず、工藤留美の名前も使っているし、工藤留美としてニアリバーとはべつのところに住んでいる可能性もあるってことだぞ」

「ニアリバーのメールボックス！」つい直也はまた声を張り上げていた。「晴美さんによれば、小林っておばさん、僕ら二人がニアリバーに入っていくのを見たって話だから、たぶんメールボックスの名前を確かめたんだと思います。５０３には武藤と吉井、ふたつの苗字が書かれてるんですよ。だから僕と彼女、どっちがどっちか確かめようとした。武藤だの吉井だのと訊きながらも、実は自分の知っている工藤留美が住んでいるんじゃないかと思って、それで僕から聞き出そうとした。そんな気がします」

　小林瑞枝に声をかけられた当時の困惑と謎が、ここにきて一気に解けた思いだった。謎が解けたこと自体はもやもやしていた気持ちがすっきりとしてよかったが、当然ながらすぐにまた心は曇る。いったい〝順子〟さん、いや、晴美は何を考えているのだ？　何のために名前を使い分けたりしているのだ？

　そして何よりも今、考えなくてはならないのは、涌井がさかんに気にしていたこと、晴美と沢田隆の死との関係だ。

「ヤバいな、その女」吉備が苦い面持ちをして言った。「爺さんの金、かなりくすねたんじゃないか。百や二百じゃ人は殺さない。もっとまとまった金。どうせくたばりかけの爺さんだ。金も入ったことだし、だんだん面倒にもなってきて、病死に見せかけて一気に殺《や》っちまった。彼女、きっと小林とかいうそのおばさんからも金引っ張ってるな。その二人だけじゃない。ほかにも〝被害者〟はいる。俺はそう見た。そのおばさん、東中野に住んでる訳じゃないんだろ？　てことは、東中野以外でもやってる。そういうことだ。爺さんは殺っちまったし、おばさんには東中野のヤサが割れちまった。嘘、誤魔化しにも限界が見えてきたから、この際風を食らって姿を消しちまおうと支度に入った。で、引っ越し」

「――――」

年齢の割には無垢《むく》と言える〝順子〟の顔、表情を思い出し、直也は思わず眉根を寄せて沈黙した。たとえ仕事名であれ、彼女が〝順子〟でないことぐらい、直也も頭ではよくわかっている。それでもまだ心では、彼女を〝順子〟さんと呼んでしまう。

「友野、お前、その女に金貸してるんじゃないだろうな」

吉備に問われて、直也は眉根を寄せた暗い面持ちのまま、静かに頷いた。

「貸してます」

「幾ら？」

間髪を容れずに吉備が尋ねてきた。

「四十五万」

吉備に嘘はつけない。直也は正直に答えた。

「急な引っ越しで、一時的にある程度まとまったお金が必要になったというもので」

その答えを耳にして、吉備が片頬を歪めた。

「……ったく、お前も人が好いなあ。気の毒だけど、それ、返ってこないぞ」

「しょうがないです。彼女がどうしてもと言った訳じゃなく、どっちかっていうと、僕の方から進んで貸したお金ですから。本ものの吉井さんとお目にかかった時から、そういう予感がしてましした」

「案外潔いんだな。でも、四十五万、友野にとっちゃ小さい金じゃない。大金だろ？」

「なけなしの金ですもん。本当のところは泣きたいですよ」

「やっぱり手練《てだれ》だな、その女。やりつけてる。自分からじゃなく相手から……ってかたちに持っていくところが味噌。訴えるにも訴えられなかったりするし、友野みたいにそれで諦《あきら》めちゃう人間もいるからな」

「諦めたって訳じゃないですけど、べつに命まで奪《と》られた訳じゃなし。そう思えば」

「ま、そうだよな。沢田さんの件があるもんな。一番の問題は、彼女が本当に沢田という爺さんを殺っちまったかどうかだ。――友野、お前、今、彼女に電話してみ」

「え？　今？　〝順子〟……晴美さんにですか。今、ここで？」

「うん。良くも悪くも、早いに越したことはない。だから、電話してみろって」

「あ、はい」

吉備に言われて、ＬＩＮＥではなく、珍しく直也は、〝順子〟のケイタイに電話を入れた。コール音が五回、が、晴美は電話にはでず、留守電サービスにつながった。

「あ、順子さん。こんにちは、友野です。ちょっと訊きたいことっていうか、話したいことがあって、それでいきなり電話入れちゃいました。すみません。また後で電話かＬＩＮＥ入れます。よろしく」

その直也の話しぶりを隣で聞いていて、「留守電か」と吉備が小さく唸った。

「はい。でも、僕からならば、電話かＬＩＮＥ、どちらかにはまだ対応すると思います。彼女、僕が疑ってるとは思っていないだろうし、まだ引っ越しが済んでいないはずなので」

「逃げるとなったら、それこそ一気だぞ。家、近いんだろ。ちゃんと見張っておけよ」

「はあ。でも、いつ出ていくかわかんないのに、ずっと張りついている訳にもいかないし。疑っていない振りをして、引っ越す日を聞き出しておきますよ」

「正直に言うかねえ。それにその女、ひょっとしたら人殺しかもしれないんだぜ。涌井とやらじゃないけれど、一応こっちは善良な一般市民な訳だから、犯罪摘発には協力しないと。人殺しを野放しにしちゃまずいだろう」

「甘いかもしれません。でも、僕には晴美さんが人を殺すだなんて、どうしてもそんなふうには思えなくて。彼女、三十八歳ですけど、何ていうか、どこかか弱げな人で」

チッとまた吉備が小さく舌打ちをした。

「これだから、善良にして質実な日本男児は。その女、人殺しじゃないにしても、名前を使い分けてることからしても、詐欺師っていうのはほぼ確定的と言っていい。何だかんだ、友野からも四十五万持っていってるし」

詐欺師——その吉備の言葉に、少し恥ずかしげな笑みを滲ませた〝順子〟の顔が、自然とまた直也の脳裏に浮かぶ。

人殺し？　詐欺師というのは確定的？――それが彼女の事実、いや、真実なのか。

表と裏、そのギャップに、直也は軽く唇を噛みながらも、騙され裏切られたことに怒りを覚えるよりも、落胆と消沈の思いに小さく項垂れていた。項垂れながら、思っていた以上に、自分が〝順子〟に思いを寄せ、〝順子〟に依存していたことを思い知ってもいた。

＊

《NAテレビ『池山一騎《いけやまいっき》のひる午後ワイド』》
「さて、本日、十月十七日の『ひる午後ワイド』は、木曜恒例『今日のフォーカス』から始めていきたいと思います。今日は『東中野・71才男性の孤独死に浮かぶ謎と疑問』をフォーカスします」MCを務めるタレント・池山一騎が語りだす。「孤独死――時代柄と言ったらいいのか、時代とともに家族形態、生活形態が昔とはずいぶん変わったので、近頃、ことに都会では少なくありませんよね。誰か知り合いが孤独死していたと聞いても、そうびっくりしない時代になったと言いますか。ええと、今月、十月六日の深夜、東中野の住宅で孤独死しているのが発見された沢田隆さんは七十一歳。三年ほど前に奥さんに先立たれて以来、一人暮らしだそうだし、心臓に持病があったということですから、まだそう高齢ではないものの、そういうことになったとしても不思議はないと言えそうではあるんですけど……。どうも沢田さんの死には、謎やら疑惑やらあるようで、発見から十一日が経った今も、警察の捜査が続いているみたいでして。——津川《つがわ》アナ、その辺り、ちょっと教えてくれる?」

「はい」池山の〝フリ〟に応えて、NAテレビの局アナ・津川亭《とおる》が頷いて、手元の原稿を読み上げ始める。「沢田さんが自宅二階の寝室で亡くなっているのが発見されたのは、今月六日、隣家で火事騒ぎがあった後の午後十一時四十五分頃。幸い隣家の火事自体は、台所が少し焼けただけの小火《ぼや》と言っていい程度のものだったそうです。沢田さん宅にも延焼はなかったんですが、念のため消防が安否確認のため、沢田さん宅を訪れたところ、応答がありませんでした。近隣の人によると沢田さんは一人暮らしの高齢者ということで、所轄の警察と連絡を取ったうえ、警察官、消防士が、宅内に立ち入るに至りました。それによって二階寝室で、死亡しているのが確認された訳ですが」

「うん、そこまではふつうの流れというか、べつに謎や疑問はない——」

「はい。既に遺体の腐敗が始まっていたことから、死亡してからある程度の時間が経過していることは、その時点で確認されたんですが、問題の第一は、沢田さんの亡くなり方でして」

「沢田さんは、心臓に持病があったという話でしたよね」

その先を促すように池山が言った。

「はい。沢田さんの持病である肥大型心筋症につきましては、後で皆瀬《みなせ》循環器内科クリニックの皆瀬先生に説明していただくことにして、ここでは話を先に進めます。亡くなった沢田さんの枕元には水の入ったコップ、それにニトロペン舌下錠０・３㎎二錠分の空のアルミシートがあったそうなんですが、ニトロペンは発作の際に通常一錠、それでも駄目な場合には二錠まで。それが服用限度だそうです。沢田さんの主治医によれば、沢田さんはこれまで一度もニトロペンを服用したことがなかったそうです。しかも、枕元のコップの水が少ないことから、舌下錠であるニトロペンを水で服用したと見られ、沢田さんが慎重な男性であっただけに、その点がまず疑問点として浮上したようです」

「ああ、一般にニトロって言われる薬ですね。服むんじゃなくて、舌の下に入れて溶かすっていうのは、僕も聞いたことがあります」

「それで詳しい司法解剖、血液の成分分析などが行なわれたようなんですが、やはり沢田さんは、ニトロペン舌下錠を服用……これは溶かさずに飲んだという意味での服用となります。それも数錠分もの成分が血液中から確認されたそうです」

「え？　でも、空のシートは二錠分でしたよね」

「はい。そこが一つ目の謎でして。そのうえ、血液中からシルデナフィルクエン酸塩の成分が検出されたそうで」

「シル……シルデナフィル……クエン酸塩？　そのシルデナ何とかって、何？」

「簡単に言ってしまうと、バイアグラ等の勃起《ぼっき》促進薬に使われる成分だそうです」

「えっ。沢田さん、七十一歳だったよね。で、奥さんに先立たれて一人暮らし。それでバイアグラ？」

「それも、１００mg程度――一錠ではなく、恐らく二錠……量が多かったようです」

「沢田さんに、仮につき合っている女性がいたにしてもだよ、たとえばバイアグラとかって、心臓に持病がある人が服んでもいい薬なの？」

「絶対に駄目ということはありませんが、医師との相談が必要のようです」津川が応えて言った。「血管を、ある意味機械的に拡張させて血流を促す薬ですし。心臓疾患のあるかたは注意が必要ですね」

「ですよねえ。面倒だから、ここでは仮にバイアグラって言い方にしておきますけど、バイアグラを二錠も服んで、それで心臓が苦しくなったから、今度はニトロ？　それも何錠も？　しかも溶かすんじゃなく、服んだということ？　それはやっぱりおかしいですよね。素人の僕が聞いただけでも、自殺行為って感じがする」

「それが謎と疑問の一つ目なんですが、ここで皆瀬先生に、沢田さんの持病である肥大型心筋症につきまして、ちょっとご説明いただいておくことにします」

津川に紹介される恰好で医師の皆瀬が現れ、沢田の場合は経年劣化による病ではなく、生まれ持っての病、まさに持病ということで、慢性肥大型心筋症という前提で説明を始めた。沢田の場合、もともと心臓の左心室のポンプの力、つまりは血液を送り出す力が弱く、そのため、左肺に近い部分に鬱血が起こりがちだし、ポンプの力のなさを補うために、心筋が厚くなり、心臓自体もまた肥大してしまう病気であることを、図を使って説明した。

「慢性ですから、日頃から生活に注意していれば、急性心不全のようなことにはならない病気と言っていいでしょう」皆瀬が言った。「但し、シルデナフィルクエン酸塩錠、ニトロペン錠、双方血管を拡張させる成分の薬を限度以上に、しかも両者併せて服用したら、急激に血圧が下がり、極端な場合には心筋虚血を起こして命に危険をもたらしかねません。両者の併用は厳禁というのは、医療従事者の常識です」

「まあ、沢田さんがどうしてそんな薬の服み方をしたのかはわからないけど」池山がちょっと頭を掻きながら言った。「それで沢田さんは亡くなられてしまった訳ですね」

「池山さん、そこにまた問題がありまして」予定通りだろうが、切り込むように津川が口を挟んできた。「たしかに心臓からも異変が見つかりはしたんですが、このほど取材で判明した沢田さんの最終的な死因は呼吸不全……もっと言えば、窒息死なんだそうです」

「えっ、窒息死！　津川アナ、何、それ？　どういうこと？」

「ですから、そこが大きな謎な訳なんです」

「薬の服み方も変なら、最終的な死因も窒息死ってそれ――」

「やっぱおかしいよ、それ。何か怪しげ」雛壇《ひなだん》の芸人、〝寿限無《じゅげむ》〟のニシが言った。「ビニールでもすっぽり被ってりゃべつだけど、自殺にしたって自分で窒息して死ぬ人なんかいないもん。その人、寝室で発見されたんでしょ」

「はい。沢田さんは、アンダーシャツ、トランクス姿で布団に横たわっている状態で発見されたそうです」津川が言った。「警察も、死因をかなり詳しく調べたようですから、他殺の可能性も視野に入れていることはたしかと言っていいと思います。加えて、沢田さんの死には、二つ目の大きな謎がありまして」

「二つ目の大きな謎――」

「沢田さんは東経新聞を購読されていたそうですが、九月十二日の深夜、東中野の販売店に、沢田さんからファクスが届いており、その内容はと申しますと、持病の心臓が悪化して、急遽《きゅうきょ》入院することになったから、新聞の配達を朝夕刊ともに止めてほしいという連絡だったそうです。すぐにも入院ということになるので、明朝分から止めてもらいたいので、深夜にファクスすることになったというようなことも書かれていたとのことで」

「うーん。急遽入院するはずの人がバイアグラですか」

「ところが、沢田さんの主治医によれば、沢田さんの状態は落ち着いており、入院という話などなかったそうなんです」

「つまり、入院の予定はなかった訳ね。なのに深夜にファクスで、その朝から新聞を止めろと。やっぱりちょっと変ですねえ」

「今、池山さんが仰ったこと、それが二つ目の謎になります」

「やっぱ、なーんか匂うなあ」

またニシが口を挟んで言った。

「新聞を止めるというのは、遺体の発見を遅らせる工作のような。——あ、これは僕の個人的な感想ですけど。新聞が郵便受けから溢《あふ》れていたら、やはり周囲は変だと思いますからね」

「それに池山さん」津川が言った「販売店に送られてきたのは、パソコンで作成された文書だったそうですが、沢田さんのところのプリンター、故障中でして。また、パソコン内にもその文書は見当たらなかったそうです」

「そうですか。うーん、たしかに謎多い孤独死ではありますね」

「まだあるんです」

「まだ？　まだほかにも謎があるの？」

「東中野に住む沢田さんの知人男性が、沢田さんの姿が見えなくなる前、沢田さんが三十代後半と思われる女性と頻繁に会っていたのを目撃していて、沢田さんの姿が見えなくなってから、沢田さんのことを心配して、警察に沢田さんの所在確認を求めていたそうで」

「三十代後半の女性……」

「その女性と沢田さんの死との関係は、現段階においては不明です。その女性の身元もまだ特定されていないようで、警察は女性からも事情を聞くため、その女性に関する情報収集を始めたようです」

「その女性が三つ目の謎になると言っていいんでしょうかね。〝謎の女性〟」

「〝謎の女性〟とまで言っていいかどうか……それは微妙なところですが、いずれにしましても、三十代後半の女性の特定が待たれるといったところです」

昼帯の人気番組、『池山一騎のひる午後ワイド』の木曜恒例『今日のフォーカス』のコーナーは、朧《おぼろ》に〝謎の女〟を匂わせるに及んで幕を閉じた。三十代後半の女性。未だどこの誰だかわからない——それがぼんやりとした怖さの余韻を残していた。

4

《武藤晴美》

十月二十日の日曜日、ようやく北品川への引っ越しが決まった。京急北品川駅に近い楡《にれ》ハイツビル401号。名前のお尻にビルとついているように、鉄筋コンクリート五階建ての四角い厳《いか》つめの建物だ。その分、ぱっと見には、マンションに見えない。晴美はそこも気に入った。姿を隠すにはもってこいといった感じ。しかし、借りるに当たっては、さすが品川区と言うべきか、少々ハードルがあって、契約、引っ越しが遅れてしまった。

今のご時世、部屋を借りるに当たっては、所得証明が必要だと言って譲らない不動産屋がほとんどだ。サラリーマンなら、所得証明、源泉徴収票……簡単に出せるだろうが、晴美の場合はそうはいかない。文筆業ということにしても、前年度の確定申告書の写しを求められた。当然ながら、晴美にそれはない。

「前家賃で半年分先まで入れておいても駄目でしょうか」

尋ねたが、不動産屋はきっぱりと首を横に振った。

それでただでさえ難航中だった部屋探しがさらに難航してしまった。

困っていたところ、周が助け船というか折衷案のようなものを出してきた。周の弟の恵和の妻には、三十九歳で独身の妹がいる。むろん日本人だ。宥子《ゆうこ》というその妹は美容師をしているという。だから、内村宥子として部屋を借りたらどうかという、晴美にとっては有り難い限りの提案だった。

「晴美ちゃん、表向きの名前は何だっていい人。そうだよね。だったら、内村宥子として借りたらいい。宥子の住民票、所得証明……必要なものは、恵和に言って用意させるよ」周は言った。「でも、今回恵和に保証人をやらせるし、宥子にも名前借りる。だから恵和に十万、宥子に五万、それにこれからは、あなた三割、私七割。いいね?」

さすがに単身瀋陽からやってきて、上野公園を振り出しに、都内のあちこちを渡り歩いてひと儲《もう》けした中国人だけある。まったく抜け目がないなとは思ったが、今回晴美も急いでいる。迷わずその案を呑んだ。したがって晴美は、楡ハイツビル４０１号に、内村宥子として引っ越し、そこで暮らす。当然不動産屋は、武藤晴美として訪れたところは避けて、よそを当たった。それも引っ越しが遅れたひとつの原因だ。

　部屋を移るに当たって、今もこの先も絶対に必要なもの、大事なもの、それにニアリバー東中野の荷物の半分ぐらいは、自分で荷造りをした。が、食器類からそこらに出ている雑貨や小物から……全部自分でやっていたら、時間を食って仕方がない。なので、いわゆる「お任せパック」を頼んだ。見積もりにきた引っ越し業者の営業の話だと、これだけまとめてあったら、午前中二時間あれば、梱包《こんぽう》も運び出しもできるだろうということだった。だから、晴美がやったことはといえば、とにかく要らないものを捨てること。何しろそのままにしていたら、ゴミまで向こうに運ばれてしまうので、要らないものはどんどん捨てた。それだけでも結構くたびれた。部屋の契約、引っ越し業者の手配……すべてが終わったのが十五日の火曜日。引っ越し業者は、大手、正規の業者ではない。ふつうに引っ越しなどすれば、引っ越し業者を当たられたら、すぐに転居先が知れてしまう。だから前にも使ったことのある、言わば闇業者に頼んだ。つまりそこは、引っ越し業者としての看板を大っぴらには掲げていない。表向きは、あくまで物の運送屋だ。引っ越し作業終了後は、運送先、依頼人等の情報は破棄。そういう業者だけに、その分費用はかかるが、晴美の場合は止むを得ない。ことに沢田の遺体が発見されてしまった今回は。――沢田を殺してしまった今回は、と言うべきか。

　本当は、十月十日あたりに引っ越しの目標を据えていたのだが、それが二十日になってしまった訳だから、一週間ほど遅れをとったことになる。それでも、後は当日運び出してもらうばかり。そこまで来ていた。

（やっとだ。よかった。一応無事ここまで漕《こ》ぎ着けた。これで姿を消すだけだ。転居先もすぐに知られることはない）

　ところが、風雲急を告げる――いきなりそんな状況になってしまった。

　まずは契約等を終えた翌日の十六日だ。直也から二、三度、ケイタイに電話が入った。二十日の引っ越しに向けてバタバタしている真っ最中だったので、本当は電話を取りたくなかったし、今、直也と話をしたくなかった。でも、言うまでもなく直也は、晴美の東中野の家、ニアリバーを知っている。向こうに何か急ぎの用事があって、たとえば引っ越し当日にでも訪ねてこられたら厄介だ。何せ晴美は、直也にも、二十日に転出することは告げずに中野から消えるつもりなのだから。いつものようにＬＩＮＥではなくて電話――それも何か直也が急いでいるようで気になった。

　十六日、その日予定していた準備と片づけが一段落した時だ。時刻はもう夜の九時半を回っていた。晴美は、半ば致し方なしに、自分の方から直也に電話を入れてみた。

「あ、直也君。順子です。昼間、何度か電話くれたのに取れなくてごめん。引っ越しの件で、やっぱり必要書類やら契約やら何やらあって。何か急ぎだった？」

そんな晴美に対して直也が口にしたことは衝撃的だった。

「実は僕、昨日スピリチュアル系専門のフリーライター、吉井順子さんと会ったんだ。吉井さん、うちの会社に来たんだよ」

「えっ！」――思わず声を上げかけたが、慌てて晴美はその声を呑み込んだ。

「吉井順子と会った？……吉井順子が直也君の会社に来た？……ごめん、直也君。私には、直也君が何を言ってるんだかよく……。ご存じの通り、私は南風蘭陽さんのところに行くために、引っ越し準備でバタバタしていて、直也君の会社なんかには」

「そうだよね。やってきた人は、順子さんとは別人だったもの」

「…………」しばし黙してから晴美は言った。「つまりは、偽ものの吉井順子が堂々とやってきたってこと？」

「いや、そっちが本ものだったみたい」

「そっちが本ものって……駄目だ、私、頭が混乱して」

突然のことに、何を口にしたらいいのか、実際晴美は頭のなかが、真っ白になりかけていた。順子が来た？　吉井順子が？――。

「順子さんは、スピ系ライターの吉井順子を名乗ってるけど、本当はそうじゃないんだよね？　そうなんでしょ」

「え？　それ、私に言ってる？　つまりは、私が吉井順子を騙《かた》っている、偽ものだって」

「吉井順子さん本人に直接会って話をした以上、どうしてもそういう結論にならざるを得ないんだよ。僕としては残念だけど」

「急にそんなこと言われたって……。私、どうやって自分が吉井順子だということを証明したらいいのか……。今、引っ越しで手一杯ということもあって、すぐにはそのいい方法が浮かばない」

「その引っ越しだけど、どこへ？」

「え？　だから南風蘭陽さんのところ。住まいは熱海市内に決めた」

「順子さん、南風蘭陽さんの秘書役のかたが亡くなったって言ったよね。だから、急ぎ自分が呼ばれたって。でも、蘭陽さんのマネジメントは旦那さんの加茂さんって人がやっているし、事務的なことは板橋さんって女性がやってるって。べつに誰も死んじゃいない」

「え……ええー」晴美は低く唸った。「おかしい。いったいどこでどうしてそんな話になったのか。秘書役のかたは、本当に事故死されて――」

「順子さん、――いや、晴美さん、もうやめよう。僕もこれからは、本名の晴美さんで呼ぶよ。……あ、それは本名って、信じていいんだよね。何だか僕も何が本当で何が嘘かわからなくなっちゃってる」

「直也君――」

「私を信じて」と言いたかった。だが、不意を突かれたようなこの局面、直也に言葉でそれを納得させるだけの材料が用意できていない。

「とにかくさ、会って話ができないかな。顔を見て話をしないことには……。晴美さんさえよかったら、これからそっちに行くよ」

「あ、それは困る」

慌てて晴美は言った。来られたところでおんなじだ。真に迫った嘘、言い訳……十分かそこらではとうてい準備が間に合わない。

「怒濤のように荷造りしたものだから、こっちの部屋は引っ越し荷物で大変なことになってるの。とても上がってもらえるような状態じゃない。それに引っ越し先の方の準備もあったから、行ったり来たりで私もくたくたなのよ。今夜はそろそろ眠らないと無理。からだがもたない。そう思ってさっきパジャマに着替えたばっかり。部屋も部屋なら、私も私。まとまった話のできる状態と頭じゃないのよ」

「今夜は無理……。実はね、ほかにもあなたに訊きたいことがあるんだよ」

「ほかにも?」

「あなた」という呼び方が、妙によそよそしく感じられた。嫌な予感がしながらも、直也の言葉を繰り返すかたちで晴美は尋ねた。

「東中野の家で孤独死しているのが発見された、沢田隆さんって人のこと」

沢田の名前がでた瞬間に、晴美の顔はたちまちどす黒く濁っていた。直也が沢田のことを口にした。晴美にしてみれば、これまた思いもよらぬことだった。直也は沢田と晴美とのことをまったく知らないはずだった。にもかかわらず、何だって直也が沢田のことを――。

「ごめん、直也君。ますます訳がわかんない」晴美は言った。「沢田さん……沢田隆さんって言った？　誰、それ？　私、知らない。そのかた、孤独死されたの？　だけど、何でその人のことを私に？」

「晴美さんが、その沢田さんとしょっちゅう東中野で会っているのを目撃していた人がいて、前から僕、その人に何だかんだと話しかけられていたんだよね。で、沢田さんって人が孤独死という恰好で発見されたこともその人から聞いて」

涌井――名前と同時に色が浅黒くてぎょろ目の男の顔が、晴美の瞼に浮かんでいた。電話のこちら側で忌ま忌ましげに顔を歪め、胸の内で舌打ちをする。

「吉井順子さんの件だけじゃなく、その人、亡くなった沢田さんのことやら、晴美さんに訊きたいことが幾つかあるんだよ。それも急いで。だから、どうしても会いたい。話がしたいし話が聞きたい」

「困ったな」晴美は言った。「こっちの荷造りはだいたい先が見えたから、明日は朝、こっちのゴミ捨てなんかをして、お昼からは熱海なの。と言っても、直也君はもう信じてくれないかもしれないけど」

「――――」

「嘘じゃない。本当に明日のお昼からは熱海なのよ。で、十九日の土曜いっぱいは向こう。蘭陽さんに頼まれた仕事もひとつ片づけなきゃならなくて。そう言っても同じね。今の直也君の耳には、虚《むな》しく響くだけでしょうね。戻りは二十日の午後、そうね、四時ぐらいになるかしら。だから、二十日の夕刻から夜にかけてならば大丈夫。確実に家にいるわ。私だって、直也君とちゃんと会って話をして、直也君の誤解を解きたいもの。二十日の夕刻、マンションに迎えにきてくれる？　で、どこか外で話をしましょうよ。四日先になっちゃうけど、どう？　それじゃ駄目かしら」

二十日は、午前中には部屋が空っぽになり、遅くとも午後一時ぐらいには、晴美も部屋から姿を消している計算だ。二十日はそのぎりぎりの日にちだが、約束を、そう先延ばしにはできない。一週間後とか十日後とか言ったら、直也はきっとそれを呑まないだろう。

「二十日の日曜日か。で、晴美さんは何日に引っ越すの？　いつ東中野を出ていくの？」

直也が訊いた。

「二十日にはと思っていたんだけど、引っ越し業者の手配がうまくつかなくて、二十二日の火曜の午前ということになったわ。私も、それを直也君に報せようとしていたところだったの。本当よ」

「そう。じゃあ、二十日の夕刻から夜は、確実に東中野にいるんだね？　ニアリバーに」

「ええ」

「で、二十二日の午前には東中野を出ていく。そういう予定？」

「そう。そうよ。それも疑われてるかな。だけど、その予定に嘘も間違いも何もないわ」

「しつこいようだけど、晴美さん、東中野を出て、どこに引っ越すの？」

「熱海。私、本当に熱海に引っ越すのよ。会った時に詳しい住所を知らせるわね。田原本《たはらほん》町《ちょう》という駅に近い賑《にぎ》やかなところ」

「じゃあ、会うのは二十日の夕刻、午後六時ということでどう？」

「わかった。二十日の午後六時ね。それまでには必ず東中野の部屋に帰っているようにする。——直也君、私は逃げも隠れもしない。その約束は守る。だから、二十日の六時にマンションに迎えにきて。その方が、どこかで待ち合わせをするよりも、たしかに私がまだニアリバーにいるってことがわかって、直也君も納得がいくでしょ」

「そうだね。あのさ、順……晴美さん。その時は、ある意味僕を信用して、何でも本当のことを話してよね。僕は晴美さんをどうとかしようと思ってる訳じゃない。ただ、本当のことが知りたいだけだから」

「わかった。直也君に訊かれたことには、何でも正直に答える。それは、今、ここで約束しておく」

「ありがとう。僕はその言葉を信じる。じゃあ、二十日の午後六時に」

それで直也との電話を終えたが、終えた途端、晴美はうんざり顔で溜息《ためいき》をついていた。

「ただ、本当のことが知りたいだけだから」——どうして人はそうなのだろうと、自然とうんざりして溜息が漏れ出たのだ。これまでに関わってきた人間のうち何人かも、直也と同じようなことを口にした。

「留美ちゃん、前に言ってたこととちょっと違う。本当はどうなってるの？　どうあろうと、留美ちゃんのことを責めたりしない。私は真実が知りたい。それだけなの」

「僕に対する君の本当の気持ちを聞かせてくれないかな。それを聞かないことには僕は——」

「晴美さん、ねえ、教えて。私を信用して本当のことを話してよ。それを、事実を聞きさえしたら私は——」

…………

(馬っ鹿みたい)

本当のこと、事実、真実……その種のものにろくなものがあった例《ため》しがない。嘘だから夢々しいのだ。幸せな気分でいられるのだ。人はどうしてそれがわからないのだろうか。直也にしてもそうだ。三十三歳、いつ潰《つぶ》れるかわからないような零細出版社に勤め、先の見込みもなければ、お金もないし恋人もいない。今の会社から大手に移れるほどの編集者としての能力、才覚はないだろうし、お金がなくては、彼女ができてもきっとじきに愛想を尽かされる。職と収入が不安定では、容易に結婚もできない。子供も作れない。それは以前に自分が経験してきたことだし、まさに今の直也の現実ではないか。それよりも、嘘でも三十五歳で不遇の時期を過ぎ、編集者として花開くと信じられることの方が、どれだけ幸せでいられることか。彼女の代わりを務めてくれ、食事もからだも振る舞ってくれるフリーライターの吉井順子という女性がいる方が、どれだけ日々が愉しいことか。事実を知ってしまったら、元のつまらぬ現実に再び陥るだけだ。先の見えない暗いトンネル。

（ま、あの子のことはどうでもいいわ。それなりに楽しかったけど、直也君と会うことはもうないんだから。後は直也君自身に、自分の気持ちにケリをつけてもらうだけよ）

心で呟いて、晴美は直也のことを忘れることにした。晴美が今、考えるべきは、四日後に迫った引っ越しのことだ。それのみ。二十日にうまいこと引っ越せれば、それで勝ち。

ところが、直也と電話で話をした翌《あく》る日の十七日の木曜日に、晴美にとってはとんでもないことが起きた。

『池山一騎のひる午後ワイド』、木曜恒例『今日のフォーカス』――。

その時、晴美は、午前中に新井ハイムの部屋の始末を終えて、粗大ゴミや布団類、燃えないゴミ、その他のゴミを表に出した。後はそれぞれ晴美が依頼した民間の引き取り業者や区のゴミ収集業者が、決まった日に持っていくばかりだ。ゴミを一時的に表に出すことは、大家に連絡して承諾を取ってあるので問題ない。この部屋には、〝留美〟が本当に貧しい生活をしているのかと、秋山悦子が訪ねてきたことがあったし、瑞枝のほかにも、〝かわいそうな留美ちゃん〟キャラで、誰かほかの人間を引っかけるのに使うつもりでいた。それがうまく果たせなかったのが無念だが、今となってはしょうがない。むろん、新井ハイムの部屋に愛着はない。

新井ハイムでの作業を終えて東中野に戻り、まずは「やれやれ」と、ニアリバーの部屋で一服という時に始まったのが、『池山一騎のひる午後ワイド』だった。

二十分弱のコーナーだったろうか。だが、晴美には、それがとんでもなく長く、また、あっという間というほどに短くも感じられ、頭のなかがぐらぐらしたし、心臓もずっとコトコト走ったままで、休むことを知らなかった。『池山一騎のひる午後ワイド』は、昼帯の人気ワイドショー番組だ。視聴率は高い。これを専業主婦である瑞枝が見ている可能性はかなり高いし、直也もまた、昼食を摂りながら事務所のテレビで見ている可能性がないとは言えない。彼ら二人だけではない。「いろは」「エデン」「酒処・藤吉郎」……沢田とよく訪れた店の大将やマスターが見ていることも想定されるし、そこで三十代後半の女性といったら、どうしたって彼らは晴美の顔を思い出すだろう。なかには沢田が「晴美ちゃん」と呼んでいるのを耳にして、覚えている人間だっているはずだ。

(嘘……。後三日。後たったの三日で東中野をおさらばできるっていうのに、何だって

『今日のフォーカス』の話題がこれなの？　何で今日なのよ）

　晴美は震えながら心で嘆いた。

（はっきりとは言っていないけど、これじゃ、〝謎の女〟――つまりは私が、沢田さんを殺したと言わんばかりじゃないの。おまけに警察も目をつけてるって……あの男、涌井のせいだけど……まずいわよ。どうして今日の放映なの。タイミングが悪すぎる。一週間後だったら問題なかったのに）

　案の定というべきか、コーナーが終わって十分と経たないうちに、スマホがけたたましい音を立てて着信を告げた。晴美は気を落ち着けようと火を点けた煙草を、危うく取り落とすところだった。顰《しか》めた顔で、鳴っているケイタイ見る。表示には小林瑞枝とあった。

（やっぱり見たんだ。――ああ、やだ。面倒臭い。電話にでたくない）

　一度目は無視した。二度目、三度目もだ。けれども瑞枝は、メッセージを留守電に吹き込まず、立て続けに電話をかけてきた。その度、けたたましい着信音が鳴る。このままだと、晴美がでるまで鳴らし続けるだろうと観念して、ひとつ深呼吸をしてから、晴美はいよいよ瑞枝からの電話を取った。

「留美ちゃん、いったい何なの？　どうなっちゃってるの？　あなた、今、どこにいるの？」

　挨拶《あいさつ》も何も抜き。興奮醒《さ》めやらぬと言った感じの瑞枝が、半ば叫ぶように質問を重ねてくる。

「沢田さん、やっぱりただの孤独死じゃないみたいじゃないの？　殺された可能性が高い。それも謎の女にって……。ちょっと留美ちゃん、あなた、聞いている？」

「あ、はい。——すみません。私、順子さんの用事で、今、外に出ているんです。あの、何かあったんでしょうか」

すっ惚《とぼ》けていつもの調子で瑞枝に言う。

「外……外ってどこ？」

「神田《かんだ》です。神田神保町《じんぼうちょう》」

「じゃあ、今日の『池山一騎のひる午後ワイド』、見てないの？　そういうこと？」

「はい」

「ちょっと、あなた、沢田さんの件、大変なことになってるのよ。沢田さんの最終的な死因は窒息死。で、新聞も止めている。それもたぶん沢田さんじゃない誰かがしたこと。それが留美ちゃん、謎の女じゃないかって……そんなような話だったのよ。薬も尋常じゃない量服んでるって話だし、窒息死って、それ、いったいどう理解したらいいわけ？　やっぱり殺人——そうとしか考えられないじゃない。ただの孤独死じゃない。殺されたのよ」

「瑞枝さん、瑞枝さん、少し落ち着いてください。私はテレビを見ていないので、事情がよくわからなくて」

「あなた、とにかく警察に出頭しなさい」

「え？」

「まさか、まさか留美ちゃんが殺した訳じゃないんでしょ。だったら、この間も言ったみたいに、自分から警察に事情を話しにいきなさい。でないと、あなた、きっと疑われるし、場合によっては身柄を拘束されかねないわよ。一人で行く勇気がないのなら、私がつき添う。――今日は？　今日は何時に帰るの？　私、アパートに迎えにいくわよ」

「ああ、瑞枝さん」言いながら、晴美は大きな溜息をついてみせた。「私には、まだ話がよく見えてないんですけど、沢田さんの孤独死が、『ひる午後ワイド』、番組で取り上げられたんですね。それで瑞枝さんは私のことを心配して……そういうことなんですね」

「そうよ。もしもよ。もしも謎の女が留美ちゃんだとしたら、あなた、沢田さんを殺害した重要参考人か容疑者ってことになる。犯人。正直に言って。まさかそんなことはないわよね」

「そんなことって、私が沢田さんを殺したってことですか。――瑞枝さん、そんなこと、ありっこないじゃないですか」

「だったら、留美ちゃんのほかに、沢田さんが東中野で食事をしたりお酒を飲んだりしてた三十代後半の女性がいたってこと？　沢田さんにはそういう人がいたってこと？」

「そこまでは私も――」

「留美ちゃん、会って話がしたいわ。それで、一緒に警察に行きましょうよ。疑いは早く晴らしておいた方がいいから」

「私、警察に行っても、お話しするようなことは何も……」

「何言ってるのっ！　もうそういうこと言ってる段階じゃないのよっ！　あなた、わかってるっ？」

電話の向こうから、瑞枝が怒鳴りつけてきた。これまでにも晴美が沢田に関して瑞枝に嘘をついてきたことは、瑞枝も承知している。それだけに、今回も晴美を信じきれずにいる。本心を明かすなら、瑞枝は晴美を疑い怪しんでいる。五割か六割は、晴美が沢田を殺したのではないかと考えている。いや、七割、八割かもしれない。あの『池山一騎のひる午後ワイド』を見れば、まあ当然だろう。

完全にお尻に火が点いた——今の晴美に言えるのはそれだけだった。とにかくこれから三日、何とか瑞枝や直也、そして警察の追及の手をすり抜けて、内村宥子として北品川の楡ハイツビルに転入して、東中野の武藤晴美でもなければ新井薬師の工藤留美でもなく、当面静かに暮らして身を潜めているのみだ。

後三日、たったの三日が、まだ三日、三日もあると、急に途轍《とてつ》もなく遠いものに思えてきた。瑞枝と遣り取りするうちに、晴美は平静を装いながらも、その実、汗を掻いていた。

「瑞枝さん、お話はだいたいわかりました」晴美は声も口調も変えずに瑞枝に言った。

「私、神田での用事が終わったら、今晩にでも警察に行って、沢田さんとおつき合いはあったものの、沢田さんが亡くなられたこととは関係がないことを、きちんとお話ししてきます。その結果も、瑞枝さんにお報せします。だから、どうか、瑞枝さん、まずは落ち着いてください。言っておきますけれど、私、沢田さんが亡くなられたこととは、まったく関係がありません。信じてください」

「本当に警察に行く？　今晩行ってくる？」

電話だから、むろん顔は見えない。だが、瑞枝が晴美の目を覗き込むようにして言った。

「はい。行きます。行ってきます」

「今晩、幾ら遅くなっても構わないわ。結果、どうだったか、私に電話くれる？」

「はい、わかりました。電話します」

「本当に？　それ、約束してくれる？」

「ええ、もちろんです。ですから、とにかくそれを待ってください。動顚なさっているのはわかりますが、瑞枝さん、ご自分からは何もなさらないでくださいね。私のこと、少しでも信用してくださるなら、じっとなさっていてください。お願いします。私、騒ぎを大きくしたくないんです。そんなことになったら、新井薬師にもいられなくなっちゃう」

「わかった……」歯切れは悪かったが、瑞枝は言った。「留美ちゃんを信じる。留美ちゃんからの電話を待つわ。約束だものね」

瑞枝の興奮を何とか宥《なだ》め、逸《はや》る気持ちを落ち着かせ、晴美は瑞枝との電話を終えた。

（どうしよう。今夜、警察に行ってきた、事情を話してきたけど問題はなかったって、瑞枝さんに電話しといた方がいいかな。またいろいろ訊かれるだろうから、面倒だし鬱陶しいけど……。でも、もしも私が連絡しなかったら……それはやっぱりまずい。あの人、絶対動きだす）

そんなことを考えていると、今度は直也からＬＩＮＥが入った。

〈晴美さん、今、どこ？〉

鼻からふんと唸るような息を吐いてから、晴美は渋々返信を打ち始めた。

〈熱海。今、ちょうど熱海に着いたところ。予定通りよ。〉

〈じゃあ、テレビは見てないんだね？　『池山一騎のひる午後ワイド』〉

〈うん、見てない。〉

〈僕が晴美さんに話したかった沢田さんのことだけど、えらいことになってる。〉

〈ああ、直也君、電話で何かそんなこと言ってたわね。沢田さんって人がどうとかって。〉

〈晴美さん、正直に言って。晴美さん、沢田さんのこと、知ってるよね？　七十一歳の男の人。東中野で、時々一緒に食事したりしてたよね？〉

〈直也君、そのことは今度会った時に。沢田さんと言われても、私、本当に心当たりがないのよ。七十一歳？　なおさらだわ。〉

〈もう嘘はよそう。涌井さんって人が、沢田さんと晴美さんが一緒のところを、何度も目にしてるんだ。僕が晴美さんと別れた後、今、僕が別れた女性が沢田さんと親しくしていた女性だって、僕にそう言ってきたんだ。だから、それはもう晴美さんに間違いない。〉

〈そう言われても……。とにかく、この前電話で話したみたいに、熱海での用事を終えたら、二十日の午後には東中野に帰るから。二十日の夜、その話も含めて聞かせて。午後六時の約束だったわよね。〉

〈それで大丈夫なのかな。〉

〈大丈夫って、それ、どういう意味？〉

〈いや、沢田さん、孤独死として発見されたって前に言ったと思うけど、ただの孤独死じゃない。どうやら殺されたみたいなんだよ。その件で、警察も〝謎の女〟を追って動き始めたみたいで。〉

〈ふうん。そうなの。〉

〈ふうんそうなのって、ずいぶんあっさりしてるんだね。〉

〈だって、私には関わりのない話だもの。っていうか、直也君が何を慌てて連絡くれたんだか、私にはよくわかんなくて。それって大急ぎで連絡してくるような大事件？〉

〈大事件でしょうよ。相手は晴美さんとおつき合いがあった人だもの。それに〝謎の女〟――三十代後半の女性だよ。〉

〈たしかに年齢は被るかもしれないけど、私、知らない。それ、私じゃない。〉

〈信じていいのかな、その晴美さんの話。〉

〈私の話って？〉

〈だから、沢田さんとは関わりないって話。沢田さんの死も含めて。〉

〈もちろんよ。誰が何を言ったか知らないけど、私、沢田さんなんて知らない。――直也君、ごめん。今、タクシーに乗るところなの。とにかく二十日に話そ。私の顔を見てもらえば、きっと何が事実か分かると思うから。〉

〈わかった。じゃあ……二十日を待つか。〉

〈そうして。途中、また私からも連絡入れるわね。でも、二十日午後六時の約束はフィックス。私、必ず部屋に帰っているし、直也君も必ず六時に迎えにきてね。〉

〈了解。じゃあ、二十日の午後六時に。約束だよ。僕もとにかく二十日を待つことにするから。絶対だからね。〉

〈ＯＫ！　Ｓｕｒｅ！〉

直也とのＬＩＮＥでの遣り取りを終えると、晴美はすっくと立ち上がっていた。立ち上がろうと思って立ったのではない。ここでもたもたなどしていられないという思いが、勝手に晴美を立ち上がらせたのだ。二十日の朝が引っ越し日だから、その日、その時間、この部屋にいない訳にはいかない。けれども、『池山一騎のひる午後ワイド』が放映された今、この部屋で寝起きしているのは危険だという警戒警報が、晴美のなかで鳴り響いていた。

瑞枝も、今夜はおとなしく晴美からの連絡を待つかもしれない。が、たとえ今夜晴美が電話で何を言ったとしても、きっとそれでは飽き足らず、新井ハイムにやってくる気がする。そして空っぽになった部屋に驚き魂消《たまげ》る。次に瑞枝が訪ねてくるのはこの部屋、ニアリバー東中野503だ。カメラつきのインターホンがあるし、外ドアはオートロックだから、仮に瑞枝がやってきても、無視して対応せずにいればいい。でも、瑞枝は案外しつこい。よもやこれから三日、毎日張りつきはしないだろうが、少なくとも明日は、ここを訪ねてきて半日かそこらは周辺をうろうろする気がする。ことによろしくないのは、三日後の二十日の午前にやってこられることだ。

（どうしよう）

チッと舌打ちをしてから、晴美は心で呟いた。

（こうなったら、今夜の瑞枝さんへの電話はなし。逆に早いうちにあの人に、新井ハイムはもう空だってことを気づかせた方がいい。そうしたら、瑞枝さんは必ず明日ここに来る。後は三日後のための偽装工作……）

晴美が今、やるべきことは、ここも既に出ていってしまったかのように、メールボックスからは武藤と吉井の名前のあるネームプレートを外し、空室だということを示すように、チラシ、郵便物が入れられないよう、メールボックスの口を養生テープか何かでバッテンにしておくこと。「空室につき投函《とうかん》禁止」とでも書いておけばなおいいだろう。それを見れば、瑞枝もう晴美はここにもいないと思い、きっとその後訪ねてくることはない。

晴美が警戒すべきは、何も瑞枝に限ったことではなかった。今、最も警戒すべきは警察。『池山一騎のひる午後ワイド』で、あれだけの情報が流れたというのは、恐らく警察側からのリークあってのことだ。警察は、そうしてでも広く情報を集めようという方向で動いている。

(沢田さんはあちこちの店で、私を『晴美ちゃん』と呼んでいたから、〝ハルミ〟という名前の情報はもう入ってると思った方がいい)

軽く唇を嚙みながら晴美は思った。

(警察が、東中野在住の〝ハルミ〟という名前の女性を当たりだしたら……万が一、〝武藤〟という苗字も、もう割れているとしたら……)

今日にでも、警察が訪ねてこないとも限らないということだ。番組の後、警察に続々と情報が寄せられていることも考えられる。

(まずい。ここにいるのは絶対まずい。まずは三日、後三日、何とか武藤晴美として警察の手に落ちることなく、北品川への転居を果たさなくちゃ)

晴美は一度ソファに腰を下ろし、スマホで急いで大久保、新宿近辺のビジネスホテルを当たり始めた。大久保、新宿辺りで探したのは、どうせ二十日、二時間かそこらのこととはいえ、一度はニアリバー東中野に、引っ越し立ち会いで戻らねばならないからだ。タクシーで乗りつけられるほど、近ければ近い方がいいに決まっている。

歌舞伎町《かぶきちょう》のまさに大歓楽街の裏手、ラブホテルの多い地区に一軒、どうせ実態はラブホだろうが、表向きは「ビジネスマンのかたにも好評」と謳《うた》っているホテルを見つけた。そのホテルなら空室がある。晴美はそこを今日から三日、内村宥子の名前でネット予約した。

（大事な荷物）

幸いにと言うべきか、引っ越し用に、大事なものは小さめのキャリータイプのスーツケースにもう収めてある。後は二、三日過ごすに必要な身の回りのもの——下着だの服だの化粧品だの最低限のものを、リュックに詰め込んでここを出るだけだ。大きめのウエストポーチには、当座の現金、鍵、キャッシュカード、スマホ……。

晴美は大急ぎで、リュックとウエストポーチに〝これ〟と思われるものを次々に詰めていった。こういう時、晴美に迷いはまったくといっていいほどなく、作業はいたって手早い。これまでにも、何度か似たようなことをやってきたからだ。たちまちのうちにそこを飛び立つことには慣れている。但し、人を殺してしまったのは、今回が初めてだったが。

珍しく、作業をする晴美の手が止まり、晴美はわずかに顔を顰めていた。

貴金属を含めて一千三、四百万の金を、早く自分のものにしてしまいたい。その欲望が急がせた殺人。手が止まって思わず顔を顰めたのは、一千三、四百万という金に目が眩《くら》んだか——一瞬、その思いが晴美の頭を駆け抜けたからだった。加えてそれを追いかけるように、望月マコの顔が晴美の脳裏に浮かんでいた。

「はっきり言ってあなたは病気よ」マコは晴美に言った。「いつかきっと大きな破綻《はたん》を迎える。それはスピリチュアリストとして予言しておく」

(何よ。いまさら何だっていうの？　余計な時に出てこないでよ)

脳裏のマコに向かって心で毒づき、作業を再開する。それでいて、晴美は思ってもいた。

(よくよく考えてやっているつもり。ううん、やっているわよ。それでいて私は、どうしてだかいつもどこかで躓《つまず》く。これまでも……何で？)

人の気を魅《ひ》くため、同情を買うため、或いは自分の欲望を叶《かな》えるため……その場のことについ心奪われて、ふとシナリオを無視して動いてしまい、結果として破綻を招く。だが、当の晴美はといえば、まだそのことに気づいていなかった。

「よし！」

晴美は気合を入れるように声に出して言って立ち上がり、ウエストポーチを装着してからリュックを背負った。それから引き出したスーツケースの持ち手に手をかける。

(さよなら、東中野。ニアリバー東中野５０３号。もう一遍、もう一遍だけちょこっと帰ってくるけれど、もうお別れよ。私を無事旅立たせて。お願いよ)

今度は声には出さなかった。が、早くも部屋に別れを告げてスーツケースを引き、晴美は玄関で靴を履いて、ニアリバー５０３号のドアを開けていた。

5

《武藤晴美》

待ちに待った十月二十日、日曜の朝が巡ってきた。天気は良好。

晴美が朝を迎えたのは、歌舞伎町の「パーカット」というホテルの薄暗い部屋だった。小さな窓らしき横型のシャッターを力任せに開ければ、少しだけ外は見えるが、基本的には昼間も外の光が入らない部屋だ。照明が淫靡《いんび》でベッドだけはだだっ広いことからしても、やはりこのホテル本来の役割はラブホテルに間違いない。三日の間、薄暗くて饐《す》えたような匂いのする部屋で過ごすというのは、思いの外、気が塞《ふさ》ぐものだったが、その分、世間とは隔絶されているのだとも思えて、多少気が楽ではあった。外で何が起こっていようが関係ない——。

晴美は、日曜の朝はアラームをかけて七時半には起きだし、シャッター型の窓をずらして、天気だけは自分の目で確認した。

（ツイてる）

今日の予報が晴れだというのは知っていた。なのにあえて窓を開けて見たのは、好天だということを確認して、自分はツイてる、今日はイケる、と思いたかったからかもしれない。

昨日の晩、闇の引っ越し業者からケイタイに連絡が入り、八時二十分ニアリバー到着、八時三十分搬出作業開始、十時三十分から四十分の間に搬出作業終了とのことだった。そして、午後一時には北品川楡ハイツビル到着、午後二時三十分から四十分の間には搬入作業も終了。そんな流れの予定が告げられた。

「できるだけ東中野の部屋にいる時間は短くしたいので、搬出作業の方に重きを置いていただくよう、どうかよろしくお願いします」

晴美は言った。

「よっぽどのことがない限り、その予定時間が後ろにずれることはありません。これでも多少幅を見ていますから、作業終了は若干早めになるかもしれませんが」

引っ越し作業の主任を務めるという前川《まえかわ》という男性は、その電話で晴美に請け合った。つまり、晴美は午前中、それも遅くとも十一時には、ニアリバーの部屋を出られるし、正午を跨《また》いだ午後一時には、北品川の楡ハイツビルの住人になれるということだ。

（北品川の部屋の片づけなんか、何日かかけてゆっくりやったらいい。どうせしばらくの間は、食べるものを買いに外に出るだけだもの。向こうに引っ越しさえしちゃったら、時

間はたっぷりあるんだから〉

晴美が約束を破って電話をしなかったから、この三日、瑞枝からはじゃんじゃん電話が入った。でも、晴美はそれを完全無視した。LINEも何通か来ているようだったが、それもだ。電話で誤魔化しを言ったり、LINEで適当なことを書いて送ったり……考えただけで面倒で、そんなことに頭を使いたくなかった。日曜、二時間ばかり誰にも見つからずに、ニアリバーから引っ越すことだけを考える方を選択したのだ。さすがに瑞枝も晴美から事情を聞く前に、自分一人で警察に行くことはないだろう。そう読んだ。ただ、直也には、一本LINEを入れておいた。

〈こちらは予定通り。二十日午後六時の約束、よろしくね。私も早く直也君に会って、話がしたい。〉

これは、直也を足止めする目的で送った。この三日、彼にどんな動きもしてほしくなかったし、晴美が完全に消える前に、ニアリバーにも来てもらいたくなかった。

因みに、ホテルに向かう段階で、晴美は途中ケイタイショップに寄って、新しいスマホも買った。当面は二台持ち。少し落ち着いたら、古い方を解約するつもりだった。

晴美は、八時前に精算を済ませ、八時五分過ぎぐらいには、ホテルからニアリバーに戻っていた。モスグリーンのキャップに眼鏡、カーキのジャケットに同色のパンツと、ふだんの晴美や留美とは異なる恰好をして帰った。ひと目で晴美とわからないような出で立ち

——念のためだ。

約束通り、八時二十分には引っ越し業者のトラックがマンションに横づけされた。闇の業者だ。したがって、ボディに「〇〇引越センター」などとは書かれていない。それが何とも有り難かった。次いでフロアやエレベーターの養生が始まり、彼らはあっという間にそれを終えると、続けて室内での作業を始めた。総勢三名、ドライバーはまたべつで、トラック内で待機しているという。手慣れた三十代の男性三名での作業だ。驚くほどに進みが早い。これだと、十時か十時ちょっと過ぎには終わってしまうのではないかと思ったぐらいだった。

ところが、始まって十五分ほどが経った時、主任の前川が晴美に言った。

「お客さん、デスクトップのパソコンと周辺機器、そのままですね。これ、僕ら扱えませんよ」

「えっ！」思いがけない言葉に驚いて、晴美は目を剝《む》いた。「部屋にあるものは、何でも梱包して持っていってくれるんじゃありませんでした？」

「それは昔の話です。見積もりにきた営業が言ってませんでしたか。パソコン、必ずと言っていいほど、トラブルになるんですよ。調子が悪くなったとか繫がらないとか壊れたとか……。だから、貴重品とパソコン類はＮＧです。運びませんし、梱包もしません。お客さんご自身でお願いします」

「私、何があっても絶対にクレームはつけないわ。だから、何とかお願いできませんか」

「うちは、お客さんのデータは即処分してしまいます。だけど、お客さんの方はうちの連絡先をご存じですからね。ノークレームというお約束でも、やっぱりトラブルになるんです。クレームが来ます。なので無理です」

「周辺機器も駄目なんですか」

「残念ながら。アダプターが壊れたなんてクレームもあれば、外づけのＨＤＤが見つからないの、ＵＳＢなどの大切な記憶媒体が入っているはずの箱が見つからないの……パソコン回りはトラブルの宝庫なんで」

頭がくらくらした。言うまでもなく、パソコンは精密機器だし、ニアリバーのパソコンはノートではなくデスクトップ、おまけにＬＡＮのみならずＮＴＴとも繋いで使っているので、アダプターもあって配線も多い。ここに越してきた頃は、パソコンも梱包して運んでくれたし、梱包を解いたら、ざっと配線をして簡単な設置までやってくれたものだ。それなのに――。

「貴重品と言えるようなものは、このスーツケースのなかに入ってるんですけど、鍵もかけてあるしナンバーロックもしてあります。これは積んでいってもらえるでしょ？」

晴美は言ったが、前川の答えはにべもなかった。

「ですから、貴重品とパソコン類は、どうあってもＮＧなんです」

「パソコンは……何とか自分で梱包して別送するとしても、スーツケースは私が持って、一緒にトラックに乗せていってもらえばいいじゃないですか。でしょう」

「参ったな。話が通ってない。うちの営業の連絡ミスでしょうが、お客さんをトラックに乗せることもNGなんです。万が一、事故でもあった時、責任が取れませんから。それは、今は正規の引っ越し業者でも同じです。違反なんですよ。なのでお客さんには、午後一時までにご自分の足で北品川の新居に行っていただいて、我々を待っていてもらわないと」

その言葉を耳にして、なおさら頭のくらくらが酷くなった。以前はトラックにも乗せてもらえた。それも駄目となると、何としてもパソコン類を梱包して、遅くとも正午までにはここを出て、北品川に向かわねば。当然、タクシーを使ってのことになる。

「段ボールとかプチプチ……ええと、エアパッキンとかテープとか、貸してもらえます?」

「ええ、どうぞ。好きにお使いください」

後で配線がわからなくならないように、ケーブルに印をつけてまとめたり、パソコン本体を中心に、モニター、キーボード……あれこれエアパッキンでくるんで段ボールに詰めたり、箱にできた隙間《すきま》を埋めたり……懸命に格闘する晴美をよそに、彼ら三人は着々と作業を進めていった。そして、最初に晴美が思った通り、十時十分になる前には、運び出しを含めた搬出の全作業を終えていた。

「それでは我々はこれで失礼します。午後一時、転居先の北品川の楡ハイツビル４０１号で、またよろしくお願いします」

　前川たち三人は、決まり通りに帽子を取って頭を下げると、部屋を出ていこうとした。

「あ、ちょと待って。鍵」

　晴美は言って、前川を引き止めていた。それは、言ってみれば突然の思いつきで、晴美自身にしても思いがけないことだった。

「もしも私が梱包に手間取って、午後の一時に間に合わなかったら大変です。向こうのスペアキーを預けておきます。だから、もしもの時は、これで開けて運び込みの作業をしてください」

　言いながら、晴美はウエストポーチの底に収めてあった二本目の鍵を前川に差し出した。

「困ったな」言った前川の顔が曇った。「本来、お客さま立ち会いが原則なんで」

「でも、私が現れなかったら作業ができないし、荷物をトラックに積んだままでは困るでしょう。ものの置き場所なんてどうでもいいです。とにかくなかに運び込んでおいてください」

「それだと、ものの三、四十分で終了しちゃいますけど、お客さん、それまでには来てくださるんですね」

「行きます。一時には何とか行くつもりですから。ただ……ただ――」

「え？　ただ？」

「それこそ万が一の時は、運び込み作業と冷蔵庫とか大きなものの梱包を解く作業だけ済ませて、鍵はドアの新聞受けからなかに落としておいてください。引っ越し代金はもう支払ってあるし、べつに問題はないでしょう」

「万が一——」

「搬入作業と大きなものの開梱作業が終わっても、私が現れなかった場合です。本当に万が一」

　何でそんな提案をしてスペアキーを差し出したのか、実のところ、晴美自身にもよくわかっていなかった。だが、こういう時ほどよもやのことが起きたりする。それは経験則から承知していたし、万が一の策はないよりあった方がいい。晴美の経験と本能が取らせた行動だったかもしれない。

「わかりました。一応お預かりします」渋々といった体《てい》ではあったが、前川は言って鍵を受け取った。「ですが、きっといらしてください。午後一時、楡ハイツビルでお目にかかりましょう。それでは」

　前川はもう一度帽子を取って晴美に頭を下げると、ニアリバー503の部屋を出ていった。

　取り残された——ものが消えてがらんとした部屋のなかに一人いると、そんな思いに打ち拉《ひし》がれそうになる。が、ひとり項垂れている場合でもなければ、そんな暇もなかった。彼らに遅れは取ったが、晴美もすぐに一人でパソコン類の梱包作業を進めたし、ある程度の時間で何とかそれを終えた。結果、やや大きめの段ボールが二箱、中ぐらいの段ボールが同じく二箱ということになった。それらを眺めて、晴美は大きな溜息をついた。ほかにスーツケースもある。結構な大荷物だ。果たしてこれを、タクシーが運んでくれるものか――。いや、たしかプチ引っ越しとか言って、タクシーが人と荷物を運んでくれるサービスがあったはず。

晴美はいつも使っているタクシー会社に電話で問い合わせてみた。すると、うちは地域密着の小さな会社でドライバーも少ないので、そのサービスはやっていない、よそを当たってくれとの返答だった。急いでべつのタクシー会社を探して連絡したが、大荷物の場合は予約制、早くても明朝、午前六時になるという。それまで待てない。

ひとつ悪く転び始めるとどうしてこうなのだろう……晴美は苛立《いらだ》たしげに顔を曇らせ頭を掻いた。

これ以上タクシー会社を当たるのは時間の無駄。パソコン類とともに北品川に移動するのは無理と諦め、別々に向かう方法を取るしかない。となると宅配便以外に思いつかない。晴美は宅配便の会社に電話をして、集荷を頼むことにした。電話をしてみると、計四つの段ボール箱は、むろん荷物として運んでくれるが、集荷にやってくるまで一時間ほどかかるとのことだった。腕の時計を見た。午前十時五十分。ぴったり一時間かかるとして十一時五十分。北品川に向かうにはぎりぎりだ。かといって、この四つの段ボール箱を、自分で近くのコンビニにえっさかほいさかと運んでもいられない。一度で終わるものではないし、人目にもつく。

「わかりました。とにかく、できるだけ早く集荷をお願いします。一時間以内で何とか」

一時間……憂鬱になりながらも言った。先方はというと、確約まではしてくれなかったが、

一時間以内を目指して集荷に向かうとのことだった。

（何てこと。どうしてこう予定外のことが起きるわけ？　予定よりも一時間近くも、ここ

にいなくちゃならなくなっちゃった）

晴美は心のなかで嘆いた。

（本当なら、十一時にはここから消えていられたはずなのに。お願い。何とか一時間より

少しでも早く取りにきて。集荷にきて）

所在ない思いと苛立つ思い、両方の気持ちに苛《さいな》まれながら、ものが消えた部屋で段ボー

ル箱とともに集荷を待つ。床には坐ってはいたが、準備は万端。腰にはウエストポーチを

して、晴美は早くもリュックもしっかり背負っていた。

電話をしてから、二十分ほどが経った頃だった。インターホンがピロピロピローンと鳴った。

「あっ、早い！」

思わず口に出して言って、インターホンに駆け寄る。「はーい！」と、すぐにでも解錠しようとモニターを見た。すると、そこには宅配業者の姿ではなく、べつの人間の姿があった。

小林瑞枝――。

こんなにがっくり消沈したことがあるだろうかというほどに、晴美はとことん落胆した。待ち人来たらずどころか、絶対にと言っていいぐらいに、今ここに来てほしくない人間の来訪だ。

言うまでもなく無視した。ただ、どうして見透かしたように今日、ここに瑞枝が現れたのか、晴美にはわからなかった。メールボックスに工作もしたというのに、なにゆえ瑞枝はまだここに晴美がいると思ってやってきたのか――。

晴美が幾ら無視をしても、瑞枝は何度も呼出しボタンを押す。その度、ピロピローンとインターホンが鳴る。そして、モニターに映った瑞枝は、こちらに向かって何か懸命に喋りかけてくる。

（邪魔よっ！。もうじき宅配業者が来るのよ。早く帰ってくれないかな。私はもうここにはいない。だから早く帰って！）

モニターの瑞枝を睨《にら》みつけて、罵《ののし》るように心で叫ぶ。すると、瑞枝の横から、ひょっこり直也の顔が現れた。思ってもみなかった取り合わせに、晴美はぎょっと目を見開いた。

（直也君、何で？……直也君が何で瑞枝さんと？）

モニターに映った直也も、何やら晴美に向かって語りかけている。果てに彼らは、二人で何やら話し合い始めた。通話ボタンを押していないから、晴美には、彼らが晴美に何を言っているのかわからない。何を話し合っているのかもわからない。ただ、この三日の間に、二人はどうしてだか再会し、晴美に関してあれこれ話し合ったに違いない。それは何となく感じ取れた。話し合ったのは、警察に行くべきかどうかも含めてだろう。結果、恐らく何とか晴美を捕まえて、まずは本人から偽らざる事情を聞こうということになったのではないか。それでニアリバーを張っていた。あからさまな引っ越しトラックではなかったものの、晴美の部屋の家具らしきものが運び出され、トラックに積み込まれていくのも、二人は見ていたのかもしれない。その時もその後も、晴美が外に出てこなかったものだから、二人はまだ晴美は必ず部屋にいる——そう踏んだし確信した。

（やだ。どうしたらいいの。この人たち、いつまでいるかわからないじゃないの。私は宅配便で荷物を出したら、一時までには北品川に行ってなきゃならないっていうのに。ほんとに邪魔。あなたたちがいたら、外に出られないじゃないの。もう帰ってってば）

立て続けに呼出しボタンを押すことはやめたものの、今度は、瑞枝は晴美のケイタイを鳴らし始めた。出ずにいると続けてＬＩＮＥ。これは直也からだった。見ずにやり過ごすのも、次に彼らが何をしようとしているかが気になるし不安にもなる。だから、直也からのLINEは見た。

〈晴美さん、部屋にいるのはわかってる。小林さんと僕、晴美さんのことを心配してる。僕ら、本当にあなたが心配なだけなんだ。だから、頼む。出てきて。〉

〈安心して。警察には行っていない。連絡もしていない。僕も小林さんも。〉

〈小林さんは、晴美さんの助けになりたいって言ってる。一人で悩んで困っていないで相談してって。〉

〈僕も気持ちは一緒。晴美さんの話を聞いたうえで、どうするのが一番いいか、一緒に考えたいと思ってる。だから話そう。〉


…………


彼らの心遣いや心配を、有り難いと思うのがふつうの人間なのかもしれない。だが、晴美にとってはひたすら迷惑なだけだった。晴美のことを思うなら、すぐさまここから消えてくれるのが、何といっても有り難い。だから、直也からのLINEを読んでいても、晴美の顔は、まるで急に年老いたかように、みるみる鈍いくすみを帯びていくばかりだった。

ピロピローンとインターホンが鳴った。また瑞枝かと思ったが、モニターを見ると宅配業者の制服を着た男性が映っていた。十一時三十二分、待ちに待った集荷がやってきた。思っていたより早い。瑞枝と直也の二人さえ来ていなかったら、晴美は楽勝だったところだ。そう考えると何とも口惜しく、晴美は顔を歪めて奥歯を嚙みしめていた。

宅配業者が５０３を押したかどうかまでは、瑞枝と直也も覗き見る訳にはいかなかっただろうと思い、晴美はこれといった応対の言葉を口にすることなく、ただ解錠ボタンを押して外ドアのロックを解いた。さすがに二人もいわゆる〃共連れ〃のような恰好で、建物内に立ち入ってくることはなかった。

「この四つです。みんな精密機器、取り扱い注意のワレモノ扱いでお願いします」

急いで伝票を書き、五階に上がってきた宅配業者に荷物を託した。

残るは、わが身をどうするかのみだった。

マンション裏手には非常階段がある。もちろんそこも一階入口ドアには鍵があって、鍵のない人間は立ち入ることができない。但し、その非常階段を使っても、一度はマンション前に回って表通りに出なければどこにも行けない。そこでどうしたって晴美は彼らに捕まってしまう。

予感がした、或いは本能のように機転が利いたとでも言ったらいいか、向こうの鍵は前川に預けた。だから晴美は、何が何でも午後一時までに楡ハイツビルに行っていなくても、荷物は部屋に収まる。となったら、夜陰に乗じて夜中の二時か三時辺りにここを出るか——そう思った時だった。またＬＩＮＥの着信音がした。

〈晴美さん、上から下りてきた宅配便のお兄さんに聞いた。やっぱり部屋にいるんだね。小林さんと僕は、後かっきり三十分、十二時十分まで晴美さんを待つ。十二時十分にインターホンを鳴らしても、晴美さんが応対してくれなかったり下に下りてきてくれなかったら、僕はここに小林さんを残して、警察に行く。知っている限りの事情を、一応話してくるし、警察の人に来てもらう。〉

これを読んで、晴美は万事休すといった体で天を仰いだ。二人で警察に行ってくれれば、その間に逃走することもできる。けれども、瑞枝が残っていては、まさか晴美の行く手を塞ぐ瑞枝を殴り倒してまで、走り逃げる訳にはいかない。揉《も》み合いになれば、瑞枝だって大声を上げて周囲に助けを求めるだろう。

（さあ、どうする？）

晴美は心で自分に問いかけた。

（残り時間は三十分切ってる。この窮地をどうやって切り抜ける？）

今の晴美が思いつくのは、〝かわいそうな留美ちゃん〟〝かわいそうな晴美さん〟になることぐらいだった。彼らの同情を買うのだ。こんな気の毒な女性を警察に突き出すなんてとてもできないと思わずにはいられないほど、〝かわいそうな晴美さん〟になる――。

〝かわいそうな晴美さん〟――また骨でも折るしかない。それも手痛く手酷く。こんな怪我人をとても警察になんか突き出せないと、二人がつい思ってしまうぐらいに。

スマホを手に、晴美は急ぎ直也に返信した。

〈わかりました。なかなか応対も返信もしなくてごめんなさい。自分でもどうしていいものやらわからなくなって……。でも、私、神に誓って、沢田さんを殺してなんかいないのよ。とにかく三十分後の十二時十分までには、必ず下に行きます。逃げようがないもの、信じてくれますよね。十二時十分、マンション裏手の非常階段入口前のスペースで。マンション入口のエントランスで、ガタガタ話し合いたくはないので。よろしくお願いします。〉

するとす直也からすぐに〈了解しました。十二時十分に裏手に行きます。〉との返信があった。

背負っていたリュックを下ろし、慌ててなかから女らしいカットソーとスカートを取り出す。晴美は服をいつもの晴美に近いものに着替えて、逆に脱いだパンツやキャップを畳み込むようにしてリュックに収めた。着ていたジャケットはその上に着た。ごついジャケットではないので、スカート姿でもべつにおかしくはない。

（さあ、もう時間はあんまりない。いつもの留美ちゃん、順子さん、晴美さんに戻って、そのうえで〝かわいそうな晴美さん〟になるのよ）

晴美はリュックは部屋に置いたまま、ウエストポーチだけをして部屋の外に出た。非常階段に通じる重たいドアを開けて、手摺《てす》りに手をかけ、下を見下ろす。目指すは、奥の自転車置場のプラスティックか何かの波板の屋根。しかし、さすがに五階からでは高さがあり過ぎた。

（ここからじゃ無理。高すぎるし、波板の上にうまく降りられない。大怪我しちゃう）

四階でも少々無理。晴美は三階に下り、手摺りから身を乗り出して下を見下ろしたが、それでもまだ少し高すぎる気がした。とはいえ、二階まで下りてしまったら、うまいこと波板の上に飛びつけない。

（どうしよう。やっぱりここからかな。……でも、案外高い。ちょっと怖いな）

やはり二階からにしようと思った時だった。手摺りが固定してあるコンクリの台のようなところにかけていた足が、晴美が尻込みしようとするのに合わせてつるりと思い切り後ろに滑った。勢い晴美は前にのめり出すような恰好になり、手摺りの外に飛び出してしまった。後はまるで漫画だ。どうしてだか宙でくるくるっと二回転して、頭から下に落ちていった。むろん、波板の屋根を目指している暇はなかった。

（あ、滑った！　落ちた！）

そう思ったことまでは覚えている。

「ぎゃあっ！」

自然と腹の底から大きな叫び声が飛び出た。後は衝撃、それのみだった。波板ではなくコンクリートの地面に、真っ逆様に落ちたのだ。身に衝撃を受けないはずがない。

「う……うわ……」

右肩か右側の鎖骨、そこら辺りが折れるか砕けるかしたであろうことは、何となくわかった。が、それよりも何よりも、頭にこれまでに経験したことがないようなゴーンと低く鈍い響きがあって、まるで梵鐘《ぼんしょう》のなかにでも入れられて、外から鐘を撞《つ》かれているかのようだった。そのゴーンという響きと痛みが晴美の意識を眩ませて、砕けたであろう右肩や右鎖骨を確かめるどころではなかった。たちまちのうち、顔がぬめぬめとしだした。ぬめぬめは、頭の下にまで滴り流れていく。

（血だ……頭……頭割れたんだ……）

遠のきつつある意識のなかで晴美は思った。それもこれまでの意識の遠のき方とは違う。渦巻く闇に呑み込まれて、身ごと消えていくような感覚だった。

「順子さんっ！　順……晴美さんっ！　何やってるのっ！　いったいどうなっちゃったの！　何でこんなことに……」

直也の泣き声に近いような叫びが耳に聞こえてきた。

「救急車！　救急車！　小林さんっ！　小林さんっ！　こっちに来て！　僕はすぐに救急車を呼んで表で救急車を……。だから小林さん、晴美さんについててください！」

「わ。わ……留美、留美ちゃん……。やだっ、何てこと！」今度は瑞枝の声が聞こえきた。

「大丈夫？　しっかりして！　留美ちゃん、私の声が聞こえる？　聞こえたらお願い、返事をして！」

それに応える恰好で、何とか返事をしようとするのだが、声を出そうと頑張ると、却《かえ》って闇に向かう渦巻きに呑み込まれそうになる。ますます意識が危うくなる。

（あ、私……口……口が利けないんだ……）

やがて救急車のサイレンの音がして、それは少しの間大きく鳴り響いてから、ぴたりと止んだ。それからざわざわと、人の気配がし始めた。

「武藤さん、武藤さん。聞こえますか。聞こえたら、返事をしてください」

恐らく救急隊員だろう、晴美に向かって問いかける。晴美にとっては、もはや遠くに聞こえているような声になっていたし、返事をしようにも咽喉《のど》も舌も口も動かず、何の声も出せなかった。呻きさえもだ。それよりも、先に底のない闇が待ち構えている黒い渦巻きに呑み込まれないこと、それに晴美は懸命だった。呑み込まれたら、二度と浮上できないであろうことは、本能的にわかっていた。

「怪我人は女性、年齢は三十八歳と思われる。当該人は、マンションビルから転落した模様。階数は不明。前頭部右側から後頭部にかけて、約十七センチの裂傷があり、一部頭蓋《ずがい》骨《こつ》陥没の様相が窺える。出血は多量。ほかにも複数箇所骨折している可能性あり」救急隊員が晴美の傍らで連絡を始める。「血圧90－58、脈拍52。呼びかけに応答なし。半眼。眼球に若干の動きが窺われることから、かすかに意識はある模様。頭部からの出血がまだ続いており、急ぎ病院に搬送し手当てが必要とされる。救急車内に収容して受け入れ先の病院を当たり、受け入れ先病院に救急搬送します」

担架のようなものに乗せられて、自分が救急車内に運ばれたのは、何となくだがわかった。痛みはない。それよりも、闇が物凄い眠気をもたらしながら、黒い渦巻きに晴美を吸い込んでいこうとしている。

「武藤さん、受け入れ先病院が決まりました。市ヶ谷西総合病院――これから受け入れ先の市ヶ谷西総合病院に向かいます。十分の辛抱です。病院に着けば、すぐにドクターの手当てが受けられますよ。ですから武藤さん、頑張って！」

救急隊員が、懸命に晴美に向かって話しかけ、晴美を励ます。恐らく、晴美が完全に意識を失ってしまうのを、言葉という〝音〟によって防ごうとしているのだろう。

「留美ちゃん！　留美ちゃん、頑張って！　すぐよ！　すぐにお医者さまに診《み》てもらえるからね」

「晴美さん、しっかり！　僕もついてる。大丈夫だ、ずっと晴美さんについてるから。だから晴美さん、頑張って！――駄目だよ、そんな……目を閉じちゃわないで。晴美さん、目を開いて僕を見て！　晴美さんっ！」

「留美ちゃん！　しっかり！　もう病院に着くから。嫌っ！　留美ちゃん、死んじゃ駄目っ！」

遠くにだが、重なるように二人の声が聞こえて、直也と瑞枝も救急車に乗り込んだことがわかった。晴美が彼らに伝えたいことがあるとすれば、「信じてください。私、沢田さんを殺していません」――それだけだった。でも、それが言えない。口が利けない。だから、彼らについていてもらっても、晴美には何の意味もなかった。

「バイタル、血圧、上が50を切りました。心拍数も36に低下」

「やだっ！　留美ちゃん、死なないでっ！」

「駄目だ、晴美さん！　逝っちゃ駄目だっ！　晴美さんは、晴美さんの好きなように生きたらいい。僕たちはもう何も言わない。だから晴美さん、死んじゃ駄目だっ！　帰ってきてっ！　晴美さんっ！」

黒い渦巻きの勢いがさらに度を増した。まるで渦潮の真っ只中《まただなか》に落ちたかのようだった。もはや巻き込まれまい、呑み込まれまいと頑張るのも限界。晴美のからだから自然と力が脱けていった。

（あ、そか。こうやって、人って死ぬんだ。私、死んじゃうんだ。だから、二人とも泣いているんだ）

闇に消え入りつつある意識の下で晴美は思った。

（遅いよ、直也君。好きに生きろ、何も言わないって言うなら、それをもっと早く言ってくれなきゃ）

北品川楡ハイツビル４０１号、今日はそこに向かうはずだったし、もうそこに着いていたはずだった。なのに、それが果たせなかったことが、何とも無念だった。せっかく手に入れた内村宥子の名前も名乗り損なった。

（やだな。私、思い切りしくじっちゃったみたい。どうしてこういうことになっちゃうかな。どこで何を間違えたかな）

最後の力を振り絞るように、晴美は心のなかで呟いた。

（ああ、もっと凄い嘘がつきたかったな。でも、平気。次は絶対に失敗しないから。私、みんながころりと騙されちゃうような……完璧な……見事な嘘を……嘘をついて……みせ……る……か……ら）

底のないような漆黒《しっこく》の闇、その先に何があるのかわからない。晴美は途轍もない勢いの黒い渦巻きに巻き込まれ、呑み込まれながら、深い深い闇へと、たちまちのうちに吸い込まれていった。

エピローグ

《日野《ひの》市・三多摩《さんたま》火葬場》

火葬が執り行なわれているなか、ふらりと表に出ていった武藤佳子が、出ていった時とそっくり同じように、ふらりと小さな待合室に入ってきた。

「姉ちゃん、どこ行ってたの？」佳子の実の妹である広田素子《ひろたもとこ》が、少し疲れたような低い声で尋ねた。「トイレかと思ったら、なかなか帰ってこないから」

「煙をね、煙を見てきたのよ」佳子も素子と同じような声の調子で答えて言った。「たぶん、私が見た煙があの子だと思う。今度こそ本当に煙になって天に昇っていってるみたい。それを自分の目で確かめないことには私――」

「姉ちゃん……」

待合室にいるのは佳子と素子、それに佳子の夫であり、晴美の父親である靖志の三人きりだ。だから、本当は狭いはずの待合室が、不必要なまでに広く感じられる。

「モッちゃん、ありがとうね」椅子に腰を下ろした佳子は言った。「うちが日野なもんだから、逗子《ずし》からこっちまで何度も来てもらっちゃって。それも晴美のために。本当はお父さんと私、二人だけで見送るつもりだった。だけど、モッちゃんにはつい報せちゃった。通夜、葬式、それに焼き場にまでつき合わせてごめんね」

「謝る必要なんかない。二人きりの姉妹じゃないの。それに、どうあれ晴美ちゃんが私の血のつながった姪《めい》であることに変わりはないし」静かに素子は言った。「こっちこそ、うちの人、通夜にすら顔を出さなくてごめんね」

「当然よ。あの子、モッちゃんにもだけど、みーんなに酷い迷惑かけたから。お父さんの方の親戚《しんせき》にも、晴美が亡くなったことは誰にも報せなかったのよ。あの子、親戚の間では鼻摘みものだったし、疾《と》っくに死んだも同然だったからね。誰も晴美のことなんか、思い出したくもないでしょう。おまけに今回の亡くなり方――」

晴美は今しも灰になろうとしているが、警察は、晴美と沢田隆という男性の死との関連を、今もまだ捜査している。靖志や佳子も警察にさんざん話を聞かれたし、逆に話も聞かせてもらったが、どうやら晴美は、被疑者死亡というかたちで強盗殺人罪で書類送検される見込みのようだ。しかも、沢田の件だけではない。ほかにも私文書偽造やら詐欺やら何やらしているようで、晴美は強盗殺人罪のほかに、いったいどれだけの罪を犯していたことやら。

「そんな娘の葬儀だもの。恥ずかしくて人に言えたもんじゃない」

「親戚相手にあれこれ嘘をついて寸借紛《まが》いの真似をしたり借金をしたり投資をさせたり……その言い訳がきかなくなったと思ったら、私たちを含めた身内の前から姿を消して、長年行く方知れずになっていた娘」靖志が半ば呻くように素子に向かって語りだした。「どこで何をしているものやら……心の奥では気になりながらも、どうせ晴美のこと、ろくなことはしていまいと、こっちも知るのが怖くてね。だから探すこともしなかった。モッちゃん、その結果がこれ。強盗殺人。こうなると、死んでくれてよかったとしか言いようがないよ」

「義兄《にい》さん、そんな——」

「ふふ、ふふふ」

疲れ果て、悄然《しょうぜん》としていたはずの佳子が、不意にくぐもった笑い声を立てた。さも可笑《おか》しそうな笑い声だった。そのことにちょっと驚いて、素子も靖志も佳子の顔を見る。

「警察の人から聞いた。晴美、私もお父さんも、みんな死んだことにしてたんだって。頼りにしていた叔母さんもっていうから、モッちゃんのこともよ。モッちゃんのことも殺しちゃってたのよ、あの子」笑った後、佳子が語りだした。「だから自分は天涯孤独。おまけにお父さんが死んだ後、私がつまらない男と再婚して、自分は三年もの間、私の再婚相手に性的虐待を受けていたとか何とか……。まあ、わが娘ながら、よくもそんな作り話ができるもんだって、呆《あき》れるよりも感心しちゃった」

　靖志は今年七十一歳、佳子は六十八歳。晴美は、それぞれ二十八歳と二十五歳の時の子供だ。途中ちょっとした病気をしたことぐらいはあるが、二人とも揃って健在。言うまでもなく、夫の靖志を失ってもいない佳子が、再婚したことなどあろうはずがない。

「どうしてなんだろう」素子が心持ち眉根を寄せ、やや俯《うつむ》けた顔を曇らせて言った。「義兄さんは燦光《さんこう》製薬でほぼMR、医薬情報担当者としてひと筋、いたって真面目に勤め上げた人だし、姉ちゃんだって嘘なんか全然つけない人。馬鹿正直なぐらいな人なのに。ところが、どうして晴美ちゃんは……。不思議ね」

「お父さんと私、いいところは全部置いていって、それぞれが身の奥底に抱えてる悪いところばっかり、あの子が残らず持っていったのかも。言葉が喋《しゃべ》れるようになったぐらいの頃から、あの子、嘘をついていたもの」

「志朗《しろう》ちゃんだって、凄く真面目なのにね」

　志朗は、晴美の三つ歳上の兄だ。八洲《やしま》液化燃料に勤めるサラリーマンで今年四十六歳。エネルギー供給部門の課長職にあることからしても、エリートサラリーマンと言っていい。志朗には、律香《りつか》という妻との間に桃花《ももか》という十五歳の娘がいる。桃花は、有名私立高校の一年生だ。成績はいたって優秀と聞いている。

「志朗ちゃんには？」素子が言った。「志朗ちゃんにも報せなかったの？」

「まさか。さすがに志朗には報せたわ。二人きりの兄妹ですもの」

「でも、来なかった――」

「いいって言ったんですよ」靖志が言った。「来なくていいって。志朗は子供の頃から、晴美の嘘にはずいぶん悩まされてきたし、迷惑もかけられてきた。そのうえ今回は、本人も死んだとはいえ殺人って……。志朗と晴美は赤の他人。その方がいいんですよ。いや、そうでなくちゃならない。このことが公に取り上げられて、志朗の経歴や未来に傷がつくことの方が私は心配で心配で」

「律香さんも晴美のことを蛇蝎《だかつ》の如く嫌っていてね。晴美は二人が結婚してからも、志朗たちにいろいろ迷惑かけたから。――当たり前よね」

「律香さんって幾つだったっけ？」

「四十三歳。晴美と一緒」

言ってから、佳子はまた「ふふ」と笑った。自分でも、これが引かれ者の小唄というのだろうかと思いつつも、笑わないではいられなかったのだ。

「晴美は一九七六年、昭和五十一年四月一日生まれよ」佳子は言った。「なのに、この何年かの間、ずっと一九八一年、昭和五十六年四月二日生まれで通してきたんですって。周りの人は、晴美が今年三十八歳だと思い込んでいて、最初警察から連絡もらった時は、それでこっちが混乱しちゃったわ」

「四月一日――」

素子が遠くを見遣るような眼差しをして呟いた。

「そう、エイプリルフール。笑っちゃうでしょ。あの子の嘘つきは、やっぱり生まれもってのものなのかもしれない」

慎ましげなノックの後、待合室のドアが開き、火葬場の職員が晴美の火葬が終わった旨、神妙な面持ちで伝えた。それを合図に会話をやめ、黙って三人、静かに椅子から立ち上がった。

（お骨を拾って、骨壺《こつつぼ》に収めて……四十九日が過ぎたあたりで納骨をして）

先刻晴美の柩《ひつぎ》を入れた火葬炉のある部屋へと足を進めながら、佳子は心で呟いていた。

（でも、晴美のお骨、武藤家のお墓に入れていいものなのかしら……）

既に墓に収まっている先祖たちもだが、将来、そこに入るであろう志朗や律香も、それを望んでいない気がした。たとえ墓のなかであっても、きっと晴美の魂は、嘘偽りばかりを声高に叫ぶ。晴美の嘘は死んでも止まない。

廊下の窓の外、雀《すずめ》が一羽、空を斜めに切り裂くように飛んでいった。小さくて、いやに黒い雀だった。

ああ、晴美だ、と佳子は思った。早くも晴美は雀に姿を変えて、石の墓に収められてしまう前に、またどこかで誰かに嘘をつきに空を飛んでいった。たった一羽、群れに加わることもできず、また、加わることも許されずに――。

火葬炉の部屋に立つ。火葬炉から焼けた骨を載せた台が引き出される。

あの子は雀になった。骨になった晴美に、もはや心もなければ魂もなく、嘘をつく口も舌もない。そう言ったら、志朗や律香さんも許してくれるだろうか――。

思いながら、佳子は骨になったわが娘、晴美をじっと見下ろした。

嘘という革袋をすっかり焼き尽くされた晴美の骨は、思いの外量が少なく、しかもどれも小さくか細くて、寄る辺をなくしたわが身を、無言で哀しみ嘆いているかのようだった。

解　説

内田　剛
（ブックジャーナリスト）

この解説の文章を読んでいるのは一体誰だろう？　そして書いている自分もまたどこの誰なのか？　情報の洪水に埋もれながらとにかく顔が見えない現代社会。満員電車では誰もが表情もなく携帯端末を眺めている。まったく空き部屋のない高層マンションも隣に住まう人の顔も名前もわからない。表札もない集合住宅で身を潜めあうように生きている人々。何気ない生活音ばかりか赤ん坊の泣き声も虫の声も風鈴の音も騒音となる。空もなければ地面もない。どこもかしこもチェーン店の看板が並んで画一のサービスを提供する。合理化のために個性を失った企業たち。人肌の温もりが消え去り生活感のない街角の風景。いったい何時《いつ》からこうなってしまったのか。数少ない生活の痕跡《こんせき》はカラスが飛び交い、荒れ果てたゴミ捨て場くらいだ。匿名のネットの書き込みが凶器となって命を奪う。非常識が常識となり理不尽な出来事が横行する。信頼という言葉は薄味となり裏切りが蔓延《はびこ》って、歪《ゆが》み捻《ねじ》れ荒《すさ》んだ日々。取り囲む空気は不安と不穏と不信に満ちている。『誰？』はそんな閉塞《へいそく》感に満ち溢《あふ》れた、不気味な時代を象徴する物語なのだ。

キーワードは圧倒的な「孤独」である。人間たちが望んで勝ち取ったはずの快適な生活。豊かさの代償に手に入れたのは奥深い孤独の闇であった。これはまさしくこの社会が抱えた病理そのものでもある。核家族化が進み超高齢化社会に突入。老老介護に老人の孤独死問題。ストレスからのＤＶや貧困ゆえの幼児虐待などもまたこの時代が生み出してしまった現象だろう。「孤独」さえなければ防ぐことのできた犯罪はあまりにも多い。『誰？』を読みながら平成という時代を揺るがせた一つの事件を思い出した。どこにでもいそうな一人の女性が巻き起こした事件。関わった男性が不可解な死を遂げる。それも一人ではなく複数の男たちが相手だ。謎を追うほどに疑惑が深まり善良なる男性を手籠《てご》めにした悪女の存在が浮かび上がる。多くのメディアでも注目され話題を呼んだこの事件とイメージが重なるのだ。いやが上にも現実をトレースする部分もまた著者の企《たくら》みのひとつであろう。読みながらも真実と嘘が混濁し、小説世界と分かっていながらも核心部分である善と悪の実体がボヤけてしまうのだ。グイグイと読ませる力に感嘆しつつ、ページをめくるほど強まる違和感。作中で困惑する被害者たちではなく、読者である自分がいちばん嵌《は》められた、と気づいた時はもう手遅れだ。すでにこの物語の虜《とりこ》になっているから後戻りはできない。

物語の導入である「プロローグ」は主人公・武藤晴美《むとうはるみ》の悪夢から始まる。結婚を意識していた最愛の男性と、唯一の親友から絶縁される自分。まさに天国から地獄へのジェットコースター。柔らかで甘美な光から一気に奈落の底へと叩き落とされる、衝撃的であり象徴的なシーンからストーリーは幕を開ける。今度こそ上手《うま》くやって幸せになると誓う女。凄《すさ》まじい決意と覚悟が悪意を目覚めさせてこの先の物語を支配していく。そこからは雪だるま式に妄想が膨らみ続け女の意識を歪めさせ続ける。禁断のラビリンスの入り口は計り知れない喪失のダメージ。最も信頼すべき人間関係を失った、この世で最も孤独な彼女が狙うターゲットもまた孤独で善良な人々だったのだ。

「プロローグ」に続くのは「第一章　歳上《としうえ》の男」「第二章　歳上の女」「第三章　歳下の男」「インターミッション」「第四章　混沌《こんとん》」「第五章　混沌の収束」「第六章　破綻《はたん》」そして「エピローグ」である。前半の第三章までは「被害者」となった男女三人を軸に、甘い汁が滴りながら物語が膨らむ部分。善と悪、光と影の交錯が異様なコントラストとなって登場人物たちの人間模様を染めあげる。第四章の中盤はその被害者たち同士がすれ違うことによって生じる違和感が浮き彫りとなるいわゆる事件発覚のパート。警報が発令された起承転結の「転」である。そして第五章以降の終盤が一つの綻《ほころ》びから破滅への道をひた走る逃避行へと繋《つな》がる構成だ。疑惑が決定的となり戸惑いと怒りが弾《はじ》けだす。孤独な人たちを繋いだ運命の糸はなんと儚《はかな》く脆《もろ》いのか。もちろん結末は明かせないがとにかく冷酷なる愛と、憎みきれない狂気が情け容赦なく胸を抉《えぐ》るのだ。

法を犯すことは如何《いか》なる理由があっても許されない。名前を偽り人を騙《だま》して金銭を奪う。人として最もやってはいけない行為である。ここに異議を唱える者はいないだろう。しかしこの三人の被害者たちはどこまで騙されていたのだろうか。孤独を癒《いや》されプライドを擽《くすぐ》られ人生の中でほんの一瞬でも生きる喜びを与えられていたのだ。必要悪ではないがそれぞれに得たものが確かにあった。絶望の日々の中からも希望の明かりが灯《とも》されていた。悲劇だが喜劇の要素もある。その点が詐欺罪のグレーゾーンなのだろう。被害額は高すぎる授業料と言ってしまえばそれまでだが、これはけして他人事《ひとごと》でないことも肝に銘じなければならない。「武藤晴美」はどこにでもいる。誰よりも敏感に孤独の匂いを嗅ぎとって、心の隙間《すきま》に潜りこんでくるのだ。天性の話術に要注意。唐突に近づいてくる魔物。かわいそうな存在に対しては用心してし過ぎることはない。

人は誰でも様々な仮面を被《かぶ》って生きている。生まれ落ちたその瞬間から死の間際まで、素の自分ではない何者かを演じて生きている。家庭で学校で職場で近所で……あらゆる役回りが求められる。いい子ども、いい家族、いい仲間、いい大人であろうとして、逆に自分自身を見失って心の闇に閉じ込められてしまった者たちもたくさんいる。人は誰もが初めての舞台に立ち続ける役者である。死に向かって生きている全ての人々に、演じるべきシナリオがなくなり仮面を脱いだその時のことを本当の意味での「死」と呼ぶのであろう。不器用で無様な演技の方が当たり前なのに、完璧に演じようとして思わぬ罠《わな》に引っかかることもある。生きづらさが伝わる、その罠の典型的な例がこの『誰?』に描かれた巧妙な犯罪だ。「気の毒な女」を演じ続けた武藤晴美。寄生虫のように他人を食い尽くした彼女に同情の余地はないが、生きていく上で、時には嘘も必要だ。優しい嘘が醜い真実をオブラートにくるむこともあるし、考え抜いた偽りが社会の潤滑油になることもある。真実とはかけ離れた場所で人生が好転することだってあるのだ。ある者にとっては「武藤晴美」の嘘を暴いてはいけなかったのかもしれない。塗り固められた嘘の方が真実を超えてしまって狂気が目覚める。『誰?』は隠された人間の仮面を暴いた単なるエンターテインメント作品ではない。この社会に対する問題提起をし、警鐘を鳴らして、心の中に確かな爪痕《つめあと》を残す作品だ。

ラスト数ページの一刻を争う展開は極めてスリリングで、高揚感もマックスとなる。耳を塞《ふさ》ごうとしても至る所から魂の叫びが聞こえてくるのだ。そして「エピローグ」で明かされる真実の衝撃と読後の妙は本当に凄まじい。『誰?』によって明野照葉の到達した境地は本当に恐るべしとしか言いようがない。一九九八年「雨女」でオール讀物推理小説新人賞を獲得しデビュー、二〇〇〇年『輪(RINKAI)廻』で松本清張賞を受賞という輝かしいキャリアに加えて、これまで『汝《なんじ》の名』『魔性』『家族トランプ』『女神』と言った作品群で読者を楽しませ、いわゆるイヤミス作家の代名詞の一人として人気を博していたが本作の登場で、その立ち位置がさらに揺るぎないものとなったであろう。いや、単に読後の後味の悪さを売りとする「イヤミス」という枠で括《くく》るのは勿体《もったい》ない。「イヤミス」の先を見られる確かな文学性を感じさせる。圧巻の筆力で炙《あぶ》り出される人間の本性がここにある。今後どんなテーマの作品を世に送り出すのか楽しみで仕方ない。この世で本当に恐れていいのは生身の人間そのものと、この世の闇を知り尽くした明野照葉の筆なのかもしれない。これからの活躍に絶対に目を背けてはならない！

二〇二〇年七月

この作品は徳間文庫のために書下されました。
なお本作品はフィクションであり実在の個人・団体などとは一切関係がありません。

徳間文庫

誰《だれ》？

2020年8月15日 初刷
2020年10月10日 2刷

著者 明《あけ》野《の》照《てる》葉《は》
発行者 小宮英行
発行所 株式会社 徳間書店
東京都品川区上大崎三―一―一 〒141―8202
目黒セントラルスクエア
電話 編集〇三(五四〇三)四三四九
販売〇四九(二九三)五五二一
振替 〇〇一四〇―〇―四四三九二
印刷
製本 大日本印刷株式会社

ISBN978-4-19-894577-0 (乱丁、落丁本はお取りかえいたします)